Waldtraut Helene Treilles

Das Leben ist ein Chamäleon

Biographischer Roman einer Deutsch–Französin

„Schritten im Schnee sei gleich dein Leben.
Es bezeichne die Spur, beflecke sie aber nicht."

Karl Ludwig von Knebel, Freund Goethes

Wenn du nicht weißt, wohin du gehst,
versuche herauszufinden, woher du kommst.

Afrikanisches Sprichwort

Das Leben ist ein Chamäleon
Hoch oben auf einem Baum sitzend,
bereits ein vorübergehendes Kind kann bewirken,
dass es seine Farbe ändert.

Madegassisches Sprichwort

Ein Erlebnisbericht
„von der Komik,
dem Elend,
und der Dummheit der Welt"

(Günter de Bruyn)

Für Johanna, Samuel, Robin und Laurianne, die zu dieser Zeit glücklicherweise noch Wolken geschoben haben!

Und ich wünsche ihnen:
„die Dinge im Leben, die sie nicht ändern können, so zu nehmen, wie sie sind, und den Mut zu haben, die zu ändern, welche sie ändern können, sowie die Weisheit, den feinen Unterschied zu erkennen".

(Mark Aurel)

Inhaltsverzeichnis

Vorwort zur deutschen Ausgabe 9

Prolog 12

Glück und Überfluss 17

Der Krieg 54

Die Nazis 95

Lebewohl, gesegnetes Land meiner Kindheit 137

Die Internatsjahre in Heiligengrabe von 1941 bis
1943 und in Eberswalde von 1943 bis 1944 156

An die Arbeit! Los! Schnell! 171

Der 20. Juli 1944 176

Die Flucht 194

Der Krieg ist aus 226

Die wilden Jahre 245

Roma Aeterna 310

Wieder in Italien 317

Olivier 331

Nach Paris 338

Epiloge 342

Bildanhang 349

Literaturnachweis 355

Vorwort zur deutschen Ausgabe

Es ist mir auf meinem nun schon ziemlich langen Lebensweg öfter passiert, dass „Die Von Da Oben" unerwartet in mein Gesichtsfeld rücken, um ein Problem zu lösen.

1992 habe ich meine beiden autobiographischen Romane „La vie est un Caméléon" („Das Leben ist ein Chamäleon") und „Pérégrinations entre deux Mondes" („Wanderungen zwischen zwei Welten") auf Französisch veröffentlicht. Es wurden, zum Glück, keine Bestseller, aber viele Leser der über 5000 verkauften Exemplare lösten interessante Diskussionen aus, ergaben neue Freund- und Bekanntschaften, und ich konnte das Erlebte in Rundfunk und Fernsehen kommentieren. Am wichtigsten scheinen mir aber die Vorträge, die ich vor Schulklassen halte, mit Schülern, die jetzt so alt sind wie ich damals unter Hitlers Fuchtel. Und wenn sie nach zweistündigem Zuhören, meistens mucksmäuschenstill, was heutzutage selten ist, auch nur einen Satz behalten: „Lasst niemanden an eurer Stelle denken, horcht nur auf euer eigenes Gewissen", dann scheint es mir, dass man auch noch im Alter sehr nützlich sein kann. Oder vielleicht gerade im Alter.

Seit fünfzehn Jahren bin ich von meinen deutschsprachigen Lesern gefragt worden, warum ich nicht zumindest das „Caméléon" in meine Muttersprache übersetzen könnte, aber seit meiner Pensionierung nach jahrzehntelanger Sprachlehrerinnentätigkeit in frankophonen Gebieten führte ich ein derart aufreibendes Rentnerdasein, dass ich zu nichts anderem mehr kam. Telefonberaterin für Problem-Menschen, Gefängnisbesucherin, Andenkenverkäuferin, Marktfrau, Fremdenführerin, Journalistin, manchmal auch ein bisschen Hausfrau und Omi.

Als ich mich dann endlich entschlossen habe, doch mit der Übersetzung anzufangen, scheiterte es daran, dass mein Computer oft nicht so wollte wie ich und meine Handschrift unleserlich war. Da klingelte eines Abends das Telefon. Am Apparat war eine mir unbekannte Französischlehrerin, Karin U., die eine Gruppe von deutschen Austauschschülern nach Réunion begleitete. In einem Hotel war sie zufällig auf mein Buch gestoßen, hatte die halbe Nacht gelesen und beim Frühstück den Hotelbesitzer gefragt: „Lebt diese Dame noch? Wohnt sie wirklich hier?" Die Frage wurde bejaht. Die Dame stünde ja im Telefonbuch. Noch am selben Abend saßen wir auf unserer nach exotischen Sträuchern duftenden Terrasse und redeten uns die Kehle heiser.

„Dein Buch interessiert mich sehr, ich werde es aus Spaß an der Sache übersetzen," sagte sie zu mir. Und so geschah es mit Know-How und viel Einfühlungsvermögen, allerdings auf der Schreibmaschine...

Wer sollte aber nun das von mir noch stellenweise ergänzte und überarbeitete Manuskript auf einen digitalen Datenträger übertragen? Steife alte Finger und schwache Augen tun so etwas sehr ungern.

Da schneit mir ein bildhübsches blondes Mädchen mit einem riesigen Strauß weißer Lilien ins Haus, am Tag meines 80. Geburtstages. Das konnte sie aber nicht wissen, auch nicht, dass wir weitläufig verwandt waren. Donata arbeitete auf unserer tropischen Insel als Fremdsprachenassistentin und war computer-perfekt. So waren alle Probleme gelöst.

Alle in diesem Roman zitierten Personen haben wirklich existiert oder leben noch. Ich habe absichtlich manche Namen geändert, um ihre Privatsphäre zu bewahren. Außerdem sagten diese Namen französischen Lesern sowieso nichts. Alle geschichtlichen Ereignisse sind wahrheitsgetreu so geschehen, aber nicht unbedingt mir selber. Das gilt auch für die Anekdoten. Andernfalls habe ich mich bemüht, die Quellen anzugeben. Sollte dies einmal unterlassen worden sein, so bitte ich den kritischen Leser, gegenüber dem Alter Milde walten zu lassen. So wie ich es jetzt endlich auch mit vielen Dingen tue, die mich früher irritierten.

Durch langen Auslandsaufenthalt bin ich vielleicht etwas kritikfreudig geworden, obgleich ich immer überzeugt war, dass aus dem deutschen Adel hervorragende Menschen, einfühlsame Dichter, unsterbliche Philosophen, Schriftsteller und Musiker hervorgegangen sind, so wie Forscher, Ärzte, richtungsweisende Professoren oder reformbestrebte, unbestechliche Politiker. Oder auch nur einfache Männer und Frauen, die in diesen furchtbaren Jahren ihr Lebensschiff an allen Sirenen vorbeigesteuert und einzig und allein den Kurs ihrer Erziehung und ihres Gewissens beibehalten haben.

Prolog

Mein Wagen war in der Werkstatt und so nahm mich eine sympathische Kollegin drei Tage hintereinander von Tampon nach St. Denis mit. In der Hauptstadt der kleinen Insel La Réunion im Indischen Ozean mussten wir die mündlichen Abiturprüfungen an einem anderen Gymnasium abnehmen. Um uns die Zeit zu verkürzen – sechs mal hundert Kilometer – und auch, um über etwas anderes als gute Schüler und absolute Nieten, Freistunden, akzeptable Direktoren und inakzeptable Referendare zu sprechen, begann ich, ihr von meiner Kindheit zu erzählen.

Die ersten zwei Jahrzehnte meines Lebens verbrachte ich in einem weit entfernten und von Krieg und Wahnsinn stigmatisiertem Land. Erst später begann dann meine lange Verwandlung zur Französin.

Wie bei einer Raupe, die sich zum Schmetterling entfaltet, wurde es eine fast vollkommene Verwandlung – abgesehen von meinem deutschen Akzent, der wie eine Tätowierung an der Haut kleben bleibt, die man nicht abkratzen kann.

Ich erzählte ihr Geschichten von Liebe und Hass, die ich durchlebt hatte, von meinen Triumphen und Niederlagen und den Lektionen, die mir das Leben später erteilte, während ich mehr als dreißig Jahre hindurch Tausende von Schülern und Schülerinnen unterrichtete.

„Das solltest du alles aufschreiben", sagte sie mir am dritten Abend, bevor sie mich unter dem riesigen Tulpenbaum absetzte, der immer seine roten Blüten auf das weiße Dach unseres alten kreolischen Hauses niederregnen ließ.

Daran hatte ich auch schon gedacht, aber ich hatte immer etwas Wichtigeres zu tun gehabt oder glaubte es wenigstens.

Viele Schüler und Schülerinnen sind durch meine Klassen gegangen. Einige interessierten sich sehr für die deutsche Sprache und unterrichten sie heute selbst. Es gab aber auch andere, denen der Deutschunterricht völlig schnuppe war, denn sie hatten andere Interessen. Sie setzten sich hinten in die letzte Reihe, um dort ihre Mathe- oder Physikaufgaben zu machen oder zu zeichnen.

Bis zu dem Tag, an dem ich die dreiundachtzig Stufen zum dritten Stock zum letzten Mal hinaufächzte, wo ich so lange als Lehrerin gearbeitet, aber im Lauf der Jahre Lust und Liebe zum Beruf verloren hatte. Der Tag, an dem ich zum letzten Mal diesen so typischen Duft einatmete, diese Mischung aus Schweiß, Ammoniak (die Schüler nennen das Pisse), ein bisschen Tabak, einer Spur von billigem Parfum und ein klein wenig Ozon. Schließlich stand ich vor einer Klasse großer Mädchen, einem Kuchen und Geschenken. Es gab Musik, Geschichten und herzliche Küsse und sogar Tränen. All das sollte mich wie durch eine Zauberhand die vielen tausend langweiligen, lauten Stunden voller Widerspruch und Gleichgültigkeit vergessen lassen und einige menschlich sehr bereichernde Erfahrungen wieder in den Vordergrund rücken.

Mein ganzes Leben war ein ständiges Auf und Ab gewesen zwischen Wellenkamm und Wellental. Aber wenn ich ganz unten war, habe ich immer gewusst, dass ich wieder hinauf kommen würde. Ich musste es mir nur fest vorstellen.

Um aber endlich mit dem Schreiben anzufangen, bedurfte es eines Tages, der mit allen vorangegangenen nichts gemein hatte. Es war Hochsommer, im Januar oder Februar – wir leben ja auf der südlichen Welthalbkugel - , alle Wehre des kleinen harmlosen Flüsschens, das jetzt zum Strom angeschwollen war, waren geschlossen. Seit zwölf

Stunden regnete es wie aus Kübeln. So dicht wie ein metallener Vorhang, so dass man das Laub der Akazien auf der anderen Straßenseite nicht mehr erkennen konnte.

Normalerweise sah ich Berge, Gebirgskämme, Täler, Schluchten und Dörfer durch meine kleinen Fensterscheiben, ein Panorama von majestätischer Schönheit. Die Landschaft verwandelte sich mit dem Sonnenstand, der Tageszeit oder mit dem Aufsteigen von Nebel aus der Tiefe durch das Verdunsten des Meerwassers. Für mich war es wie ein Buch mit sich unaufhörlich neu gestaltenden Bildern, die jedoch immer die gleiche Geschichte erzählen.

An jenem Tag peitschte ein dichter, undurchsichtiger und harter Regen die für Réunion so typischen Fensterscheiben, *nacos* genannt, und trommelte auf unser Wellblechdach. *Alerte orange*, Alarmstufe 2, bestand seit Mitternacht, *alerte rouge*, Alarmstufe 3, stand unmittelbar bevor, somit war jeglicher Verkehr offiziell bis auf weiteres verboten. Allgemeiner Notstand war ausgerufen worden.

Die Megaphone der Polizei rieten der Bevölkerung, alle Fensterläden zu schließen, die Boote an Land zu befestigen, die Hunde und Hühner hereinzuholen, die Bänke zu kippen und Türen sowie Fenster durch starke Schutzbretter zu schützen. Der Wind heulte wie eine Sirene. Das erinnerte mich an den Krieg.

Unser Garten war schon mit Blättern, Zweigen, großen Ästen übersät. Dicke bräunliche Stämme brachen unter den Windstößen wie Streichhölzer. Das Rohrgeflecht der Veranda, dieser malerische Sonnenschutz, der bei uns aus Zuckerrohstängeln geflochten wird, war durch heftige Windstöße abgerissen und flatterte wie hässliche Raubvögel, die wild mit den Flügeln schlagen, im Sturm herum.

Beim Näherkommen des höllischen Zyklons wirbelten

draußen tausend bunte Gegenstände und Dinge durcheinander, wie Wäsche, wenn man sie durch das Bullauge einer Waschmaschine beobachtet.

Die Vögel, vor Angst niedergeduckt, waren still geworden, der Hund hatte sich unter das Sofa geflüchtet und lag dort zusammengerollt, die Katzen hinterließen auf meinem Bett nur noch ein weiß-graues und braun geflecktes Fellknäuel. Ein von dreckigem Schaum gesäumter Sturzbach, der riesige Kiesel und große tote Äste fortspülte, ergoss sich in die kleine Furt, die ich jeden Tag mit dem Wagen oder zu Fuß durchquerte und die auf La Réunion *radiers* genannt werden. Diese *radiers* verursachen jedes Jahr während der Saison der Zyklone den Tod von einem Dutzend Leuten, die sie zu überqueren versuchen und alle Vorsicht vergessen, obwohl sie doch die reißenden Strudel, die mit Donnergetöse ins Tal stürzen, vor Augen haben. Ich wusste, dass der untere *radier* nicht passierbar war, denn das Wasser, das den oberen durchfloss, verdoppelte weiter unten seine Gewalt und stürzte sich als Wasserfall auf die Straße.

Dabei bohrte es Löcher in die Teerdecke und wirbelte Steine, Autowracks, Baumstämme, alte Kühlschränke sowie Kinderwagen durcheinander und schleppte tonnenweise Schlamm bis zum Meer, zwanzig Kilometer weiter unten.

Unser Häuschen lag genau zwischen zwei wassergefüllten *radiers*. Der Sturzbach, der vom Abhang hinunterschoss, fünf Meter hinter unserem Schlafzimmer, übertönte den Fernseher, der erstaunlicherweise immer noch Empfang hatte. Aber das würde nicht mehr lange dauern.

Wie jeder auf der Insel hatte ich einen Vorrat an Mineralwasser, Kerzen, Keksen und Batterien für Taschenlampen im Haus.

Wegen der blockierten Straße war mein Mann noch

nicht nach Hause gekommen. Aber ich hatte keine Angst. Ich liebte unser kreolisches Holzhaus mit dem Wellblechdach, das zwischen filaos und cryptomérias, Eisenbäumen und japanischen Tannen, versteckt lag, jetzt wie eine Insel zwischen zwei Sturzbächen, so dass ich mich beschützt fühlte wie im Bauch meiner Mutter.

Wir hatten endlich ein Heim, einen Ruhepol, einen Ankerplatz nach so vielem Umherirren in der ganzen Welt gefunden.

Ich hatte den Fernseher abgedreht, diesen ständig schreienden Unglücksvogel, und ein weißes Blatt in meine Schreibmaschine eingelegt.

Dann schloss ich die Augen und ließ mich fünfzig Jahre zurück tragen zu dem großen, weißen Haus... dort ganz weit weg, in Pommern.

Ich hatte nichts vergessen, und wenn ich eine Einzelheit überprüfen wollte, konnte ich die vierzehn Tagebücher befragen, die ich seit meinem elften Lebensjahr geführt hatte. Glücklicherweise habe ich sie alle vor Bomben und Russen, Umzügen und Bücherwürmern und sogar vor den Zyklonen retten können.

Glück und Überfluss

Auszug aus meinem Tagebuch. Elf Jahre alt.

„Die weiße Katze hat sechs kleine Babys. Eins ist ganz schwarz. Mutti hat das Schwarze mir versprochen. Die anderen werden getötet. Dieses Tagebuch habe ich zum Geburtstag bekommen. Es ist sogar verschließbar. Hoffentlich verliere ich den Schlüssel nicht! Ich habe alle gebeten einen Satz in mein Tagebuch zu schreiben, um es einzuweihen.

Tante Gerta schrieb: Es gibt mehr Dinge am Himmel und auf Erden, Horatio, als eure Einbildungskraft euch träumen lässt.

Ich habe diesen Satz abgeschrieben, weil Tante Gerta so unleserlich schreibt, dass ich ihn kaum lesen konnte. Außerdem verstehe ich auch nicht wirklich, was er bedeutet. Sie hat mir geantwortet, dass ich ihn eines Tages verstehen würde. Ich hoffe es!"

Wir wohnten in Hinterpommern, in einem kleinen Dorf von dreihundertfünfzig Seelen, umgeben von einer fruchtbaren Hügellandschaft mit siebenundzwanzig Seen auf sechzig Quadratkilometern, deren Hügel und Seen das Ergebnis von großen Endmoränen sind, die diese liebliche Landschaft geformt haben.

Dort kam ich 1926, unter dem Zeichen des Wassermanns, zur Welt. Im selben Jahr wird Elisabeth, später Königin von England, geboren, ist Gaston Dormergne französischer Staatspräsident, führt ein Schotte, John Baird, einen Apparat vor, der bewegliche Bilder projiziert und den er „Tele-Vision" nennt, leben auf der Erdkugel 2.000.000.000 Menschen, besteigt Hiro Hito den Thron von Japan, beträgt die deutsche Kriegsschuld 400.383.326.350.700.000.000 Mark, was niemand schreiben oder lesen kann, und in allen Cafés, Bars und Tanzlokalen singt man „Tea for two".

Ein aufregendes, aber wenigstens friedliches Jahr. Denn kaum konnte ich etwas sprechen, waren die sechs Wörter, die ich am meisten hörte: „Inflation, Umschuldung, Kiefernspanner, Steuerprüfer, Trichinenbeschauer und Herzelchen-mein-Hammelschwänzchen". Letzteres gefiel mir am besten.

Das Haus meiner Kindheit war ganz weiß und aus Lehmsteinen gebaut, was damals eine absolute Neuheit in unserem entlegenen Dorf war.

Es hatte sechsundzwanzig Zimmer, dazu die Küchen und Vorratskammern – eine für den Wein, eine für Gemüse, eine für Räucher- oder Pökelfleisch und ganze Wildschweine – eines Obelix würdig - die über einem Feuer aus Birkenholz und Wacholder geräuchert wurden. Dann gab es noch einen großen Dachboden mit alten Koffern, wo wir Versteck spielten; bis zu dem Tag, an dem die Köchin uns die schreckliche Geschichte einer jungen Braut erzählte, die sich an ihrem Hochzeitstag in ihrem weißen Spitzenkleid mit Brautschleier in einem großen Reisekoffer versteckt hatte. Dort war sie erstickt, weil sie den schweren Deckel nicht heben konnte, der zugefallen war. Man hatte das Skelett, den Schleier und das Kleid, die von Motten zerfressen waren, vierzig Jahre später gefunden.

Ich liebte solche Geschichten. Deswegen saß ich auch am liebsten in der Küche und hörte Hedwig zu. Das war viel interessanter, als an den endlosen Diners meiner Eltern teilzunehmen, bei denen ich nicht sprechen durfte. Denn bei Tisch spricht ein wohlerzogenes Kind nicht und zappelt auch nicht auf seinem Stuhl herum: „Halt dich gerade, stütz nicht die Ellbogen auf den Tisch, lege deine Serviette ordentlich zusammen, iss, was auf deinem Teller ist!" (sogar die grässliche rote Grütze aus Sago, die man errötende Jungfrau nannte und bei der ich immer glaubte, die Augen hundert toter Frösche hinunterzuschlucken). Ein wohlerzogenes Kind lässt nichts übrig und spricht nicht mit den Dienstboten, außer, um sie um Wasser zu bitten. Und wenn ich unglücklicherweise einmal sagte, dass ich ein Gericht nicht mochte oder es nicht aufaß, stellte man es mir am nächsten Tag wieder hin. Man kann wohl sagen, dass ich sehr gut erzogen wurde. Meine Erzieherinnen wechselten jedes Jahr, manchmal alle zwei Monate. Ich wurde verwöhnt, geliebt, betüddelt, ausgeschimpft, ermutigt und entmutigt.

Mein Vater besaß 5000 Hektar Land und zwei Schlösser. Unser Gut umfasste riesige Wälder mit Hirschen, Schwarzwild und Rehen, Seen, eine Sägemühle, eine Nutriazucht und Kornfelder, Kartoffel- und Rübenfelder bis an den Horizont. Sowie ich allein laufen konnte, versuchte ich, meinem Kindermädchen zu entfliehen, um mich in die Ställe zu schleichen, wo ich mein Gesicht in das weiche Fell eines zitternden Lämmchens kuschelte, das nach Wolle, Milch und Kötteln roch. Gerne sah ich auch bei der Verteilung der handwarmen Milch an die Tagelöhner zu – ein Liter pro Familie –, lauschte dem friedlichen Wiederkäuen der Kühe und beobachtete die Fohlen, wie sie gierig bei ihrer Mutter saugten. Auch mit den Dorfkindern spielte ich gern, obwohl es mir ausdrücklich verboten war, denn „sie waschen sich nur am Samstag, sie haben Krankheiten und Läuse, und außerdem sprechen sie nur Plattdeutsch. Im Übrigen darfst du deine Zeit nicht vergeuden, du musst deine Schularbeiten machen..." Ich bestand trotzdem darauf, eine kleine Freundin aus dem Dorf zu haben, denn ich war oft allein. Sie wurde sauber gewaschen, mit mit Zuckerwasser geflochtenen Zöpfen und Hauspuschen in Zeitungspapier gewickelt unter dem Arm, vor dem Schlosstor abgeliefert und abends von ihrer Mutter wieder abgeholt.

Ein Arzt kam selten ins Haus, höchstens mal zum Impfen, oder wenn wir husteten „wie Otto der Verschleimte". Leichte Unpässlichkeiten wurden erfolgreich mit einer Schwitzkur unterm Federbett, einem Priessnitzumschlag, Franzbranntwein und Klosterfraumelissengeist behandelt. Wir waren aber auch sehr abgehärtet und spielten bei Null Grad Celsius in Trainingshose und Strickjacke und froren nie. „Wer friert ist dumm, arm oder Soldat" pflegte unser Vater zu sagen.

Mein Bruder entzog sich dem väterlichen Verbot und spazierte mit seinem Luftgewehr durch die Felder. Dabei folgte ihm die Hälfte der Dorfjungens. Einer, um seine Patronentasche, ein anderer, um seine Jagdtasche zu tragen, ein Dritter, um seine Handschuhe zu wärmen, während er auf arme Vögel schoss, die ich später rupfen, ausnehmen und auf meinem kleinen Puppenherd mit Zwiebeln und Möhren braten würde. Niemand sagte uns, dass es nicht gut sei, was wir taten, ganz im Gegenteil: Mein Vater bewunderte die Geschicklichkeit seines Sohnes und meine kulinarischen Künste.

Ich schließe die Augen und lasse mich weit fort tragen zu dem großen weißen Haus. Ich spüre, rieche, höre es. Das Knarren der Stufen aus dem Holz unserer Tannen, das Schlagen der schweren Doppelfenster bei Sturm – das heißt in neun von zwölf Monaten - , den Duft des harzigen Holzes und der Tannenzapfen, mit denen wir das Feuer in dem großen grauen Kamin anzündeten. Später legten wir einen so dicken Buchenkloben hinein, dass er vierundzwanzig

Stunden hindurch brannte.

Ich sehe noch das Musikzimmer vor mir mit seinem entzückenden Louis-Seize-Sekretär, seinem Plattenspieler mit Kurbelantrieb und den Platten von Caruso, Benjamino Gigli, Walter Gieseking und Elly Ney, seiner von goldenen Arabesken eingefassten Rokoko-Pendeluhr, seinem Empire-Spiegel und dem prächtigen Bechstein-Flügel, auf dem meine Mutter die Etüden von Chopin spielte, wenn sie ihre romantische Phase hatte, und den marche funèbre, wenn sie sich mit unserem Vater gestritten hatte.

Der Damensalon mit seinen Gläserschränken aus Mahagoni, in denen seltenes Meißner Porzellan stand, japanische Figürchen und Zinnsoldaten, sowie der ganze Gotha, um nachzugucken, wieso Kusine Elisabeth unsere Kusine achten Grades war. Dieser Salon war ganz mit rosa Damast ausgeschlagen. Auf dem Recamier-Sofa lag lässig hingeworfen eine Decke aus Fuchsfellen. Mein Vater hatte alle Tiere selbst erlegt.

Vom Damensalon erreichte man das Herrenzimmer, wo es nach kaltem Zigarrenrauch stank und das Büro, wo meine Mutter ihre Buchführung machte und täglich mindestens eine Stunde mit ihren unverheirateten Schwestern telefonierte, die in einem anderen Schloss zehn Kilometer weit entfernt wohnten. „Wusterwitz 26 bitte, Fräulein", denn ohne Vermittlung konnte man noch keine Telefonverbindung bekommen, „Sofort, gnä` Frau". Dieses kleine Büro, das mit Ordnern, Rechnungen und Akten voll gestopft war und nach ihrer Zigarettenmarke „Juno" roch, entsprach ganz und gar dem Wesen meiner geliebten Mutter. Gemütlichkeit und Tüchtigkeit. Dank eines großen Ofen mit preußisch blauen Kacheln war es dort immer mollig warm und unsere Hündinnen bekamen dort auch ihre Jungen. Im Winter brieten wir in seinem kleinen Backofen lecker duftende Boskopäpfel, die mit Rosinen und Quittengelee und manchmal mit gemahlenen Nüssen gefüllt waren.

Dann gab es noch das Esszimmer mit seinem schwarzen Schrank, in den Margarethe, das Zimmermädchen, das mit einer siebenzackigen Krone und unserem Wappen – drei Rosen und zwei Zeltnägeln - gravierte Silberbesteck einordnete. In diesem Schrank standen auch das kostbare Meißener Porzellan mit blauem Zwiebelmuster, die große Käseglocke und die silberne Butterdose aus zwei Halbkugeln. Die untere für die Eisstücke und die obere für die Butterkügelchen, die zwischen zwei gerillten Holzbrettchen kunstvoll geformt worden waren. Der Vieruhrnachmittagstee wurde in einem russischen Samowar zubereitet.

Das Esszimmer war mit der Küche durch einen Aufzug verbunden, der Gipfel des Fortschritts! Mit ihm kamen die heißen Speisen herauf, und wir öffneten oft sein Türchen, um in das Dunkel hinab zu rufen: „Brot, Wasser, nächster Gang", ohne bitte oder danke hinzuzufügen.

In einem kleinen Vorzimmer stand nichts anderes als ein riesiger schwarzer Vasenschrank. Vier Etagen voller Vasen, Schalen, Amphoren, Väschen in verschiedenen Farben und Formen. Unsere Mutter war eine Blumenfee.

Das Treppenhaus zum ersten Stock hinauf war mit Miniaturzeichnungen geschmückt. Ein sowohl für seine Malkünste als auch für seine vielen Preise bei Pferderennen berühmter Onkel hatte sie mit Schnepfenfedern ausgeführt. Diese Zeichnungen stellten alle unterschiedlichen Uniformen der preußischen Regimenter von Friedrich dem Großen bis zum ersten Weltkrieg dar. Oben in dem kleinen Garderobenraum, wo unsere Pelzmäntel hingen, gab es einen Stich, der mich ganz besonders beeindruckte: auf ihm war unser holländischer Vorfahr zu sehen, wie ihn Margarethe von Parma lebend auf dem Scheiterhaufen verbrennen ließ, weil er seinem protestantischen Glauben nicht abschwören wollte. Der arme Mann war mit Stricken an einen Pfahl gebunden, seine Füße standen in der Glut, während die Flammen schon sein Gesicht leckten. „Seine Augen spiegeln seinen Stolz wieder", bemerkte mein Vater. Ich sah darin eher Hochmut, und dieser junge Ur-Ur-Großvater flößte mir Furcht und Mitleid ein.

Außer Margarethe, die fünfundzwanzig Jahre lang in unseren Diensten stand, hatten wir drei Diener. Da sie dauernd kamen und gingen, tauften meine Eltern sie bei ihrer Ankunft um, ob es ihnen gefiel oder nicht. Der erste wurde Oskar gerufen. Er war Haushofmeister und Kutscher vom Dienst. Er kümmerte sich vor allem um den äußeren Rahmen und übersah dabei nicht das kleinste Detail, wenn ich mich recht erinnere. Der zweite organisierte die Arbeitsabläufe. Wir nannten ihn Albert. Er musste Fichtenscheite und Koks in großen Metalleimern hoch holen, um morgens um fünf die Asche der Koksöfen unserer Zentralheizung mit lautem Gerassel durch den Rost herauszuschütteln, Koks oder in seltenen Fällen die teuren Briketts nachzufüllen und die zwei großen Kamine anzufeuern. Außerdem putzte er.

Der dritte war ein Lehrling, oft ein armer Neffe von Oskar oder Albert. Ich erinnere mich vor allem an einen, der besonders hässlich war. Sein Gesicht war mit Pickeln übersät, und seine Nägel waren immer schmutzig. Eines Tages war er mir an die Wäsche gegangen, wie man so sagt, ohne dass ich den Sinn dieser für mich völlig überraschenden Geste verstand, denn ich war natürlich gänzlich unaufgeklärt. Wollte er prüfen, ob mein Höschen sauber war? Das war doch Aufgabe des Kindermädchens und nicht seine mit seinen groben, schmutzigen Fingern. Blöder Kerl!

Er hieß bei uns Heinz oder einfach nur Dienerjunge. Er musste die Messerklingen auf dem Schleifstein schärfen, das schwere Silber putzen bis es glänzte, die Stücke zählen und sie wieder in die mit lila Samt ausgeschlagenen Fächer zurücklegen, wo das Besteck in Reih und Glied lag, wie Soldaten in Reihengräben. Zu seinen Aufgaben gehörte es auch, die unzähligen Fensterscheiben mit Brennspiritus und Zeitungspapier zu putzen.

Meine Eltern trieben einen regelrechten Kult mit diesen Silberbestecken, und wehe uns, wenn wir ein Ei mit einem Silberlöffel anrührten, denn dann lief er schwarz an.

Mittags und abends musste der Dienerjunge den Tisch decken, wie es sich gehörte, ohne die kleinste Kleinigkeit zu vergessen: Gabel links, Messer rechts auf kleinen Messerbänkchen, die Schneide zum Teller hin, drei verschieden große Kristallgläser, Servietten und ein schneeweißes gestärktes Tischtuch mit gesticktem Monogramm. Das war die Arbeit der Waschfrauen, die jeden Montag die Wäsche in riesigen Holzbottichen mit der Hand wuschen, indem sie die Wäschestücke auf einem hölzernen Waschbrett sauber rubbelten. Außerdem wurden Bettlaken, Tischtücher, Gerstenkornhandtücher und Servietten stundenlang gekocht, bis auch nicht mehr der kleinste Fleck zu sehen war.

Im Sommer wurde die Wäsche auf dem Rasen ausgebreitet, vor allem in Vollmondnächten, die bekannt sind für ihre bleichende und reinigende Kraft.

Im Winter breiteten wir sie auf dem Schnee aus. Bei minus zwanzig Grad Celsius gefror die Wäsche im Handumdrehen. Wir mussten aufpassen, dass unsere Finger nicht an den Bettlaken fest froren. Hemden, Unterhosen und Büstenhalter, die auf der Leine hingen, wurden bald steif und bildeten komische Hampelmänner oder Galgenmännchen, die im eisigen Wind baumelten. Wenn die Wäsche trocken war, bügelten die Waschfrauen die Stapel von Hemden, gesmokten Oberteilen, Kleidern und Röcken mit Volants mit großen, mit Holzkohle gefüllten Bügeleisen, wie man sie heute noch bei Trödlern finden kann.

Die Tischdecken, Servietten und Leinentücher wurden von zwei Frauen geglättet, die sie, jede an einem Ende, hin- und herzogen, wie wütende Hunde, die sich um einen Knochen balgen. Anschließend wurden die Wäschestücke zusammengelegt und durch eine Mangel gezogen, die durch eine Kurbel bewegt wurde. Es ist mehr als einmal passiert, dass ein Mädchen nicht aufpasste und ihre Finger unter der Mangel einklemmte.

Ach, diese Waschtage, an denen das ganze Haus nach Feuerholz, Wasserdampfschwaden und hausgemachter Seife roch! Die Seife hatte die Hilfsköchin aus altem Fett und den Knochen der Schweine, die wir verspeist hatten, selbst hergestellt.

Verwünscht waren die Waschtage, an denen meine Mutter über Migräne klagte und so missgestimmt war, dass sie uns nicht einmal eine Geschichte zum Einschlafen erzählen konnte. „Weil sie nie diese ganze Wäsche fertig kriegen, unmöglich, und morgen müssen wir hundert Kilo Johannisbeeren zu Gelee einkochen, sonst verderben sie alle..." Nur in der Woche zwischen Weihnachten und Neujahr gab es keinen großen Waschtag, denn „wer an diesem Tag wäscht, dessen Haus wird wie eine Fackel brennen."

Die letzte Aufgabe des Dienerlehrlings bestand darin, die fünfundzwanzig Petroleumlampen zu putzen, zu polieren, mit Spezialscheren zu schnäuzen und anzuzünden. Dann musste er sie in alle Räume bringen, in denen sich jemand aufhielt: in das Arbeitszimmer meiner Mutter, das Herrenzimmer meines Vaters, unser Schlafzimmer und Schulzimmer mit seiner großen schwarzen Tafel, das Zimmer der Gouvernante und das der Sekretärin.

Sie waren hübsch und gemütlich, diese Lampen mit ihrem dicken Bauch aus blauem oder meergrünem Glas, aus Porzellan oder Milchglas, ihrem zerbrechlichen Glaszylinder, ihrem flackernden Docht, der bläuliche Schatten warf, die wie ätherische Seelen um einen irdischen Körper tanzten.

Die Lampe im Musikzimmer war besonders schön, vor allem durch ihre alte Form und ihre feinen Schnüre aus bunten Perlen, die von ihrem Schirm herab hingen. Andere, weniger prächtige standen auf kleinen Tischchen im Treppenhaus und in den langen, kalten Fluren. Welche Hoffnung gab dieses kleine, warme Licht in der Tiefe des langen Ganges, der zu unserem Kinderzimmer führte, wenn man diese zwanzig Meter laufen musste, wo überall drohende Schatten und schreckliche Hellebarden, Lanzen, Säbel und Rüstungen einem den Weg zu versperren schienen! Zwanzig Meter Weg voller Demütigungen und Schrecknissen, markiert durch die Schreie meines Bruders: „Pass` auf, da hinten ist ein Wolf, ein ganz böser Wolf!"

Später, kurz vor dem Kriege, bescherte der Fortschritt uns die Elektrizität. Dafür nutze man das Wasser aus dem alten Schmiedeteich. Das große Wohnhaus wurde auf einmal hell wie durch Magie, wie ein Zauberschloss, bis in die finstersten und verstecktesten Winkel. Mit dem elektrischen Strom kam auch die Angst vor Gefahren ins Haus. Kinder, die ihre Finger in Steckdosen steckten, Kurzschlüsse,

Brände, Feuerlöscher wurden angeschafft, Marke Minimax (Mini, hast du Max im Haus, bricht bei dir kein Feuer aus).

Trotzdem habe ich immer die Petroleumlampen vermisst. Und jedes Mal, wenn die alten Lampen wieder hervorgeholt werden mussten, weil der Strom wegen eines Gewitters oder auf Grund von Wassermangel ausfiel, war das ein Festtag für mich.

Der letzte Heinz hieß in Wirklichkeit Karl, und ich mochte ihn gern. Er hatte schöne blaue, verträumte Augen und sang auf Plattdeutsch, wenn er unsere Bestecke auf Hochglanz polierte oder den Docht der Petroleumlampe zurecht schnitt und ihre Zylinder vom Ruß befreite, der sich am Vorabend angesammelt hatte. Alles, was er von der Welt gesehen hatte, waren die Dorfschule mit ihrem kauzigen Lehrer, einige Sportwettkämpfe, die die Hitlerjugend organisiert hatte, unser kostbares Silber, unsere weißen Tischtücher und vielleicht eine kleine Freundin, die er in einem Heuhaufen tollpatschig befummelt hatte. Und dann die schwarze Erde in der Ukraine, wo er begraben wurde, kaum achtzehn Jahre alt.

Was mich in unserem Esszimmer am meisten beeindruckte, war das lebensgroße Ölbild meiner väterlichen Großmutter. Wenn ich am Esstisch saß, hing es mir gegenüber an der Wand und sah mich an. Wir mussten immer am gleichen Platz sitzen und durften niemals nach Lust und Laune den Platz wechseln.

Genauso hatte jeder auch seine eigene Serviette und seinen Serviettenring mit eingraviertem Namen und selbstverständlich einer kleiner Krone. Diese Manie mit den Kronen. Selbst die Livree, die Oskar bei großen Krebsessen oder Jagddiners trug, hatte Silberknöpfe, auf denen unser Wappen mit Krone prangte. Meine Mutter konnte einen einzigen retten. Ich ließ ihn zu einer Brosche umarbeiten, die ich trage, wenn ich jemanden beeindrucken will. Das funktioniert immer.

Dieses Gemälde der Großmutter, die ich nicht gekannt habe, flößte mir unbewusst Angst ein, denn man hatte sie mir als eine sehr strenge, starrsinnige und prüde Frau beschrieben. So prüde, dass sie alle Tisch- und Sesselbeine mit Tüchern umwickeln ließ, damit ihre drei halbwüchsigen Söhne beim Anblick dieser nackten Holzbeine auf keine unschicklichen Gedanken kämen.

Eines Abends ereignete sich etwas sehr Merkwürdiges. Ich war gerade dabei, mühsam den verhassten Haferbrei aufzuessen – ein Löffel für Vati, ein Löffel für Mutti, einen für Gerd, meinen Bruder, einen für Töli die Katze - , als sich das Bild mit seinem schweren vergoldeten Rahmen von der Wand löste und auf den Boden krachte, wobei der Rahmen zu Bruch ging.

Ich schaute umso ungläubiger, als der Haken, der das Bild gehalten hatte, weiterhin fest in der Wand saß. Es war an ihrem Todestag und es hieß, dass mein Vater zum ersten Mal vergessen hatte, ihr Grab mit Blumen zu schmücken. Das war schlimm, denn er war der einzige, der es noch tun konnte.

Sie war sehr jung Witwe geworden und hatte allein drei Söhne groß gezogen. Der Älteste, ein begabter Musiker, wollte Pianist werden, wurde aber gezwungen, Landwirtschaft zu studieren, da er ja den großen Besitz erben würde.

Eines Tages, als er unbewaffnet mit seinem Hund im Wald spazieren ging – im Gegensatz zu den anderen Junkern mochte er Jagen nicht – überraschte er einen Wilderer beim Fallenstellen. Dieser kannte meinen Onkel sehr genau vom Sehen, fühlte sich bedroht, legte an, schoss und mein

Onkel brach auf der Stelle zusammen. Der Hund lief die zehn Kilometer zum Haus zurück, legte sich meiner Großmutter zu Füßen und heulte erbärmlich, um Alarm zu schlagen und Hilfe zu holen.

Der andere Onkel war völlig anders. Auch wenn er lange gelebt hatte, so habe ich ihn nie kennen gelernt. Da er das schwarze Schaf in der Familie war, hatte er jede Verbindung mit ihr abgebrochen. Immer heiter, verschwenderisch und unzuverlässig besuchte er Spielsäle und häufte Schulden und erotische Abenteuer an bis zu dem Tag, an dem der Familienrat zusammentrat, seine Schulden bezahlte und ihn nach Deutsch-Ostafrika schickte, dem heutigen Tansania. Dort diente er unter General von Lettow-Vorbeck, jagte Engländer und Löwen und sang „Heia, heia Safari".

Nach verlorenem Krieg kam er aus den Kolonien zurück und heiratete kurz darauf im Jahr 1920 eine baltische Gräfin, die ihm drei Kinder schenkte und versuchte, das schöne Gut ihres Mannes wieder auf Vordermann zu bringen.

Sie war eine intelligente Frau mit Herz und sprach fließend Französisch, Englisch und Russisch. Aber ihre Arbeit war umsonst, denn Onkel Konstantin hatte die Großmannssucht und hörte auf alle und jeden, nur nicht auf die Stimme der Vernunft. Hatte ein Astrologe seiner Freunde ihm nicht vorausgesagt, dass der Torf ihm ein Vermögen einbringen würde, aber nur, wenn er in einer Vollmondnacht gestochen, verladen und weggebracht würde? Onkel Konstantin ließ also eine private Bahnverbindung vom Torfmoor bis zum Bahnhof legen, um seinen Torf einmal pro Monat mitten in der Nacht zu verladen. Aber niemand kaufte ihn ihm ab, so dass er nicht einmal in der Lage war, die Zinsen für den beträchtlichen Kredit zu zahlen, den eine Bank ihm eingeräumt hatte. Der Astrologe löste sich in Luft auf, Tante Amelie nahm ihre Kinder und ihren Schmuck und ließ sich scheiden. Das Gut wurde versteigert. Der neue Grundbesitzer war ein Großhändler für Berliner Wurstwaren. Da war es aus mit Onkel Konstantin.

Auf der Seite meiner Mutter gab es drei Töchter, auch sie waren in einem wunderbaren Schloss geboren, wohl umsorgt und gut erzogen worden.

Ein großer Turm überragte das Schloss, zu dessen Füßen ein tiefer See lag, der sich durch grüne Wiesen, Lärchen- und Birkenwälder hinzog. Diese Landschaftsform ist typisch für Hinterpommern. Das Schloss selbst war dicht von Efeu überwuchert.

Meine beiden Tanten waren höchst originell. Gerta, die Älteste, die ich immer nur als mollig gekannt habe, rauchte Zigarren aus Kuba und verbrachte ihr Leben im Bett oder, wenn es warm war, auf der Terrasse. Das war in Pommern natürlich selten. Sie liebte ihre Hunde über alles. Ich erinnere mich, wie oft Tante Gerta in ihrem Voltaire-Sessel saß, immer mit den Füßen auf dem Rücken eines ihrer Lieblinge. Und ihre Hunde sahen so glücklich und treu ergeben aus, wären sie Katzen gewesen, hätten sie sicher den ganzen Tag geschnurrt. Als sie starben, wurden sie in einer entfernten Ecke des Parks unter einer alten Eiche begraben. Eine Grabplatte trug ihre Lebensdaten. Es gab Dutzende von Grabplatten. Tante Gerta bepflanzte sie mit Blumen, wenn sie nicht las, rauchte, träumte oder Bilder malte, die ich als Kind wunderschön fand. Aber mit dem Abstand der Jahre glaube ich, dass sie ziemlich scheußlich waren. Wenn sie nicht las, rauchte oder träumte, spielte sie stundenlang auf dem großen Flügel, der wegen der Akustik in einem weitläufigen, leeren Saal stand. Aber je nach Stimmung, ganz anders als meine Mutter, die sich gewissenhaft an ihre

Partituren hielt, gab sich Tante Gerta romantischen oder kriegerischen Improvisationen hin. Sie waren immer unterschiedlich und klangen nach Bach, Brahms, Schumann oder ganz einfach nach Gerta. Jedenfalls klang es immer schön. Ich hörte ihr sehr gerne zu, weil ich sie ganz einfach anbetete.

Sie erlaubte uns all das, was zu Hause verboten war. Bei uns hieß es: „Kinder machen bei Tisch den Mund nicht auf, außer wenn sie gefragt werden, und sie haben ihren Lebertran ohne Mucks runterzuschlucken". Tante Gerta löffelte den Lebertran einfach heimlich in den Mülleimer.

Und wenn wir doch einmal bei diesen tödlich langweiligen Mahlzeiten eine Frage zu einer uns wirklich interessierenden Sache stellten, wurde uns geantwortet: „Kinderfragen mit Zucker bestreut" – was völlig nichtssagend war, aber jedes Gespräch beendete. Haben sich meine Eltern eigentlich niemals gefragt, wie sich Kinder in einer solchen Maulkorb-Atmosphäre entwickeln können? Wer garantierte ihnen, dass die Fragen der Erwachsenen wichtiger als die wissbegieriger Kinder waren?

Tante Gerta wusste das alles, selbst wenn sie nie die Liebe eines Mannes gekannt und keine Kinder geboren hatte. Aber sie war einfach ein Mensch voller Liebe. Bei den zahlreichen Einladungen, zu denen wir mitgenommen wurden, hübsch ausstaffiert, ordentlich gekämmt und die Füße in schwarzen Lackschühchen, ließ sie zum Beispiel ihren rechten Arm ganz lässig hinter der Lehne ihres Stuhles hinunterhängen, damit wir, die ganz artig bei der geliebten Tante in der Hocke saßen - „Oh die kleinen Engel, wie gut sie doch erzogen sind !" - einen Zug von ihrer russischen Zigarette nehmen konnten.

Kaum hatten wir lesen und schreiben gelernt, so führte

sie uns auch schon in ihre Lieblingsbeschäftigungen ein: Schach und Bridge. Wenn unsere Eltern uns um neun Uhr ins Bett geschickt hatten – denn „Kinder haben um neun Uhr zu schlafen, auf keinen Fall später, und dass ich kein Licht mehr sehe" – dann stieg Tante Gerta um zehn nach neun schnaufend die Wendeltreppe zum ersten Stock des riesigen Wohnhauses hinauf, um uns einen kleinen Besuch abzustatten. Sie zündete eine Kerze an, die sie in den Falten ihres Rockes versteckt hatte, setzte sich neben unser Bett und erzählte uns Geschichten. Und was für Geschichten! Denn Tante Gerta hatte das „zweite Gesicht". Alle Angestellten wussten und respektierten es. Nur mein Vater machte sich darüber lustig. Für ihn waren es Albernheiten alter Jungfern. Meine Mutter war beunruhigt, glaubte aber nicht wirklich daran. Die Mädchen fürchteten sie und flüsterten, wenn sie in die Küche kam. Aber für mich erschien alles, was sie erzählte, glaubhaft und überhaupt nicht geheimnisvoll.

Ich durfte bei der Geburt der Jungen von Hündin Rita assistieren. Das war auch so ein Streich von Tante Gerta, von dem vor allem meine Eltern nichts wissen durften. Kleine, glitschige Larven kamen da irgendwo zwischen den Hinterläufen heraus und begannen sofort, sich zu bewegen, zu krabbeln und bei ihrer Mutter zu saugen. Ich fand das gar nicht mysteriös. Nur konnte ich mir nicht erklären, wie sie ganz lebendig im Bauch ihrer Mutter gewachsen waren. Ich ließ es gelten, das war alles. Warum sollte ich dann auch nicht glauben, dass Tante Gerta längst verstorbene Hunde sah, die sich zwischen die lebenden Hunde und den Futternapf drängten, wenn jemand aus der Familie dem Tod nahe war. Warum die Erwachsenen bloß immer alles erklären wollen.

Ihr erschien auch Tante Clara, geboren 1832, im Todes-
jahr Goethes, mit dem ihr Vater in Briefen und Gesprächen
eine lange und fruchtbare freundschaftliche Beziehung gepflegt hatte. Tante Clara stand dann am oberen Ende des
langen Palisandertisches und sprach das abendliche Tischgebet. An diesem leeren Platz wurde immer ein Gedeck für
einen unerwarteten Gast aufgedeckt, für „unseren Herrn",
wie die Tante sagte, und zwar immer, wenn sich etwas
Schlimmes ereignete.

Als die Scheune brannte, hatte die Tante gerade das
Gebet gesprochen, genauso, als mein Vater auf einer Bahre
ins Haus gebracht wurde. Sein Jagdanzug aus grünem
Loden war blutdurchtränkt, die Kugel eines ungeschickten
Nachbarn hatte ihn getroffen. Auch am 31. August 1939,
am Vorabend des Kriegsbeginns, erschien die Tante zum
Tischgebet.

Dieser verwünschte Krieg, wir würden ihn verlieren.
„Der kleine Maler mit dem Schnurrbart", wie ihn meine
Tante nannte, dieser Unglückshitler, Schicklgruber mit
wirklichem Namen, dieser Bastard, der aus einer Affäre
eines Fräulein Schicklgruber, Mädchen für alles bei einem
jüdischen Ehepaar, mit dem Sohn ihrer Brötchengeber hervorgegangen war. Er würde drei Kontinente in Blut und
Feuer tauchen und Millionen von Toten auf dem Gewissen
haben. Und sie selbst, Gerta, und ihre Schwester Ingrid
würden am Ende dieses Krieges sterben. „Aber Ihr, meine
kleinen Lieblinge, Ihr werdet lange leben und besonders du,
Helene, du wirst durch die ganze Welt reisen und die fünf
Kontinente sehen." Das wusste sie alles.

Wir lauschten ihr und zitterten dabei in unseren dünnen Nachthemden, denn die oberen Stockwerke, wo wir
schliefen, wurden nie geheizt. In Pommern wurde das

Schlafen in einem geheizten Zimmer als ungesund angesehen, selbst wenn draußen fünfzehn Grad minus waren. Im schlimmsten Fall schob man einen heißen Ziegelstein unter das Deckbett aus Eierdaunen. Für uns waren die Politik, der Krieg und der „kleine Anstreicher" ziemlich weit weg, selbst wenn wir fest an Tante Gertas Worte glaubten. Hatten wir den Beweis nicht vor Augen? Jeden Tag steckte Tante Ingrid nach dem Wehrmachtsbericht bunte Stecknadeln in die große Russlandkarte an der Wand, um die Standorte unserer Truppen zu verfolgen, vor allem nach Stalingrad. Und wie oft verschoben unsichtbare Hände die Nadeln während der Nacht, und das vor jedem neuen Radiobericht. So wurde der Verlauf der deutschen Front präzise markiert, manchmal sogar hunderte von Kilometern weiter im Hinterland, als das, was offiziell verkündet worden war. Allerdings wurde dann die korrekte Position immer vom Radio gemeldet, aber mit einigen Tagen Verspätung.

Doch ich zog die Geschichten von Gespenstern und Dämonen, von Zwergen, bösen Geistern und Kobolden vor, die sie in den Teerosenbeeten sah oder die abends kamen, um Tante Gerta anzuflehen, sie zu erlösen. Natürlich nicht jeden Abend, aber zwei oder drei Mal in ihrem Leben.

Sie hatte Mädchen gesehen, die lebendig eingemauert wurden, weil sie Jungfrauen bleiben wollten - „Was ist das, eine Jungfrau, Tante Gerta?" – „Das wirst du später wissen, frag nicht so viel oder ich gehe gleich wieder runter!" -, die Geister von Verstorbenen, die in der Nacht, eine Eisenkugel hinter sich herschleppend, auf dem Dachboden hin- und hergingen; Schutzgeister, Quellengeister, Elfen und Zwerge, männliche und weibliche Teufelchen, die auf den Stufen der kleinen Treppe saßen, die zur Plattform des Turmes führte. Sie passte sehr auf, sie nicht zu zertreten, wenn sie zu ihrem Lieblingsplatz hinaufstieg, von wo sie so wie Lynkeus, der Türmer aus dem „Faust", alles sehen konnte, über den See hinweg bis zu uns, fünfzehn Kilometer plattes Land, blaues Wasser und grüne Wälder, hellgrüne oder gelbe Weizenfelder und tiefbraunes oder mit weißem Leichentuch bedecktes Brachland.

Wenn wir im Winter mit ihr hinaufstiegen, niemals allein wegen all der Geister und Gespenster, sahen wir unter uns alles weiß. Der See war gefroren und mit einer Eisschicht bedeckt, die Tannen beugten ihre Äste bis zum Boden unter ihrer Schneelast. Alles war von eintönigem Weiß, das nur hier und da von regelmäßigen Wildfährten durchzogen wurde, von Kaninchen und Hasen, Dachsen und Wieseln, Rehen und Schwarzwild. Wir hatten sie alle lesen gelernt, wenn sie kamen, um Nüsse, Eicheln und Kartoffeln aus den Mieten auszugraben, wo sie zum Überwintern eingelagert waren.

Über den ganzen Geländern jener wackligen Treppe gab es Holzregale, auf denen die kleinen Schätze der drei Schwestern ausgestellt waren: Muscheln aus südlichen Gefilden, die ein zum Katholizismus übergetretener und Kardinal gewordener Onkel seinen Nichten geschenkt hatte. Dieser Onkel war bis ins Heilige Land gefahren, von wo er ein Flakon mit Jordanwasser mitgebracht hatte. Und mit diesem Wasser bin ich getauft worden.

„Jordan, das war doch da, wo Jesus über das Wasser ging, nicht, Tante Gerta?", wollte ich wissen. „Ja, ja, glaube ich wenigstens", entgegnete die geliebte Tante, deren Lesegeschmack nicht unbedingt über die Zeitschriften „Wild und Hund" und „Kladderadatsch" hinausging, ganz zu schweigen von der Heiligen Schrift.

Der Onkel war bis nach Jerusalem und darüber hinaus

gepilgert. Wohin genau darüber hinaus, das wusste die Tante auch nicht, aber es war weit weg, in sonnige Länder, wo Orangen und Zitronen reiften und wo alle Blumen, die meine Mutter so mühsam in ihrem Gewächshaus zog, wild wuchsen.

Ich erinnere mich, dass mir Tante Gerta eines Tages eine sehr schöne Triton-Muschel ans Ohr hielt, damit ich hören sollte, wie das Meer sich auf dem weißen Sandstrand brach. Ich war verzaubert und hätte am liebsten noch stundenlang gelauscht. Ich konnte ja nicht wissen, dass ich, die unser Pommern noch nie verlassen hatte, eines Tages diese schönen Muscheln haufenweise sammeln und die richtige Südsee jede Nacht bis in meine Träume rauschen hören würde!

In allen Adelshäusern gab es wenigstens ein großes Muschelhorn, nicht, um fernen Meeren zu lauschen, sondern um hineinzublasen und im Spätherbst den Brunftschrei der Hirsche nachzuahmen und sie dahin zu locken, wo sie erlegt werden sollten.

Tante Ingrid war das Gegenteil ihrer Schwester. Sie war groß, schlank und sehnig. Ich komme anscheinend nach ihr, sowohl physisch als auch im Wesen. Sie kümmerte sich um das kleinste unserer drei Güter, Rosenhöh.

Mein Vater hatte zwei Drittel geerbt und die drei Schwestern ein Drittel, denn meine Eltern waren Vetter und Kusine. Alles blieb in der Familie, alles war da für die Familie und von der Familie, es war eine richtige Mafia.

Tante Ingrid stand mit dem ersten Hahnenschrei auf, stürzte eine Tasse Kaffee hinunter, sattelte ihr Pferd selber und ritt bei Sonnenaufgang im Galopp durch Felder und Wiesen. Sie inspizierte, indem sie hier Maß nahm, dort die Tagelöhner rügte, andere aber wiederum ermunterte. Sie besprach den Tagesplan mit dem Inspektor und den Speiseplan mit der Köchin. Sie machte die Buchführung, zahlte die Arbeiter aus und brachte ihren Frauen Suppe und Windeln, wenn sie niedergekommen waren.

Sie konnte Brot backen und Blaubeertorte, Braten und Marmelade zubereiten. Sie blieb vierundzwanzig Stunden auf, wenn Zuckerrübensirup in großen Kesseln auf Holzfeuer gekocht wurde, denn er musste regelmäßig gerührt werden, damit er nicht anbrannte. Wenn vor Weihnachten Schweine und Gänse geschlachtet wurden, watete sie mit ihren Gummistiefeln in Blut und Federn. Sie arbeitete wie ein Packesel, aber sie liebte das, was sie tat. Niemals hätte sie mit einem weniger aktiven Mann zusammenleben können, der sicherlich ein schlechterer Landwirt gewesen wäre als sie.

Wenn die großen Abendgesellschaften gegeben wurden, die sich für alle Zeit in mein Gedächtnis eingeprägt hatten, vor allem die im Winter, wo es schon gegen halb vier dunkel wurde, da entstiegen die Damen in ihren langen Samt- oder Taftkleidern den Schlitten oder Autos, begleitet von den Herren im Smoking oder in mit Orden geschmückter Uniform. Oskar eskortierte sie feierlich die große Treppe hinauf, bevor sie von Margarethe aus ihren Pelzhüllen geschält wurden. Wenn sich dann Tante Gerta nach dem Diner und einem dritten Glas Kognak, den sie zärtlich zwischen ihren Händen wärmte, in einem der grauen Hirschledersessel gemütlich zurecht rückte, so richtig in Fahrt kam und alle Gäste mit ihren Geschichten und ihrem Lachen unterhielt, da hatte Tante Ingrid schon die Augen geschlossen. Ihr Kopf ruhte leicht geneigt auf der Rückenlehne ihres Sessels, und sie schlief bis zu dem Augenblick, wo Oskar mit Stentorstimme und seinem pommerschen Akzent ankündigte: „Der Schlitten der Damen von Rosenhöh ist vorgefahren." Alle beide versanken dann in ihre Fußsäcke, knöpften die pelzgefütterten Decken sorgfältig zu, ebenso die Wachstuchschürze, auf der sich der Pulverschnee, der von den niedrigen Ästen herab fiel, sammeln sollte. Dann prüften sie, ob das Gitternetz, das sie vor den Schneebatzen, die die Pferdehufe hoch warfen, schützen sollte, ordentlich eingehakt war. Und nachdem eine heiße Wärmflasche an den Füßen verstaut war, fuhren sie endlich in scharfen Trab unter klarem Sternenhimmel in der eiskalten Nacht los, während die Glöckchen an den Pferdegeschirren zum gleichmäßigen Trab klingelten. Es war wie im Märchen.

Ich liebte meine Tanten wirklich heiß und innig! Sie schienen mir völlig irreal.

Bei allem, was sie betraf, empfand ich Wärme, etwas Geheimnisvolles und Wohlgefühl. Das Gefühl war da, aber ich konnte es nicht benennen. Die eine kommunizierte mit der Welt der Entkörperten, die andere mit den Geistern der Felder, dem Duft der Blumen, dem Saft der Bäume, der Farbe des reifen Weizens, den Stimmen der Tiere, die Tante Ingrid kaufte, versorgte, die sie erzog, für die Zucht auswählte, denen sie half, wenn sie niederkamen, die sie vor allem aber liebte. Im Sommer gab es bei meinen Tanten noch einen anderen Anreiz, der in ganz Pommern als unerhörte Extravaganz angesehen wurde. Sie hatten ein Rechteck hinter dem Schloss abholzen lassen, um dort einen Tennisplatz anzulegen. Hier lieferten sie sich manchmal hitzige Matches mit meinen Eltern und dies in einem bizarrem Aufzug: eine Art Sportdress mit Rüschen an Beinen, Armen und Hals, so dass diese bedeckt waren, nicht vergleichbar mit den kurzen Tennisröckchen einer Steffi, Serena, Justine und wie sie alle heißen, von heute. Dagegen durften wir Kinder nur die Bälle aufsuchen, die sehr oft unter den dichten Büschen hinterm Zaun verloren gingen.

Wenn wir bei unseren Tanten zum Adventsbesuch angesagt waren, dann lag das Schloss auf ihre Anweisung in völligem Dunkel. Wir fuhren immer im Schlitten durch den frisch gefallenen Schnee, der jedes Geräusch erstickte. Die Stuten gingen gut, denn sie kannten den Weg genau und wussten, dass sie ein warmer Stall und Hafer erwarten würde. Dieser Ausflug von fünfzehn Kilometern war ein wunderbares Vorspiel für die große Sinfonie von Krippe und Christkind.

Wenn wir angekommen waren, befreite uns das Mädchen – schwarzes Kleid, weißes Schürzchen mit Spitzenbesatz – beim Schein einer Bienenwachskerze von unseren Pelzen, Schals, gefütterten Stiefeln und dicken, von der alten Marie gestrickten Socken aus Schafwolle. Natürlich wurden wir auch die Fausthandschuhe los, die mit einer um den Hals laufenden Schnur vor dem Verlieren gesichert waren.

Jetzt öffneten wir die Tür zum Vestibül, von wo aus man einen langen Flur betrat, an dessen Ende uns das wunderbare Bild einer lebensgroßen Krippe mit dem Stern von Bethlehem darüber erwartete, der an der hohen Decke befestigt war. Den Hintergrund bildeten eine Wand aus Tannenzweigen und ein Gebirge aus Felsstein und Geröll. Die Hirten, die Schafe, Ochs und Esel faszinierten uns, aber vor allem das Kind mit Maria, von blauem Satin umhüllt, und Joseph mit einem echten Bart, den Tante Gerta aus Schweiflocken des Ponys Dolly geknüpft hatte. Sämtliche Wände des großen Flurs waren mit dunkelgrünen Douglasfichtenzweigen geschmückt, die mit roten Bändern umwunden waren. In den Zweigen steckten auch dicke, rote Kerzen, die ein mildes Licht verbreiteten.

Auf halbem Weg zwischen der Eingangstür und der Krippe hing ein Adventskranz, groß wie ein Wagenrad. Er trug ebenfalls vier rote Kerzen. An jedem Adventssonntag wurde eine weitere Kerze angezündet. Wir wussten, dass die Krippe den ganzen Dezember über auf uns wartete und dass wir sie der Tradition gemäß sehen würden, sobald unsere Mutter in unserem Zimmer über dem Fenster den Adventskalender aufgehängt hatte. Auf dem Kalender konnten wir jeden Morgen ein kleines Fenster öffnen, hinter dem wir ein Bildchen oder etwas Süßes fanden. Der magische Zauber der Krippe unserer Tanten nahm nie ab, er verstärkte sich eher von Jahr zu Jahr. Als das Leben mir später hart zusetzte, erinnerte ich mich immer wieder an diese Krippe am Ende des langen Flures, der uns an gewöhnlichen Tagen düster erschien, aber im Dezember einem festlich erleuchteten Kirchenschiff glich. Und dieser Stern, dieser große, treue Stern von Bethlehem strahlte ein sanftes, stärkendes und zuversichtliches Leuchten aus.

„Wenn du dir einen Bibelvers aussuchen solltest, um dich durchs ganze Leben zu begleiten, welchen würdest du wählen?", fragte mich Tante Gerta eines Abends vor dem Kamin. Ohne zu zögern antwortete ich: „Ich werde dich segnen, und du sollst ein Segen sein." „Das ist großartig, das passt sehr gut zu dir", fand die geliebte Tante, „aber du wirst es sehr schwer damit haben." Wie Recht hatte sie, gütiger Himmel! Ich hatte wirklich viel Kummer. Das Herz sprach immer mit, aber wie schwach war das Fleisch!

Das Kind, das ich damals war, machte sich überhaupt nicht klar, wie schön unser Haus und wie privilegiert unser Leben war. Bis zu dem Tag, an dem ich einer alten Verwandten den Tee einschenken wollte. Sie war die Witwe eines zaristischen Offiziers und lebte allein in einer düsteren Wohnung in Berlin. Ihr Leben fristete sie durch Näharbeiten. An diesem Nachmittag saß sie bei uns auf der Veranda in einem weißen Sessel aus Korbweide, den Kopf gestützt durch ein Kissen aus hellblauen Leinen mit kleinen Blümchen, das mit Bändern an der Rückenlehne fest gebunden war. Ihre Schultern zuckten, und sie schluchzte leise, während ihre Augen auf den Horizont gerichtet waren. Die Sonne begann unterzugehen, mit jener Langsamkeit der nördlichen Breiten, die einen manchmal zur Verzweiflung bringen konnten. Die Strahlen tauchten die Weizenfelder in ein unwirklich rot-goldenes Licht. Der Abend senkte sich wie ein Wattemeer auf die Wiesen. Die Schafe, die der Schäfer Dorow, von seinem Hund Lux begleitet, in den Stall brachte, schienen auf diesem Wattemeer dahin zu treiben, als hätten sie keine Beine.

Auf der Lichtung des großen Parks am Ende der Espen- und Trauerweidenallee verlief ein Weg, den nur die Erntearbeiter benutzten, wenn sie zur Arbeit kamen oder zurückkehrten. Eine Gruppe junger Frauen hob sich von dem leuchtenden Abendhimmel ab. Sie sangen, und ihre Schritte waren schwerfällig. Hinter ihnen folgte ein hochbeladener Heuwagen, den zwei große Holsteiner Kaltblüter zogen. Sie schienen einem Gemälde von Mantegna entstiegen zu sein. Einige Minuten später folgten die Männer mit der Sense auf der Schulter. Sie glichen chinesischen Schattenbildern im Gegenlicht der tief stehenden Sonne, von der nur noch eine Hälfte zu sehen war.

Im Vordergrund erstreckte sich der Rokoko-Garten, den meine Mutter mit Liebe pflegte. In ihm blühten Rosen in allen Farben und mit allen Duftnoten, Löwenmäulchen, Geranien, Pfingstrosen, Rittersporn und Stockrosen. Hier auf dem weißen Kies war der Platz der beiden sanften rotbraunen irischen Setter. Etwas weiter standen die Forsythien- und Schneeballbüsche in Blüte. Um sie herum summte ständig ein Bienenschwarm. „Warum weinst du, Tante?", fragte ich unseren Gast und legte tröstend die Arme um sie. „Weil es so wunderschön hier ist. Dieser Friede, diese Farben, dieser Duft. Ich kann mir nicht vorstellen, dass das Paradies schöner sein kann als dieses Fleckchen Erde", seufzte sie.

Ohne mir zu viele Fragen zu stellen, warum es uns so gut ging und anderen nicht, zum Beispiel den Küblers, einer großen Tagelöhnerfamilie, deren Töchter ich einlud, mit mir zu spielen. Aber es kam immer nur eine, da sie nur ein gutes Kleid hatten, „um aufs Schloss zu gehen". Unter dem Arm trug sie Ihre in Zeitungspapier eingewickelten „Pampuschen".

Ich war glücklich über die Schönheit, den Überfluss und die Geborgenheit, die den Rahmen meiner Kinderjahre bildeten. Aber ich verstand nicht, dass man vor Glück weinen konnte. Es sollte noch lange dauern, bis meine Seele lernte, ihre Flügel so weit auszubreiten.

Meine Eltern öffneten ihr schönes Haus für viele Besucher, meine Mutter den Künstlern, mein Vater seinen Regimentskameraden und Corpsbrüdern, den Saxo-Borussen. Gastfreundschaft war Tradition in unseren Familien. Meine Großmutter, Herrin auf Rosenhöh, hatte die bekannte schwedische Schriftstellerin Selma Lagerlöf lange bei sich zu Gast gehabt. In Pommern schrieb sie Teile ihres berühmten Romans „Die wundersame Reise des Nils Holgersson", der 1909 den Literaturnobelpreis bekam. Sie verewigte übrigens meine Tanten Ingrid und Gerta in einem ihrer Romane. Der berühmte Bariton Schlussnuss, sein treuer Klavierbegleiter Sebastian Peschko, der Schriftsteller Ascan Klee Gobert, der Tennisspieler Gottfried von Cramm, Sieger von Roland Garros 1923, der eine Kusine meiner Mutter geheiratet hatte, bevor er 1951 der Ehemann der amerikanischen Milliardärin Barbara Hutton wurde, sowie Generäle, Admiräle und Prinzen verbrachten bisweilen Wochen in dem weißen Haus. Sie verspeisten unsere Krebse, tranken unseren Portwein, spielten Sonaten auf dem Bechstein, schrieben Geschichten oder liefen den jungen Schnitterinnen nach.

In unseren Familien war man vertrauensselig. Onkel Konstantin war ein herausragendes Beispiel dafür. Wenn jemand einen Titel vor seinem Namen hatte, einen Siegelring auf dem Ringfinger - und um Gotteswillen nicht auf dem Mittelfinger! - , eine Nadel mit Hirschzähnen in der Krawatte, wenn er Jagd- und Kasernenanekdoten zum Besten geben und den Damen die Hand küssen konnte, dann gab man ihm die Absolution ohne Beichte. Die Geschichte, die meinen Großeltern widerfahren war, blieb lange Zeit das Lieblingsthema aller gesellschaftlichen Ereignisse.

Eines Tages hatte sich ihnen ein gewisser tadellos gekleideter Herr von angenehmem Äußeren vorgestellt, indem er behauptete, der Vetter eines Vetters zu sein, der sich gerade für die Kolonialtruppen in Afrika verpflichtet hatte. Für die Großeltern, die drei Töchter zu verheiraten und lange Winterabende vor dem Kamin zu verbringen hatten, war ein solch unverhoffter Besuch ein Geschenk des Himmels. Der junge Graf XX erwies sich als begabter Erzähler und exzellenter Tänzer. Er spielte Tennis, saß gut zu Pferde und war ein angenehmer Vierter beim Bridge.

Später, als er schon mit einem Koffer Silberzeug und dem gesamten Schmuck meiner Großmutter das Weite gesucht hatte, eröffneten extra aus Berlin angereiste Detektive meinen Großeltern, dass es sich um einen berüchtigten Hochstapler gehandelt hatte, der von der ganzen Polizei Europas gesucht wurde. Nachdem er die Hotels und Villen von Monte-Carlo und Deauville ausgeraubt hatte, wollte er ein wenig in diesem Winkel Hinterpommerns untertauchen. Die drei Töchter des Hauses, die ich alle drei im Verdacht hatte, dass sie sich in den schönen Leichtfuß verliebt hatten, erinnerten sich später gewisser Einzelheiten, die sie überrascht hatten. Das war aber erst, nachdem die Maske gefallen war und die Aura des glücklich fahrenden Grafen verflogen war.

Hatte er nicht den kleinen Finger abgespreizt, wenn er Tee trank, hatte er nicht vom jungen Berti von Bredow erzählt zu einer Zeit, als Berti, was jedermann wusste, auf die Siebzig zuging, und vor allem hätte ein echter Aristokrat niemals das „von" ausgesprochen. Das war ein schlimmer Fauxpas, wie man uns seit der frühesten Kindheit eingeschärft hatte. Wir wurden angehalten, den ganzen Gotha auswendig zu wissen, und wenn jemand Solms, Bismarck, Yorck oder Hanstein hieß, musste niemand „von", „Graf" oder „Fürst" hinzufügen.

Wir wussten, wer nur adelig war und seit wann, wer Baron oder Graf mit neun Zacken auf dem Wappen war und in diesem Fall aus einer sehr alten Familie stammte, oder aber ob es sich um einen „Treppengrafen" handelte, jemanden, der in den Grafenstand erhoben worden war durch die erhabene Geste des Kaisers anlässlich eines großen Empfanges für kleine Barone und andere Krautjunker, die dem Reich einige Dienste erwiesen hatten: „Wir, Wilhelm, Deutscher Kaiser von Gottes Gnade, verleihen den Grafentitel all denjenigen, die dort unten auf der Treppe stehen". Böse Zungen behaupteten später, ein paar der Anwesenden wären noch schnell ein paar Stufen hoch gesprungen. Einzig die, die nicht zu den großen Familien gehörten, erwähnten ihr „von", wenn sie sich vorstellten und verrieten so ihre „Kleine-Leute-Herkunft".

Hatte er Irma, das Mädchen, nicht Fräulein Irma genannt, während ein wirklicher Graf mit einer Mischung aus Herablassung und familiärer Vertraulichkeit ganz einfach Irma gesagt hätte? Aber wie kann man jemanden aus guter Familie verdächtigen, in Wirklichkeit oberfaul zu sein! Was aber der falsche Graf eingeheimst hatte, entsprach seiner unwahrscheinlichen Dreistigkeit. Diese Anekdote hat mich gelehrt, mich niemals auf Äußerlichkeiten zu verlassen, sondern immer zu versuchen, den wahren Wert zu erkennen, der dahinter steckt.

Ich hatte sehr früh angefangen, mich für alles Geschriebene zu interessieren. Herzblättchens Zeitvertreib, Nesthäkchen, Trotzkopf, Lederstrumpf etc. Meine Eltern waren stolz auf ihre lesehungrige Tochter. Die Jahre vergingen und ich verschlang weiterhin Bücher, besonders solche, die verboten waren. Sie standen hinter einem dichten Vorhang unter dem Doppelfenster des Kaminzimmers. So verschlang ich Madame Bovary und Anna Karenina unter der Bettdecke beim Schein einer Taschenfunzel. Erst recht, nachdem Mutti gesagt hatte „das darfst du nicht lesen, das waren schlechte Frauen".

Ich ritt mit meinem Vater aus und trug die Medikamententasche meiner Mutter, wenn sie ins Dorf ging, um Kranke zu versorgen: junge Mütter im Wochenbett, Großmütter mit Rheuma, hustende, weinende und schlecht riechende Kinder. So sah es damals in jenen Häusern armer Leute aus, wo immer ein Geruch von Kohlsuppe, Ziegenkötteln und saurer Milch herrschte. Der Gestank war derart, dass eines Tages einem Pastor Folgendes passierte, jedenfalls kursierte diese Anekdote:

Der brave Mann besuchte eine recht arme pommersche Familie, die gerade einen prächtigen Ziegenbock gekauft hatte, aber keinen Stall besaß. So war der Bock im Hof angepflockt und blökte. „Was macht ihr im Winter mit ihm?", fragte der Besucher besorgt. „Wir bringen ihn in die gute Stube." „Aber das wird sehr stinken, ist euch das nicht klar?" „Oh, wissen Sie, Herr Pastor, so nen Tier gewöhnt sich an alles!", soll die Antwort gewesen sein.

Ich mochte diese Ausflüge, wenn wir in eine Welt kamen, die sich von der unsrigen so sehr unterschied. Ich guckte gerne zu, wenn meine Mutter, die im Ersten Weltkrieg Schwester in einem Lazarett gewesen war, Wunden verband, Geschwüre aufstach und Kranken gut zusprach. Schon damals stand es für mich fest, ich würde Ärztin werden.

Ich liebte es auch, meinen Vater zu beobachten, wenn er vom Sattel aus mit seinen Arbeitern sprach. Ich liebte oder bewunderte ihn, ganz sicher bin ich mir nicht. Er beeindruckte mich, und manchmal hatte ich große Angst vor ihm, meine Mutter übrigens auch. Ich glaube, dass nichts auf der Welt, keine Erziehung, kein Freund, keine Ideologien und keine große Liebe eine so tiefe und unauslöschliche Spur hinterlassen kann wie der enge Kontakt mit unseren Eltern während der ersten Lebensjahre. Wir halten sie für Götter. Aber eines Tages begreifen wir, dass sie nur Götzenbilder waren, hinkende Götter. Denn bevor sie Eltern wurden, waren auch sie Kinder, und vielleicht haben manche als Kinder ihre Lektionen nicht vollständig gelernt. Und während ihr eigener Reifeprozess noch nicht abgeschlossen ist, haben viele schon begonnen, trotz aller Liebe in uns eine Menge von Komplexen, Vorurteilen, Einschränkungen, Ängsten, Neigungen und Abneigungen zu säen. Oft reicht ein ganzes Leben nicht, um das alles zu verarbeiten. Später musste ich lernen, dass in unserem großen weißen Haus nicht alles rosig war. Meine Eltern, die sich verbunden hatten, um den Familiensitz nicht aufteilen zu müssen, waren zu unterschiedlich, um miteinander glücklich werden zu können. Ich war noch sehr klein, als ich meine Mutter zum ersten Mal weinen sah. Sie trug ein malvenfarbenes Kleid mit Volants und hatte ihr schönes kastanienbraunes Haar zu einem Knoten geschlungen. Ich war tief bewegt, denn bis zu dem Tage hatte ich geglaubt, dass Mütter nie weinen, und dass niemand wagen würde, ihnen weh zu tun. Meine Mutter, die unter dem Sternzeichen der Waage geboren war, verabscheute jede Art von Streit und um ihn zu verhindern, war sie Meisterin in der Kunst des Vertuschens und Beschönigens geworden.

Trotz meiner großen Liebe für sie, als sie noch lebte, die auch über ihren Tod hinaus anhält, muss ich wahrheitsgemäß sagen, dass der häufigste Satz, den ich bei uns zu Hause hörte, war: „Das dürfen wir deinem Vater nicht sagen". Da sie unfähig war, den Zornesausbrüchen, Verboten und Hirngespinsten ihres Mannes die Stirn zu bieten, umgab sie sich mit einem dichten Kokon aus Lügen und Erdichtetem. Später habe ich selber erst begriffen, dass wir so viel Nutzen wie irgend möglich sowohl aus den guten wie auch aus den schlechten Vorbildern ziehen sollten, denn nur so können wir vermeiden, zu viel der kostbaren Zeit zu verlieren, die uns hier auf Erden gewährt ist.

Hier ein kleines Beispiel: Meine Mutter fragte meinen Vater, ob sie unsere beiden Füchse Astra und Aspera nehmen könnte, um in die Kleinstadt zu fahren, wo alles zu finden war, was für mich bis zu meinem vierzehnten Lebensjahr die Welt bedeutete: einige Läden mit verstaubten Regalen, eine Konditorei, in der es Kirsch- oder Erdbeertorten mit Schlagsahne gab, ein Kino, in dem „Der Tiger von Eschnapur" und „Das indische Grabmal" mich zu Tränen rührten. Außerdem ein Zahnarzt, der uns schreckliche Drahtgestelle auf die Zähne setzte, „damit wir nicht aussehen wie kleine Engländerinnen", eine Mittelschule, eine Autowerkstatt, ein Schloss und ein städtisches Schwimmbad, wo ich mit Hilfe einer Angelrute und einer Rettungsweste um den Bauch schwimmen lernte. So konnte ich einige Jahre später eine mit einem Hakenkreuz geschmückte Urkunde in Empfang nehmen, nachdem ich eine halbe Stunde ununterbrochen geschwommen war. Nach fünfzehn Minuten, bekamen wir den „Freischwimmer", nach fünfundvierzig Minuten den „Fahrtenschwimmer" und nach zwei Stunden den „Totenkopfschwimmer!" Immer diese makabre Verherrlichung des Todes!

Mein Vater schlug die Bitte meiner Mutter ab. Die Pferde sollten geschont werden, um einen jener Onkel vom Bahnhof abzuholen, die so oft zu uns kamen und fest entschlossen waren, wochenlang zu bleiben und nichts anderes zu tun, als sich das Frühstück auf der Terrasse servieren zu lassen, auf Entenjagd zu gehen und unseren Gewürztraminer zu trinken, während sie sich Kriegs- oder Jagdgeschichten erzählten oder manchmal Geschichten, die ich überhaupt nicht verstand, denen aber immer ein schallendes Gelächter folgte. Mutti widersprach ihrem Mann nie, sie verhielt sich immer diplomatisch und ausweichend. Aber kaum war mein Vater in schnellem Galopp am Rande des Parks in einer Staubwolke verschwunden, wo gerade noch die hinteren Eisen seiner Stute Duala aufblitzten, da ließ sie auch schon den Landauer anspannen und eilte trotzdem nach Falkenburg zu ihrer Schneiderin.

Mein Vater, der polnische Erntearbeiter bei der Kartof-

felernte inspizieren wollte, hatte es sich aber anders überlegt und war zum Sägewerk geritten, das dummerweise auf
dem Weg lag, den meine Mutter kreuzte. Sie kamen nach
Hause, der Landauer vorneweg, dahinter mein Vater auf
seiner Stute. Sie gingen zusammen die Treppe hinauf ins
Schlafzimmer, aus dem wir Schreie, Weinen und zerbre-
chende Vasen hörten.

Ein Mädchen, das die Stimme nicht zu erheben wagte,
brachte uns mit einer grässlichen Griessuppe zu Bett, tätschelte uns den Kopf und sagte in ihrem Dialekt: „ Arme
Kinderchen, wat für eine Misere, immer die Männer!"

Andererseits war mein Vater äußerst korrekt und ver-
tuschte nie etwas, weder von seinem Handeln, noch von
seinen Ansichten, die, wie ich vermute, von meinen Großeltern auf ihn übergegangen waren, die sie ebenfalls von
ihren Großeltern hatten usw. Und wenn ich nicht so weit
herum gekommen, gelitten und nachgedacht hätte, wenn
ich den weichen Kokon meines pommerschen Lebens nicht
verlassen hätte, hätte ich sie ebenfalls kritiklos übernommen und bis zu meinem Tode beibehalten.

Für unseren lieben Vati war jedes menschliche Wesen,
das eine etwas dunklere Haut, schräg geschnittene Augen
oder stark lockige Haare hatte, ein Zulukaffer oder ein
Schlitzauge, also unter allem Niveau.

Die Katholiken waren verdächtig und personae non gra-
tae. Wenn man im Französischen sagt: „das ist nicht sehr
katholisch", sagte man in Hinterpommern zu etwas Ver-
dächtigem, Faulem oder etwas, das nach Ausschweifung
und Sinnlichkeit roch: „das ist katholisch". Übrigens roch
für ihn alles nicht Vernunftbestimmte nach Schwefel: Bil-
derstürmer, Wiedertäufer, Vegetarier, Schauspieler und ver-
hinderte Trappisten.

Der schlimmste Verrat, den ein junges Mädchen aus guter preußischer Familie begehen konnte, war, einen jungen Mann zu heiraten, der jüdisches Blut hatte. Von seinem Forstgehilfen ein Kind zu erwarten wäre weniger anrüchig gewesen. Trotzdem hatten wir jüdische Freunde, und einer war sogar mein Pate. Meine Eltern diskutierten und lachten gerne mit dem Hausierer Cohen, der eine gewisse Bildung und vor allem viel mehr Schlagfertigkeit und Witz hatte, als unsere stumpfsinnigen und lahmen Tagelöhner.

Die wenigen jüdischen Frauen oder solche mit ein paar Tropfen nicht-arischen Blutes, die ich kannte, waren schön und sanft. Aber manchmal ertappte ich meine Eltern, wie sie halblaut über ihre aufreizenden Kleider, ausladenden und orientalischen Formen und ihre verdächtige und für einen guten protestantischen Preußen höchst verdammenswerte Sinnlichkeit lästerten.

Wenn Juden vom gleichen gesellschaftlichen Niveau waren, konnte man sie wohl zum Essen oder ins Herrenzimmer einladen, aber auf keinen Fall in sein Bett. Trotz Bildung und Herzensgüte waren meine Eltern nicht ganz frei von einem gewissen Klassen- und Rassendünkel, den G. Pausewang so treffend „das germanische Elite- und Sendungsbewusstsein" nennt.[1]

Meine Eltern ließen sich nach dem Krieg scheiden. Sie teilten ihren Besitz auf, jedenfalls das Wenige, was davon übrig war und die später angeschafften Bücher: ein Schrank voller Romane, Gedichte, klassischer und moderner Literatur, sowie herrliche Bildbände über Malerei für meine Mutter und ein Regal mit Biographien über Generäle und

---

1 Gudrun Pausewang: „Die Rosinkawiese – damals und heute"

Marschälle für meinen Vater.

Wir waren schon erwachsen und liebten sie alle beide wie Kinder mit ihren Schwächen und Vorzügen. Aber während meine Mutter sich bis zu ihrem plötzlichen Tod mit vierundsiebzig Jahren ständig weiterentwickelte, sich für alles Neue in den Bereichen Literatur, Kultur, Politik und Volkswirtschaft interessierte, immer zu einem Gespräch bereit war und sich bemühte, uns zu verstehen und mit uns und unseren Kindern, die unter einem anderen Himmel geboren waren, zu lachen und in deren Sprache ernsthaft zu diskutieren, hatten wir von unserem Vater den Eindruck, dass er immer so geblieben war, wie er schon vor unserer Geburt gewesen war: ein junger draufgängerischer Leutnant mit vorprogrammierten Ansichten.

Wie hätte er sonst als alter Mann über einen Heimatfilm zu Tränen gerührt sein können, diesen typisch deutschen Kitsch-Mischmasch, ein wenig Alpenglühen, ein Jäger, der in einem Tannenwald einen Hirsch schießt, seine Tochter, die einen reichen Industriellen aus der Stadt liebt, aber aus Liebe zur Heimat auf ihn verzichtet und schließlich schwanger in einem reißenden Wildwasser ertrinkt – ein schauderhafter bayrischer Dallas-Aufguss.

Und wie konnte er sehr viel später beim Anblick eines jungen bärtigen Langhaarigen, der ruhig auf einer öffentlichen Bank saß, ausrufen:

„Diese Regierung ist völlig unfähig, ich würde diesen Typen mit Gewalt rasieren lassen!" Von da bis zum SS-Mann, der jüdische Kinder mit Fußtritten umbringt, danach den Weihnachtsbaum für seine eigenen Kinder anzündet und dann beim Anblick der Blondschöpfe, die „O-Tannenbaum" singen, vor Rührung in Tränen ausbricht, ist es nur ein Schritt. Nein, sagen wir mehrere

Schritte, denn mein Vater wäre unfähig gewesen, dessen bin ich sicher, eine gewalttätige oder barbarische Handlung zu begehen. Aber auf dem Grunde seiner Seele war das kleine Samenkorn der Intoleranz ausgesät, wie noch oft bei bestimmten Deutschen.

Ich habe lange gebraucht, um mich von allen Vorurteilen zu befreien, die man automatisch von seinen Eltern übernimmt, und von ihrer Erziehung nur das Positive zu bewahren: Ausdauer, Mitgefühl, Ordnung und Ehrgefühl.

Viel später, als ich verheiratet und Mutter von drei Kindern war, lud uns Vati manchmal ein, einige Ferientage bei ihm oder in einem schicken Kurort zu verbringen. Die Ferien bei meinem Vater, der seit seiner Scheidung allein lebte, waren vom ersten bis zum letzten Tag vorprogrammiert wie beim Militär. Abfahrt um 13.53 Uhr vom Bahnhof, also um 13 Uhr von zu Hause losfahren, das bedeutete, dass man sich von 12.30 Uhr an bereit halten musste. Dass ein kleines Kind seine Hose im letzten Moment nass machen könnte und ein anderes ganz dringend aufs Klo musste, wenn das Taxi vor der Tür hupte, war so unzulässig für meinen Vater, dass er nicht einmal mehr Puste hatte, um noch lauter zu schreien: „Daran denkt man vorher, sie hatten doch Zeit genug...!"

Nachdem wir um 19.23 Uhr an dem kleinen Alpenort angekommen waren, der auf die Empfehlung eines Corpsbruders hin ausgewählt worden war, wurde sofort ein Blick auf die goldene Uhr geworfen, die er vor den Russen hatte retten können: „Drei Minuten Verspätung nach dem Fahrplan, natürlich, da sieht man mal wieder, dass die Bayern nicht wissen, was preußische Pünktlichkeit ist."

An den folgenden Tagen: Frühstück um neun Uhr (pünktlich bitte, diese kleinen Wilden müssen endlich lernen, was pünktlich neun Uhr heißt), Mittagsessen um Punkt zwölf, Spaziergang um drei Uhr, das heißt mitten in unserer Kolonialsiesta – „Was, am Nachmittag schlafen, Siesta machen nur italienische Gastarbeiter und Neger ", Tee um fünf Uhr...

Na ja, richtige Ferien! Ich weiß immer noch nicht, warum ich mich all diesen drakonischen Gesetzen unterworfen habe. Aber ich tat es, ständig hin- und hergerissen zwischen zwei Welten, einem superliberalen Mann auf der einen Seite und einem autoritären und reaktionären Vater auf der anderen Seite. Erst nach seinem Tode begann ich, mich zu suchen und herauszufinden, wer ich eigentlich war. Mein Vater hat uns sehr geliebt, aber durch seine eigene strenge und puritanische Erziehung war er völlig gehemmt und nicht zu der Erkenntnis gekommen, „dass kein menschliches Wesen völlig frei ist, wenn es sich nicht jenseits der geistigen Grenzen der Welt entfalten kann, in der es aufgezogen wurde."

Sehr oft stellte ich mir die Frage, ob wir eher das Ergebnis unser Erziehung oder unserer Gene sind. Gewiss wählt die Seele, die wiedergeboren werden soll, um ihre spirituelle Entwicklung zu fördern, absichtlich den Familienkreis, der ihr am besten hilft, sich zu entfalten und alle Unebenheiten ihres unvollkommenen Wesens abzuhobeln. Und anstatt sich Eltern zu suchen, denen sie psychisch und psychologisch gleicht, wird die Seele Eltern vorziehen, die ihr durch sowohl gute als auch schlechte Beispiele die Augen öffnen, ihr helfen, sich zu entfalten und an Erfahrungen reicher zu werden. Das ist oft sehr hart. Wie sagt Abigail van Buren: „Wenn wir unsere Erfahrungen für den gleichen Preis verkaufen könnten, den sie uns gekostet haben, wären wir alle Millionäre."

Der Krieg

„Der Krieg wird von Leuten gemacht, die sich nicht kennen und umbringen. Aber er wird beschlossen von Leuten, die sich kennen, aber nicht umbringen."

Paul Valéry

„Was wir nicht durch Weisheit lernen, müssen wir durch Unglück lernen."

Das Leben der Meister

Jetzt muss ich wieder auf die Vergangenheit zurückkommen. Erster September 1939: Die Stimme des Führers schreit aus einem kleinen schwarzen Radio: „Ich gebe dem deutschen Volk bekannt, dass wir auf den perfiden Angriff der polnischen Armee mit Waffen antworten. Seit 5 Uhr 45[1a] wird zurückgeschossen. Von jetzt an werden Bomben mit Bomben vergolten." Das Volk schreit Heil, dass der Volksempfänger fast birst. „Wir werden den mit Gas bekämpfen, der uns mit Gift bekämpft." (Alles war schon geplant!) Es folgte ein immer hysterischer werdendes Sieg-Heil-Gebrüll.

Um einen Vorwand für seinen Angriff zu haben, hatte Hitler den Radiosender Gleiwitz durch politische Gefangene angreifen lassen, die als polnische Soldaten verkleidet waren. Das wussten wir damals nicht. Die Gefangenen kamen dabei ums Leben und die ganze Welt war getäuscht. Einige Stunden später griffen deutsche Soldaten, echte diesmal, die Garnison der Westerplatte vor Danzig an und erschossen die hundert polnischen Soldaten, die noch nicht

---

1a Warum Hitler die falsche Uhrzeit gesagt hatte, ist unklar. In Wirklichkeit begann um 4 Uhr 45 der Beschuss der Westerplatte. Schon vorher war das polnische Grenzstädtchen Wielun dem Erdboden gleichgemacht worden.

wussten, dass der Krieg erklärt war. Das war der Anfang. Der Weltenbrand war entzündet. Und in vielen Ländern segneten Pastoren und Priester Kanonen, Bomber und Torpedos, damit sie mehr Tod säten als die, die von ihren gegnerischen Kollegen gesegnet worden waren.

Alle wandten sich an den selben Gott, den sie den Gott der Liebe nannten, und durch den sie sich als seine Stellvertreter auf Erden eingesetzt glaubten. Was für ein heuchlerisches Geschäft!

Vor wenigen Tagen, Januar 2010, erreichte mich ein Brief aus Warschau. Jaroslaw schrieb in hervorragendem Deutsch: „... *Es ist zum Glück nicht die Wahrheit, dass alle 100 polnischen Soldaten sofort getötet wurden. Auf der Westerplatte war eine polnische Eliteeinheit stationiert. Sie war auf den Krieg sehr gut vorbereitet und wusste, dass ein Angriff kommen würde. Es war eine verstärkte Kompanie mit 180 Soldaten, Maschinengewehren und Bunkern. Gegen 3000 Deutsche haben sie sich über sieben Tage tapfer verteidigt, bevor sie kapitulierten. Die Deutschen haben sie gut und ehrenhaft betrachtet. Es fielen zwanzig polnische Soldaten. Der Bruder meiner Großmutter war dabei und ist nach dem Krieg lebend nach Hause zurückgekommen. Die Westerplatte ist heute für jeden Polen ein Symbol des Patriotismus und der Tapferkeit ...*"* Es ist nichts Neues, dass wir belogen und betrogen wurden, dass sich die Balken bogen.

Für die dreizehnjährige Halbwüchsige, die ich damals war, machte die Kriegserklärung keinen großen Unterschied. Mein Dasein blieb weiter ländlich, weich gepolstert und beschützt. Außer, dass mein Vater in einer schicken Uniform irgendwohin nach Polen als Flügeladjutant eines Generals abfuhr und dass ihn die Arbeiter nicht mehr Herr Hauptmann, sondern Herr Major nannten, weil er befördert worden war. Mir erschien es ganz unwirklich, dass wir plötzlich Krieg führen sollten gegen ein Land, das kaum hundert Kilometer von unserem Dorf entfernt war und mit dem wir zahlreiche freundschaftliche Verbindungen und eine gemeinsame historische Vergangenheit hatten.

Am 26. August 1939 hatten wir einen aufregenden Anruf erhalten: „Morgen ab sieben Uhr sind alle Pferde und alle Hunde über siebzig Zentimeter Widerristhöhe zwecks Inspektion der Militärbehörde bereitzuhalten."

Am anderen Morgen erschienen ein Wehrmachtsoffizier und mehrere Soldaten in feldgrau in Begleitung eines Tierarztes mit aufgebockten Tischen, Metermaßen und Büchern und begutachteten unsere Pferde. Sie nahmen vierundachtzig von hundertzwanzig Tieren mit, die wir und die Bauern ihnen vorgeführt hatten.

Für die Kleinbauern, die nur zwei bis drei Tiere und keinen Trecker hatten, um ihre Felder zu pflügen, und die bisweilen ihre Tiere mehr zu lieben schienen als ihre eigenen Kinder, war dies eine Katastrophe. Anschließend waren die Hunde an der Reihe. Alle Schäferhunde wurden genommen und verließen noch am gleichen Abend in einem Höllenlärm von verzweifeltem Gebell und Geheule das Gut. Sie würden ihr Leben in Schützengräben beenden oder durch Minen zerfetzt werden. Wir zitterten um Annele, die wunderschöne irische Setterhündin meiner Mutter, aber sie blieb verschont. Wir wussten noch nichts von dem schrecklichen Schicksal, das sie erwartete.

Da meine Eltern sich nicht mehr verstanden, lebten sie jeder für sich in einem anderen Bereich des Hauses, das heißt im Schloss mit unzähligen Zimmern, mit ihren Angestellten, ihren Hunden, Katzen und Pferden. Jeder gab seine eigenen Empfänge, zu denen meistens die gleichen Personen eingeladen wurden und an denen auch wir Kinder immer teilnehmen mussten. Wir fühlten uns dabei wie Museumsstücke, die an Festtagen ausgestellt werden. Ich erinnere mich vor allem an eine Abendgesellschaft im Jahre 1937, als mein Vater halb Pommern zu sich gebeten hatte, um mit Hilfe einer „laterna magica" Bilder von seiner einzigen Überseereise zu projizieren. In Südafrika hatte er bei meinem jüdischen Patenonkel einen Büffel geschossen, die Viktoriafälle besucht und war von allem begeistert zurückgekehrt. Fünfundfünfzig Jahre später sollte ich vor den gleichen Wasserfällen stehen, die sich überhaupt nicht verändert hatten. So wie es in der Bibel steht: „Tausend Jahre sind vor dir wie ein Tag."

Mein Bruder und ich lebten in den ersten Kriegsjahren weiter bei unserer Mutter und hatten Unterricht bei einer Hauslehrerin, Fräulein Marie. Wie aßen wie immer auf der Terrasse, wo die wilden Rosen dufteten. Und an jedem Abend kehrten die Schnitter mit Gesang von den Feldern zurück, wenn auch einige Jungen fehlten. In den Ferien arbeitete ich mit den Dorfkindern auf dem Acker. Im Herbst hörten wir mit leichtem Schaudern, wie die brunftigen Hirsche schrien. Der Förster kannte jeden einzelnen genau. Im Winter, wenn der Schnee das ganze Land bedeckte, näherte sich das Wild bis auf hundert Meter dem Haus, um das Heu zu fressen, das für sie in einem Unterstand am Rande des Parks ausgelegt wurde. Wenn mein Vater dann Urlaub hatte, schoss er drei bis vier von ihnen.

Später erinnerte ich mich an eine Einzelheit, die mich damals nicht erschüttert hatte. Vor dem Krieg kam der Hausierer Cohen regelmäßig mit seinem kleinen Lieferwagen ins Dorf, um Töpfe, Stoffe, klebrige rosa und pistaziengrüne Bonbons, Hefte und Bleistifte, zu Weihnachten Kalender und zu Ostern Schokolade zu verkaufen.

Wir mochten ihn gern, denn sein Besuch war eine willkommene Abwechslung in einem Ort mit dreihundertfünfzig Seelen, wo es keinen Laden gab. Die Kinder nannten ihn „der Jude" und mein Vater „Cohen". Er ließ ihn in sein Büro kommen, um bei Kaffee und Zigarre über den Verkauf von Wolle, Schafen, Räucherbrust, Federbetten oder den Kauf von Werkzeug und Weihnachtsgeschenken für die Tagelöhnerkinder zu reden: „Nicht zu teuer und vor allem Praktisches. Pantoffeln, Lesebücher, Nähzeug für die kleinen Mädchen, Holzgewehre und Bauklötze für die Jungen. Sie verstehen was ich meine, nicht wahr mein lieber Cohen."

Einmal, es war wohl 1939 oder 1940, erwarteten wir Kinder sein Kommen wie üblich mit Ungeduld, aber er kam nicht. Auf meine Frage flüsterte mir die Köchin leise zu: „Er muss wohl deportiert worden sein. Das machen sie jetzt mit den Juden, aber besser sprichst du nicht darüber, vergiss ihn!" Da ich fast gar nichts über die Juden wusste, abgesehen von König Herodes und David und Goliath und, dass sie so selten in unserer Gegend waren wie die Katholiken, von denen die alte Anna zu mir gesagt hatte, dass sie sich in der Kirche hinknieten und dass sie alle Polacken und falsch seien, war ich nicht weiter beunruhigt.

Nach der Besetzung Polens hatten wir auf unseren Gütern ziemlich viele polnische Landarbeiter, entweder ganze Familien oder nur Männer, die die eingezogenen deutschen Männer ersetzten. Ich war zu jung, um mich zu fragen, ob sie freiwillig nach Deutschland gekommen und ob sie glücklich waren, warum ihre Kinder nicht in die Schule gingen oder warum sie in den schäbigsten Häusern wohnten. Fast alle besaßen die den Slawen angeborene Begabung für fremde Sprachen. Bald sprachen sie Deutsch mit pommerschem Akzent, besonders die Kinder.

Ich quatschte, sang, arbeitete und badete mit den polnischen Kindern meines Alters, denn ich wäre nie auf den Gedanken gekommen, dass zwischen ihnen und uns deutschen Kindern ein Unterschied sein könnte. Eines Tages nahm ich einen jungen polnischen Spielkameraden in meinem kleinen Wagen, den meine Lieblingsstute Dora zog, mit ins Kino. Wir ließen das Gespann während der Vorstellung im Hof meiner Tante. Dieser unschuldige Ausflug brachte mir eine ernsthafte Strafpredigt meines Vaters ein, der mich sehr beunruhigt im Pferdestall erwartete: „Kind, weißt du eigentlich nicht, dass man nicht mit den Polen verkehren darf? Sie sind hier, um zu arbeiten, Punkt um. Ich bin zwar mit diesen Methoden keineswegs einverstanden, aber wir hätten große Schwierigkeiten bekommen können. Die Feldgendarmen kontrollieren dauernd die Ausweise – diese Etappenhengste langweiligen sich ja dermaßen. Ich hoffe, dass ihr im Kino nur Deutsch gesprochen habt." „Keine Angst, Vati!", beruhigte ich ihn. „Kasimier spricht genauso gut Deutsch wie ich."

Jene kleine Begebenheit, die mir völlig aus dem Gedächtnis entschwunden war, sollte noch ein Nachspiel haben – auch wieder über fünfzig Jahre später.

Wenn das Leben somit fast unverändert in unserem Dorf weiter ging, so gab es doch einige Veränderungen, die uns berührten.

Zum Beispiel die Autobahn. Mein Vater war um einen Streifen Land enteignet worden, auf dem dann Arbeiter aus dem Westen ohne Erbarmen hundertjährige Kiefern schlugen, um die zukünftige Autobahn zu bauen, die Berlin mit Russland verbinden sollte, nachdem dieses deutsch geworden wäre.

So erklärten es uns die Ingenieure, die bei uns einquartiert waren. Was sie uns aber nicht erklärten war die besonders harte Asphaltdecke, mit der die ersten hundert Kilometer versehen waren, so hart und solide, dass schwere Panzer und Geschützkolonnen ihnen nichts anhaben konnten. Auch überlegten ich dumme Göre sowie auch weniger dumme Erwachsene gar nicht, wer auf dieser Autobahn eigentlich nach Osten fahren sollte, denn nach Ostpreußen kam die russische Grenze, der Ural und Sibirien und mit den Russen hatten wir doch einen Nichtangriffspakt. Aber dort zelten und in den Urlaub fahren wollte doch auch niemand. Die Autobahn wurde nie ganz fertig gestellt... Und die Bäume werden später wieder nachgewachsen sein, hoffen wir es!

In jedem deutschen Haushalt musste obligatorisch ein Volksempfänger angeschafft werden. Im Volksmund hieß er Göbbelsschnauze. Dieses kleine mickrige, schwarze Radio, das rund und hässlich war, hatte tatsächlich eine gewisse Ähnlichkeit mit dem Kopf unseres Propagandaministers. Es kostete nur wenig und krakeelte praktisch Tag und Nacht.

Waren die Deutschen wirklich so naiv, nicht zu merken, dass es nur dazu diente, die Massen bis in die letzten Winkel zu indoktrinieren und zu verblenden? Man hörte dieselben Phrasen auf den einsamsten Höfen, von den Bayrischen Alpen bis zu den friesischen Halligen und besonders in allen Großstädten.

Für unsere Tagelöhner, die Katen bewohnten, die meinem Vater gehörten, und die nur ein paar Möbel besaßen, deren Prunkstück ein Glasschrank, das „Vertiko", mit bunten Sammeltassen war, die nur zu Kindstaufen, Beerdigungen und dem Besuch meiner Mutter hervor geholt wurden, war der Besitz eines Radios der höchste Luxus. Sonst hatten sie ja nur noch eine Kuh, einen reudigen Wachhund und ein Dutzend Gänse, die im Winter in der Küche oder unter dem Ehebett schliefen.

Wir hatten ebenfalls einen Apparat für die Hausangestellten gekauft, denn an den Tagen, an denen der Führer
seine großen Reden hielt, waren alle Arbeitgeber verpflichtet, ihre Angestellten zusammen zu trommeln, um sicher zu
gehen, dass auch nicht einer lieber schlief oder im See baden
gegangen war. Alle mussten den mit Sieg-Heilrufen und
Fanfaren eingeleiteten Reden andächtig zuhören, die mit
einem pathetischen „Ein Volk, ein Reich, ein Führer" ende-
ten. Währenddessen ruhte jegliche Arbeit. Eine Frau konnte
niederkommen, eine Kuh kalben, Feuer in der Scheune aus-
brechen, niemand hätte sich stören lassen. Nach fünfzig Jahren, die ich in Frankreich gelebt habe, glaube ich nicht, dass
ein Hitler ein Volk westlich des Rheins derartig zu Marionetten und Hohlköpfen hätte reduzieren können. Obgleich
man ja so etwas nie voraussehen kann.

Nach jeder Rede und besonders nach dem Einmarsch in
Russland sagte mein Vater mit ernster Stimme: „Das wird
ein schlimmes Ende nehmen."

Am Abend, nachdem sie alle Türen verschlossen und das
Gerät mit einem „Plümo" zugedeckt hatten, hörten meine
Eltern mit ihrem Vorkriegsapparat BBC London. „London
calling, London calling, here is London, here is London,
boum, boum, boum, boum."

Eins ist sicher, meine Eltern waren Antinazis. Aber oft
habe ich mich gefragt, aus welchem Grunde. Weil sie pro-
jüdisch waren? Bestimmt nicht. Aus Angst, den Krieg zu
verlieren und auf Null zurückgeworfen zu werden, wie es
später wirklich geschah?

Als alles gut ging, als die deutsche Armee täglich zig Kilometer französischen Boden gewann, nach Dünkirchen,
waren sie stolz auf die deutschen Siege. Aber sie verab-
scheuten die Nazis weiter.

Waren sie gegen den Nationalsozialismus aus religiöser Überzeugung oder weil ihnen klar wurde, bis zu welchem Grade das totalitäre Regime das Ende jeder freien Meinungsäußerung, jeder individuellen Entfaltung, jeder Kultur und jeder Geistigkeit bedeutete?

War es, weil Begriffe wie Barmherzigkeit, Mitleid, Demut, Seelenfrieden und Ablehnung von Rassismus aus dem nationalsozialistischen Sprachgebrauch gestrichen waren?

Wenn ich ehrlich bin, so glaube ich, dass sie nicht klarsichtig oder intelligent genug waren, um sich dessen bewusst zu werden. Wir lebten in einer geschlossenen Welt. Es gab kein Fernsehen, unsere Kontakte mit der Außenwelt beschränkten sich auf Wildjagden und Essen, bei denen das erlegte Wild verspeist wurde. Die Reisen der Junker gingen nicht weiter als bis nach Dresden, bis zum Weißen Hirsch, einem berühmten Sanatorium, wo sich alle wieder trafen wie bei der letzten Fasanen- und Hasenjagd.

Unsere Welt war so eng, dass mein Vater und einige andere Krautjunker einmal im Jahr eine besondere Jagd organisierten, die verächtlich „Botokudenjagd" genannt wurde. Dieses Wort bezeichnete irgendeinen Stamm in Afrika, den es wahrscheinlich gar nicht gab. Zur Botokudenjagd wurden die Honoratioren eingeladen, die nie mit den „vons" zusammen empfangen wurden, die aber auch nicht den Lieferanteneingang benutzen mussten wie Tagelöhner, Lieferanten und der Inspektor.

Diese Gäste waren der Arzt und der Apotheker aus der Nachbarschaft, der Bürgermeister, einige kleine, nicht adelige Grundbesitzer, ab und zu auch ein paar Berliner Geschäftsleute sowie der Pastor mit Gemahlin, hauptsächlich wohl, um das Tischgebet zu sprechen.

Man brauchte diese Menschen, und viele Junker mussten zugeben, dass diese Botokuden, wie sie sagten, die nicht schießen konnten, weil sie ihre Zeit nicht mit Hasen- und Hirschetöten verbrachten, viel mehr Geist, Witz und Wissen im Gepäck hatten als sie. Aber auf gesellschaftlicher Ebene zählten sie nicht. Vielleicht gerade wegen dieses „Gepäcks", wer weiß? Eins ist sicher, fast alle Mitglieder unserer Kreise waren gesunde Träger der Gene einer krankhaften Intoleranz. Und daraus erklärt sich die Aversion meiner Eltern und aller unserer Bekannten – und ich kannte nur Leute unserer „Kiste" – gegen den kleinen Anstreicher, gegen diesen Gefreiten, diesen kleinen österreichischen Emporkömmling mit seinem lächerlichem Schnurrbart und seinem grauenhaften Akzent, der eher wie ein professioneller Tangotänzer, als wie ein Feldherr aussah, der kein „Geborener" war, sondern ein Niemand.

Und dieser Niemand maßte sich an, Generäle zu befehligen, deren Adel sich zweiunddreißig Generationen in direkter Linie zurückverfolgen ließ und deren Vorfahren sich Jahrhunderte hindurch auf Schlachtfeldern und in Ministerien ausgezeichnet hatten! Das ging nicht! Eine bestimmte Gruppe von Deutschen war nur aus Stolz und Überheblichkeit gegen die Nazis. Hätte der kleine Gefreite Graf von Dingsda geheißen, wären sie ihm wahrscheinlich bedingungslos gefolgt.

Die Ankunft der französischen Kriegsgefangenen war ein Ereignis, das ich noch vor Augen habe, als wäre es gestern geschehen. War es mein Instinkt oder das Erbe aus einem früheren Leben, jedenfalls fühlte ich mich schon als ganz junges Mädchen von allem, was von außen kam, stark angezogen, von allem, was es in meinem kleinen Nest in Hinterpommern nicht gab!

Aber so, wie ich mir damals meine Zukunft vorstellte,

würde ich entweder Frau Doktor werden oder den Sohn eines Nachbarn heiraten, hübsche rosige blonde Kinder zur Welt bringen, im Dezember Gänsefleisch einkochen, im Januar Jagdessen geben, die Legehennen nach Eiern abtasten, die Wunden der Arbeiter mit Jod behandeln oder einen Bruch mehr schlecht als recht schienen, und dann „meinen" verletzten Tagelöhner zu einem richtigen Arzt in die Stadt fahren. Ich würde den Erntetanz mit dem Verwalter eröffnen und bis zum Morgengrauen mit allen jungen Männern des Dorfes tanzen, die immer nach Bier, Schweiß und dem Rauch von Holzfeuer rochen. Am Sonntagnachmittag würde ich meine Nachbarinnen zu Kaffee und Himbeertörtchen einladen, nette Nachbarinnen, die die ganze Zeit redeten, weil sie sich nichts zu sagen hatten.

Vielleicht würde ich hie und da ein bisschen Klavier spielen, ein wenig Handarbeiten machen oder als Gipfel der Extravaganz einige Zeilen für die Lokalzeitung über den Verwalter schreiben, der sich mit seinem Jagdgewehr erschossen hatte, weil das Zimmermädchen ein Kind von ihm erwartete.

So hätte sich mein Leben entwickelt, wenn der Krieg „gut" ausgegangen wäre, und wenn nicht eines schönen Morgens die Franzosen gekommen wären. Und diese wären niemals gekommen, wenn es den Verrückten aus Braunau nicht gegeben hätte.

Nach dem Frankreich-Feldzug waren neun Millionen französische Soldaten in deutsche Gefangenschaft geraten. Sie wurden in Industrie und Landwirtschaft eingesetzt, wo sie die deutschen Männer, die an der Front standen, ersetzen sollten. Auf deutscher Seite hatte das Massensterben noch nicht begonnen. Der „Blitzkrieg" hatte 27074 Todesopfer gefordert und 11038 Verwundete.

Sie trugen bräunlich-schmutzige Uniformen und komi-

64

sche kleine Käppis. Sie sahen abgekämpft aus, waren unrasiert und rochen nicht gut. Das hatte ich bemerkt, als mein Vater mich bat, bei seiner ersten Begegnung mit seinen Kriegsgefangenen dabei zu sein und dolmetschen zu helfen. Ich liebte die französische Sprache, aber mein Wortschatz war sehr dürftig und an Praxis fehlte es mir vollkommen. Der Anblick dieser in Reih und Glied angetretenen zerlumpten Männer, deren braune und schwarze Augen mich anstarrten, machte mir Gänsehaut. Mein Vater, der meine Fähigkeiten stark überschätzte, hatte mich gebeten, Folgendes zu übersetzen: „Ich heiße Sie in meinem Land willkommen, auch wenn Sie nicht aus freien Stücken gekommen sind (schüchternes Lachen), sondern unter ungewöhnlichen Umständen. Ich werde mein Möglichstes tun, damit ihr Aufenthalt hier nicht zu unangenehm wird. Ich schätze die Franzosen und liebe Frankreich." Das entsprach übrigens der Wahrheit. Es gelang mir nur zu stottern: *„Bonne jour, biennevenue, la France c'est bien."* Dann brach ich in Tränen aus. Und die noble Ansprache meines Vaters wurde darauf Wort für Wort von einem Studenten der Gruppe übersetzt. Es war Paul, meine erste große Liebe. Offensichtlich sprach er fließend deutsch. Ich konnte nichts dafür, denn der Fremdsprachenunterricht war im Jahre 1940 nicht wirklich auf der Höhe. So musste ich im Französischunterricht lange Listen in Kategorien geordneter Wörter auswendig lernen, ohne dass meine Hauslehrerin Fräulein Marie jemals eines dieser Wörter selbst ausgesprochen hätte. Aber sie fragte mich unerbittlich ab. Nach zwei Monaten konnte ich zum Beispiel alle Vögel aufsagen, die am milden französischen Himmel flogen: Meise, Grünspecht, Dompfaff, Zaunkönig, Lerche („alouette", die nette), Rotkehlchen und so weiter.

Jede Lücke während des mündlichen Abfragens brachte mir einen Schlag mit dem Lineal auf die Finger ein. Zwei Jahre später konnte ich aber immer noch keinen richtigen Satz bilden wie zum Beispiel: „Ich habe eine Meise auf dem Dach unseres Hauses gesehen." Trotzdem liebte ich den Französischunterricht und war untröstlich, als ein Erlass des Kultusministers den Unterricht dieser Sprache verbot, „da die Franzosen ein dekadentes Volk sind und ihre Sprache auf jeden Fall bald aussterben wird." Meine Eltern hatten Fräulein Marie eingestellt, denn der Unterricht in der Dorfschule, in der fünf Klassen in einem düsteren und ungesunden Raum zusammengepfercht waren und in der man nur mit Schiefertafel und Griffel schreiben lernte, erschien ihnen nicht sehr leistungsfördernd. Fräulein Marie war eine strenge alte Jungfer, aber gleichzeitig eine lebende Enzyklopädie, ein wahrer Wissensbrunnen, aus dem ich unaufhörlich schöpfte.

Wenn sie meine Zöpfe flocht, wenn wir in dem fünf Hektar großen Park unter den Douglasfichten, Tannen, Birken und Trauerweiden spazieren gingen, wenn sie meine Decke eingeschlagen hatte und sich anschickte, das Licht zu löschen, bombardierte ich sie mit Fragen: War Tutanchamun verheiratet? Wie viel Grad sind es im August in der Wüste Gobi? Ist es wahr, dass Mammuts unter sibirischem Eis noch ganz heil sind? Warum ist das Meer salzig? Wer hat den Turm von Babel erbaut? Wo lebte Paulo Uccello? – Sie wusste auf alles eine Antwort. Wenn wir arbeiteten, saßen wir an Holzpulten mit eingelassenem Tintenfass, denn wir schrieben mit Stahlfedern in Sütterlinschrift.

Sie hat mir Wissensdurst und Neugierde auf ferne Länder und andersartige Menschen vermittelt, sei es auch nur, um davon zu träumen. Ihre Kindheit und Jugend waren nicht durch Fernsehdokumentationen, Videokassetten,

Filme und Radiosendungen geprägt. Sie gehörte zu einer Generation, die las und die das Gelesene sinnvoll verarbeiten konnte. Ich habe mir die Freude am Lesen bewahrt, selbst wenn ich heute im Zeitalter des intellektuellen „fast food" lebe, wo Reisen um die Welt in einer Vierundzwanzigstunden-Kassette zusammengefasst sind, und die Ilias als japanischer Zeichentrickfilm mit näselnden Stimmen und Pinocchiogesten dargestellt wird. Wir mussten hunderte von Gedichten auswendig lernen, Klassiker wie Goethe, Schiller, Geibel, Mörike bis zu den damals modernsten wie Börries Freiherr von Münchhausen, dem Lieblingsdichter meines Vaters: „Adel ist gut und Bauer ist recht, aber ich hasse das kleine Geschlecht."

Sie ließ radikal jeden Nazischriftsteller aus, indem sie so tat, als existiere er nicht. Der „Mythos des 20.Jahrhunderts" war zum Beispiel Pflichtlektüre, aber sie sagte: „Das ist zu schwierig für dich – und überhaupt, ein Mythos ist eine Sage. Wir wollen uns an die wirkliche Geschichte halten."

Ich verstand den tieferen Sinn dieser Worte erst viel später – es handelte sich wahrhaftig um einen Mythos mit sechzig Millionen Getäuschten.

Als sie erkannte, dass ich mich für die französische Sprache interessierte, erbat Fräulein Marie bei meinem Vater die Erlaubnis, Paul kommen zu lassen, um mir Unterricht zu geben, jenen Studenten, den sie unter den französischen Kriegsgefangenen bemerkt hatte, um somit mein Interesse an der Sprache unserer „Erbfeinde", dieser armen Pechvögel, noch mehr anzuregen

Paul, ein junger Student von sechsundzwanzig Jahren, sah gut aus, war braun gebrannt, hatte Samtaugen und ausgezeichnete Umgangsformen. Nach acht Stunden Feldarbeit mit seinen Kameraden, von denen die meisten sehr bescheidener Herkunft waren, bedeutete für Paul die Unterrichtsstunde mit dem hübschen Fräulein vom Schloss das Nirwana.

Ich glaube, dass er sich vom ersten Tag an in mich verliebt hatte. Darauf brauchte ich mir wirklich nichts einzubilden. Jeder normale Mann, der nicht nur in Gefangenschaft, sondern auch lange Monate ohne Frauen leben musste, hätte das Gleiche empfunden. Dazu kam noch, dass ich ständig ohne Absicht seine Hand und sein Knie berührte, oder wenn wir uns über das gleiche Buch beugten, meine Locken seinen Nacken kitzelten.

Wir arbeiteten in einem Raum neben der Küche. Fräulein Marie saß uns beiden gegenüber, Paul neben mir, um meine Aussprache und die Fehler in meinem Heft besser korrigieren zu können. Sie selbst konnte die Fehler nicht sehen, da sie stark weitsichtig war und es schrecklich fand, ihre Brille aufzusetzen. Ich dagegen sah bald nur noch die braunen Augen Pauls, seine feinen Hände mit den von der Arbeit schmutzigen und eingerissenen Nägeln. Mein Blick war gefesselt vom Muskelspiel seiner Oberarme und den hellbraunen Härchen im Ausschnitt seines gestreiften Hemdes, dessen zwei oberste Knöpfe er offen ließ.

Pauls lange Wimpern, sein typisch männlicher Geruch, eine Mischung aus Schweiß, gedrehten Zigaretten, billiger Seife und Pferden (er führte ein Gespann), erregten in mir Neugier und unbekanntes Verlangen, denn außer meinem noch halbwüchsigen Bruder und meinem Vater, den ich mehr fürchtete als mit Neugier betrachtete, hatte ich noch nie so nah neben einem Mann gesessen.

Ich erinnere mich noch sehr genau an folgende Szene. Als eines Abends die für ihre Ausfälle berüchtigte, durch das Krebsfließ angetriebene Turbine zum hundertsten Mal ihren Geist aufgab, fing Paul am ganzen Körper an zu zittern. Fräulein Marie hatte den Raum verlassen, um eine Kerze zu holen und den Gefangenen und mich wie zwei Komplizen im Dunkeln sitzen gelassen. Er drückte sein Knie gegen meins, legte seinen Arm um meine Schultern, ohne den Stift, den er zwischen den Fingern hielt, weg zu legen und küsste mich zart auf die Wange. Dann flüsterte er in mein Ohr: „Du bist wunderbar, ich liebe dich."

Der keusche, schmetterlingsgleiche Kuss, den man kaum einen Kuss nennen konnte, hatte mich derartig berauscht, dass ich mich die ganze Nacht in meinem weißen Bett schlaflos hin und her wälzte, in romantischen und ein klein wenig erotischen Träumen.

Wie schön die Worte „tu es merveilleuse, je t aime" auf Französisch klangen! Wie auf der Schallplatte, die mein Vater aus Paris mitgebracht hatte, auf der eine tiefe warme, sinnliche Stimme sang: „Parlez-moi d amour, redites-moi des choses tendres" („Sprich mir von Liebe, sag mir noch einmal zärtliche Dinge") und auf der Rückseite: „Il pleut sur la route, dans la nuit j écoute..." („auf die Straße fallen Regentropfen und ich lausche, lausche in die Nacht...").

Was für eine schöne Sprache, in der man so bezaubernde Dinge sagen konnte! Meine Fortschritte waren atemberaubend.

Paul kam jeden Abend zur gleichen Zeit, und bei jedem Flackern des Lichtes warteten wir auf einen Kurzschluss. Aber ach, die schönen Dinge im Leben sind deshalb so schön, weil sie einmalig sind. Die Turbine funktionierte besser als jemals zuvor.

Unsere Knie berührten sich, Pauls Hand verirrte sich manchmal auf meinem Arm oder sogar auf meinem Oberschenkel, unsere Füße verflochten sich und gelegentlich ließ er den Stift oder das Buch fallen, wofür er sich dann tausendmal bei Fräulein Marie entschuldigte.

Ich fing an, auf eine Wiederholung jenes wunderbaren Kusses auf meine Wange zu hoffen und überhaupt, warum nicht auf den Mund, wie ich es in den Büchern gelesen hatte, die meine Mutter mir untersagt hatte. Aber meine Lehrerin passte auf und ließ mich die unregelmäßigen Verben konjugieren. „Aimer" war kein unregelmäßiges Verb wie „choir" (fallen). Und statt eine erotische Wendung zu nehmen, wie ich es mir auf verworrene Weise wünschte (warum schlug mein Herz so stark, und woher kam dieses Prickeln zwischen den Schenkeln, wenn Paul einen Teil meines Körpers berührte), festigte sich unsere Liebelei, indem sie eine eher geistige Richtung einschlug.

Zu Beginn jeder Unterrichtsstunde schob mir Paul ein aus einem Schulheft gerissenes Blatt zu, auf dem er mir mit kleiner, enger und feiner Schrift die wunderbarsten Liebeserklärungen machte. Kaum war ich allein in meinem Zimmer, verschlang ich diese Botschaften beim Schein einer Kerze und mein Lexikon bekam Eselsohren. Am anderen Morgen versteckte ich sie in einer alten Nürnberger Lebkuchendose in einem hohlen Astloch einer alten Buche.

Gut möglich, dass die Dose immer noch dort ist! Die Buche war schon älter als dreihundert Jahre. Sie hatte Napoleon und seine „Grande Armée" vorbeiziehen sehen, die schwedischen Horden im Dreißigjährigen Krieg, Generationen von Junkern zu Pferde und im „dog-cart", dann die Russen und fünfzig Jahre später...

Paul war ein Poet. „Mein Augapfel", schrieb er, „ich möchte deine weizenblonden Haare streicheln, deinen jungen, taufrischen Körper in meinen Armen halten, oh, meine Geliebte." Er zitierte Seiten von Flaubert. (Wie rührte mich diese arme Madame Bovary!), von Hugo, von Lamertine,

70

die er in seinem Gedächtnis mit in die Gefangenschaft genommen hatte.

Es war, als ob er mir einen Zaun weit geöffnet und damit den Blick frei gemacht hätte auf zwei in voller Blüte stehende Alleen: die der Liebe und des Verlangens und die der Kultur eines Volkes, wo man von Liebe und Verlangen sprach.

Das zog mich sehr viel mehr an, als die deutschen Eichen, die Runen, die Götter des Krieges und des Zornes wie Wotan, Frigga und die anderen, und als unsere Ahnen, die wilden Germanen, die sich auf Tierfellen wälzten und Met aus Büffelhörnern tranken, oder viel mehr noch als die Zukunft eines „Volkes ohne Raum", ausgewählt von der „Vorsehung", einem hitlerschen Euphemismus für das Göttliche. Dieses undefinierbare nebelhafte Wesen Gott jagte ihm solche Angst ein, dass er alle die „Degenerierten" unter seinen Stiefeln zertreten und alle Nicht-Deutschen auslöschen musste.

„Ich habe Ihnen ein Buch mitgebracht, Mademoiselle", sagte Paul eines Tages zu mir, er, der mich in seinen Briefen „mein Abendstern", „meine Muse" oder „meine Quellennymphe" nannte. Er reichte mir „Axelle" von Pierre Benoît, das er, wer weiß wie, bei einem gerade aus einem Straflager angekommenen Kameraden aufgestöbert hatte. Es war mein erstes französisches Buch, und noch dazu ein mit sehr viel Feingefühl geschriebener Liebesroman.

Das war nun wirklich etwas anderes als die Fabeln, wo es um Raben und Füchse und um Grillen und Ameisen ging, die mich Fräulein Marie mit Hilfe ihres feurigen Assistenten übersetzen ließ.

Zuerst saß ich vor diesen Seiten wie Champollion vor dem Rosettastein; aber nachdem ich einige Sätze verstanden hatte, vernachlässigte ich auf der Stelle alle anderen Aufgaben, um mich nur noch der Lektüre dieses Werkes zu widmen. Bald entdeckte ich darin eine Fülle von persönlichen Botschaften an mich. Paul hatte sie fein säuberlich mit einem Bleistift unterstrichen. Zuerst musste ich zwanzig bis dreißig Wörter pro Seite in meinem Lexikon nachschlagen – ich schrieb sie gewissenhaft und alphabetisch geordnet in ein kleines Vokabelheft – aber bald kam ich schneller voran, da ja jeder Autor seinen eigenen Stil hat und mehr oder weniger die gleichen Ausdrücke wiederholt. Am schwierigsten blieben die Verben mit ihren unregelmäßigen Partizipien. Wie konnte man erraten, dass „su" von „savoir" („gewusst" von „wissen") etc. kommt! Und dann die Rechtschreibung – eine Katastrophe: „vair, verre, vers, ver, vert"! Wie konnte man Worte unterschiedlich schreiben, die man auf ganz gleiche Weise aussprach? Und welchen Sinn machten diese Schmarotzerbuchstaben, die völlig stumm waren: dieses Endungs- „t" in „partout", dieses „p" in beaucoup", das wir Deutschen phonetisch „boku" geschrieben hätten. Ich konnte Fräulein Marie nicht um Rat fragen, denn sie hätte sofort gesagt: „Zeig mir mal, wo das in deinem Lehrbuch steht!"

„Axelle" war meine Bibel geworden, mein Koran, mein Bhagavad-Gita, mein geheimer Garten, den ich in meinem Kopfkissenbezug versteckt hatte, auf dem ich schlief und den ich um nichts in der Welt Uneingeweihten ausgeliefert hätte. Und trotz der „su, cru, pu, vu" hatte ich das Buch nach drei Wochen ausgelesen und bis zum letzten Wort verstanden und übersetzt.

Ich denke an die französischen Abiturienten heute mit ihren zehn fotokopierten Texten, die sie auswendig lernen, um eine gute Note im Abitur zu bekommen, die aber oft außer diesen zehn Seiten kaum in der Lage sind, die Speisekarte einer Cafeteria zu entziffern. Ich kann ihnen nur raten: verliebt euch in einen hübschen, deutschen Jungen mit vergissmeinnichtblauen Augen oder in ein Gretchen mit üppigen Formen, und nach einem Monat lest ihr Thomas Mann im Original.

Pierre Benoît hat mich auf Zola oder Simeon vorbereitet. Aber trotz meiner Lesewut brauchte ich zwanzig Jahre, um Proust zu verdauen und fünfundzwanzig, um Céline und Yourcenar in Angriff zu nehmen. Und ich habe weder „Hundert Jahre Einsamkeit" noch „Die Schöne des Herrn" jemals zu Ende gelesen. In einem anderen Leben vielleicht!

„Axelle" war wie der erste Sprung vom Zehnmeterbrett. Die folgenden sind nicht mehr schlimm. Ich fand unter den französischen Bänden meiner Mutter – Adel verpflichtet! – Schätze von Balzac, Maupassant und Hugo; einige waren sehr hübsch in Leder gebunden, aber nicht aufgeschnitten. Wie weinte ich um die arme Cosette und verwünschte die Thénadiers! Was für eine andere Welt als unsere täglichen Tischgespräche, wo es immer um Krieg, Kartoffeln oder die Jagd ging, wurde mir nun erschlossen! Ich schrieb meinerseits Paul lange Briefe. Wir tauschten sie immer bei Beginn der Unterrichtsstunden aus, wenn wir uns die Hand gaben. Darauf legte Fräulein Marie wert, denn Paul sollte als Freund und nicht als Kriegsgefangener behandelt werden.

„Guten Tag, Mademoiselle", „Guten Tag, Paul, na wie geht s?"

Und schwupp waren zwei hochgefährliche Botschaften ausgetauscht, meine verschwand im Ausschnitt meiner Bluse, während ich mir den Hals kratze, wo seine blieb, weiß ich nicht. Fräulein Marie merkte nichts von dem für sie Unvorstellbaren. Es kam mir natürlich nie in den Sinn, dass der arme Paul wahrscheinlich Höllenqualen litt und höchstwahrscheinlich nächtelang von erotischen Träumen gequält wurde.

Eine leichte Ahnung davon bekam ich jedoch an dem Tag, an dem drei junge Leutnants, entfernte Vettern und Freunde von Vettern uns besuchten, die in der Nähe in einem Fliegerhorst stationiert waren und vierundzwanzig Stunden Urlaub hatten. Von athletischem Wuchs wie griechische Götter, gut ernährt, gesund und todschick in ihrer blauen Fliegeruniform, und alle drei ausgezeichnete Reiter, luden sie mich ein, mit ihnen über die Stoppelfelder zu reiten. Das fand ich herrlich und ließ mich nicht lange bitten. Wir waren mit verhängten Zügeln galoppiert, die Pferde waren schaumbedeckt, als wir an die Stelle kamen, wo die „Franzmänner", von einem alten Wachmann mit Holzbein beaufsichtigt, auf einem Fließband mit Handkurbel Kartoffeln sortierten. Es war keineswegs wie in einem Straflager! Der Wachmann, ein gutherziger Mensch und auf gutem Fuß mit seinen Gefangenen – obwohl er sein Bein in Frankreich verloren hatte, trug er es ihnen nicht nach – lehnte an einem Baum und rauchte eine Reemtsma. Ich wusste von Paul, dass er manchmal zu ihm sagte: „He, Dolmetscher, hol mir meine Flinte, ich bin müde." Die Mädchen, die die Kartoffeln verlasen und zu beiden Seiten der Maschine standen, waren stämmig und keine großen Schönheiten. Sie frotzelten mit den Gefangenen und ließen sich hier und da betatschen. Der Gespannführer, auch ein Franzose, der die Kartoffeln ins Dorf fuhr, hielt seine Pferde immer sehr schön im Zaum, um seinen Kameraden lange Zigarettenpausen zu gönnen.

Jedenfalls erblickte ich sofort Paul, als ich mit fliegenden Haaren, roten Wangen, ganz außer Atem von unserem Teufelsritt, flankiert von drei Offizieren der (damals noch) siegreichen Armee, angeritten kam. Er selbst trug seine alte

Kakiuniform mit den Initialen K.G. (Kriegsgefangener) auf dem Rücken, die überall geflickt und dreckig war, sowie einen Zweitagebart und hatte von der Kälte aufgesprungene Hände. Ich fühlte seinen unendlich traurigen Blick, in dem sich Liebe, Eifersucht und Hass auf meine gut aussehenden Begleiter mischten. Ich schämte mich, auf einem Pferd zu sitzen und vom Sattel auf ihn herabzublicken, so gut gekleidet zu sein, ich schämte mich, ich selbst zu sein. Ich fühlte zum ersten Mal, sehr vage, dass ich vielleicht auf der falschen Seite des Schlagbaums stand, dass in einem gewissen Sinn das Schicksal der Unterdrückten und Verhöhnten beneidenswerter sein konnte als das der Sieger und Abgesicherten.

Die Ersteren besaßen ein unendlich kostbares Gut, die Hoffnung, die Zweiten konnten nur hoffen, das zu bewahren, was sie schon besaßen und von dem sie wussten, wie vergänglich es sein konnte.

Es kam der Tag, an dem Paul mir gestand, dass er einen Fluchtversuch wagen wollte, dass er genug von der Gefangenschaft hatte und dass Frankreich ihn brauchte. Nach den Verträgen von Vichy durften die Gefangenen ihre Kameraden besuchen, wenn die Entfernung zwanzig Kilometer nicht überschritt. Einige Spezialisten mit falsch ausgestellten Papieren besuchten so ihre Kameraden von Stalag zu Stalag bis zur 400 Kilometer entfernten französischen Grenze. Mir war Frankreich egal, ich wollte nicht, dass Paul ging und weinte abends in meinem Bett heiße Tränen. Das hinderte mich aber nicht, ihm Landkarten, Zivilkleidung und etwas deutsches Geld zu geben, als er mich darum bat. Ich hatte keine Ahnung von dem Risiko, das ich auf mich nahm, wenn ich einem Kriegsgefangenen zur Flucht verhalf. Ich wusste auch nicht, dass Frauen für viel weniger als das geschoren, geschlagen und ins KZ gebracht wurden. Ich wusste wirklich nichts von dem, was sich hinter den Kulissen des Dritten Reichs abspielte. Und meine Eltern wiesen jede Anspielung von sich mit einem kategorischen „Das sind alles Geschichten, Latrinengerüchte, Deutsche würden sich nie zu barbarischen Handlungen verleiten lassen. Das ist gegen unsere Vorstellung von Ethik." Die Armen, welche Illusionen sollten sie noch verlieren!

Paul wollte um drei Uhr morgens aufbrechen. Alles war vorbereitet: ein Doppelschlüssel, den er vom Wächter erschlichen hatte, Proviant und die Karten. Wir hatten lange über die bestmögliche Route gesprochen. Wir trafen uns jetzt auch außerhalb der Unterrichtsstunden an so unterschiedlichen Orten wie dem alten Friedhof (am dritten Grab links von der Hauptallee), dem Hühnerhaus, wo er unbedingt ein paar alte Bretter reparieren und ich Eier suchen musste, im Pferdestall, wo er zufällig seine Peitsche vergessen hatte, genau zu der Stunde, als ich vom Zahnarzt zurückkam. Im Allgemeinen kamen die französischen Gefangen ziemlich gut klar mit ihrem Gefangenendasein, denn sie wurden von den deutschen Zivilisten akzeptiert, im Gegensatz zu den Russen. Die Bevölkerung misstraute diesen wegen der Schreckensgeschichten, mit denen die deutsche Propaganda sie tagtäglich fütterte. Die „Franzmänner" hatten sogar ein Radio zusammengebastelt aus Einzelteilen, die sie in verschiedenen Heimpaketen bekommen hatten. Sie waren in Weckern und Taschenlampen versteckt. So waren unsere Franzosen oft besser über den wahren, aktuellen Kriegsverlauf informiert als wir.

Paul hatte sich mit mir zu einem letzten Treffen verabredet, um Abschied zu nehmen. „Nach Sonnenuntergang, wenn alle Arbeiter nach Hause gegangen sind. Du darfst auf keinen Fall am Vorabend meiner Flucht mit mir zusammen gesehen werden."

Ich erfand eine Geschichte von einem Schulabend der Hitlerjugend, zu der ich pflichtgemäß gehörte wie alle anderen jungen Deutschen, und ging zum Pferdestall. Meine Stute Dora war nicht begeistert, beim Fressen unterbrochen zu werden, aber da sie mich liebte – was auf Gegenseitigkeit beruhte –, ließ sie sich satteln, ohne auszuschlagen.

Paul erwartete mich an einem Ort, der ziemlich weit entfernt vom Dorf und unter dem Namen „Weidentümpel" bekannt war. Es war eine Art Moor, Irrlichter tanzten und Uhus, die in den Höhlungen der alten Weiden saßen, stießen Todesrufe aus. Wir würden nicht Gefahr laufen, von den Dorfleuten überrascht zu werden, denn die gingen niemals nachts zu diesem Treffpunkt der Geister und Gespenster. Der perlmutterfarben schimmernde Mond beleuchtete den kleinen Pfad und versilberte die Wipfel der Birken. Die Tageshitze hing in den Bäumen, aufgebläht wie ein dicker Ballon, während die Frische der Nacht vom sternenklaren Himmel herabsickerte.

Ich warf Dora die Zügel über und überließ sie sich selbst. Wir hörten nur das Quaken der Frösche und den Ruf der Uhus, den jeder kennt und der mir Angst machte, denn die nie um schreckliche Geschichten verlegene Köchin hatte mir einmal gesagt: „Jedes Mal, wenn ein Käuzchen schreit, stirbt jemand im Dorf."

Paul stand an einen alten Baum gelehnt und rauchte eine Gauloise. Als er mich kommen sah, zertrat er sie mit dem Absatz und half mir vom Pferd. Aber statt mich abzusetzen, umarmte er mich fest und drückte mich an sich. „Mein Liebling, meine blonde Loreley, meine Weizenfelderfee, ich liebe dich," murmelte er und bedeckte mich mit Küssen. Er zitterte am ganzen Körper. Wie gut und sicher ich mich in seinen Armen fühlte! Seine Hände umschlossen meine Brüste und begannen, meine Bluse aufzuknöpfen. Ich war berauscht von der so unerwarteten Entdeckung des Begehrens, aber so unwissend, dass ich das, was so hart gegen meinen Bauch drückte, für die mit Geldstücken gefüllte Börse hielt, die ich ihm gegeben hatte. Plötzlich löste er seine Umarmung und sagte: „Nein, das kann ich nicht und das will ich nicht. Nach allem, was du für mich getan hast. Knöpf das wieder zu, meine Hände zittern zu sehr. Aber ich verspreche dir, wenn ich es schaffe durchzukommen, komme ich zurück und hole dich, sobald dieser Saukrieg zu Ende ist. Ich werde dich nie vergessen."

Wir hielten uns noch zwei lange Stunden umschlungen wie zwei frierende Kinder. Ich an seine Schulter gekuschelt, vor aller Gefahr beschützt, während er meine Haare, Augen und Wangen streichelte und von Zeit zu Zeit einen zarten Kuss auf meine Lippen drückte. Wir beschworen alles herauf, was ihm und mir begegnen konnte. Wir träumten von der Zeit nach Hitler, nach dem Krieg. Für uns war alles nur eine Frage von Wochen.

Schließlich musste ich mich auf den Weg machen. Dora fing an, vor Ungeduld zu stampfen. Eine letzte Umarmung unter Seufzen und Schluchzen. Sein starkes Verlangen hatte auch meines geweckt, aber ich bin ihm dankbar, dass er mich so ziehen ließ, wie ich gekommen war, als ein junges romantisches Mädchen, voller Vertrauen, das von seiner ersten großen Liebe Abschied nehmen musste.

Am folgenden Morgen um sechs Uhr wurde mein Vater vom schrillen Klingeln des Telefons geweckt. Der Inspektor schrie aufgeregt in den Apparat. „Der Dolmetscher ist ausgerückt." Ich hörte es bis in mein Zimmer. Alarmstufe 1! Feldpolizisten mit Schäferhunden an der Leine stiegen aus einer schwarzen Limousine. Ich hatte keine Angst, drehte mich im Bett um und betete. Später erfuhr ich, dass Paul zwar die französische Grenze erreicht hatte, aber verhaftet worden war, als er sie überqueren wollte. Er wurde in ein Straflager geschickt. Es gelang ihm, mir von dort durch einen Kameraden einen Brief zu schicken.

Ungefähr zwanzig Jahre später, habe ich ihn mit meinem Mann und unserem Sohn in Valenciennes besucht, wo er mit seiner Frau lebte. Wir tranken eine Flasche Champagner auf die gute alte Zeit. Die Männer stießen an, ich sprach über Kinder und Windeln mit Marie-Jeanne. Aber kurz vor unserer Abfahrt, als wir einen Moment allein im Türrahmen standen, flüsterte mir Paul ins Ohr: „Ich habe dich nie vergessen, du musst wissen, dass ich nie wieder eine Frau so geliebt habe wie dich." Auch ich habe ihn nie ganz vergessen. Seine erste Liebe vergisst man nicht. Sie ist der Grundstein, auf dem man sein ganzes Gefühlsleben und seine Liebesfähigkeit aufbaut.

Trotzdem hatte ich kurz nach Pauls Weggang einen anderen Verehrer, einen reifen Mann, Etienne, den Gärtner. Er war neununddreißig Jahre alt und hatte wunderbare blaue Augen. Er war von Anfang an bei uns gewesen, hatte mich aber nie anders als mit väterlichem Blick für „die Kleine vom Schloss" angesehen, die ich war. Hatte Paul von uns erzählt, oder sah man mir an, dass ich auf dem Wege war, eine Frau zu werden und dass der Mund des kleinen Mädchens mit leidenschaftlichen Küssen bedeckt worden war? Plötzlich nannte er mich „Mademoiselle Printemps" („Frühlingsmädchen"), während wir die Ranunkeln und Gerberas begossen oder die jungen Salatsprösslinge pikierten, die in den kleinen mit Kompost angefüllten Gewächshäusern, wo sie die Nachtfröste überstehen sollten, fast verwelkt waren.

Eines Tages stattete ich den Gefangenen mit einer Schürze voller frisch gepflückter Tomaten nach der Arbeit einen Überraschungsbesuch ab. Ich war fast sechzehn und hatte mich körperlich verändert. Die Gefangenen sangen. Kaum hatte ich die Türschwelle überschritten und die Tür war noch nicht zugefallen, als der Gesang verstummte. Ich fragte Etienne: „Warum hört ihr auf, ich höre gern französische Lieder, Sie bringen mir das Lied bei, nicht?" „Ich glaube nicht, Mademoiselle," war seine verlegene Antwort. „Warum nicht?" „Das geht nicht, fragen Sie nicht weiter", sagte der schöne Etienne und verschlang mich gleichzeitig mit seinem Blick. Und erst dreißig Jahre später fand ich die Antwort in dem Reißer von Cavanna „die Russkoffs".

Hier ist der vollständige Text dieses schönen Liedes, das ich meinen Eltern, die so stolz auf meine Fortschritte im Französischen waren, gerne vorgesungen hätte:

„Im Arsch, im Arsch ham sie ihren Sieg!
Da gibt's nichts mehr zu hoffen!
Aus ist es mit ihnen!
Und die ganze Welt singt , von früh bis spät, selig und froh:
Sie sind verarscht!"

Statt mir so schöne französische Lieder beizubringen, schlug mir Etienne schlicht und einfach vor, doch mit ihm zu schlafen. „Ich werde sehr behutsam mit dir umgehen, ich kenne die Frauen. Du wirst sehen, es wird ein unvergessliches Erlebnis für dich sein. Niemand wird es erfahren. Ich kenne einen kleinen Platz dahinten beim See, du weißt doch, die alte Hütte." Diese Worte riefen bei mir einen ganz ungewohnten Erregungszustand hervor. Aber so sehr mich auch „die Sache", über die ich manche Beschreibungen gelesen hatte und die ich mir mangels Erfahrungen auf eine seltsame

Weise vorstellte, reizte, so sehr beunruhigte sie mich auch. Ich hatte große Angst, schwanger zu werden. Empfängnisverhütung war im Dritten Reich ein Thema, das absolut tabu war, denn wir Arierfrauen sollten die ganze Welt mit kleinen, blauäugigen Deutschen bevölkern. Der aufreizende Etienne war jeden Tag hinter mir her. Ich wagte nicht mehr, Petersilie zu holen, wenn er ganz allein mit nacktem, braun gebranntem Oberkörper die Kompostbeete umgrub. Aber es gab Tage, da hielt ich es nicht mehr aus und pflückte Arme voll Blumen, selbst wenn die Vasen meiner Mutter schon alle geschmückt waren, nur, um Etiennes Blick auf meinem Mund und meinen kleinen Brüsten zu fühlen, und wie er langsam abwärts glitt. Das verschaffte mir ein angenehmes, prickelndes und gleichzeitig verwirrendes Gefühl.

Aber von dem Tag an, an dem ich entdeckte, dass Etienne mit dem Küchenmädchen Elise schlief, einem dicken und plumpen Tollpatsch, die mich immer mit ihrer scheinheiligen Art geärgert hatte: „Isst das Fräulein heute mit den Erwachsenen oder vorher in der Küche?", und die mir obendrein eines Tages aus Versehen die heiße Suppe über den Rücken gegossen hatte, setzte ich keinen Fuß mehr in den Garten und verbannte Etienne aus meinen Gedanken.

Danach begann für mich die Ära der Russen. Trotz des Nicht-Angriffpaktes mit der Sowjetunion, den Hitler und Stalin am 28. November 1939 unterzeichnet hatten, hatte unser genialer Führer seine Truppen an der russischen Grenze zusammengezogen und am 22. Juni 1941 Befehl gegeben, die Aktion Barbarossa auszulösen, was bedeutete, Russland ohne Vorwarnung zu überfallen. Vor 129 Jahren am gleichen Tag, hatte auch Napoleon die Grenzen des Zarenreiches überschritten. Das hat unserem „größten Feldherrn aller Zeiten", der sich mit Astrologen und Sehern umgab, wohl den Floh ins Ohr gesetzt. Wenn ihm jemand vorausgesagt hätte, dass seine Beresina Stalingrad heißen würde, hätte er ihn bestimmt auf der Stelle erschießen lassen. Auf jeden Fall war er überzeugt, dass Moskau vor dem Winter fallen würde, deshalb hatte die oberste deutsche Heeresleitung weder Winteruniformen für die Truppen noch genügend Benzin- und Nahrungsmittelvorräte vorgesehen, nicht einmal Frostschutzmittel für die Kühler aller Wehrmachtsfahrzeuge. Ein fataler Irrtum! Da die Sowjets nicht mit solch einem perfiden Verrat gerechnet hatten, war das Vorrücken der deutschen Truppen in den ersten Wochen erstaunlich. Viele Dörfer und Städte wurden erbarmungslos zerstört, Ernten verbrannt, und hunderttausend russische Soldaten gerieten in Gefangenschaft. Sie wurden in Auffanglager gebracht, ohne Hygiene und fast ohne Nahrung. Einige bekamen zehn Tage lang nichts zu Essen. Sie wurden sehr schnell als Arbeitskräfte eingesetzt, das heißt als Sklaven, während in ihrer Heimat hinter den Fronten SS und Polizei in Sonderaktionen ihr tägliches Pensum erledigten. Das wissen wir heute alle, aber zu meiner Zeit konnte man sich einfach nicht vorstellen, was manche Urlauber verlegen und traumatisiert ihren Frauen und besten Freunden zuflüsterten. Es wurde mit „die übertreiben sicher, Krieg ist nun mal kein Kinderspiel" überspielt. Nur zwei Millionen der fünf Millionen russischen Gefangenen haben überlebt. Nachdem sie 1945 befreit worden und nach Hause zurückgekehrt waren, wurde ihr weiteres Schicksal dann oft noch durch den Kameraden Stalin auf seine Weise geregelt, da sie vom westlichen Virus infiziert waren.

Mein Vater legte Wert darauf, dass wir uns an allen Arbeiten auf den Feldern beteiligten, besonders bei der Ernte. Nicht nur deshalb, weil Krieg war und Arbeitskräfte rar waren, sondern um ein gutes Beispiel zu geben. Das gehörte zu unserer Erziehung. „Wer befehlen will, muss wissen, was die empfinden, denen befohlen wird." Schon im Alter von vier oder fünf Jahren mussten wir unser Taschengeld durch Einebnen von Maulwurfshügeln in den Wiesen verdienen. „Geld verdient man nur durch Arbeit, das wird nicht verschenkt", sagte er oft zu uns. Um halb sieben morgens warf er uns praktisch aus seinem Wagen, ohne ein ermutigendes Wort, trotz Wind, Regen, Rücken-, Fuß- oder Halsschmerzen.

Vor allem während der Kartoffelernte mussten alle verfügbaren Kräfte eingesetzt werden, um frühzeitigem Frost zuvorzukommen, der bisweilen schon Ende September einsetzen konnte. Die Rentabilität unseres Gutes hing von der Qualität der Ernte ab. Die Herbstferien hießen übrigens Kartoffelferien. Drei Wochen lang kroch ich acht bis zehn Stunden lang wie eine Büßerin auf den Knien über den Boden – ausstaffiert mit den ältesten Klamotten und die Knie mit Kapokkissen gepolstert – und las Kartoffeln. Jedes Kind hatte seinen Streifen Acker zugeteilt bekommen und musste sich beeilen, um nicht von der nächsten Runde des Kartoffelpfluges überrascht zu werden, der dann die liegen gebliebenen Kartoffeln wieder zugeschüttet hätte samt der dicken weißen Würmer, die sich an ihnen satt fraßen. Mittags rösteten wir Kartoffeln im Krautfeuer. Wie das duftete! Nicht einmal die Erde, die zwischen unseren Zähnen knirschte, störte uns.

Wenn unsere Weidenkörbe voll waren, kamen zwei Männer, Franzosen oder „Woina plennis", also Russen, und trugen die Körbe auf einen Wagen mit Ladefläche. Darauf thronten der Verwalter und sein Gehilfe und verteilten Marken für jeden geleerten Korb, sechs Pfennig pro fünfundzwanzig Kilo Korb, jämmerlich!

Manchmal kam mir diese Aufgabe zu, aber an den anderen Tagen war ich stolz, wenn ich auf die großen karierten Seiten unseres Sammelheftes genauso viele Marken kleben konnte wie Marie Pletzow, die zwei Köpfe größer war als ich und schon mit Jungens ausging.

Jeden Samstag stellten mein Bruder und ich uns mit allen Tagelöhnern und ihren Kindern in einer Reihe vor dem Inspektorbüro auf, um das Geld für unsere Marken abzuholen. Nur die Gefangenen arbeiteten für nen Appel und n Ei, und noch nicht mal dies.

Nach den Ferien hatten wir morgens Unterricht, aber nachmittags übte ich mich weiter in den Anfängen der Feld- und Stallarbeit und steckte meine Nase überall hinein. Es war also völlig natürlich, dass ich in direkten Kontakt mit unseren russischen Gefangenen kam und dass meine Neugierde erwachte, dieses von unserer Propaganda so übel verleumdete Volk und seine schwierige Sprache besser zu verstehen. Die russischen Gefangenen wurden sehr viel schlechter behandelt als die Franzosen. In der Nazi-Sprache nannte man sie „Untermenschen", und jede Berührung mit einem russischen Gefangenen wurde schwer bestraft. Aber das war mir gleich, denn im dritten Reich war sowieso alles Interessante verboten. Ich war nicht die Einzige, die sich darüber hinwegsetzte. Auf den Höfen ersetzten viele Franzosen die eingezogenen Bauern sowohl auf dem Feld als auch im Bett. Das war jedem mehr oder weniger bekannt, man musste nur gegenüber den Vorgesetzten und den als Nazis bekannten Nachbarn diskret sein.

Diese Vorgesetzten, die Ortsgruppenleiter, Kreisleiter und Gauleiter und sonstigen Leiter fürchteten alle. Jeder hasste sie und versuchte, ihr ewiges Herumspionieren und ihre Verbote zu unterlaufen. Man machte sich über ihre Prüderie und ihre leeren und aufgeblasenen Phrasen lustig, und trotzdem kuschten alle vor ihnen! Das System war zu drakonisch und zu gut eingespielt.

Ich frage mich noch oft, wie es möglich war, dass 95 % der Deutschen für diese Mischpoche von aufgeblasenen und beschränkten Rabauken stimmen konnten, die im Grunde jedermann ablehnte.

Die Russen wurden nicht einzeln auf den Bauernhöfen untergebracht. Sie wurden gruppenweise auf die großen Güter oder Fabriken aufgeteilt. Mein Vater hatte fünfzig für D. angefordert, das zwanzig Kilometer von dem Haus meiner Mutter entfernt lag und das er stellvertretend oder im Urlaub verwaltete. Wenn er da war, fuhren wir mit unseren tausend Sachen, unseren Büchern und Fräulein Marie zu ihm.

Die Russen wurden abends in einem kleinen, streng bewachten Schuppen eingeschlossen. Sie schliefen auf Stroh oder sogar auf dem Zementboden. Aber tagsüber genossen sie eine relative Freiheit. Auch sie hatten ihren Dolmetscher, Kusma, ein Moskauer Student mit auffallend feinen Gesichtszügen. Er hatte melancholische Augen, ein jungenhaftes Lachen und katzenhafte Bewegungen, wenn er den Hof lässig überquerte. Trotz seines bedauernswerten körperlichen Zustandes hatte er ungemein viel Witz und Verstand. Er wog nur 45 Kilo und seine Haut war durch Kälte und Entbehrungen rissig, grau und faltig geworden: Es war Liebe auf den ersten Blick. Paul, Etienne und die anderen waren vergessen. Ich muss unbedingt Russisch lernen, sagte ich mir, um Kusmas feines, geistiges Wesen wirklich schätzen zu können. Würde er mir Unterricht geben? Natürlich, mit Vergnügen! Durch seine Stellung als Dolmetscher hatte Kusma sowohl mit der Bevölkerung als auch mit dem Inspektor viel mehr Kontakt als seine Kameraden. Letzterer war ein überzeugter Nazi und nicht eingezogen worden, weil er unentbehrlich an der Heimatfront war. Es war nicht schwer, ihn zu überzeugen, dass ich Russisch lernen wollte, um diese neuen Arbeitskräfte, für die er verantwortlich war, besser überwachen zu können.

Gisela, eine junge Berlinerin, die wie viele andere Bombenflüchtlinge aufs Land geschickt worden war, damit sie ihre Schulbildung in einem als sicher geltenden Gebiet abschließen konnte, teilte meine Vorliebe für alles Russische. Ihre Slawophilie hatte auch einen Namen und ein Gesicht, Iwan, den besten Freund von Kusma.

Jeden Tag steckte mir Kusma vor dem Appell einen Zettel mit Vokabeln, Grammatik und Sätzen zu, die ich lernen sollte. Seine guten Deutschkenntnisse – er hatte Deutsch studiert – und zugleich eine natürliche pädagogische Begabung machten ihn zu einem sehr guten Lehrer. Ich wurde eine aufmerksame und eifrige Schülerin, da mich seine kultivierte Art und das traurige Schicksal, das er mit seinen Kameraden teilte, stark berührten. Giselas Mutter war es sogar gelungen, in einer alten Berliner Buchhandlung ein russisches Wörterbuch und eine russische Grammatik für uns aufzutreiben. Das tägliche Unterrichtsblatt, das oft mit Erde und Maschinenöl beschmutzt war, wurde dutzend Mal gelesen und bei allen Gefangenen, mit denen wir zusammenarbeiteten, in die Praxis umgesetzt.

Wenn man acht Stunden ununterbrochen neben einem Russen, der kein Wort Deutsch spricht, hinter einer Erntemaschine herläuft, dann hat man Zeit, alle Sätze zu wiederholen, die man am Morgen auf einem herausgerissenen Schulheftblatt bekommen hat. Wir machten umso schneller Fortschritte, als wir von morgens bis abends um uns herum praktisch nur Russisch und russische Flüche hörten. Bald konnten wir fast alles verstehen, abgesehen von dem, was einige schlitzäugige Jungen zu uns sagten, die Kirgisisch oder Kalmükisch sprachen.

Nach ein paar Monaten konnte ich genug, um die Gedichte von Puschkin zu verstehen, die Kusma mir aufschrieb. Er wusste sie auswendig. Wir machten unsere Grammatikübungen sehr gewissenhaft, und jeden Morgen gingen kleine Zettel von Hand zu Hand, am Griff einer Mistforke klebend, unter dem Geschirr der Zugpferde und am hölzernen Melkschemel. Der Inspektor und die Wachmänner merkten nichts und freuten sich, dass sie sich bei Verständigungsfragen an uns wenden konnten. Wir verbrachten Stunden damit, zuerst die kyrillische Schrift dieser Liebesbriefe zu entziffern und danach die Worte im Lexikon zu suchen. Solche Sprachkurse waren selbstverständlich anregender als die Englischstunden, da wir ja noch nie einen Engländer in Fleisch und Blut gesehen hatten. Wir vermuteten sie nur in den Wolken, wenn sie mitten in der Nacht von einem Bombenangriff zurückkamen und beteten, dass sie nicht ihre letzten Bomben auf unsere Köpfe fallen ließen. Unsere Beziehungen zu unseren Russischlehrern blieben immer streng literarisch und platonisch, selbst wenn Kusma mich bat, ihn nach Kriegsende zu heiraten. Er wolle fliehen und im Westen leben, er sei kein Bolschewik. Er liebe mich aus ganzer Seele, sagte er, die, wie jede russische Seele, die etwas auf sich hält, tief wie das Meer sein musste...

Und ich betrachtete mich schon allen Ernstes als die Braut eines russischen verlausten und halbverhungerten Gefangenen. Kusma war zehn Jahre älter als ich und wurde von mir wegen seiner menschlichen und geistigen Eigenschaften über alle Maßen bewundert. Aber er hatte nicht ein einziges Mal meine Hand berührt, außer an dem Tag, als er mir in einem Kartoffelsack eine wundervolle Balalaika aus Holz brachte, deren Nägel und Saiten er, wer weiß wo, aufgetrieben hatte und auf der er meine Hände führte, damit ich sie spielen lernte. Die Gefangenen wurden eingeschlossen, sobald ihre Arbeit beendet und die Suppe ausgeteilt war. Deshalb waren wir niemals allein mit ihnen. Unsere Liebe war die allerkeuscheste, die man sich denken kann. Wieder spielte sich alles in unseren Hirnen und Briefen ab, in denen ich Kusma schwor, auf ihn zu warten, was auch geschähe. Doch Frauen sind unbeständig wie eine Feder im Winde und die Geschichte noch mehr! Ich wurde nie die Matka eines Russen, ich wurde die Madame eines Franzosen. Und heute habe ich fast alles vergessen von der melodischen Sprache Dostojewskis, Tolstois und Turgenjews, außer ein paar Flüchen wie „ieb tvaiou matj". Ich werde sie nicht übersetzen, verdammt noch mal!

Aber, wenn sie am Abend dreistimmig sangen und sich dabei auf der Balalaika begleiteten, wurden wir nicht müde, ihnen zuzuhören, vor allem in den sommerlichen Vollmondnächten. Wir wussten, dass das Lied, „biélaia akatsia wedwu duschisti", was sie mindestens zwei- oder dreimal sangen, auf Kusmas und Iwans Bitten hin uns gewidmet war, denn es war unser Lieblingslied. Manchmal improvisierten sie: „Niema chleba, niema kartoschki, Papa, Mama, oba kaputt, niet, niet, niet, nimma panimayu, sawtra utrom, doswidania". Kein Brot mehr, keine Kartoffeln mehr, Papa, Mama, alle tot, ich verstehe gar nichts mehr, adieu morgen früh...

Bisweilen sangen sie im Chor wieder jenes Lied aus dem Dreißigjährigen Krieg, das die alten Leute aus dem Dorf ihnen beigebracht hatten: „Maikäfer flieg, dein Vater ist im

Krieg, die Mutter ist in Pommerland, Pommerland ist abgebrannt." Wenn sie gewusst hätten, wie treffend sie unsere eigene Zukunft besangen!

Nach und nach wurde der Gesundheitszustand der Neuankömmlinge immer schlechter. Nach Stalingrad, diesem „strategischem Rückzug", der in allen Gesprächen, in jedermanns Gedächtnis und in so vielen Häusern in Form von Fotos mit getrockneten Blumen und schwarzen Bändern gegenwärtig war, wurden uns zusätzliche Gefangene zur Steckrübenernte geschickt. Sie kamen geradewegs aus einem Todeslager. Am ersten Tag, als sie ausgeladen wurden, schwankten sie wie Gespenster. Einige sprangen von den Lastwagen, in die sie wie Vieh eingepfercht waren und blieben da liegen, wo sie gelandet waren. Aber bald begriffen sie, dass sie in einem Steckrübenfeld waren, das an ein Kartoffelfeld angrenzte und warfen sich über die rohen Knollen, in die sie mit Pelle und anhaftender Erde hinein bissen. Die Wachleute, nicht bösartig, aber dumm wie alle ungehobelten Menschen, lachten sich kaputt: „Ihr sollt die Kartoffeln aufsammeln und nicht fressen, ihr Blödmänner!" Aber sie ließen sie gewähren.

Da ich damals die Stelle überwachte, wo die vollen Körbe in den Kastenwagen geschüttet wurden, brachte ich am anderen Morgen und an den folgenden Tagen alles, was ich im Gemüsegarten und in der Küche finden konnte mit: Brotkrusten, Zuckerstücke, Äpfel und Speckschwarten und ließ sie lässig neben den Kastenwagen fallen, wenn ein Russe mühsam ankam, um seinen Korb auszuschütten, gebeugt unter seiner Last wie Atlas mit der Erdkugel. Nach einigen Tagen musste ich aber mit meiner „bonne action" aufhören, nachdem zwei Russen sich vor meinen Augen bis aufs Blut um eine halb verfaulte Birne geschlagen hatten. Das einzige, was ich noch tun konnte, war die Augen zuzumachen und woanders hinzusehen, wenn sie am Abend einige unter Strohballen versteckte Kartoffelkörbe in ihr Lager brachten, um sie dort zu kochen.

Ich fuhr den Trecker, und sie wussten, dass ich Bescheid wusste. Kusma hatte sie wohl informiert. Sie nannten mich Maruschka, und ich habe niemals höflichere Männer kennen gelernt als diese ausgehungerten und gequälten Kriegsgefangenen. Und doch sollten sich Hunderttausende von Russen zwei Jahre später beim Einmarsch der sowjetischen Truppen in Ostpreußen, Pommern und Schlesien Taten von unvorstellbarer Bestialität zu Schulden kommen lassen. Sie waren durch Racheparolen ihrer Vorgesetzten aufgestachelt worden, und leider Gottes waren diese ja auch berechtigt. Wie wenig bedarf es oft, um das menschliche Gemüt zu lenken, um Gutes in Böses zu verwandeln! Wie ist es möglich, dass mich diese Dinge nicht mehr erschüttert haben, dass ich nichts anderes getan habe, als ihnen ein paar Nahrungsmittel zu bringen, wie man einem Hund einen Knochen hinwirft? Ich kann es nicht sagen. All die Millionen Deutscher, von denen manche Schlimmeres gesehen haben, wissen es auch nicht. Jedenfalls sagten sie es später oft.

Einige Russen flohen von ihren Arbeitsplätzen. Unsere Lehrer-Freunde erklärten uns, dass das Gerücht umging, Stalin würde nach dem Krieg alle Soldaten liquidieren, die sich hatten gefangen nehmen lassen, was übrigens in vielen Fällen auch geschah. Da ihr Schicksal in den deutschen Lagern nicht viel sicherer war, setzten sie alles aufs Spiel.

Nicht weit von unserem Haus entfernt befand sich ein Gehölz, eine frisch duftende grüne Schonung. Eines Abends sah man dort eine kleine Rauchsäule aufsteigen. Der Zivilschutzwart – während der Nazizeit gab es nur wenige, die nicht irgendeinen Titel oder eine Funktion hatten, jeder war für etwas verantwortlich, außer für sich selbst – nahm sein Fahrrad und fuhr zu der Schonung, wo er durch die jungen Tannenzweige hindurch einen Russen erblickte, der dabei war, Pilze zu braten. Der „Beschützer der Zivilbevölkerung" alarmierte die Polizei, die mit einem Dutzend Männern mit umgehängten Maschinengewehren anrückte, als wollten sie den Monte Cassino stürmen.

Sie brachten einen aschblonden, kaum achtzehnjährigen Jungen an, gefesselt und streng bewacht, der vor Angst zitterte, und schlossen ihn in das Hundegitter hinter der Küche ein, wo die SS kommen würde, um ihn abzuholen. Der Junge verkroch sich in eine Ecke, den Kopf zwischen den Knien wie ein in die Falle gegangenes Tier. Meine Mutter gab ihm eine Decke für die Nacht und die Köchin einen Topf mit Gemüse und einem großen Stück Fleisch, das er fressen musste wie die Hunde, seine Vorgänger in diesem Käfig, denn seine Hände waren hinter dem Rücken gefesselt und wir hatten keinen Schlüssel. Ich ging hin, um ihm auf Russisch zu sagen: „Guten Abend. Möge Gott dich beschützen." Er warf mir einen ungläubigen Blick zu. Vielleicht wusste er nicht, wer Gott war, oder er traute ihm nicht.

Uns wurden auch russische Kinder geschickt, die bei der Ernte helfen sollten. Diese Kinder von acht bis vierzehn Jahren waren sozusagen Waisen. Aber ich bin sicher, dass sie ihren Eltern entrissen worden waren, um gelehrige und billige Sklaven zu werden. Sie waren alle blond und sahen arisch aus. Wollte man sie nach dem Endsieg mit Deutschen verheiraten, um die Ostgebiete wieder zu besiedeln, nachdem ihre slawische Bevölkerung vertrieben worden war? Ich habe gehört, das die Nazis dies in Betracht gezogen haben.

Das Schicksal der Kinder bewegte mich noch mehr als das der Soldaten, die wenigstens Erwachsene waren, die ihrerseits vielleicht Deutsche erschossen oder strafbare Handlungen begangen hatten. Aber diese kleinen zarten Mädchen mit ihren blonden, von einem Bindfaden zusammengehaltenen Zöpfen, waren viel jünger als ich. Sie hatten traurige und hoffnungslose Augen, konnten kein Wort Deutsch und wussten anscheinend kaum, was mit ihnen geschehen war, und wie sie zu unseren endlosen Feldern tausende Kilometer von ihrer Heimat entfernt gekommen waren. Sie verfolgten mich bis in meine Träume.

Damals wusste ich nicht, was Heinrich Himmler im Herbst 1939 in der offiziellen Parteizeitung geschrieben hatte: „Man muss für die nicht-deutsche Bevölkerung Ostdeutschlands eine Unterrichtsform ins Auge fassen, die auf keinen Fall die vierte Klasse der Grundschule überschreitet. Der Unterrichtsstoff wird Folgendes umfassen: Rechnen, aber nur bis 500, Schreiben, nur um seinen Namen schreiben zu können. Staatsbürgerkunde: lernen, dass es ein göttliches Gesetz gibt, in dem geschrieben steht, dass sie den Deutschen zu gehorchen haben, ehrlich und fleißig sein müssen. Lektüre ist unnötig. Dieses Volk wird einzig und allein den Deutschen als Arbeitskräfte zur Verfügung stehen. Da es kulturlos ist, wird es unter der strengen, konsequenten und gerechten Führung des deutschen Volkes dazu beitragen, dessen kulturelle Schöpfungen, seine Werke und seine Architektur zu schaffen, indem es die groben und mühsamen Arbeiten verrichtet."

Unsere Zuneigung zu den Russen sollte Konsequenzen haben, die zu einer Katastrophe hätten führen können. Als mein Vater wieder zur Front abkommandiert wurde, kehrten Gisela und ich zu meiner Mutter nach Grünow zurück.

Die Trennung von unseren lieb gewonnenen Slawen war hart.

Eines Tages, als wir im Wald ausritten – wir waren gute Reiterinnen und durften, wenn wir unsere Aufgaben erledigt hatten, die Vollblüter reiten – trafen wir auf einer Lichtung auf fremde Russen beim Holzfällen. Der Wachsoldat machte ein Nickerchen unter einem Baum, die kalte Pfeife im Mund. Wir hielten unsere Pferde an und wandten uns in Russisch an die Gefangenen. Freuden- und Überraschungsschreie bei den „plennis". Es ergab sich, dass ihr Lager nicht weit entfernt von D. war und dass sie die Möglichkeit hatten, sich mit ihren Kameraden zu treffen, die in D. arbeiteten. Wir kamen auf die Idee, Kusma und Iwan einen Brief zu schreiben und ihn durch diese Sägearbeiter überbringen zu lassen. Glücklicherweise hielten wir uns an einen literarischen und ungefährlichen Text, indem wir Verse von Puschkin zitierten, in denen von grünen Birken mit schwarz-weißer Rinde die Rede war, und in der zweiten Strophe von einem Mädchen, das sich am Dorfbrunnen nach seinem Liebsten sehnte. Aber diese zweite Strophe ersetzten wir durch die Worte: „Zwei Schülerinnen, die sich nach euch sehnen und hoffen, bald ihre Unterrichtsstunden wieder aufnehmen zu können."

Statt einer Antwort kam drei Tage später die geheime Staatspolizei ins Haus. Genauso wie in einem der vielen Filme, die nach dem Krieg über Nazideutschland gedreht wurden. Eine klassische Szene: ein schwarzer Horch, ein kleiner Ständer mit Hakenkreuzfahne am Schutzblech, quietschende Bremsen, drei Männer in langen Ledermänteln, kurz geschnittene Haare, bleiches, pickeliges Gesicht, kleine Brillengläser mit Schildpattrand, kurz: der Prototyp von Gestapomännern. Sie gingen mit festem Schritt die

Stufen der Freitreppe herauf und fragten nach uns. Meine zitternde Mutter bot ihnen Tee an, den sie ablehnten. Der Diener wird nach uns geschickt. Der mieseste von ihnen zieht aus seiner ledernden Aktentasche unsere russischen Sätze und kläfft: „Was soll das heißen? Wissen Sie nicht, dass der Kontakt mit Kriegsgefangenen strengstens verboten ist? Wo habt ihr diese Kerle aufgetrieben und wieso schreibt ihr Russisch!?" Ich weiß nicht, woher ich den Mut nahm, aber ich legte ihm sehr klar dar, dass wir im Einverständnis mit dem Inspektor und Parteigenossen Hans Marquardt begonnen hatten, Russisch zu lernen, um den Gefangenen Anweisungen und Befehle geben zu können, und um herauszufinden, ob sie fliehen, einen Aufstand vorbereiten oder Sabotage begehen wollten. Einer der drei Halunken zuckte daraufhin zusammen, denn das Wort Sabotage war ihr Albtraum. Ich fuhr fort, indem ich betonte, dass der Inspektor mit unseren Dolmetscherleistungen sehr zufrieden sei, die ja nur ein einziges Ziel hätten, nämlich den Endsieg zu beschleunigen. Man hatte uns die Ohren mit derartigen Phrasen so voll gequatscht, dass sie uns wie von selbst über die Lippen gingen. Ich fügte noch hinzu, dass die Zeilen, die er in der Hand hielte, nur der Anfang eines Gedichtes seien und dass es zu unseren Stilübungen gehöre. Ich hätte den Zettel offensichtlich bei einem Ausritt im Wald verloren. Das war alles zusammengesponnen, aber nachdem wir uns eine Predigt anhören durften über das richtige Verhalten einer jungen Volksgenossin, die ihres Führers würdig ist, ließen sie uns in Ruhe. Sie waren verblüfft, belästigten uns aber nicht mehr.

Wir erfuhren nie, wie unser Brief der Gestapo in die Hände gefallen war, und hofften, dass die armen Holzfäller nicht geprügelt wurden, um herauszubekommen, wer wir waren.

Die Nazis

In einem KZ 1944. Ein sonniger Abend. Goldene Schleier webt die Sonn`.

So schön, dass mich mein Körper schmerzt. Der Himmel oben, grelles blau. Ich hab gelächelt aus Versehen. Ich möchte fliegen, doch wohin? Im Stacheldraht noch kann es blühen. Warum nicht ich?

Ich will nicht sterben.

Unbekannter Dichter

Einer von Millionen Vergasten, Verhungerten, zu Tode Geschundenen, Erschossenen...

„Die Welt ist zu gefährlich, um darin zu leben - nicht wegen der Menschen, die Böses tun, sondern wegen der Menschen, die daneben stehen und sie gewähren lassen."

Albert Einstein

Bis zum Beginn des Krieges hatte ich bei uns zu Hause nie das Wort Nazi gehört. Wir lebten quasi unter einer Glasglocke in bukolischer Glückseligkeit, im Rhythmus der Jahreszeiten, wo der Tatsache, dass fünfunddreißig Heuwagen vor dem Unwetter eingebracht werden mussten, mehr Wichtigkeit beigemessen zu werden schien, als über die Verrücktheiten eines österreichischen Gefreiten zu diskutieren, wenn er auch noch so sehr behauptete, ein von Gott gesandter Führer zu sein, und trotz der Tatsache, dass er Österreich schon annektiert („heim ins Reich") und die Tschechoslowakei überfallen hatte (auf dringende Bitte der sudetischen Bevölkerung, die von den Slawen unterdrückt wurde, wie er sagte).

Aber machen wir noch einmal einen chronologischen Rückblick:

Auszug aus meinem Tagebuch. Ich war dreizehn Jahre alt:

„In Falkenburg war eine Parade mit vielen Soldaten, Panzern und allem drum und dran. Wir, Lisbeth, Frieda und ich, sind mit dem Fahrrad hingefahren, um die Soldaten zu sehen. Wie toll die aussahen! Einige waren noch sehr jung. Man hatte den Eindruck, dass der Stahlhelm ihnen fast das Gesicht zerdrückte. Wir hatten kleine Sträuße aus Kornblumen, Klatschmohn, etwas Seidelbast und ein paar halb verwelkten Leberblümchen mit einem Zettel gebunden, auf dem unsere Namen, Adresse und Alter geschrieben war. Die warfen wir auf die Panzer. Die Soldaten fingen sie auf und warfen uns Kusshände zu.

Frieda und Trudel haben schon eine Antwort bekommen. Sie werden sich mit einem richtigen Soldaten schreiben. Der Junge, der Frieda geschrieben hat, hat noch hinzugefügt: `Wegen deiner Freundin Helene: Die ist mit dreizehn noch zu jung, um schon einen Freund zu haben. Sag ihr, sie soll schön in der Schule lernen, dann werde ich sie nächstes Jahr besuchen, wenn der Krieg aus ist."

Nun könnte man sich fragen, ob sich mein Dasein als junges Mädchen in Deutschland während der blutigsten und beschämendsten aller Epochen nur auf etwas Lernen und Liebeleien mit Franzosen, Russen und schönen Vettern beschränkte. Wusste ich, was in der Welt vor sich ging? Machten sich meine Eltern ihresgleichen bewusst, in welchem Ausmaß die Ehre ihrer Vorfahren, auf die sie so stolz waren, beschmutzt wurde?

Die paar aufgehetzten Flegel im Braunhemd, „kackbraun", sagte mein Vater, beunruhigten sie nicht übermäßig. „Strohfeuer. Lumpenpack hat in Deutschland noch nie die Oberhand gewonnen."

Was die Möglichkeiten eines Krieges anbetraf, so dachte niemand daran. Wir lebten mit aller Welt in Frieden. Deutschland gedieh – warum sich Sorgen machen? Ebenso wenig schien irgendjemand zu wissen, dass der Militäretat schon fünfzig Prozent vom Gesamtetat Deutschlands ausmachte.

Die folgende Anekdote zeigt, wie wenig sich die ostelbischen Junker durch die Nazi-Bewegung betroffen fühlten, jedenfalls am Anfang. Bei der Gelegenheit eines offiziellen Festes (der 1. Mai war schon von den Kommunisten in Beschlag genommen), am 20. April, dem Geburtstag des Führers, musste Besitzer eines großen Gutes, Baron von Lembeck, vor Hunderten von Menschen das Wort ergreifen, und pflichtgemäß mit „Heil Hitler" schließen.

Erst am Ende seiner langen Rede, der schon Anstoßen und Gläserleeren von Pomeranzen- und Minzbowle vorausgegangen war, einer Rede, die seinen Arbeitern sehr zu Herzen gegangen war, erinnerte er sich plötzlich, dass er mit dem unvermeidlichen „Heil Hitler" den Schlusspunkt setzen musste. Aber da war plötzlich ein dunkles Loch in seinem Gedächtnis, und so kam folgendes heraus: „Also, meine lieben Freunde, an diesem festlichen Tag, der uns alle fröhlich vereint hat, rufen wir Heil – Heil – Scheiße, wie heißt der Kerl doch bloß, na, dann eben Waidmannsheil." Diese wahre Geschichte ereignete sich am Anfang des tausendjährigen Reiches, das zwölf Jahre währte.

Viel später, während des Krieges, wurden Menschen für ein viel geringeres Vergehen in Konzentrationslager gesperrt. Millionen von Deutschen lebten damals wie ein Seiltänzer, der eine tiefe Schlucht überqueren muss. Mit einem Fuß stand man immer im KZ. Die beste Freundin, der Sohn, die eigene Frau konnten einen bei der Gestapo denunzieren. Sogar die SS hatte ihre Ober-Spitzel. Ganz wenige Menschen wagten, zu sagen, was sie im Innersten dachten. War der so vertrauensvoll wirkende Gesprächspartner wirklich ein „Roastbeef" (innen rot, also ein alter Kommunist, außen braun, also ein Scheinnazi zum Überleben), oder tat er nur so, um einen denunzieren zu können?

Wenn zwei Freunde sich im Zug trafen, in einem Luftschutzraum oder auf einem öffentlichen Platz, grüßten sie sich zuerst mit dem „deutschen Blick", einem flüchtigen und ängstlichem Augenkontakt, um festzustellen, ob ihr Gespräch nicht belauscht und weitergegeben würde. Furcht ist die Atommacht jeder Diktatur.

Manche Mitglieder unserer großen Familie waren jedoch von selbstmörderischer Sorglosigkeit, so wie die legendäre Tante Ilona. Sie stammte aus dem Baltikum, hatte 1917 vor den Russen fliehen müssen und gehörte zu denen, die weder den Teufel noch Beelzebub fürchteten. Die Grafen B. besaßen ein wundervolles Gut. Sie bewohnten ein mittelalterliches Schloss mit Türmchen, Pechnasen und einem richtigen Wehrturm, umgeben von einem riesigen Park mit einem Bestand von hundertjährigen Eichen und Buchen, geschmückt von Beeten mit seltenen Blumen und gepflegt von einem Heer von Gärtnern. Dazu gehörten noch tausende Hektar fruchtbaren Bodens. Aber das wertvollste war bestimmt der Wald, der sich kilometerweit erstreckte und mit Rotwild, Säuen, Füchsen und Dachsen bevölkert war. Ihn begrenzten zwei langgezogene Teiche, die in einen Fluss mündeten. Wenn wir bei ihnen zu Gast waren, angelten wir Hechte, Schleie und Karpfen. Mit Tante Ilona und Onkel

Ralf verglichen, waren wir arme, kleine Krautjunker.

Nach der Machtergreifung Hitlers 1933 änderten sie absolut nichts an ihren Gewohnheiten. Ich fand, dass Tante Ilona sogar noch bissiger geworden war und überhaupt kein Geheimnis aus ihrer Ablehnung der Nazis machte. Sie hatten einen einzigen Sohn, Josua, mit dem ich oft durch Wald und Felder gerannt bin. Wir hatten alle Phasen unserer Kindheit und Jugend zusammen erlebt, im Kinderwagen von einem Mädchen mit Schürze und Häubchen geschoben, im „dog-cart" mit seinen oder meinen Eltern, mit dem Fahrrad, oder zu Beginn des Krieges zu Pferd.

Nach Weihnachten luden unsere Familien sich gegenseitig zum Weihnachtsbaumplündern ein. Das ist eine alte deutsche Sitte, nach dem Neujahrstag in die – glücklicherweise – starken Äste zu klettern, um Süßigkeiten und kleine Tütchen zu suchen, die die Eltern versteckt hatten. Ich glaube bei uns war es eher ein Gärtnerlehrling, denn ich kann mir schlecht meinen Vater oder den damals schon recht gebrechlichen Onkel Ralf auf einer acht Meter hohen Trittleiter vorstellen, um eine mit bunten Liebesperlen gefüllte Plastiknuckelflasche in solch Schwindel erregenden Höhen aufzuhängen.

Nach meiner Konfirmation sah ich meine Mutter und ihre Kusine Ilona oft beim Tee miteinander flüstern und uns mit wohlwollenden und verschwörerischen Blicken nachsehen, wenn Josua und ich zu einer Fahrradtour aufbrachen.

Später, nachdem Josua beim Asowschen Meer als vermisst gemeldet worden war, gestand mir meine Mutter, dass sie es gern gesehen hätte, wenn er und ich heiraten würden, und dass Tante Ilona auch nichts dagegen gehabt hätte. Er sah sehr gut aus, war gesund, wohlerzogen, höflich und ein ausgezeichneter Reiter. Aber ich erinnere mich überhaupt nicht mehr an unsere Gespräche während dieser Ausritte. Ich glaube, wir hatten uns nicht viel zu sagen. Das wäre sicher eine sehr glückliche Ehe geworden! Ich zog es damals aber vor, mich meinem französischen Tagebuch, meinen Büchern und meinem Kaninchen zu widmen, und über den Sinn des Lebens nachzugrübeln.

Der Verlust ihres einzigen Kindes hatte Tante Ilona in eine unbeschreibliche Wut versetzt. Sie sprach vor ihren Angestellten und ihren Freunden nur noch von Metzgern und kleinen Leuten mit Großmannssucht. Die Parteibonzen, wie sie sagte, flößten ihr keine Angst ein.

War es nun ihr Name, der Tod ihres Sohnes, Träger des Ritterkreuzes mit Eichenlaub, das Ansehen ihres Besitzes oder die Tatsache, dass Onkel Ralf und sie, abgesehen von ihrer Kritik an der Regierung offensichtlich nichts Verbotenes taten? Eines Morgens erhielten sie den unangekündigten Besuch des persönlichen Adjutanten von Göring, dem Oberbefehlshaber der Luftwaffe und rechten Arm Hitlers. Der Besucher überbrachte Onkel Ralf und ihr den Wunsch-Befehl seines Vorgesetzten, er wolle in ihrem wundervollem Wald einen Hirsch schießen, zu einem freundschaftlichen Jagdessen eingeladen werden und außerdem ihre Impressionisten-Sammlung bewundern. Die ausgeprägte Vorliebe Görings für Jagd, eine gute Tafel und schöne Bilder war sprichwörtlich.

Meine Tante wusste, dass es fast unmöglich war, die „Selbsteinladung" eines solchen Gastes abzulehnen, vor allem bei ihrem Ruf, eine Gegnerin des Regimes zu sein, und so sah sie die schwarze Limousine mit ihrem in schwarzes Leder gekleideten Chauffeur erleichtert wieder abfahren. Denn, als dieses fatale Fahrzeug in den großen Hof eingebogen war, hatte sie einen kurzen Augenblick befürchtet, dass man gekommen sei, um sie in ein Lager abzuführen.

Göring erschien also ein paar Tage später mit etwa zehn Getreuen in seinem Gefolge, darunter General von Keitel, den alle Lakaitel nannten, und einem Rattenschwanz von Pflegern, Chauffeuren und Mechanikern, die zum Fußvolk gehörten und gespeist und getränkt werden mussten.

Er schoss nicht einen, sondern drei Hirsche, deren Geweihe die Wände seiner Raubhöhle „Karinhall" zieren würden. Ein großes Festessen sollte nach der Jagd den Marschall und seine Gesellen vereinen, dazu einige der Grundbesitzer aus der Nachbarschaft, soweit sie nicht unter Waffen standen, und vor allem die weniger Kühnen, die nicht gewagt hatten, die Einladung abzulehnen. Kaum war er in den von Lüstern und Silberbestecken strahlenden Saal eingetreten, die man zu diesem Anlass auf Hochglanz poliert hatte, setzte Göring sich – und das noch vor der Hausfrau – mit seinen hundert Kilo auf den für ihn am Kopfende reservierten Stuhl. Aber Tante Ilona ermahnte ihn mit ihrem unnachahmlichen baltischen Akzent, indem sie seinen pompösen Titel unmäßig in die Länge zog. „Herr Gé-né-rál-feld-már-schall, bei uns ist es üblich bevor wir uns setzen, ein Tischgebet zu sprechen." Göring erhob sich mühsam, folgte fromm dem Gebet, das Tante Ilona an jenem Tag noch um ein sibyllinisches „Und behüte uns vor allem Übel" erweiterte.

Ein anderer kleiner Zwischenfall sollte sie noch berühmter machen. Nach dem Essen, das eher einem Gelage glich, und dem feierlichen Abschiednehmen ließ sich die ganze Sippe des Marschalls in die Polster sinken. Der kleine Hund meiner Tante, ein neckischer und nicht erziehbarer

Dackel, sprang in Görings Wagen, setzte sich auf seinen Schoß, blieb aber nur eine Sekunde sitzen, bevor er die Flucht so schnell ergriff, wie es ihm seine kurzen, krummen Beinchen erlaubten. „Er vermisst den Aasgeruch der Reaktion", bemerkte meine Tante laut genug, um von Göring und all seinen Leuten gehört zu werden, die am liebsten im Boden versunken wären.

Eine bekannte ostpreußische Dame bewies ebenfalls große Zivilcourage. Als Gauleiter Koch sie informierte, dass sie das Mutterkreuz bekommen sollte, da sie dem Führer neun Kinder geschenkt hatte, schrieb sie sofort einen Brief, dass sie sich nicht angesprochen fühle und diese Auszeichnung ablehne, denn sie habe ihre Kinder nicht dem Führer, sondern ihrem Ehemann geschenkt.[2]

Zu erwähnen wäre noch Ewald von Kleist, der später an der Verschwörung des 20. Juli beteiligt war. An einem 30. Januar, dem Nationalfeiertag der Machtergreifung, hatte er es unterlassen, einen Fahnenmast für die Hakenkreuzfahne aufzurichten. Sofort wurde er denunziert und von einem auf einem knatternden Motorrad anbrausenden SA-Mann in Paradeuniform gerügt. Gut, wir müssen die Nazi-Fahne wehen lassen, hatte Kleist überlegt, aber es ist ja nicht vorgeschrieben, wo. Dementsprechend setzte er den Fahnenmast auf einen Misthaufen. Und ein Misthaufen auf einem pommerschen Gutshof besteht aus mindestens fünfzehn Meter aufgehäuften Kuhfladen, Pferdeäpfeln und frischer Jauche. Doch die scheußliche Hakenkreuzfahne hat nie auf Kleistschem Boden im Winde geweht, denn der Ortsgruppenleiter, ein 150-prozentiger Nazi, wie man damals so sagte, dem die Ehre zukam, die Fahne zu hissen, während

---

2 nach Inta Elisabeth Klingelhöller: „Eilig liefen meine Füße"

die Dorfkapelle das Horst-Wessellied abspielen sollte, hatte sofort auf dem Absatz kehrt gemacht, als er den Mast hoch oben auf dem Dunghaufen gesehen hatte.[3]

Man fragt sich, was wohl entscheidender war, die Angst, sich lächerlich zu machen, oder, seine schönen, braunen Lederschaftstiefel und die Hosen mit den Furzfängern zu beschmutzen.

Abgesehen von ein paar solchen Geschichten, die im Umlauf waren, und den Nachrichten, die Radio London sendete, die ich aber noch nicht richtig verstand, war ich nicht wirklich unterrichtet von dem, was in Nazi-Deutschland tatsächlich vor sich ging.

Wir gingen manchmal ins Kino, in die kleine Stadt, die sieben Kilometer entfernt war. Das war jedes Mal ein Erlebnis, ein Fenster zur Welt. Die Fotos der großen Stars, die ich aus dem Programm ausgeschnitten hatte, das vor den Filmvorführungen verkauft wurde, schmückten die Wände meines Zimmers. Lil Dagover, Victor de Kowa, Ilse Werner, Emil Jannings, der unvergessliche Professor Unrath aus dem Blauen Engel oder Hans Albers, der Rambo von dazumal, Marianne Hoppe, Paul Hörbinger, der schöne O.E. Hasse, der beliebte Heinz Rühmann, Willy Birgel mit seinem verführerischen Schnurrbärtchen, Hannelore Schroth, Pola Negri, Olga Tschechowa und der Tänzer Johannes Heesters, ich kannte sie alle. Und wenn Willy Fritsch die Lilian Harvey auf den Mund küsste und wenn sie sangen „Das gibt s nur einmal, das kommt nie wieder, das ist zu schön, um wahr zu sein", dachte ich, dass die Liebe etwas Wunderbares sein müsse und konnte es kaum erwarten, dieses Wunderbare selbst zu entdecken. Es gab noch andere Be-

---

3 nach Jane Pejsa „Mit dem Mut einer Frau" Brendow-Verlag.

rühmtheiten, die mich bewegten. Hans Stuck und Carraciola und Bernd Rosemeier, der mit seinem Rennwagen verunglückte, die Eisläuferin Sonia Heni, Hitlers „Hofphotographin" Leni Riefenstahl und die Fliegerin Hanna Reitsch, die spanisch-deutsche Sängerin Rosita Serrano mit ihrem unvergesslichen Lied „Roter Mohn" und die ungarische Tänzerin Marika Röck. Auch Göbbels langjährige Maitresse, Lida Baarova. Wenn es darum ging, das Volk am Nachdenken zu hindern, hatte unser Kultusminister Joseph Göbbels keine Rassenvorurteile. Aber mein Lieblingsstar war die sinnliche Lale Andersen, die mit ihrer „Lilli Marlen" alle Deutschen in den noch von Bomben verschont gebliebenen Häusern und Hütten zum Weinen brachte, wie auch Millionen von heimwehkranken Soldaten in den Schützengräben von Smolensk bis Tobruk, und von Saloniki bis Narvik.

Auch Zarah Leander gehörte dazu, deren schmalzigen Erfolgssong „Kann denn Liebe Sünde sein" ich abgeschrieben und über meinem Bett aufgehängt hatte, neben einem Bibelvers. Bis ich eines Tages bemerkte, dass die beiden nicht sehr gut zusammenpassten und das Lied der großen Zarah in den Ofen schmiss. Erfolg aber hatte die Schwedin im Dritten Reich, jedes Kind kannte ihre Schnulzen auswendig. Wir albernen Backfische persiflierten auf dem Schulhof das Lied: „Der Wind hat mir ein Lied erzählt" mit „Der Wind spielt mit der Lokustür, und eine Stimme ruft: Papier" und „Wunderbar" wurde zu „Wunderbar, wunderbar, ist eine Kuh mit Pferdehaar."

Die Filme, die wir damals sahen, sind mir bis heute im Gedächtnis geblieben. Vielleicht, weil wir höchstens alle vier Monate einmal als besondere Belohnung ins Kino gehen durften und nicht drei Fernsehfilme oder DVDs an einem

Abend verdauen mussten. Tage- oder wochenlang kommentierten mein Bruder und ich mit den Hausangestellten Szenen aus „Der Baron von Münchhausen", „Das unsterbliche Herz", „Die drei von der Tankstelle", „Kaiserwalzer" mit Jan Kiepura, Martha Eggers und Paul Hörbiger, „Die goldene Stadt", „Der Kongress tanzt", „Der weiße Traum", „Es war eine rauschende Ballnacht" oder des tendenziösen „Hitlerjunge Quex", um nur einige zu nennen. Sie wurden immer erst nach der Wochenschau gezeigt, das heißt den neuesten Nachrichten, die aber einzig und allein vom Krieg berichteten. Da sahen wir unsere siegreichen Truppen, wie sie sich bei fünfunddreißig Grad minus auf schneebedeckten Ebenen vorwärts schleppten, oder deutsche Soldaten, die fröhlich über die Champs-Elysées schlenderten oder Rommels Panzer, die in der Libyschen Wüste im Schneckentempo aber siegreich vorwärts rollten. Verwundete, mit Toten bedeckte Schlachtfelder, verstümmelte Kinder, Leichentransporte oder ausgebrannte Häuser sowie ganz zerstörte Stadtviertel wurden nie gezeigt. Wenn ich an dem großen Radioapparat, den mein Vater aus Frankreich mitgebracht hatte, den Knopf drehte, ließ ich die Nadel über alle Stationen mit mir bekannten oder unbekannten Städten laufen: Paris, Hilversum, Bern, Beromünster, Brüssel, Oslo, Amsterdam, Warschau, überall wurde über Kurz-, Mittel- und Langwelle deutsch gesprochen, überall hörte man die gleichen mitreißenden Lieder, die dazu dienten, die patriotische Saat sprießen zu lassen, die in uns allen schlummert: „Das kann doch einen Seemann nicht erschüttern" oder das rührende „Es stand ein Soldat am Wolgastrand", das mir Tränen in die Augen trieb. Aber manchmal sagte ich mir, obwohl ich noch ein halbwüchsiges Mädchen war: „Brauchen wir eigentlich alle diese Städte und Länder, und möchten die Menschen in Hilversum oder Warschau nicht lieber ihre eigenen Lieder hören?"

Alle Mittel waren recht, um bei uns eine gründliche Gehirnwäsche vorzunehmen, besonders bei solchen Volksgenossen, denen es an Geist und Einsicht fehlte, weil sie ohnehin wenig gewöhnt waren, sich eine eigene Meinung zu bilden. Auf unseren harmlosen Partys mit Himbeerlimonade und Plätzchen, während unsere Mütter bei offenen Türen auf der Veranda Tee tranken, tanzten wir zum Schlager der Jahres: „Fahr mich mit dem Roller nach Addis Abeba/ wasch ich dem Negus die Füße mit Fewa/ der Negus wird staunen/ der Negus ist platt/ Was doch Großdeutschland/ für tolle Waschmittel hat!" Alles mit Schwung und einem mitreißenden Rhythmus. In unseren naiven Backfischhirnen war die Schlussfolgerung klar: Negus, schwarz, also schmutzig, wir haben alles, das beste Waschmittel, die beste Armee, die beste Führung. Wir sind groß, reich, sauber und unüberwindlich. Weiter dachten wir nicht, legt doch noch einmal die 78-Touren Platte aufs Grammophon mit der Handkurbel und versuchen wir einen Foxtrott mit dem so schick aussehenden Martin – „Fahr mich mit dem Roller nach Addis Abeba..."

Nur zweimal wurde mir bewusst, dass in unserer Zeit etwas nicht normal war.

Meine Mutter hatte mich anlässlich der grünen Woche nach Berlin mitgenommen. Sich bei dieser großen Landwirtschaftsaustellung zu zeigen gehörte sozusagen zum Pflichtprogramm des gesamten ostdeutschen Adels. Das war DIE Jahresreise, auf der sie sich neue Kleider kaufte, ihre Kusine besuchte, bei Horcher aß und im Kadewe einkaufen ging.

Bei dieser Gelegenheit sah ich mein erstes Theaterstück:

Schillers Don Carlos mit Will Quadflieg in der Rolle des Marquis de Posa. Ich war sehr bewegt und träumte wochenlang nur noch davon, Schauspielerin zu werden. Aber was mich am meisten beeindruckt hatte, war der frenetische Beifall nach dem berühmten Satz: „Sire, geben Sie mir Gedankenfreiheit!" Das Theaterpublikum bestand vor allem aus Intellektuellen und einigen „Goldfasanen", wie man die ordenbestückten hohen Naziführer nannte. Letztere klatschten auch Beifall, wenn auch etwas zaghafter, wie mir schien. Später dachte ich noch oft an diesen Vorkriegsabend. Ebenso wie das Publikum im Deutschen Nationaltheater von Berlin musste doch das übrige Deutschland geschlossen denken, dass es unmöglich wäre, in einem Staat ohne Rede- und Meinungsfreiheit zu leben. Warum um Himmels Willen haben sie nichts unternommen, um das aufzuhalten, was sich schon so klar abzeichnete, aber was man damals – dessen bin ich sicher – noch hätte stoppen können!

Unsere musische Mutter ging mit mir auch in ein Kabarett, eine Art Musik- und Literaturcafé, das vielleicht noch gar nichts für mein Alter war. Aber Mutti und ich standen uns sehr nah. Sie behandelte mich niemals von oben herab oder kanzelte mich kurz ab „dafür bist du noch zu jung und zu dumm". Ihr war es viel wichtiger, zuzuhören und zu erzählen.

Der Publikumsliebling in diesem Kabarett war eine sehr korpulente Sängerin, Claire Waldorf. Marlene Dietrich hatte sie entdeckt und gefördert. Sie brachte ihre Meinung sehr deutlich zum Ausdruck. In den dreißiger Jahren wurde gemäßigte Kritik an der Regierung noch nicht als Hochverrat mit dem Tode bestraft. Sogar Göring schätzte ein Lied der kessen Claire, das ihm schmeichelte: „Rechts Lametta/ Links Lametta/ Hinten wird er immer fetter/ In den Lüften ist er Meester/ Hermann heest er."

Dass sich hinter der augenscheinlichen Leutseligkeit Herman Görings ein blutrünstiger Schlächter verbarg, erfuhren wir erst nach dem Krieg. Was Göbbels anbetraf, so übte er die Kunst der Überzeugung auf äußerst subtile Weise, indem er für seine Zwecke alles benutzte, was der deutschen Seele teuer ist: Musik, Theater, Literatur, Filme und Bildende Kunst. Vor allem aber Großaufmärsche, die für beeindruckbare Gemüter eine betäubende Wirkung hatten. Das war ja eigentlich nichts Neues, „panem et circensem" (Brot und Spiele) ist alles, was sie brauchen. Das hatte der römische Statthalter Juvenal schon im 1. Jahrhundert verkündet.

Vor kurzer Zeit bekam ich einen Brief von einer Leserin aus Schlesien, die, wie ich, durch Heirat Französin geworden ist. Für mich war das ein weiterer Beweis dafür, in welchem Ausmaß die Nazipropaganda präzise und perfide war mit dem einzigen Ziel, alle Schichten der Bevölkerung zu treffen. Hier ein Auszug:

„In der Grundschule hatten wir einen Lehrer, den alle mochten. Er war in der SA. Fast die Hälfte der Klasse waren jüdische Schüler. Oft las unser Lehrer ihre Aufsätze laut vor, weil sie eindeutig besser waren als unsere. Das hinderte ihn aber nicht, kleine Hefte mit Naziliedern zu verteilen. Auf jeden Text folgte eine illustrierte Seite, das Foto eines ermordeten Nationalsozialisten – Durch Rotfront und Reaktion erschlagener Kamerad bedanken sich – wie wir es später im Horst Wessel-Lied bei jedem Fahnenhissen singen mussten. Der Lehrer brachte uns bei, dass Hitler den ewigen Frieden schaffen wollte und dass er den internationalen Kapitalismus bekämpfte, der nur Kanonen baute, um Geld zu machen. Damals kam mir nie in den Sinn, dass meine jüdischen Mitschülerinnen mit diesen Geschichten gemeint sein könnten...

Die ersten Ausschreitungen gegen die Juden fanden statt, als ich in Z. aufs Gymnasium ging. Mein Vater war Untersuchungsrichter. Himmler hatte Rundschreiben an alle Richter adressiert, SS-Männer, die Juden geschlagen, ihre Geschäfte geplündert und angezündet, oder sie sogar ermordet hatten, nicht zu verurteilen.

Mein Vater lud mich eines Tages zu einem Spaziergang ein und sprach mit mir, einem zehnjährigen Mädchen, wie mit einer Erwachsenen und erklärte mir, dass ein Richter nicht auf die Regierung hören dürfe und dass er nur einen über sich habe: sein Gewissen. Ich war sehr stolz, einen Vater mit so einer festen Überzeugung zu haben. Später erfuhr ich, dass unser Haus von diesem Tag an ständig von der Polizei überwacht wurde. Bald darauf verlor mein Vater seine Stellung. Unser Gymnasium war eine konfessionelle Privatschule. Kurze Zeit später wurde unser Klassenlehrer verabschiedet und durch eine strenge alte Dame ersetzt, die das Parteiabzeichen auf dem Kragen ihrer altmodischen Kostüme trug. Sie war in Hitler verliebt und in „seine wunderbaren blauen Augen". Aber davon abgesehen war sie freundlich und behandelte alle gleich, Jüdinnen und Arierinnen. Als eines Tages SS-Männer mitten in den Unterricht platzten und alle jüdischen und halb-jüdischen Mädchen verhafteten, fiel sie aus allen Wolken. „ Was fällt Ihnen denn ein, das sind doch liebe kleine Mädchen und sehr gute Schülerinnen. Sie haben nichts verbrochen, es muss ein Irrtum sein. Was ist bloß los mit Euch, was sind das denn für Methoden! Man muss die Eltern verständigen. Unser geliebter Führer hat uns tausend Jahre Frieden ver-

sprochen," heulte sie. Die SS-Männer grinsten und braus-
ten ab. Unsere Klassenkameradinnen hatten sie unsanft in
dunkelgrüne Planwagen verfrachtet und wir haben sie nie
wieder gesehen. Ich begriff plötzlich, dass unsere nationalsozialistische Regierung alles andere als friedlich war."

Ich denke, dass Hitler, Göbbels und Konsorten ein paar
hundert, nicht mehr, direkte Befehlsempfänger hatten, ehr-
geizige und durchtriebene Halunken ohne einen Funken
Moral, die Tag und Nacht über den kleinsten Details der
neuen Erlasse und Verbote, die in Kraft treten sollten, brüteten, um der teuflischen Botschaft zu noch größerer
Durchschlagskraft zu verhelfen. Sie wurde dann durch
Filme, Kriegslieder, Schlagwörter, Marschmusik, Bilder-
sprache, Banner, Fotos und patriotische Romane verbreitet.
Wie Nathan Stolzfus[4] sagt, benutzte Göbbels die Parade-
märsche als eine Art von sozialer Kontrolle. „In einer Menge
durchlebt jeder eine Art von Metamorphose, in der er als
Würmchen beginnt, um schließlich Teil eines riesigen Drachens zu werden."

Unser hinkender kleiner Kultusminister und Schürzen-
jäger mit seiner großen Klappe, auch Humpelstielzchen,
Giftzwerg oder der Rattenfänger von Potsdam genannt, sah
sich selbst als Kopf dieses Drachens, indem er die Organisation der Paraden, Kulturveranstaltungen und anderer Propagandamärsche mit und ohne Fackeln direkt unter seinen
Oberbefehl stellte, den eines „Reichshauptstellenleiters für
Großkundgebungen". Was für ein gestelzter Titel! Wenn jemand keine Liebe findet, dann sucht er nach Bewunderung.

Ich glaube, es ist schwieriger, ein einziges Individuum zur

---

4 Nach Nathan Stoltzfus „Widerstand des Herzens", Hanser Verlag

Umkehr zu bringen, als eine kompakte Masse in einem Stadion, welcher Art das Ziel einer Massenveranstaltung auch sein mag. Wer hätte gewagt, laut zu widersprechen und zu rufen, das sind doch Menschen, genau wie wir, sie haben sich doch nichts zu Schulden kommen lassen, wenn der Führer in sein Mikrofon brüllte: „Wir werden alle Untermenschen zertreten wie Würmer!" Selbst wenn man den Faktor Angst ausnimmt, verlangt das Schwimmen gegen den Strom doch übermenschliche Kräfte und Menschen können nicht wie Lachse schwimmen.

Kurz nach unserer Berlinreise fand die Reichskristallnacht[5] statt – ein schöner Name für eine sehr hässliche Nacht, um Sabine Reichel zu zitieren. Angeblich war es die Antwort auf die Ermordung des Botschaftssekretärs Ernst von Rath in Paris, begangen von einem jungen siebzehnjährigen Juden. Bei der folgenden Reise existierten viele der Geschäfte nicht mehr, in denen meine Eltern einzukaufen pflegten, wie das großartige Hermann-Tietz-Einkaufszentrum. Sie waren geplündert und verwüstet oder arisiert, das heißt enteignet worden.

Bei Tisch sprach mein Vater von in Brand gesteckten Synagogen, geschlagenen und verhafteten Juden und fügte mit einem tiefen Seufzer hinzu: „Welcher Teufel hat bloß Hindenburg geritten, diesen Ehrenmann bis in die Fingerspitzen, einen blutrünstigen und ungehobelten Rohling als Kanzler zu akzeptieren!" „Psst", machte meine Mutter und legte den Zeigefinger an die Lippen. Das neue Mädchen

---

5 Zahlreiche amerikanische Numerologen sehen in den beiden tragischen Daten, 9. November und 11. September eine auffallende Beziehung. Denn 9. November liest sich im Amerikanischen „eleven nine", 11. September.

war gerade mit dem preiselbeergarnierten Putenbraten ins Esszimmer gekommen. Darauf war ich ganz versessen, besonders auf die Preiselbeermarmelade. Ich verstand überhaupt nichts von dieser ganzen Geschichte mit den vielen Scherben und den brennenden jüdischen Tempeln. Hätte man mir erzählt, dass man Greise auf der Strasse gesteinigt und Frauen gezwungen hatte, vor einer tobenden Masse auf allen Vieren zu kriechen, ich hätte es nicht geglaubt. Noch weniger, dass man Rabbiner tot geprügelt hatte, einen von seinen arischen und jüdischen Patienten hochgeschätzten Arzt gezwungen hatte, das Straßenpflaster vor seinem Haus mit einer Zahnbürste zu putzen, „um den jüdischen Dreck wegzuwischen", einem achtjährigen Jungen, der vor der Razzia weglaufen wollte, eine Kugel ins Knie geschossen oder kleine Mädchen nachts um drei an den Haaren aus ihren Betten gezogen und auf die Strasse geschmissen hatte. Derartige Dinge waren in unserem schönen Deutschland doch einfach „unmöglich".

Ein paar Jahre später fuhr ich wieder nach Berlin. Ich ging in einem schicken Viertel spazieren, dem einzigen übrigens, das ich kannte. Die Hauptstadt war schon von den zahlreichen Luftangriffen gezeichnet, die die Luftabwehr von „Hermann Meier" nicht hatte verhindern können. Göring hatte über den Äther erklärt: „Wenn jemals ein feindliches Flugzeug über Berlin fliegen soll, heiße ich von dem Tag an Meier!"

Ich sah auf dem Bürgersteig eine alte Dame an der Mauer entlangschleichen wie das personifizierte schlechte Gewissen – wobei es doch an uns Ariern gewesen wäre, ein schlechtes Gewissen zu haben. Sie hatte feine, durchgeistigte Gesichtszüge, wie so viele jüdische Menschen. Sie war ganz in schwarz gekleidet und trug auf ihrem alten Mantel den garstigen gelben Stern, „auf die linke Brust genäht und nicht durch ein Tuch oder eine Tasche verdeckt", wie es ein Erlass mit typisch deutscher Gründlichkeit vorschrieb.

Sie schleppte zwei schwere Einkaufstaschen mit Nahrungsmitteln. Ich wusste nicht, dass es den Juden verboten war, in ihrem Stadtviertel einzukaufen. Stattdessen wies man ihnen weit entfernte Geschäfte zu und verbot ihnen, öffentliche Verkehrsmittel zu benutzen, da diese nur den Ariern vorbehalten waren, und das alles nur aus dem offensichtlich einzigen Grund, sie noch mehr zu demütigen und ihnen das Leben unerträglich zu machen.

Für die Juden, die nicht zu „U-Booten" geworden waren, d.h. bei arischen Freunden, die ihr eigenes Leben riskierten, untergetaucht und versteckt waren, war der Alltag zu einem Albtraum geworden... Nichts war ihnen mehr erlaubt. Sie durften keinen Beruf ausüben, kein Fahrrad, keine Heizgeräte, kein Radio, weder einen Hund noch eine Katze besitzen, und noch nicht einmal einen Kanarienvogel (Die Tiere wurden eingeschläfert, selbst wenn sie dem arischen Partner gehörten). Eine Berlinerin soll ihre jüdische Nachbarin denunziert haben, weil deren Hund sich an ihren rangemacht hätte und damit die Blutsreinheit ihres arischen Hundes besudelt hätte. Juden mussten ihren Führerschein abgeben, sie durften weder ins Kino gehen, noch ein Theater, Konzert, Restaurant oder ein Stadion besuchen. Im Krankenhaus wurden sie nicht einmal in schweren Fällen aufgenommen. Hausangestellte mussten entlassen werden und jüdische Kinder wurden vom Schulbesuch ausgeschlossen. Bestimmte Parkbänke trugen die Inschrift: „Nicht für Juden". Man nahm ihnen eigentlich alles, sogar die Identität, bevor man ihnen das Leben nahm.

Kinder aus „Mischehen" hatten sich von nun an „Sarah

Elisabeth" oder „Israel Helmuth" zu nennen, und ihr Personalausweis trug einen dicken Balken in Form eines großen „J".

Es gab Juden, die nicht einmal wussten, dass sie jüdisches Blut hatten. Man muss sich die Gemütsverfassung eines hochbegabten Studenten vorstellen, der von heute auf morgen seiner Fakultät verwiesen wurde, oder eines Offiziersanwärters, der sich der Armee seiner deutschen Heimat mit Leib und Seele verschrieben hatte und dann von einem Tag auf den anderen wie ein Aussätziger aus der Gemeinschaft seiner Kameraden fortgejagt wurde.

In Deutschland gab es vor dem Krieg ungefähr 600.000 Mischehen. Die Kinder aus diesen Ehen wurden Mischlinge genannt – ein schrecklicher Ausdruck, der so nach Bastard klingt. Ab Februar 1943 wurden auch sie in Todeslager deportiert, wenn sie auch noch so arisch aussehen mochten. Einzig und allein zählte das „unreine" Blut, eine absurde fixe Idee der nationalsozialistischen Rassetheorien. Die arischen Partner, sehr oft die Ehefrau, ertrugen die gleichen Demütigungen, Entehrungen und Ängste. Aber die meisten hielten trotz gemeiner Erpressungsversuche stand, da sie wussten, dass man ihren Mann noch am gleichen Tag verhaften würde, wenn sie sich scheiden ließen. So konnten durch den Mut einiger deutscher Frauen, vor allem in Berlin, Juden vor der „Endlösung" bewahrt werden.[6]

Ich hatte bisher noch niemanden gesehen, der den gelben Stern trug, obwohl man mir schon davon erzählt hatte. Ich ging in die gleiche Richtung wie diese alte Jüdin. Ich war jung, gesund und sehr gut erzogen. Ich hätte zu jeder Dame,

---

6 Nach Nathan Stoltzfus „Widerstand des Herzens", Hanser Verlag

die mühsam ihre Pakete schleppte und sichtlich am Ende ihrer Kräfte war, gesagt: „Entschuldigen Sie, kann ich Ihnen helfen, ich gehe in die gleiche Richtung." Ich tat es nicht. Ich ging schneller, sah woanders hin und sagte nichts. Ich wollte früh zu meiner Tante kommen, um ihren leckeren Schokoladenkuchen zu essen, den sie auf dem Schwarzmarkt gekauft hatte. War es Verfressenheit oder Feigheit, dass ich so herzlos handelte? Oder war ich auch schon von dem Nazivirus infiziert, der uns einbläute „Die Juden haben sich alles, was jetzt mit ihnen geschieht, selber zuzuschreiben?" Auch diese alte Dame? Und was warf man ihnen eigentlich vor? Mein Gehirn funktionierte wie ein Roboter.

Später sammelte ich Berichte von Überlebenden des Holocaust. Viele davon gleichen sich. Manchmal wirft man mir vor, dass ich diese alten schrecklichen Geschichten wieder aufrühre, die jetzt siebzig Jahre alt sind, dass wir im 21. Jahrhundert leben und dass wir nicht schlecht leben, jedenfalls die meisten von uns. Für mich ist es kein Voyeurismus. Ich finde, dass jeder auch das Letzte wissen muss, was in den Nazilagern vor sich gegangen ist, und als Folge davon später, während der Flucht der Ostdeutschen. Wir schulden es auch den Millionen von Menschen, die nicht wiedergekommen sind. Wenn wir schweigen und zu etwas Angenehmerem übergehen, bereiten wir den Weg zu neuen schlimmen Diktaturen und dazu, wieder mit dem Schwamm über neue Gräuel hinweg zu gehen. „Ich habe nichts kommen sehen, ich war nicht auf dem Laufenden, ich habe nichts davon gewusst..."

Sogar Rochus Misch, der letzte noch Überlebende von Hitlers persönlicher SS-Leibstandarte, der jahrelang in seiner engsten Umgebung gearbeitet hatte, sagte aus. „Wir wussten, dass es Konzentrationslager gab, aber wir wussten nicht, was dort vor sich ging. Das Thema war tabu. Ich glaube, wenn jemand wirklich etwas gewusst hätte, so hätte er irgendwann mal darüber gesprochen, aber das kam nie vor. Wir hatten keinerlei Zugang zu solchen Informationen. Es ist mir heute noch gänzlich unverständlich, wie solche Massenmorde derartig geheim gehalten werden konnten."[7] Im Jahr 2002 musste der Abiturjahrgang des literarischen Zweiges das erschütternde Buch von Primo Levi „Ist das ein Mensch?" lesen und darüber einen Aufsatz schreiben. Eine begrüßenswerte Initiative des französischen Kultusministeriums. Auch wenn meine Enkelin mir gestand, sie habe drei Nächte nicht schlafen können.

Den Schrecken kann man sich nur in einem Moment des Schreckens wieder vergegenwärtigen. Dennoch haben mich einige Schicksale mehr erschüttert als andere durch ihre völlig irreale und danteske Absurdität, spezifisch für jene Zeit. So zum Beispiel die Geschichte einer jungen Jüdin der Berliner Schickeria der dreißiger Jahre, die mit achtzehn Jahren an nichts anderes dachte, als sich zu amüsieren, zu tanzen und zu flirten. Hätte man ihr gesagt, dass sie anders sei, weil nicht-arisch, hätte sie laut gelacht: „Ich bin hier geboren wie meine Eltern und meine Großeltern, ich habe hier mein Abitur gemacht, alle meine Bekannten wissen, wer ich bin, ich habe keine Feinde, und mein Vater ist der bekannteste Chirurg von Berlin. Die Politik interessiert mich nicht und geht mich nichts an. Ich habe nichts zu befürchten." Übrigens ging sie nur in Lokale und Nachtclubs, wo sie nicht Gefahr lief, Nazis zu begegnen. Aber sie wusste nicht, dass ihre beste Freundin, eine Halbjüdin, in

---

7 Rochus Misch: Der letzte Zeuge „Ich war Hitlers Kurier, Telefonist und Leibwächter"

einen SA-Mann verliebt war, einen Judenhäscher, dem für jeden jüdischen Mischling, den er identifizierte und denunzierte, eine Prämie und eventuell sogar eine Beförderung versprochen worden war. Dieser Mann bedrängte seine Freundin: „Wenn du mir nicht hilfst, lasse ich deine Mutter verhaften und zwar sehr schnell." Er hatte ihr gesagt, sie solle auf einem Fest alle Jungen und Mädchen auf die linke Wange küssen, die aus einer Mischehe stammten. Die Freundin kannte nur Sarah-Luise. In Gedanken an ihre Mutter gab sie Sarah-Luise den Judaskuss.

Am nächsten Tag wurde Sarah von zwei SS-Männern verhaftet und in ein mit einer Plane verdecktes Auto gezerrt. Sie wurde geohrfeigt, beschimpft und misshandelt. Ihr wurden Fragen gestellt, die sie nicht beantworten konnte. Sie weinte die ganze Nacht in ihrer kalten und feuchten Zelle. Am anderen Tag wachte sie mit unerträglichen Zahnschmerzen auf. Die Gefängniswärterin meldete, dass der Häftling Sarah X wegen eines Abszesses an einem Backenzahn zum Zahnarzt müsse. Und das Unwahrscheinliche geschah, typisch deutsch, Vorschrift ist Vorschrift. Der Häftling, selbst wenn sein Ende schon unabwendbar war, hatte Zahnschmerzen und musste zum Zahnarzt gebracht werden. Daraufhin durchquerte Sarah halb Berlin, in Handschellen und begleitet von einem stummen und gefühllosen Wachmann, um zu einer der wenigen jüdischen Zahnarztpraxen zu fahren, die noch arbeiten durften. Ein arischer Zahnarzt durfte keine jüdischen Zähne behandeln. Im gestopft vollen Wartezimmer bat sie darum, zur Toilette gehen zu dürfen. Man hatte ihr die Handschellen abgenommen, und sie floh durch ein Fensterchen. Was tut ein junges Mädchen von achtzehn Jahren, das ihr bisheriges Leben hindurch nur von liebenden Eltern weich gebettet, beschützt und verwöhnt worden war, wenn es sich verfolgt, bedroht, halbtot vor Hunger, Kälte, Angst und Schmerzen fühlt? Sie kehrt instinktiv in die Nestwärme ihres Elternhauses zurück, wo man sie trösten, pflegen und verstecken würde.

Am gleichen Abend wurde sie ein zweites Mal zu Hause verhaftet. Kein Flehen des Vaters – man brauchte ihn noch als Chirurg – kein Schreien und Beten der Mutter, die aus einer alten protestantischen Familie stammte, half. Sarah wurde deportiert und man sah sie nie wieder.

Ich musste, wie alle jungen Leute meiner Generation, Mitglied der national-sozialistischen Jugendgruppen sein.

Man entzog uns so früh wie möglich dem elterlichen Einfluss, damit niemand auf die Idee kam, uns mit Begriffen von Gut und Böse und so unerwünschten Tugenden wie Freigebigkeit, Anstand und Nächstenliebe in Berührung zu bringen. Das erscheint heute nebensächlich, aber die Wirkung war enorm. Wir tanzten um einen Maibaum Ringelpiez mit Anfassen, hopsten zur Sonnenwende am 21. Juni tollpatschig über Johannisfeuer, und an Weihnachten feierten wir das Kind in der Krippe, das doch zweifelsfrei ein Judenkind war, und besangen die heilige deutsche Nacht. Ich hasste den B.D.M, den Bund deutscher Mädchen. Da der Dienst Pflicht war, baten mich meine Eltern, wenigstens einmal alle drei Wochen teilzunehmen, um „Unannehmlichkeiten zu vermeiden.“ Ich ließ stoisch Schulungsabende über Rassenhygiene, Erbgesundheitslehre und Bevölkerungspolitik über mich ergehen und spielte Seeschlacht.

An einem sonnigen Tag im Mai war ein junger Fähnleinführer aus der Kreisstadt gekommen, um uns neue patriotische Lieder beizubringen. „Los, los, mehr Schwung bitte, das ist alles zu lasch, ihr singt ja wie alte Frauen in der Kirche,“ schrie er uns an. „Die Frauen in der Kirche singen sehr gut, und sind nicht alle alt“, widersprach die Göre, die

sich immer gegen jede offensichtliche Ungerechtigkeit auf-
lehnte. „Halt deine vorlaute Klappe, Helene, hier rede
ich..." Er hatte mich sofort bemerkt. „Das wundert mich
gar nicht. Deine Familie ist bei der Führung schon bekannt.
Ihr seid ein reaktionäres Schlangennest. Du verdienst nicht
die Ehre, das Halstuch und den Lederknoten zu tragen...".

Dieser Lederknoten wurde uns bei einer feierlichen Zeremonie überreicht, davon träumten wir alle. Er bedeutete,
dass wir endgültig zur Hitlerjugend gehörten. Das war unsere Konfirmation, unsere Feuertaufe. Davon ausgeschlossen zu werden war der größte Schimpf für einen
Jugendlichen unserer Zeit. Die Jungen bekamen zu ihrem
zehnten Geburtstag sogar einen Dolch mit den Initialen
B&E, Blut und Ehre.

Seit diesem Zwischenfall hielt ich mich still und sang
lauthals, wenn der HJ-Führer uns inspizierte, trotz meiner
gegensätzlichen politischen Meinung und meiner physischen Abneigung gegen diesen eingebildeten, pickeligen
Jüngling, der immer feuchte Hände hatte und nach Bier
roch. Aber ich wollte wie die anderen sein, wie meine
Freundinnen aus dem Dorf, in der braunen Menge aufge-
hen, ein hübsches Halstuch mit geflochtenem Lederknoten
um den Hals haben und nicht auffallen... Heute weiß ich,
dass es in bestimmten Fällen ein Verbrechen ist, unbedingt
wie die anderen sein zu wollen. Nach dem Krieg wiederholten die Alliierten täglich und ständig: „Ihr habt alle
Schuld, alle, ohne Ausnahme!"

Ich glaube, sie haben es trotzdem nie zu oft gesagt. Wir
hatten wirklich alle unseren Teil an der Schuld. Einen größeren oder kleineren Teil. Die, die Feuer an die mit Geiseln
voll gestopfte Kirche von Oradour gelegt, oder in Ausch-
witz die Brillen der Vergasten sortiert haben, die, die kleine
Kinder lebend in die Öfen von Birkenau geworfen haben,

„weil es an jenem Tag kein Gas mehr gab und weil man die Quote erfüllen musste", die Lokführer der Züge, in denen Hunderte von Deportierten eingepfercht waren, und auch die, die einfach nicht genug Mut hatten, einer alten Dame in ihrem Elend zu helfen, weil ihnen gesagt worden war, dass Juden Volksfeinde seien und dass es unwürdig sei, mit ihnen zu sprechen oder ihnen zu helfen.

Man muss schon sagen, dass die Nazis ihr Geschäft verstanden. Da sie ja selbst Deutsche waren, kannten sie die Mentalität ihrer Landsleute von A bis Z. Besonders die der Mittelmäßigsten, Ehrgeizigsten, Unzufriedensten und Sentimentalsten. Ausgesprochene Nieten und Hohlköpfe ohne Charisma und ohne Sexappeal, in schicke Uniformen gesteckt, mit haarscharfen Bügelfalten und blankgewichsten Stiefeln, schon ist er fertig, der Hefeteig zum Ansatz einer Diktatur! Vor den Führerreden wurden die labilen und leicht beeindruckbaren Seelen mit einem Beethovenkonzert oder Auszügen aus Wagners Götterdämmerung in die richtige Stimmung gebracht. Dann folgten Fanfaren und feierliche Akkorde oder zackige Marschmusik, bis schließlich der Sprecher in sein Mikro schluchzte: „Wogen hocherhobener Herzen, Tausende, was sage ich, Millionen Herzen, die vereint für ihren Führer, ihren Retter schlagen." So benebelte man die Köpfe. „Fanatismus ist nichts als zusammengeballter Zweifel. Aber der Fanatismus braucht einen allmächtigen Vater, der ihm sein Verhalten diktiert", hat Gustav Jung gesagt. Genau das war es. Viele zweifelten, nicht nur Intellektuelle, sondern auch weniger Gebildete. Aber der allmächtige Vater war allgegenwärtig, durch Helfershelfer, die geschickt im ganzen Land verteilt waren, in allen Berufsgruppen, aber ganz besonders bei den so formbaren Jungendlichen. Die Geschichte wimmelt von diesen allmächtigen Vätern, denen es gelang, die Gehirne zu benebeln und das Handeln von Millionen Menschen in ein paar Jahren umzuwandeln, ihre Zweifel sich in Luft auflösen zu lassen und jedes menschliche Gefühl zu betäuben – Pol Pot, Stalin, Mao, Pinochet, Bokassa, die Kim-Dynastie in Nordkorea, die Liste nimmt kein Ende.

Aber wie konnte das bei uns geschehen, im Land der Dichter und Denker? Was dachten unsere Denker während jener zwölf Jahre? Was dichteten unsere Dichter? Wie konnten unsere Kirchenmänner, unsere „großen Familien" und unsere tüchtigen, einfachen Leute diese grobe Verfälschung hinnehmen: Aus dem romantischen Traum, der Suche nach der blauen Blume, war plötzlich die Verteidigung mit Leib und Seele der gesamten westlichen Zivilisation durch starke, tapfere und siegende teutonische Helden geworden. Und die westliche Zivilisation hörte, sah und wunderte sich und kam in Massen zur Berliner Olympiade im Jahr 1936.

Wie konnte diese primitive Propaganda, die sich an die niedersten Instinkte richtete, ihren gesunden Menschenverstand und ihre Klarsicht trüben?

Abgesehen von den „historischen" Reden, die eine Massenhysterie erzeugten, gab es täglich kleine Aktionen, die bedeutungslos zu sein schienen, aber beim Volk sehr viel Erfolg hatten. Das Winterhilfswerk z.B. für die Armen und Mittellosen (natürlich nur rein Deutsche). Alle Medienstars, Filmschauspieler, Unterhaltungsmusiker und Presseleute bis hin zu Göbbels und Göring persönlich sammelten Geld. Dabei thronten sie auf einem Podium wie Verkehrspolizisten und verteilten für jede Gabe kleine Medaillen aus Blech und stoffbezogene Anstecknadeln. Diese Abzeichen tauschten die Schüler untereinander. Ich hatte eine ganze Sammlung auf meinem Tirolerhut: Max und Moritz, bunte

Schmetterlinge, Edelweiß, Enzian und U-Boote. Ich bat meine Eltern inständig, jeden Sonntag zu spenden, um alle Abzeichen zu besitzen.

Die Hitler-Jugend war sehr aktiv und ging von Tür zu Tür sammeln. Dabei sangen sie: „Lumpen, Knochen, Flaschen und Papier" und einige fügten noch hinzu: „ausgefall ne Zähne sammeln wir."

Und dann dieses Eintopfgericht, das die Hausfrau ihrer Familie einmal im Monat anstelle des üblichen Schweinebratens vorsetzen musste! Das dadurch Ersparte sollte in die Kassen des Winterhilfswerkes fließen, diente aber in Wirklichkeit der gewaltigen Aufrüstung, die Hitler und seine Kumpane sofort nach ihrer Machtergreifung eingeleitet hatten. Alle ließen sich täuschen, die Hausfrauen an erster Stelle, und fanden es edel und großmütig, eine dicke Kartoffel- oder Graupensuppe zu kochen, um Geld für die Armen zu sparen.

An den Eintopfsonntagen klingelte der Blockwart manchmal an der Tür und schnüffelte, ob es wirklich nach Kohlsuppe roch, oder vielleicht doch ein Hasenbraten auf dem Familientisch stand.

Nach dem Vorbild der Aktion Dopolavoro seines Kollegen Mussolini hatte Hitler die Bewegung „Kraft durch Freude" ins Leben gerufen. Anfangs sollte diese Organisation den Deutschen den Wintersport und das nordische Klima schmackhaft machen, denn Hitler dachte schon an die großen Eroberungen, wo er Soldaten brauchen würde, die Kälte aushielten. 1936 fuhren sechs Millionen Deutsche mit dem KdF (Kraft durch Freude) in den Urlaub. Im Jahr 1939 verbrachten bereits zehn Millionen Deutsche fünf Tage in den norwegischen Fjorden. Der Spaß kostete sie 40,- Mark alles inbegriffen.

Vom ersten Jahr an kaufte die Organisation vier Passagierdampfer und beschloss, noch sechs weitere zu bauen. Der schönste und beeindruckendste wurde am 5. Mai 1937 mit großem Pomp durch Hitler selbst getauft. Er trug den Namen Wilhelm Gustloff, nach einem obskuren Nazifunktionär, der nach seinem gewaltsamen Tod als Blutzeuge bzw. Märtyrer des Nationalsozialismus verehrt wurde.

Einer unserer Melker, Vater von neun Kindern und nicht der Allerklügste, war mit der KdF nach Madeira gefahren. Seine Frau war zwar mit dem Mutterkreuz ausgezeichnet worden, musste aber zu Hause bleiben. Karl hatte Palmen und das Meer gesehen, spanischen Wein getrunken und bezeugte seitdem „seinem Führer" eine grenzenlose Verehrung, der ihn, Karl Grubscheck, ausgewählt hatte, obwohl er doch die Grundschule nach zweimal Sitzenbleiben hatte verlassen müssen. Nicht einmal die Gnädige Frau sollte jemals mit so einem großen weißen Schiff übers Meer gefahren sein.

Der aufgeweckte Bruder von Lisbeth war ein anderer Fall. Schon als Kinder mochten wir diesen Bengel nicht, der uns an den Zöpfen zog, uns Kletten in den Rücken oder Juckpulver ins Hemd steckte und uns Anzüglichkeiten ins Ohr flüsterte. Im Frühling kletterten wir mit ihm auf die Buchen, um Maikäfer zu fangen. Aber während wir die armen Krabbeltiere frei ließen, nachdem wir untersucht hatten, ob es sich um einen „Müller" oder einen „Köhler" handelte, steckte Hugo sie in eine winzige Schachtel, wo sie summten und frenetisch mit den Flügeln schlugen, einer über den anderen stiegen, sich mit ihren Exkrementen beschmutzten und schließlich elend erstickten. Ich habe oft an Hugo und die Maikäfer in der Schachtel denken müssen, wenn ich später Bilder und Filme über die Konzentrationslager sah.

Eines Tages erlebte ich, wie Hugo einen kleinen Hund mit Fußtritten umbrachte, weil er einen Knochen geklaut hatte. Ganz außer mir sagte ich es sofort meinem Vater, der den jungen Lehrling entließ. „Gut, dass wir den los sind, er ist faul, verlogen und zu nichts nütze."

Sechs Jahre später kam er ins Dorf zurück, in einem schwarzen Horch, mit Chauffeur in Uniform, dazu einer Platinblonden, die das pommersche Platt ihrer Schwiegermutter nicht verstand und sich in der ungelüfteten, baufälligen Kate offensichtlich unwohl fühlte.

Ich kam mit dem Fahrrad bei Lisbeth vorbei. Hugo in SA-Uniform, das goldene Parteiabzeichen auf der Brust, warf mir spöttisch hin: „Kennt man seine alten Spielkameraden nicht mehr? Ist man zu stolz, um ihnen Guten Tag zu sagen?" Lisbeth, die ihren Bruder noch nie hatte ausstehen können, hatte Mitleid mit mir und sagte leise: „Komm später wieder, wir haben Besuch."

Trotzdem nannte mich ihre Mutter von diesem Tag an nie mehr Fräulein Helene, sondern mit einer Mischung aus Verlegenheit und Stolz nur noch Helene.

Die Deutschen lieben Musik. Also setzte man ihnen Musik vor. Dem Regime ergebene begabte Komponisten wurden beauftragt, Hymnen und Schlager zu komponieren. Von „Auf der Heide blüht ein kleines Blümlein, und das heißt Erika" bis zum aggressiven „Denn wir fahren gegen Engelland" und vielen anderen, gab es kein Kind, das sie nicht auswendig kannte. Eine dieser blöden Schnulzen kann ich noch heute singen. „Ich hab kein Auto, ich hab kein Rittergut / das einzige, das ich hab / ich hab dich lieb. Ich kann kein Englisch, auch tanzen kann ich nicht / das einzige, das ich kann / ich kann nicht leben ohne dich."

Solch eine Volksverdummung war allerdings nicht so

schädlich wie viele unserer HJ-Lieder: „Es zittern die morschen Knochen der Welt vor dem großen Krieg / wir werden weiter marschieren, bis alles in Scherben fällt", „Nur wer stürmt, hat Lebensrecht", „Volk ans Gewehr" oder „Wir sind geboren, für Deutschland zu sterben", die wir auswendig lernen mussten.

Um den Jungen und Älteren eine Freude zu machen, bescherte uns unsere großmütige Regierung jeden Sonntag ein Wunschkonzert, das einige Stunden dauerte. Die Hörer konnten sich ihre Lieblingsmelodie wünschen – vorausgesetzt, dass es nicht Mendelssohn war – und ihren Namen im Radio nennen hören.

Es gibt keine Ideologie, die die Massen beherrschen will, ohne Logo. Die Nazis wählten die Swastika, ein altes, heiliges und segenreiches Symbol der Hindus, dessen Äste sich nach links krümmen. Aber die Nazis drehten es um, indem die Äste nach rechts wiesen, um daraus das Hakenkreuz zu machen. So wurde es zu einer Blockierung für jegliche geistige Entwicklung, eine Wandlung vom Durchgeistigten ins Diabolische, ein Symbol des Todes und des Fluches, um die Zerstörung der alten Welt, die der Hindus, zu beschleunigen. Zwölf Jahre lang wurden wir bis zum Erbrechen mit Hakenkreuzen überschwemmt.

Gemäß der Devise, wenn man die Menschen am Denken hindern will, muss man sie beschäftigen, trieben wir Mannschaftssport. Ganz Deutschland machte Sport, selbst die Älteren. Orientierungslauf, Nachtwachen am Lagerfeuer, Handball, unzählige Wettkämpfe und Massensportveranstaltungen. Die Sieger erhielten Medaillen mit Hakenkreuz und Beförderungen. Die Hitlerjugend bildete schon kleine Soldaten im Hinblick auf einen kommenden Krieg aus. Entsprechend wurden die üblichen Spiele zehnjähriger Jungens durch Feldübungen ersetzt: Tarnung, Überlebenstraining, Kompasslesen und Nachtwachen, bei denen Hitlers erbauliche Biographie vorgelesen wurde. Samstags war schulfrei. „Staatsjugendtag". Wir fanden das toll.

An den Häuserwänden blühten Plakate von jungen blonden und athletischen Männern und mit langen, bestickten Röcken ausstaffierten Frauen, die rosige Babys auf dem Arm hielten. Es schien niemanden zu stören, dass Göbbels einen Klumpfuss hatte[8], der eingebildete ehemalige bayrische Hühnerzüchter Himmler kurzsichtig wie ein Maulwurf und so kindisch war, dass er mit einer elektrischen Eisenbahn spielte, und Göring ein großer unästhetischer morphinabhängiger Fettkloß.

Was Hitler anbetraf, so war er hässlich und überhaupt nicht blond. Da er syphilitisch war und epileptische Anfälle hatte, kam es vor, dass er sich auf dem Teppich wälzte und hinein biss. Er litt an Schlaflosigkeit und ging selten vor vier Uhr morgens ins Bett, aß kein Fleisch, trank keinen Tropfen Alkohol und hatte ständig Angst, vergiftet zu werden. Deswegen hatte er überall seinen persönlichen Koch bei sich und trank nur sein eigenes Mineralwasser.

Wo er ging und stand, war er von seinem persönlichen Arzt, Doktor Theodor Morell, begleitet, dem „Reichsspritzenmeister", der ihn mit Beruhigungs- oder Aufputschmitteln traktierte. Außerdem hatte unser genialer Führer eine panische Angst vor Frauen.

Es hätte eigentlich jedem auffallen müssen, dass Hitler größenwahnsinnig war. Man brauchte nur eine einzige sei-

---

8 Im Volksmund nannte man ihn Quarkmaul, Wotans kleine Mickeymaus, oder Schrumpfgermane.
Nach Clara von Arnim: „Der grüne Baum des Lebens"

ner Reden zu hören. Aber bestimmte Einzelheiten wurden erst nach seinem Tode bekannt. Hitler war ein Kinofan, aber er mochte nur zwei Arten von Filmen: oberflächliche Revuefilme mit Schlagern und Gags und englische Filme, die in Indien spielten, und die er oft die ganze Nacht anschaute. „Was das britische Imperium das Raj für die Engländer war, wird die russische Erde eines Tages für uns sein," sagte er lange vor dem Krieg.

Der arische Mensch auf den Postern war, so versprach die Nazilegende, gerade, offen, kühn und blickte dem Tod ins Gesicht, ohne mit der Wimper zu zucken. Die Naziführer lebten aber in ständiger Furcht vor einem Attentat und umgaben sich Tag und Nacht mit einer beeindruckenden Kohorte von Leibwächtern. Ihre Heuchelei war berühmt, und bald fielen selbst getreue Genossen nicht mehr darauf herein. Jede Niederlage wurde als „taktischer Rückzug" vertuscht. Es wurden Schein-Ersatzarmeen geschaffen, die nie existiert haben. Die Verluste des Feindes wurden verzehnfacht, die Bombardierungen der Alliierten verkleinert. Nach einem der vernichtendsten Luftangriffe tobte Hitler: „Ist nicht weiter schlimm, wenn unsere Städte in Aschehaufen verwandelt werden. Wir Nationalsozialisten hatten sowieso die Absicht, alle diese alten Gebäude wegzuradieren, diese Zeugen einer überholten jüdisch-christlichen Epoche, um sie durch die kühnen Werke der neuen Architektur zu ersetzen, die aus dem schöpferischen Genie der reinen deutschen Rasse hervorgeht."

Um selbst ihren schlimmsten Verbrechen, den Deportationen, einen heuchlerischen humaneren Anstrich zu geben, erfanden die Nazis Täuschungsmanöver. So schärfte man verhafteten Berliner Juden ein, ihre Nähmaschinen mitzunehmen, da sie zur Arbeit in einer Uniformfabrik im Osten evakuiert wurden. Rumänische Juden aus dem Banat wurden ersucht, sich mit einem Hut und einem Regenschirm auszurüsten, denn das Wetter könnte umschlagen. Mit diesen Worten stießen SS-Leute sie schon mit Gewehrkolben in die Lastwagen. Und jüdische Frauen wurden gebeten, all ihren Schmuck mitzubringen, „damit Plünderer sich nicht darüber hermachen können".

Berlin war weit weg von uns, aber eines Tages berichtete einer unserer Arbeiter mit Tränen in den Augen von einem Fackelzug „Unter den Linden", dem er beigewohnt hatte. „Gott, was war das schön," sagte er zu meiner Mutter, „gnä` Frau können sich das nicht vorstellen. Und dass ich dabei sein durfte, ich, Hans Karow, der Sohn der alten Katrin, die nicht einmal verheiratet war!" So fühlte er sich von der Schande, ein uneheliches Kind zu sein, rein gewaschen.

Bezeichnend war auch die Reaktion der Deutschen, als der Boxer Max Schmeling, ein blonder Germane, 1936 den amerikanischen Weltmeister Joe Louis, einen Schwarzen, k.o. geschlagen hatte. Da hatten alle Deutschen um vier Uhr morgens an ihren kleinen Radios geklebt, waren sich um den Hals gefallen und hatten aus der Niederlage ihren persönlichen Sieg und Triumph gemacht mit demselben Fanatismus, wie es heute nach jeder Fußballweltmeisterschaft über den Äther ausgestrahlt wird. Kurze Zeit nach diesem Boxkampf konnten wir Max-Schmeling-Bonbons im Laden kaufen, eine Mischung aus weißem Pfefferminz und schwarzer Lakritze, aber drei Viertel weißem Pfefferminz und nur ein Viertel Lakritze.

Wir waren alle Schauspieler oder Statisten eines riesigen Puppenspiels mit einem der schauerlichsten und grässlichsten Finale der Welt. Aber alle ließen sich doch nicht täuschen. Ich erfuhr später, dass sich gleich nach der

Machtergreifung heimliche Widerstandsgruppen gebildet hatten, wie die „rote Kapelle" oder der „Kreisauer Kreis". Und in bestimmten Häusern begann man, die Regierung heftig zu kritisieren – aber niemals öffentlich. Die Angst, verraten zu werden, war immer gegenwärtig. Was die raren Nicht-Nazis am meisten kritisierten, war die freche Unverfrorenheit, mit der Habenichtse, Schwachköpfe und Kriminelle an Schlüsselpositionen gelangt waren und so die Macht über Leben und Tod hatten.

„Gemeinschaft geht vor Eigennutz/ das ist ne schöne Lehr/ du hast noch was/ ich hab nichts mehr/ Heil Hitler, gib es her!" So flüsterten die alten Frauen und schüttelten die Köpfe. Auch als überall „Kein Mensch soll hungern oder frieren" angeschlagen wurde, und diese Plakate über Nacht von unsichtbaren Händen in „Kein Mensch soll hungern OHNE zu frieren" korrigiert worden waren, wagten die wenigen Frühaufsteher, die diesen Satz gelesen hatten, bevor HJ-Jungen alle Plakate abrissen und verbrannten, nicht mehr als ein ganz verstecktes ironisches Lächeln.

Vor kurzem las ich ein sehr aufschlussreiches Buch eines Autoren meiner Generation, Horst Krüger, „Eine Kindheit in Deutschland". Er nannte sich einen typischen Sohn jener „Frieden liebenden Deutschen, die nie Nazis gewesen waren, aber ohne die die Nazis ihr Werk nie hätten vollbringen können." Den gleichen Gedanken kann man bei Sabine Reichel in ihrem Buch finden: „Papa, was hast du während des Krieges gemacht?" Sie schreibt: „Die Deutschen haben alle die gefühlsmäßige und politische Grundlage geschaffen für die Millionen von verübten Morden." Und Horst Krüger kommt am Ende seines Buches zu folgendem Schluss: „Ich glaube, dieser Hitler wird uns immer auf der Haut kleben."

Ich bin seiner Meinung und werde es bis ans Ende meiner Tage bleiben. Trotzdem irritiert es mich manchmal, dass das französische Fernsehen dauernd Filme über jene Epoche ausstrahlt wie: „Die Armee der Schatten", „Das alte Gewehr", „Monsieur Klein" oder „Die letzte U-Bahn". Aber ich sehe sie mir an, denn sie spiegeln alle die düstere Wirklichkeit wider, und ich denke wie Horst Krüger, dass es „unmöglich ist, sich nicht betroffen zu fühlen, wenn man vor 1933 in Deutschland geboren wurde und dort aufgewachsen ist."

Und dann kam die Niederlage von Stalingrad im Februar 1943. Es gab nur noch wenige Häuser, in denen nicht der Verlust eines geliebten Menschen beklagt wurde. Darüber durfte nicht gesprochen werden, aber fast jeder hatte den Namen dieser verfluchten Stadt auf den Lippen. Es waren nur drei Trauertage für einen auf dem Felde der Ehre gefallenen „Helden" erlaubt: Danach musste der Trauerflor wieder entfernt werden. Die Gestapo wachte darüber. Zu viel schwarz war nicht gut für die Moral einer siegreichen Nation. Später erfuhren wir, dass 20.900 deutsche Soldaten ihr Leben in Stalingrad verloren hatten. Diese Tatsache hinderte Göbbels nicht, seine Zuhörer bei einer riesigen Massenkundgebung zu fragen: „Wollt ihr den totalen Krieg?" Und das Volk schrie noch viel lauter als er: „Ja, ja, ja!" Was kann sich bloß in den Köpfen jener Mütter, Ehefrauen, Bräute und todgeweihten jungen Leute abgespielt haben, als sie ihr „Ja, ja, ja", geschrien haben?

Die offiziellen Todesnachrichten des „Heldentodes fürs Vaterland" wurden den Familien durch den Frisör F. überbracht, der bei dieser Gelegenheit seinen schwarzen Anzug trug. Das runde, hässliche Parteiabzeichen, „das Spiegelei", war der einzige helle Fleck auf seinem alten Sonntagsanzug.

Er war ein alter Mann, ein Invalide vom Ersten Weltkrieg, der sehr stark hinkte, obwohl sein Holzbein schon zweimal ersetzt worden war. „Das von Adolf ist zehnmal besser als das vom Kaiser, die Braunen verstehen sich auf so was", hatte er eines Abends im Gasthaus erklärt nach ein paar Bier, die ihm seine zufriedenen Kunden spendiert hatten.

Mehr hatte es nicht bedurft, damit ein Nazifunktionär eine Woche später bei ihm auftauchte und ihn fragte, ob er nicht in die Partei eintreten wolle. Mit einem Mitgliedsausweis von der NSDAP hätte er die besten Möglichkeiten, ein früher abgelehntes Darlehen zu erhalten und auf diese Weise seinen Frisörsalon zu vergrößern. Außerdem könnte er das kleine Stück Ackerland hinter seinem Haus kaufen, mit dem er schon lange liebäugelte, und dort sein eigenes Gemüse anpflanzen.

So wurde dieser brave, friedliche und total unpolitische Mann offizieller Parteigenosse und in den ersten Kriegstagen zum „Volksvertreter der Partei" vereidigt.

Aber die Stimmen des Volkes nannten ihn den Todesengel oder den Unglücksvogel. Und jedes Mal, wenn sie das Tock-Tock seines Holzbeines auf dem Pflaster hörten, linsten alle Frauen verstohlen durch die rot oder blau karierten Battistgardinen, um zu sehen, ob er seinen gewöhnlichen weißen Arbeitskittel trug, den er nie ablegte, auch wenn die Kunden seit Kriegsbeginn immer weniger wurden, oder seinen Sonntagsanzug.

Wenn sie ihn in schwarz sahen, schrien die Frauen hinter den Fenstern vor Schrecken laut auf, als hätten sie den Sensenmann in Person gesehen. Sie beteten zur Heiligen Dreifaltigkeit und verkrochen sich zitternd vor Angst wie ein gehetztes Tier unter dem Federbett des ehelichen Schlafzimmers, als ob dies das Schicksal aufhalten könnte.

„Lieber Gott, mach, dass er nicht bei mir anklopft, sondern bei der Müller, die hat drei Söhne, ich habe doch nur einen einzigen, meinen kleinen Karl, mein Jungchen."

Aber der Frisör ging seines Weges, klopfte an die Tür, zitterte selbst mehr als die Frau, die ihm öffnete, und stammelte seinen fatalen Satz: „Frau Schmidt, ihr Sohn hat sein Leben zur Ehre unseres Vaterlandes und für unseren geliebten Führer gegeben." Manchmal fügte er noch hinzu: „Sein heldenhafter Tod wurde durch die Verleihung des Eisernen Kreuzes 2. Klasse belohnt."

Nachdem aber eine Frau ihn angeschrien hatte: „Dein Eisernes Kreuz kannst du dir in den Arsch stecken, Unheilsfrisör, Scheißtodesengel", fand man den Frisör D. am nächsten Morgen an einem Balken seines Neubaus hängen. Sein Holzbein schlug hin und her, wie das Pendel einer Standuhr.

Zu Anfang des Krieges jagten die Engländer uns sehr viel mehr Angst ein als die Russen. Niemand, nicht einmal die größten Pessimisten, konnten voraussehen, dass wir durch die russische Dampfwalze platt gemacht werden würden. Aber die Gefahr durch die englische Luftflotte war real. Ihretwegen mussten Türen und Fenster mit dunkelgrauem Papier verdunkelt und die Glühbirnen blau beschmiert werden. Dieses Verdunklungspapier war übrigens das einzige Papier, das es ohne Bezugsschein gab. Wenn nur der kleinste Lichtschimmer von außen zu sehen war, klopfte der Luftschutzwart laut an die Tür: „Licht aus, was Sie da machen, ist Hochverrat."

Die Ärzte und Hebammen waren die einzigen Zivilpersonen, die genügend Benzin bekamen und nachts fahren durften, sie schlichen mit 20 Stundenkilometern über die

Straßen, da ihre durch schwarze Stoffkappen abgedunkelten Scheinwerfer nur einen winzigen Lichtspalt hatten. Wenn ein solcher Autofahrer am Nachthimmel die berüchtigten Christbäume aufscheinen sah, verkroch er sich mit gestopptem Motor, auch bei eisiger Kälte, unter einem Baum. Pech für den Kranken oder die Gebärende, die auf ihn warteten.

Die Engländer warfen Kartoffelkäfer auf die Felder oder Brandplaketten, die sich erst Tage nach dem Abwurf auf den Dächern unserer Häuser entzündeten. Ich habe noch den Brief einer Freundin vor Augen, aus dem Jahr 1940. „Die Engländer besuchen uns regelmäßig jeden Abend zwischen Mitternacht und drei Uhr morgens. Sie schicken uns alles, was sie im Osten nicht haben abwerfen können. Fast bin ich durch meine eigene Dummheit vor vierzehn Tagen auf dem Friedhof gelandet. Die Saukerle haben es auf unsere Ernte abgesehen und warfen neulich Nacht Zelluloidplaketten von ungefähr acht Zentimetern ab. Das sah sehr hübsch aus. Zuerst dachten wir, es seien Sternschnuppen oder Lametta. Aber am anderen Tag sahen wir gegen zehn Uhr morgens, als die Sonnenwärme zunahm, wie plötzlich an hundert Stellen kleine, heimtückische Fumarolen vom Boden aufstiegen. Alles lief auf die Felder, wo wir beobachteten, wie die Plaketten sich nach ihrer Erwärmung spontan entzündeten. Sogar der Wald fing an zu brennen, und die gesamte Bevölkerung von sechs bis achtzig Jahren wurde in Bewegung gesetzt, die Plaketten aufzusammeln. Ich selbst brachte einen Eimer voll in mein Zimmer, um herauszukriegen, bei welcher Temperatur sie wohl Feuer fangen würden. Plötzlich schoss eine Stichflamme hoch, die schrecklich stank. Mein Bett, meine Kleider und der Schrank fingen sofort an zu brennen. Am Nachmittag ging es mir richtig schlecht, ich musste mich erbrechen, zitterte am ganzen Körper – es wurde festgestellt, dass die Plaketten mit phosphorgetränkter Watte gefüllt waren, außerdem mit einem Giftgas, das sich bei einer bestimmten Temperatur entzündete. Nach einer Woche ging es mir endlich besser. Jetzt wird uns verboten, sie mit der Hand anzufassen, sie werden mit einem Löffel aufgesammelt und unmittelbar in einen Eimer mit Wasser geworfen."

Bis zu diesem Zeitpunkt hatte die psychologische Kriegführung der Engländer auch komische Seiten. So warfen sie über Hamburg kleine Kaffeepäckchen mit 125 Gramm echtem Bohnenkaffee und der Inschrift: „So leben unsere Frauen" ab. Ein anderes Mal war Seife darin und die Aufforderung: „Wascht Euch, ihr deutschen Schweine!" Man kann sich vorstellen, wie viele Freiwillige sich an solchen Tagen zum Sammeln meldeten.

Die Engländer warfen auch Tausende von Flugblättern ab. Diese Blätter fielen langsam herab und wurden vom Wind fort getragen wie ein Schwarm Schmetterlinge. Einige blieben in Büschen und Bäumen hängen. Waren sie Boten des Lebens oder Vorzeichen eines nahen Todes? Auf jeden Fall war es ein märchenhafter Anblick.

Die gefälschten Lebensmittelkarten, mit denen z.B. die Hamburger überschwemmt wurden, sahen wie echt aus und ließen eine erhebliche Bedrohung für das komplizierte Rationierungssystem voraussehen. Diejenigen, die versucht hatten, sie zu benutzen und entdeckt wurden, mussten dieses Wagnis mit dem Leben bezahlen. Die Angst vor mangelhafter Hygiene, die ja im schlimmsten Fall zu Epidemien ausarten konnte, war eine der größten Sorgen der deutschen Regierung. Deshalb sah man überall Anschläge, sogar an den Telefonmasten, mit Texten wie: „Eine Laus, der Tod".

Die Nazis lebten auch in ständiger Furcht vor Verschwendung und vor Spionen. An allen öffentlichen Plätzen, Bahnhöfen, Rathäusern und Schulen schaute eine Art Gangster uns von Plakaten heimtückisch an. Ganz in schwarz mit leicht semitischen Gesichtszügen und einem großen Sack auf dem Rücken. „Kohlenklau, fasst ihn" stand als Appell dabei. Licht, Gas und Heizung sollten wir sparen, nach dem Endsieg gäbe es dann alles wieder in Massen, verkündete eine andere Schreckensfigur, „Groschengrab das Ungeheuer", und in allen Zügen, Bussen und Straßenbahnen wurden wir gewarnt: „Achtung, Feind hört mit!" Außerdem erhielten wir strenge Anweisungen, in einem öffentlichen Verkehrsmittel niemals mit Unbekannten zu sprechen und auch untereinander keine Bemerkungen auszutauschen über das, was wir während der Fahrt beobachteten. Das hinderte natürlich die „Latrinengerüchte" nicht daran, munter weiter zu blühen.

Es wurde uns sogar untersagt, aus den Zugfenstern zu schauen. Natürlich taten wir es umso neugieriger. Neben den Eisenbahnschienen sahen wir manchmal große Pakete aus Zeitungspapier, die wie riesige Kokons aussahen. Es waren Blindgänger, die während der Nacht entschärft werden sollten. Manchmal standen auf den Bahnsteigen Reihen von politischen Gefangenen mit grauen Sträflingsanzügen. Schrecklich abgezehrt und heruntergekommen sahen sie aus, und ihr verzweifelter Blick verfolgte wie gebannt das Auf und Ab der Suppenkellen der NS-Schwestern, die gratis Nahrung an jene Reisende austeilten, die sie für würdig empfanden, deutsche Suppe zu essen.

Warum habe ich mich damals als aufgewecktes und einigermaßen gebildetes junges Mädchen, das zudem historische Romane verschlang, nie gefragt, wieso eine Regierung, die uns allen paradiesische Zukunft und dauerhaften Frieden in einem tausendjährigen Reich versprach, so viele Gegner hatte, dass sie mit ihnen Gefängnisse und ganze Lager bevölkern musste?

Wir lebten in einer Zeit der Unsicherheit und der Rezession. Vom Morgen bis zum Abend ermahnte uns der einzige Radiosender, zu sparen. Kerzenreste sollte man sammeln und auf Briefen klein schreiben. „Werft keine leeren Konservendosen weg, die Industrie braucht sie noch, gebt euren Hunden keine Knochen, macht Seife daraus!" oder „Seife sparen, Wäsche waschen".

Im Winter 1942 wurden siebenundsechzig Millionen Kleidungsstücke gesammelt. Die Frauen strickten Fausthandschuhe und drei Millionen Pulswärmer für die Frontsoldaten. Und auch wir Kinder klöppelten ungeschickt Wollschals auf unserer hölzernen Strickliesl. Wenn wir keine Wolle mehr hatten, ribbelten wir alte Pullover auf. „Ihr müsst euch nur bewegen, Kinder, wenn ihr friert, denkt an euren großen Bruder!" sagten die Mütter und während sie strickten, einmal rechts, einmal links, die halbe Nacht hindurch, wurden in deutschen Munitionsfabriken in drei Schichten ausgeklügelte Waffen hergestellt, die Milliarden kosteten. Sie würden die Feinde des Reichs vernichten, ihre Ernten verbrennen, ihre Brunnen vergiften, ihr Vieh töten, ihre Städte zerbomben und die wertlosen Minderheiten und Untermenschen vergasen.

Lebewohl, gesegnetes Land meiner Kindheit

„Wir dürfen etwas nicht einfach deshalb glauben, weil man es uns gesagt hat, noch uns der Tradition verschreiben, weil sie alt ist, noch auf die Schriften der Weisen bauen, weil sie von Weisen geschrieben wurden. Wir dürfen nur das anerkennen, was unser Gewissen geprüft hat. Deshalb habe ich euch gelehrt, erst dann zu glauben, was man euch glauben machen will, nachdem euere innere Stimme es euch erlaubt hat... Danach könnt ihr es euch zu eigen machen und rückhaltlos darüber verfügen."

Buddha, Die geheime Lehre

Nachdem ich die Tertia, immer noch unter der Fuchtel des vielseitigen Fräulein Marie, abgeschlossen hatte, meinten meine Eltern, dass ich ab jetzt eine normale Schullaufbahn einschlagen und in eine öffentliche Schule gehen sollte. Sie war dann doch nicht so öffentlich, denn man schrieb mich in ein berühmtes protestantisches Stift ein, in die Klosterschule Heiligengrabe, in der meine Tante Äbtissin war.

Das war eine wahre „Baumschule" für junge Mädchen, wie sie sein sollten, ganz comme il faut, um zukünftige unterwürfige Ehefrauen heranzubilden (wie sie eigentlich nicht sein sollten).

Sollte ich jetzt mein Pferd und mein Schaf „Waldkönig", auch wenn es nie geschlachtet werden würde (so hatte man mir versprochen), meine Katze, die Hunde, die stillen Wälder mit ihren alten dunkelgrünen Tannen verlassen? Das zerriss mir das Herz. Wie könnte ich nur weit weg von alledem leben, das ich so heiß liebte?

Ich war mit diesem Fleckchen Erde zu sehr verbunden,

dem Rhythmus der Jahreszeiten, jedes Jahr wiederkehrend, und den ich ungeduldig erwartete: die ersten Schneeglöckchen, Symbol der Beständigkeit. Ich grub sie mit klammen Händen aus dem Schnee, der an einigen Stellen zu schmelzen begann, und brachte sie meiner Mutter, die sie in eine kleine dunkelblaue Vase stellte, die nur für diese seltenen und so sehnlich erwarteten Blümchen bestimmt war. Ich liebte meine Spaziergänge durch den großen Park mit den beiden Füchsen, die mir unser Vater als winzige, verschreckte, rote Knäule geschenkt hatte. Sie waren in einem Fuchsbau gefunden und die Füchsin war erlegt worden. Ich hatte sie mit der Flasche aufgezogen. Ich hatte ihnen Halsbänder gemacht und führte sie an zwei Leinen spazieren wie kleine Hunde. Als sie größer wurden, wurden sie leider immer wilder und angriffslustiger. Sie versuchten mit allen Mitteln, sich einen Weg unter dem Gitter ihres Geheges zu buddeln, so dass mein Vater sie schließlich dem Berliner Zoo schenkte. Er hätte sie lieber freilassen sollen.

Im März warteten wir gespannt auf die ersten Schnepfen und auf die Schnepfenjagd, die nur während der ersten fünf Wochen vor Ostern offen war, Oculi – da kommen sie, bis Palmsonntag, Palmarum tralarum. Wenn die Jagd zu Ende war, lagen viele arme Vögel im schmelzenden Schnee. Ein Galadiner beendete diese kurze Saison und feierte zugleich die sehnlich erwartete Ankunft des Frühlings.

Ich denke an die Abendgesellschaften, wenn wir um sechs Uhr mit unserem Teddy und unserem Lieblingsessen, Milchreis mit Zimt und Zucker, ins Bett geschickt wurden. Vorher durften wir aber noch unseren Vater im Frack mit allen seinen Orden bewundern. „Dreh dich mal, Vati, ich will sehen, ob du auf dem Rücken und auf dem Po auch Orden hast", soll ich gesagt haben. Unsere Mutter war sehr schön in ihrem Abendkleid mit Falbeln und Volants, eine

Silberfuchsstola um die Schultern. Der Kopf des toten Tieres mit seinen Glasaugen hing nach unten und schien mich anzustarren. Bei einem dieser Diners war sie mit einer Dame, die den Engelchen, für die man uns hielt, gute Nacht sagen wollte, in unser Kinderzimmer gekommen. Die „Tante" in Samt und Seide soll sich über mein Gitterbett gebeugt und mit aller Behutsamkeit einer feinen Dame geflüstert haben: „Oh, wie entzückend ist Ihre kleine Tochter, liebe Freundin." Ich aber hätte die Dame überhaupt nicht beachtet und zu meiner Mutter gesagt: „Weißt du, diese Frau habe ich schon mal gesehen, in meinem Geschichtenbuch, das mit den hässlichen Hexen." „Ich glaube, ich höre den Gong, es ist angerichtet", soll meine Mutter mich verschämt unterbrochen haben. „Das stimmt nicht, Mutti, es hat überhaupt nicht gegongt, hässliche, böse Hexe, hau ab!" hätte die ungezogene Göre, die ich war, trompetet.

In Hinterpommern war es immer sehr kalt bis zum Mai, aber das war für uns völlig natürlich. Ab Mai schnitten wir Arme voll Weidenzweige, die noch voller Schnee waren, und brachten sie in unsere gut geheizten Zimmer. Etwas später beobachteten wir mit Staunen, wie ihre hellgrünen Knospen aufgingen und sich Kätzchen bildeten. Wer den ersten Kuckuck hörte, musste ein Geldstück in seiner Tasche berühren, dann würde das ganze Jahr das Geld nicht ausgehen. So liefen wir alle, jung und alt, mit ein paar Pfennigen herum. Manche knoteten sie in ein schmutziges Taschentuch.

Im Frühjahr waren unsere Wiesen voller gelber Himmelschlüsselchen. Wir spürten ihren süßen Duft schon von weitem. Einige Tage vor Ostern fand der Hausputz statt, wobei mit typischer deutscher Gründlichkeit alle Möbel des großen Hauses beiseite geschoben wurden, vom kleinsten Tischchen über die schweren Waschtische mit ihrer Marmorplatte, an denen wir uns jeden Morgen kalt abwuschen, nachdem wir häufig zuerst die dünne Eisschicht aufbrechen mussten, die sich über Nacht im Wasserkrug gebildet hatte. Am mühsamsten war immer das Rücken des riesigen Geschirrschrankes mit seinen schwarzen Nussbaumtüren. Dann wurden Spinnen, Schaben und Ameisen- oder Kellerasselnester gesucht und gefunden. Mehrere Aushilfen wurden für diese Schlacht gegen den vermuteten Winterschmutz eingestellt. Die zusätzlichen Hausmädchen waren so ungeschickt, dass sie mehr zerschlugen als sauber machten. Sie bereicherten aber viele Monate hindurch im Dorf die Familiengespräche mit Berichten über die „Schätze", die sie im Schloss gesehen haben wollten.

Die schwerste Arbeit bestand im Parkettabziehen und Hinaustragen der übergroßen Perserteppiche. Sie wurden auf dem verschneiten Rasen verkehrt herum ausgebreitet und mit Teppichklopfern bearbeitet. Das hinterließ ein futuristisches Muster auf dem Boden. Winterpelze und grob gestrickte Wollpullover wurden mit stinkendem Mottenpulver in große Truhen gepackt. Wir liebten diesen Haushaltsaufruhr, weil er uns einige bunte Murmeln wiederbrachte, die sich unter einer Kommode verirrt hatten, und wir in unerforschten Ecken Versteck spielen konnten! Aber das Schönste war, dass wir in der Küche mit den Angestellten essen durften, die so interessante Geschichten erzählten. Und da konnten wir den Ellbogen auf dem blanken Tisch aufstützen, mit vollem Mund sprechen und all unsere Lieblingsgerichte: Sauerbraten, Kartoffeln mit Stippe oder Entenklein mit Kerbelsoße und Pfifferlingen im Reisrand, Königsberger Klopse, falscher Hase in uns hineinstopfen. Manchmal kamen zu diesen Mahlzeiten interessante Leute, die auch nicht mit den Herrschaften speisen durften, wie der Trichinenbeschauer oder der Kiefernspannerexperte. Unser Esstisch streckte währenddessen alle Viere in die Luft, damit sein Bauch gebohnert werden konnte.

Ostern wurde Jahr für Jahr der alte Brauch des Osterwassers gepflegt. Die jungen Mädchen mussten es bei Tagesanbruch aus einer eisfreien Quelle schöpfen, wo sich ihnen das Bild ihres zukünftigen Ehemanns zeigen würde; aber sie durften weder lachen noch sprechen. Natürlich bekamen die Dorfjungen aber heraus, welchen Weg unsere Mädchen nahmen und versteckten sich hinter den Büschen. Sie riefen ihnen Anzüglichkeiten zu, die sie zum Kichern und zu Erwiderungen verleiteten – jedenfalls wurde nie so gelacht wie auf der verschwiegenen Suche nach der Osterquelle. Wir Kinder weckten unterdessen unsere Eltern und alle Erwachsenen, indem wir mehr oder weniger sanft mit Haselkätzchenruten auf sie einschlugen und „Stiep, stiep Osterei und gibst du mir kein Osterei, dann stiep ich dir das Hemd entzwei", sangen.

Die Ostereier, mit unterschiedlichen Motiven von Hand bemalt, wurden in einer großen Salatschüssel auf feines Salz gebettet. Schokoladeneier für uns und die Dorfkinder wurden von unseren Eltern überall im Park versteckt. Wir entdeckten sie unter Freudengeschrei und stopften sie in unsere Taschen. Oft waren sie durch die warme Frühlingssonne schon halb aufgeweicht. In östlichen Landschaften quillt der Frühling plötzlich von Blüten und Duft über und lässt so die sieben langen Wintermonate vergessen.

Während der Osterferien mussten wir wieder auf den Feldern arbeiten und junge Rüben verziehen. Das ist eine enorm mühsame Arbeit, weil man sich den ganzen Tag tief bücken muss, außerdem bekamen wir dabei eiskalte Hände und Füße.

Samstags abends sprengten und harkten die Hofgängerinnen mit großen Holzrechen alle Wege bis zu 200 Meter rund ums Haus. Danach rief die Köchin zum Gebet, indem sie mit einem Löffel an einen alten Kessel schlug. Dazu kamen wir alle zusammen in der Vorfreude auf die Sonntagsruhe nach einer Woche schwerer Arbeit. Ich ging auch hin, langweilte mich aber sehr und zählte die Fliegen, die auf den herabhängenden klebrigen Fliegenfängern erbittert um ihr Leben kämpften.

Dann begann der Flieder zu blühen. Wir hatten eine Unmenge von Büschen und Sträuchern in allen Farben, so dass der ganze Park danach duftete. Meine Mutter füllte große Delfter Vasen an allen möglichen Stellen im Haus mit Flieder und braunen Schilfblüten, auch „Bumskeulen"genannt. Schließlich roch das ganze Haus im Mai wie eine Parfümerie.

Zu Pfingsten wurde jedes Gebäude, angefangen von uns bis zur ärmlichsten Kate, zu beiden Seiten der Haustür mit Birkenzweigen geschmückt. Es war wohl eine heidnische Überlieferung, deren genauen Ursprung ich nicht kenne. Sie durften auf keinen Fall weggeworfen werden, ehe nicht der letzte Stängel vertrocknet war, wenn man eine gute Ernte haben wollte. Ende Mai wagten wir uns zitternd und nur bis zum Bauchnabel in einen der umliegenden Seen. Unsere tiefen grundlosen pommerschen Seen, durch Endmoränen vor Urzeiten im Sandboden ausgeschürft, lagen wie schwarze Augen hier und dort übers Land verteilt. Oft an Stellen, wo man überhaupt keinen See erwartete, mitten in weglosen Kiefernwäldern. Wir aber kannten Trampelpfade, die zu ihnen führten, durch Blaubeerhalden und Schneisen, wo sich Kreuzottern und Blindschleichen in der Sonne wärmten, und es machte uns einen Heidenspaß, dort zu baden, trotz strengen Verbots der Eltern und ihren abschreckenden Argumenten. „Wer in einem Waldsee ertrinkt, dessen Leiche kann man nicht einmal finden, so undurchsichtig ist das Wasser, den fressen die Hechte." Manchmal gesellten sich ältere Dorfjungen zu uns, die schon an der Front gewesen waren und jetzt ihre acht kurzen Urlaubstage so intensiv wie möglich ausnutzen wollten. „In zwei Tagen geht's wieder zurück an die Front, wir müssen unserem Führer folgen und unser Vaterland verteidigen." Sie brüsteten sich mit ihren Heldentaten und den durchlebten schweren Gefechten, aber verdrängten das Unsagbare. Sie machten Kopfsprünge von den Zweigen der überhängenden Kiefern in das unheilvolle schwarzblaue Wasser. Dass sie viel lieber bei Muttern geblieben wären, bei Sonnenuntergang eine Schmalzstulle mit Äpfelgrieben gegessen und dann im Heidekraut Nachbars Grete geliebt hätten, sagte keiner von ihnen. Der Gruppendruck war zu stark. Und ich blöde Kuh fand sie toll in ihren schicken Uniformen und mit ihrem Gefasel von blindem Führergehorsam, Soldatenehre, bolschewistischen Untermenschen, Heimatverteidigung. Ich himmelte sie an und ertappte mich sogar bei dem Gedanken, dass ich vielleicht gerne, so wie Nachbars Grete, diesen kaum der Pubertät entwachsenen Jünglingen ein Liebesopfer bringen würde, wenn es unbedingt sein müsste. Dass uns niemand angegriffen hatte und damit eigentlich gar nichts zu verteidigen war, dass wir friedliche Familien morgens um fünf Uhr mit Panzergerassel und Maschinengewehrgeknatter aus den Betten gerissen hatten, kam mir überhaupt nicht in den Sinn.

Im Juni waren die Vögel aus dem fernsten Süden zurückgekehrt: die Kiebitze, die Stare und endlich auch die Störche. Diese nahmen jedes Jahr ihr großes Nest in einem Wagenrad auf dem First der Scheune wieder in Besitz.

Ich rieche noch die Sträucher aus Ranunkeln, Hahnenfuß, Schachtelhalm, Sauerampfer, Sumpfdotterblumen, Wiesenschaumkraut und Zittergras, die wir pflückten, bevor das Gras gemäht wurde. „Vergesst nicht, dass in jedem Wiesenstrauß drei gelbe Blumen sein müssen", erinnerte uns meine Mutter. Und vor allem den Geruch der frisch gemähten Wiesen gleich hinter dem Park habe ich immer noch in der Nase. Ich höre noch das Summen der Wespen und unzähligen Fliegen. Mit den großen Ferien kam die brennende, trockene Hitze, und die Sonne ging erst um zehn Uhr abends unter. Die Teiche bedeckten sich mit einer glitschigen, grünen Schicht aus Wasserlinsen, Entengrütze genannt, durch die wir in einem großen Waschbottich hindurch paddelten. Oft wurde ich aber auf die Wiesen gescheucht, um Nesseln zu schneiden fürs Gänsefutter. Das tat den Händen weh. Handschuhe waren unnötiger Luxus.

Dann kam die Erntezeit wieder mit ihren vielen alten Bräuchen. Wenn die ersten Ähren reif waren, gingen unsere Eltern mit uns auf die Felder. Wer gerade bei uns zu Gast war, kam mit, und die Vorschnitterin band unsere Hände mit einem Bündel Ähren zusammen, das mit bunten Bändern geschmückt war. Jedes Jahr wurde dabei der gleiche Spruch aufgesagt: „Ich habe vernommen/ Fräulein Helene ist gekommen/ ein liebliches Ding, ein liebliche Sachen/ viel Kompliment' versteh ich nicht zu machen/ darum binde ich dieses große Band/ um Fräulein Helenes schlohweiße Hand." Das alles wurde in einem Zug mit unnachahmlichem pommerschem Tonfall vorgetragen, der schwerfällig wie Kartoffelsuppe ist.

Und Fräulein Helene streckte ganz stolz ihre „schneeweißen Hände" vor, von der Sonne gebräunt und mit ungepflegten, rissigen Nägeln, um sie binden zu lassen. Die langen Seidenbänder, rosa für mich, blau für Gerd und lila für meine Mutter, wurden an den Hauern des ausgestopften Wildschweinkopfes befestigt, der in der weitläufigen Eingangshalle an der Wand hing.

Wenn die Ernte eingefahren war, gab es ein großes Fest. Zuerst gingen alle Erntearbeiter in einem langen Zug zum Schloss, um dort eine riesige Erntekrone niederzulegen. Diese war sehr schön aus den letzten Weizen- und Haferähren geflochten und mit Seidenbändern umwunden. Sie musste in unserer Eingangshalle bis zum nächsten Erntedankfest hängen bleiben. Mein Vater hielt eine Rede, dankte für die reiche Ernte und die gute Zusammenarbeit mit allen Arbeitern, von denen sehr viele seit vier Generationen mit unserer Familie verbunden waren. Der Vorarbeiter antwortete seinerseits mit einer Ansprache, halb auf Platt und halb auf Hochdeutsch und endete mit dreimal „hoch, hoch, hoch soll n sie leben, Schnaps soll n sie geben", in das alle Dorfbewohner einstimmten, für meinen Vater, meine Mutter und meinen Bruder und mich. Die Regierung kam dabei nicht vor. Anschließend wurde Waldmeisterpunsch ausgeschenkt sowie Prämien und Belohnungen verteilt.

Am Abend fand ein großer Ball statt, wo das ganze Dorf im einzigen Festsaal tanzte. Der Vorarbeiter eröffnete den „Schwof" mit meiner Mutter, und mit zehn Jahren wurde ich auch zum ersten Mal vom Inspektorgehilfen aufgefordert. Ich ging ihm gerade bis zum Bauchnabel und wurde schamrot, als er mich um meine magere Taille fasste. Das Freibier für alle floss in Strömen, und das Fest dauerte bis sechs Uhr morgens. Viele Kinder wurden neun Monate später im schönen Monat Mai geboren.

Im Herbst machte die Köchin Sauerkraut in großen Eichenfässern ein. Die Küchenmädchen stampften es mit bloßen Füßen, ihre Röcke bis über die Taille hochgezogen. Wir Kinder gingen in den Wald, um Steinpilze, Morcheln, Pfifferlinge, Birkenpilze und Eierschwämme zu suchen, die wie Obst und Gemüse eingemacht wurden. Der Herbst war eine melancholische Jahreszeit, denn es ging auf den Winter zu. Aber es war auch aufregend, über die abgeernteten Felder zu galoppieren, bevor sie umgepflügt wurden, oder ohne Sattel durchs Dorf zu jagen, um die jungen Pferde in die Schwemme zu reiten und mit ihnen zu baden. Manchmal luden wir die Dorfkinder ein und spielten Topfschlagen, Blindekuh oder Sackhüpfen. Aus Eicheln und Streichhölzern fertigten wir kleine Tiere für einen Minizoo an, oder wir machten Schiffchen aus Borkenrinde mit einem Segel aus Ahornblättern, die wir im Krebsfließ der blauen Strömung überließen.

Im Herbst war der pommersche Himmel am klarsten und blausten. Die Ebereschenbeeren waren scharlachrot und eine Delikatesse für die Vögel. Der Ahorn, die Buchen und die Eichen bildeten eine reiche Farbenpalette von ocker, rot, gelb und schwarz. Wir machten uns Ketten aus Blättern, die wir mit Fichtennadeln zusammensteckten, schüttelten Buchen und sammelten die Bucheckern von dem Laken auf, das wir unter ihnen ausgebreitet hatten, um die Wildschweine zu füttern, wenn der Schnee das ganze Land mit einem weißen Tuch bedecken würde. Auch Engerlinge wurden als besonderer Leckerbissen in ein Weckglas gesteckt. Manchmal erwartete ich den Nachteinbruch draußen, auf dem Rücken im Gras liegend, um den Großen Bären und den Großen Hund zu betrachten. Dabei schauderte es mich vor Kälte, Glück und Ehrfurcht vor dem Firmament. Wie konnten die Sterne gleichzeitig so nahe und so unbegreiflich fern sein und was war dahinter?

Die Mamsell machte Rosenmarmelade und Pflaumenkompott, und meine Mutter ging ins Dorf, um die Gänse zu begutachten. Die Leute durften ihr Geflügel auf unseren Feldern mästen. Dafür mussten sie uns jede siebte Gans abgeben. Sie hatten auch das Recht, in unserem Wald trockenes Holz zu sammeln, aber nur Äste, die auf dem Boden lagen. Bestimmte Felder durften nicht betreten werden, da die zarten Schösslinge des im Herbst ausgesäten Roggens geschont werden mussten. Dieser Roggen war winterhart und widerstand sowohl Schnee als auch Frost. Seine Spitzen kamen mit den ersten Sonnenstrahlen im Frühjahr hervor. Aber es gab eine Menge Übertretungen. Eine wahre Geschichte hörten wir in mehreren Fassungen, als ein Lehrer die Bibelverse von der Heiligen Nacht durchnahm. „Es waren Hirten auf dem Felde, die hüteten des Nachts ihre Herden." Er machte eine Pause und fragte einen Schüler: „Warum ließen sie ihre Herden denn in der Nacht grasen?" Die Antwort kam wie aus der Pistole geschossen: „Weil sie auf den herrschaftlichen Gerstefeldern grasten. Und dabei schlugen sie Holz im Wald, denn nachts schläft der Förster."

Meine Mutter ging also im November ins Dorf zum Gänsezählen. Wie zufällig waren immer nur sechs oder dreizehn Gänse im Hof, nie mehr. Manchmal vernahm sie ersticktes Schnattern unter dem Deckbett im ehelichen Schlafzimmer, aber sie tat immer so, als höre sie nichts. Im Gegensatz dazu setzten die Blockleiter die Erfassung der Hühner und Eier mit großer Pingeligkeit durch, die seit Kriegsbeginn und den Erlassen des Kriegswirtschaftsgesetzes noch zugenommen hatte.

Die Bauern und Tagelöhner waren berechtigt, pro Person die Eier von anderthalb Hühnern zu behalten. Auf drei Personen kamen also viereinhalb Hühner. Die Eier der anderen Hühner einschließlich des halben Huhns mussten dem Eiersammler übergeben werden. Wie sie das geschafft haben, ist mir heute noch schleierhaft. Es versteht sich von selbst, dass sich vor seinem Erscheinen nicht wenige Legehennen in Suppenhühner verwandelten. Trotzdem musste man sehr vorsichtig sein. Schwarzschlachten zum Beispiel konnte mit dem Tode bestraft werden.

Vor Weihnachten fand der „Federball" statt, wozu alle Frauen des Dorfes aufs Schloss zum Gänserupfen eingeladen wurden. Die Daunen gaben warme Plümos für die kalten Winternächte. Bei diesem „Federball" – natürlich ein Ball ohne Musik und Tanz – wurden den Freiwilligen mit Gänseschmalz und Zwiebeln gebratene Croutons auf Roggenbrot vorgesetzt und als Nachtisch Streuselkuchen vom Blech und Süßwein. Um neun Uhr begannen sie zweistimmig alte Lieder zu singen, die in keinem Liederbuch standen. Dabei ging es um Liebe und verlorene Unschuld und um ein in einem tiefen Teich ertränktes Kind. Ich liebte diese Lieder, auch wenn ihr Inhalt mir manchmal ein wenig konfus erschien. Und ich liebte auch den Abend, an dem ich mich mit Zuckerkuchen vollstopfte, auf dem jede Menge feine, weiße Federchen klebten.

Wochenlang nach dem Gänseschlachten aßen wir nur typisch pommersche Gerichte: Gänseklein mit Kartoffelklößen, Gänsezungen auf Apfelmus, Suppe aus rohem Gänseblut, die ich nicht herunterkriegen konnte, obwohl alle anderen sich darauf stürzten. Lecker war geräucherter und klein geschnittener Gänsemagen und das Allerbeste: geräucherte Gänsebrust. Für Weihnachten bewahrten wir die fetteste Gans auf, die mit Kastanien und Preiselbeerkompott verzehrt wurde.

Bei Winteranfang gaben die auf dem Scheunendach nistenden Störche ihren Jungen mit heftigem Flügelschlagen und lautem Geklapper Flugunterricht. Und die Kraniche und wilden Gänse verließen uns in großen Schwärmen und in gestrecktem Flug. Ihr rauer Schrei schnitt uns ins Herz. Schnee und Kälte würden nun sehr lange Monate hindurch unser Leben bestimmen. Dann liefen wir Skilanglauf über die verschneiten Felder mit unseren Holzskiern. Manchmal fielen wir in eine zwei Meter tiefe Schneewehe, aus der wir uns nur mit großer Anstrengung befreien konnten. Nach Beginn des Russlandfeldzuges mussten wir leider alle Skier und warmen Anoraks abliefern. Auf dem See fuhren wir Schlittschuh auf alten eisernen Schlittschuhen, die mit einem Schlüssel unter spezielle Stiefel geschraubt werden mussten. Das taten wir trotz ausdrücklichen Verbots unserer Eltern. Der See hatte gefährliche Unterströmungen, und mehrere Dorfkinder waren schon ertrunken, weil sie in Eisspalten gefallen waren, die sie nicht gesehen hatten.

Mit dem Schlitten, unseren Ponys und einem Tagelöhner aus dem Dorf fuhren wir in den Wald, um für das Wild Futter in kleinen Holzkrippen auszulegen, die mein Vater für Hirsche, Rehe und Kitze hatte aufstellen lassen. Sie waren oft so zutraulich, dass sie sich näherten, sobald sie die Glöckchen unseres Schlittens hörten. Dann zerrten sie an den Futtersäcken, was Stute Dora überhaupt nicht passte.

In den Wintermonaten begannen die Hofarbeiter in ihren mit Stroh ausgestopften Holzpantinen ihre Arbeit spät. Nach dem Mittagsessen war dann schon bald wieder Feierabend, denn gegen halb vier begann es dunkel zu werden.

Meine Mutter erzählte mir eine Geschichte, als ich etwas älter war. Eines Tages hatte sie eine Wöchnerin im Dorf besucht, die schon zwölf Kinder hatte. „Liebe Frau Schmitt", habe sie gesagt, „finden Sie nicht, dass dreizehn Kinder wirklich genügen? Sie sollten jetzt damit aufhören." – „Ja, das ist wahr, gnä` Frau, die Kinder essen und essen, aber wat soll man tun nach Feierabend?"

Wenn die Tiere versorgt waren, wurden Kartoffelsäcke geflickt, in der Scheune Korn gedroschen, das Holz gesägt, oder die Männer schnitten große Eisblöcke aus dem Teich, die sie unter einer dicken Schicht aus Sägemehl und Erde vergruben, um Eisvorrat für den Sommer anzulegen. Diese Blöcke hielten bis zum nächsten November vor.

Der Gärtner war in seinen Treibhäusern beschäftigt, wo er die Hyazinthenzwiebeln sorgfältig begoss, die wir zwischen die Doppelfenster in ein passendes Glasgefäß stellen würden, das die Wurzeln in täglich frischem Wasser wachsen lassen würde. Wir bedeckten jedes Gefäß mit einer kleinen Papiermütze, die wir kurz vor Weihnachten abnehmen würden, um uns an den zarten pastellfarbenen Blüten und an ihrem berauschenden Duft zu erfreuen.

Der Fischer, der sich übrigens im Sommer auch um die Bienen kümmerte, fütterte die Karpfen im Teich und schlug jeden Tag neue Löcher ins Eis, damit sie Luft holen konnten.

Manche Tagelöhner, so hieß es, „organisierten" Korn zum Schnapsbrennen.

Wenn das Thermometer auf unter minus zwanzig oder gar minus fünfundzwanzig Grad fiel, und der Schneepflug nur mühsam einige Fahrwege freihalten konnte, blieben wir im Haus, zusammengekuschelt hinter den Doppelfenstern, die mit Wergrollen und schweren Vorhängen abgedichtet waren. Hier im Warmen beobachteten wir die Vögel, wenn sie an den Fettringen pickten und die Sonnenblumenkerne in den kleinen Vogelhäuschen vor dem Balkon fraßen. Wir schmolzen uns mit Hilfe eines im Kachelofen erhitzen Fünfmarkstückes Gucklöcher in die dicke Eisblumenschicht an den Fensterscheiben. Was strahlte dieser Kachelofen für eine sanfte Wärme aus! Wie gut ging es uns, und wie beschützt fühlten wir uns dann.

Aber unser Lieblingsplatz blieb doch die große Küche im Kellergeschoss mit dem riesigen Herd, durch dessen vier Löcher uns eine rote Glut auch nachts erschreckte. Zum Anheizen benutzte die Köchin Kieferzapfen, die herrlich dufteten. Er durfte nicht ausgehen wegen der Puten- und Hühnerküken, die in Kartons hinter dem Ofen gezogen wurden. Um die Hitze des Herdes zu regulieren, nahm man mit einer Ofenzange einen oder mehrere Eisenringe ab, die sofort in kaltes Wasser getaucht werden mussten. Einmal hatte ein junges Lehrmädchen, das so etwas Modernes nicht gewohnt war, sie auf dem Boden liegen lassen und sich die nackten Fußsohlen schwer verbrannt.

Ab Mitte Dezember schloss meine Mutter sich stundenlang im „Weihnachtszimmer" ein, um die Geschenke vorzubereiten und zu beschriften. Das Allerwichtigste aber war die Herstellung eines Pfefferkuchenhäuschens. Die Wände bestanden aus mit Hirschhornsalz ausgebackenen Honigkuchen und jeder Dachziegel aus hausgemachter Schokolade wurde mit Eiweiß aufgeklebt. Hänsel und Gretel, sowie die böse Hexe, alle drei aus buntem Marzipan, standen an der Türschwelle aus Zucker-Pflastersteinen. Alles war essbar, sogar die Fensterscheiben aus Oblaten und die Baumstämme aus Kandis. Die Mamsell backte Christstollen und einen Baumkuchen, der wie ein Baumstamm aussah. Er bestand aus mehreren Schichten von Mandeln und Nougat. Einfach köstlich! Aber er lag schwer im Magen und musste mit Danziger Goldwasser heruntergespült werden.

Das Jahr endete mit Weihnachten, wo die Dorfkinder und wir beschert wurden. Silvester läuteten die Glocken die ganze Nacht. Nach einem richtigen Hauskonzert, - mein Vater spielte Geige, meine Mutter Klavier, Tante Ingrid Harmonium, Tante Gerta Bratsche und wir Kinder sangen zwei- oder dreistimmig mit allen Angestellten – folgte das traditionelle Silvesteressen mit Karpfen blau und brauner Butter, Rehkeule, dazu eingemachtes Frühlingsgemüse, als Nachtisch Eberswalder Spritzkuchen und heißer Punsch nach Hausrezept.

Um Mitternacht hielten wir kleine Löffel mit Bleistückchen oder Schrotkugeln darin über eine Spiritusflamme, und kippten dann das geschmolzene Metall mit elegantem Schwung in eine Schüssel mit kaltem Wasser. Tante Gerta fischte sie heraus, interpretierte die Gebilde auf ihre Weise und sagte uns die Zukunft voraus.

Mir prophezeite sie mehrmals Segelschiffe, Orangen und Zitronen und Hunderte von Kindern. Ich fand das ein bisschen viel und fragte nicht, wie viele genau. Dass das Schüler sein könnten, kam mir nicht in den Sinn.

Der Neujahrsgottesdienst, der wichtigste im ganzen Jahr, versammelte das ganze Dorf. Die Frauen trugen ihr Festtagskleid, die Kinder waren sauber gewaschen und sonntäglich angezogen. Die Zöpfe der kleinen Mädchen waren steif geflochten, und die Männer pflanzten den Zylinder auf ihren Kopf, was nur bei Hochzeiten, Beerdigungen und dem Neujahrsgottesdienst vorkam.

Am 6. Januar, dem Fest der Heiligen drei Könige, suchten wir keine Figürchen in einem Kuchen wie in Frankreich. Das lernte ich erst viel später kennen. Bei uns trat der Schimmelreiter auf, als zorniger Wotan kam er angeritten, von seinem treuen Diener zu Fuß begleitet. Dieser steckte unter einem Tierfell und einer Bärenmaske. Er fuchtelte ganz fürchterlich mit seinen großen Tatzen, an denen Glöckchen hingen, wenn das Lösegeld, das sie in den Katen, Häusern und bei uns bekommen hatten, nicht reichlich genug ausgefallen war. Der Schimmelreiter jagte mir jedes Mal einen Schrecken in die Glieder, denn ich fühlte unbewusst, dass dieser Brauch weit in die heidnische Vergangenheit der östlichen Gebiete zurückreichte, die erst seit dem neunten Jahrhundert christianisiert worden waren.

Wotan und sein zottiger Knecht waren, genau wie die Hünengräber auf unserem Gut, Zeugen einer weit zurück liegenden Zeit. Mein Vater ließ diese Germanengräber aufgraben, und man fand darin wundervollen Goldschmuck. Unter anderem eine kleine Brosche in Form einer Amphore. Meine Mutter trug sie immer zu Silvester und Neujahr. Jene Hünengräber flößten mir Angst und Unbehagen ein, denn ich stellte sie mir voller Skelette unserer Vorfahren vor. Ich hätte es lieber gesehen, wenn sie nicht ausgegraben und in ihrer Totenruhe gestört worden wären. Auf der Flucht verlor meine Mutter leider all ihren Schmuck aus den alten Gräbern. Er war von unschätzbarem Wert gewesen.

Ganz oben auf dem Dachfirst unseres Hauses stand ein Fahnenmast, zu dem man durch eine enge Dachluke gelangte, deren Angeln knarrten. Unsere Familienfahne wurde an unserem Geburtstag gehisst. Wenn ich heute daran zurückdenke, was für ein Hochmut! Das ganze Dorf und die ganze Umgebung sollten erfahren, dass die kleine Rotznase vom Schloss dreizehn Jahre alt wurde! Mir gefiel ein anderer Brauch: An unserem Geburtstag versammelten sich alle Angestellten morgens früh vor unserer Tür und sangen einen Choral: „Der Herr begleite dich auf all deinen Wegen" oder „Eine feste Burg ist unser Gott". Einen Vers kann ich heute noch auswendig: „So nimm denn meine Hände/ und führe mich bis an mein selig Ende und ewiglich./ Ich mag allein nicht gehen, nicht einen Schritt/ wo du wirst gehen und stehen/ da nimm mich mit." Und an diesem Tag im Jahr brachten sie uns warmes Wasser, das war Balsam für die Seele und ein seltener Luxus für den Körper. Vor der Flucht bin ich noch ein letztes Mal durch die Luke auf das steile, rutschige Dach in zwanzig Metern Höhe gestiegen. Wenn meine Eltern mich gesehen hätten, wären sie in Ohnmacht gefallen. Alles, was ich verlieren würde, lag zu meinen Füßen, so weit das Auge reichte: die goldenen Felder, die grünen oder von Dotterblumen gelben Wiesen, das kleine Krebsfließ, das sich durch das Birkenwäldchen schlängelte, das Weidengebüsch, mit dem ich so viele Erinnerungen verband, der undurchdringliche Wald mit seinen Hirschen, Rehen, wühlendem Schwarzwild und schlauen Füchsen.

Ich war noch nie jenseits der pommerschen Grenze gewesen. Wir waren immer nur bis Kolberg gefahren, einem beliebten Badeort an der Ostsee, und ebenso eine in der Vergangenheit gefürchtete Festung. Während des siebenjährigen Krieges hatten sich die Russen die Zähne an ihr ausgebissen und später im Jahre 1807 die Franzosen. Jedes Jahr mieteten meine Eltern dort eine Villa für uns, die Hauslehrerin, den Chauffeur und ein Hausmädchen. Für uns Kinder waren die Wochen an den breiten, weißen Sandstränden an der ruhigen Ostsee ein Paradies. Wir bauten Sandburgen, die wir mit Muscheln und Tang verzierten. Im Inneren dieses Burgwalls stand unser Strandkorb, in dem wir uns umziehen konnten und der uns vor dem selbst im August ständig wehenden Wind schützte. Während wir Eis am Stiel und kandierte Nüsse verspeisten, plauderten und flirteten unsere Eltern mit anderen Sommergästen, von denen sie die meisten kannten, denn unser Privatstrand war für zahlende Gäste reserviert.

An meinem Geburtstag hatte mir mein Vater einmal folgenden Spruch ins Poesiealbum geschrieben: „Was du ererbt von deinen Vätern hast, erwirb es, um es zu besitzen." Würde ich dazu fähig sein?

Die Internatsjahre in Heiligengrabe von 1941 bis 1943 und in Eberswalde von 1943 bis 1944

Im Pensionat war es große Mode, ein Poesiealbum zu besitzen, in das alle Klassen- und Schlafsaalkameradinnen hineinschreiben mussten. Es war mit Photos, Zeichnungen und gepressten Blumen geschmückt. Ich habe es noch. Die meisten Gedichte, Lieder und klassischen Verse waren christlich oder humanistisch geprägt. Aber beim wiederholten Lesen fielen mir zwei irritierende Hitlerzitate auf.

„Ich war immer der festen Überzeugung, dass es nichts Edleres auf der Welt gibt, als die zu schützen, die schutzlos sind."
Kein Kommentar!

„Wir sind Barbaren und wollen Barbaren sein."
...das war wenigstens eindeutig!

Als ich das berühmte Internat zum ersten Mal sah, kam es mir wie ein Grab vor. Es war ein großes, weitläufiges, kaltes und düsteres Gebäude aus Natursteinen, dicken Mauern, von dichtem Efeu bedeckt und schwer zu heizen. Im Mittelalter war es ein Nonnenkloster gewesen, wo man bestimmt dachte, dass zu viel Wärme und Bequemlichkeit die Nonnen auf Abwege führen könnten. Der Winter 1941 war der kälteste des ganzen Krieges, und wir hüllten uns von morgens bis abends in unsere Decken ein. So erschienen wir im Unterricht, im Speisesaal, auf dem Klo und sogar in den Sportstunden, bei denen wir sie nur kurz auf den

Boden legten, um übers Pferd zu springen. Danach wickelten wir uns sofort wieder ein.

Wir wohnten je nach Alter entweder in Schlafsälen mit zwanzig Betten oder in Dreier- oder Viererzimmern, die muffig rochen. Das Essen war eintönig. Mittags Graupensuppe, die wir Kalbszahnsuppe nannten und ab und zu ein schreckliches Gemansche, Lungenhaché, „Schillers letzter Husten". Abends Kartoffel- oder Rote Beete Salat ohne Öl, Steckrübengemüse.

Jedes Mädchen verfügte über ein winziges Schränkchen, das häufig von den Damen inspiziert wurde. Wäsche und Laken mussten Kante auf Kante liegen, und die Kante musste außen sein. Wenn nicht, wurde alles auf die Erde geworfen wie Putzlappen, oder es gab eine Woche weder Nachtisch noch Post. Das mit der Post ging ja noch, aber kein Nachtisch!

Am zweiten Tag bekamen wir unsere Uniformen. Dazu gehörte ein dunkelblauer Rock, eine langärmelige schwarz-weiß gestreifte Bluse und eine kleine Krawatte mit einer silbernen Nadel, die das Malteser Kreuz darstellte, das man sich aber erst einmal verdienen musste. Am Sonntag trugen wir einen bonbonrosa Rock aus hässlichem Kretonne oder verwaschene Kleider mit weißen und schwarzen Rauten, die bei uns Blutwurstkleider hießen. Ein sehr altes Fräulein, das lispelte, und deren feuchte Aussprache wir im Gesicht spürten, wenn sie Maß nahm, verteilte jene Schreckgebilde an die Neuankömmlinge. Sie jagte uns vor allem Angst ein, wenn sie die Stecknadel zwischen den Zähnen hielt und dabei aus einem Mundwinkel sprach. Sie war dafür bekannt, dass sie beim Zuschneiden immer zwei Nummern zugab, damit der Rock länger würde und die Beine vollständig bedeckte und die Bluse unsere weiblichen Formen verhüllte. Und wir mussten all' unsere Nähkünste aufbieten, um die Säume und Falten zu verändern, damit wir etwas weniger lächerlich aussahen.

Am gleichen Tag fand die traditionelle Einweihungszeremonie der Neuankömmlinge statt. Keine eiskalte Dusche um Mitternacht, auch keine Mutproben wie in den Jungeninternaten, sondern eine viel subtilere Art von Schrecken wurde verbreitet. Man sagte uns, das eine Lehrerkommission aus Berlin gekommen sei, um uns einer Aufnahmeprüfung zu unterziehen, und dass diejenigen, die durchfielen, nicht nur nach Hause geschickt, sondern auch von allen deutschen Schulen ausgeschlossen würden. Das bedeutete, sie würden zur Fabrikarbeit verpflichtet werden. Die Prüfung sollte am Abend im ehrwürdigen Kapitelsaal stattfinden, einem gotischen Gewölbe, in dem die Portraits aller früheren Äbtissinnen hingen. Hier fand der Sonntagsgottesdienst statt, Preisverleihungen und in besonderen Fällen auch eine Gardinenpredigt der Äbtissin oder eine Rede unseres „geliebten Führers".

Wir zitterten vor Angst und Lampenfieber, während wir vor der schweren Eisentür dieses Saals Schlange standen. Worin würden sie uns prüfen? In Mathematik? Ich hasste Mathe und verstand immer nur die Hälfte. In Französisch? Da hatte ich nichts zu befürchten, ich würde es ihnen schon zeigen! In Naturwissenschaften? In Literatur? Welche, die des 3. Reichs oder die andere, die echte? Endlich war ich dran.

Zehn beeindruckende Personen saßen im Halbdunkel hinter einem langen Tisch, auf dem Lexika, Atlanten und Enzyklopädien aufgestapelt waren. Einige dieser Herren hatten ihre Köpfe mit weißgrauen Perücken bedeckt, andere trugen lange schwarze Bärte, wie sie eigentlich nicht mehr üblich waren. Ein Trommelfeuer von Fragen und abfälligen Bemerkungen begann: „Du weißt überhaupt nichts. Was, du kennst dieses Gedicht nicht? Da sieht man mal wieder, was dabei herauskommt, wenn man eine Hauslehrerin hat, anstatt in die Dorfschule zu gehen."

Der Klang der Stimme war ein bisschen zu hoch, die Fragen kamen mir ein bisschen dumm vor, und plötzlich erschien vor meinen Augen die Armbanduhr von Adelheid, meiner Tischnachbarin. Ich hatte diese Uhr schon am ersten Abend bewundert, weil sie aus Gold und sehr schön war. Der Inquisitionsausschuss verabschiedete mich mit den Worten „du musst hart arbeiten, wenn du deine Lücken aufholen willst, du bekommst das Ergebnis später."

„Holzauge sei wachsam", sagte ich mir und dachte nur daran, meine armen Gefährtinnen im Elend einzuweihen, die noch vor der Tür zitterten. Ich war an der Ostseite aus dem Saal geschickt worden. Um zum Westflügel zu gelangen, musste man den ganzen Gebäudekomplex mit seinen Innenhöfen, Gewölben und Steintreppen umrunden. Ich rannte mir die Lunge aus dem Hals, der ganze Komplex war so groß, dass ich zehn Minuten brauchte und völlig außer Atem bei den Neuen ankam. „Habt keine Angst, es sind die Großen aus der Sekunda, die haben sich verkleidet." Finita la commedia! Die Großen haben mir dieses Verpetzen aber sehr übel genommen.

Weil es im Krieg keine Lederschuhe zu kaufen gab, trugen wir Holzpantinen. Es machte uns großen Spaß, sie auf den alten Wendeltreppen klappern zu lassen. Solche Augenblicke des Übermuts genossen wir umso mehr, als die Vorschriften sehr streng waren. Für den kleinsten Regelverstoß wurde uns ein Punkt abgezogen. Drei Punkte in der Woche bedeuteten einen Tadel. Der zog wieder neue Strafen nach sich. Beim allerschlimmsten Vergehen wie das Klauen einer Haarbürste, Lügen, Widerworte gegenüber einer Stiftsdame, wurde allen 90 Mitschülerinnen verboten, mit dem schwarzen Schaf zu sprechen. Das am häufigsten übertretene Verbot war das Benutzen der „Damentreppe", einer sehr imposanten und steilen Treppe mit roten Läufern, die ausschließlich für den Lehrkörper und die Damen reserviert waren. Die Damen trugen natürlich keine Holzschuhe, die den Teppich beschädigen könnten, und es war eine Frage der Hierarchie und Disziplin. Für bestimmte Mädchen, zu denen auch ich zählte, stellte die Treppe eine echte Herausforderung dar, umso mehr, als sie den Weg zu den Schlafsälen abkürzte. Man konnte auf diese Weise zig Meter eisiger zugiger Flure umgehen. Wenn man als Erste kam, wurde man auch beim Essen zuerst am oberen Ende des Tisches bedient. Wir rutschten das Geländer der „heiligen" Treppe rittlings in Schussfahrt hinunter. Aber viel hatten wir nicht davon, denn meistens wartete unten schon eine Dame auf uns, die sich listig hinter einem Pfeiler versteckt hatte. Das bedeutete dann nicht einen, sondern gleich zwei Punkte weniger in unserem blauen Führungsheft, das die Äbtissin uns jeden Samstag aushändigte, und das sie uns manchmal vor die Füße warf, wenn es wirklich zu schlimm ausgefallen war.

Morgens mussten wir uns im Sommer wie im Winter völlig unbekleidet - das Wort „nackt" galt als anstößig - in den großen Holzbottichen waschen, die ein Dienstmädchen vor unser Zimmer stellte. Die sparsam auf Marken zugeteilte Seife schäumte nicht. Die Dame, die den Waschvorgang beaufsichtigte, war jedoch zu schamhaft, um zu überprüfen, ob wir wirklich gar nichts anhatten, aber sie horchte an der Tür. So erfanden wir eine Strategie. Vier von den fünf Mädchen unserer Stube konnten so eine Viertelstunde länger in ihrem warmen Bett bleiben mit bis zum Kinn hochgezogenen Decken, während die täglich wechselnde Fünfte die Geräuschkulisse übernehmen musste – eine höchst anstrengende Arbeit. Sie erzeugte mit aller Kraft Wellen in den Bottichen – dadurch wurde ihr zugleich warm. Dann drückte sie den Schwamm hoch über dem Wasser aus, bespritze die Fliesen und bearbeitete anstelle ihres mit mehreren Schichten bekleideten Körpers den Bettvorleger. Alle anderen stießen gleichzeitig Urlaute aus wie „au, aua, ii,ii" und schrien: „Mensch, das Wasser ist eisig, so eine Schiete." Das war das Äußerste, was an Flüchen erlaubt war. Nach dem Frühstück aus Kaffeeersatz (geröstete Gerste), Magermilch, Schwarzbrot ohne Butter, undefinierbarer Marmelade oder Kunsthonig mussten wir uns zur Tischdame hinwenden und ihr einen guten Morgen wünschen. Wenn wir während der Mahlzeit in dem riesigen Speisesaal etwas fallen ließen, zum Beispiel einen Löffel, hatten wir in der Totenstille aufzustehen und zu sagen: „Ich bitte, Frau Äbtissin, mich zu entschuldigen, dass ich so laut war." Da uns das Sprechen untersagt war, erfanden wir eine Zeichensprache wie Taubstumme, die die Schwatzhaftesten bald perfekt beherrschten. Aber o Schreck! Unser Trick wurde bemerkt und jedes Zeichenmachen bei Tisch zog einen Tadel nach sich.

Wenn die Post verteilt wurde, die natürlich vorher gelesen und zensiert worden war, mussten wir vortreten und sie mit einem tiefen Knicks in Empfang nehmen, als überreiche sie uns der König von England. Nach dem Unterricht herrschte allgemeine Mittagsruhe. Wir mussten uns mucksmäuschenstill verhalten und schlafend stellen, auch wenn wir nicht müde waren. Nach der Siesta und dem hastigen Verschlingen von zwei Magarinestullen mit Zucker bestreut und einem Becher „Muckefuck" oder „Horst Wesselkaffee", denn „die Kaffeebohnen zogen nur im Geiste mit", gab es zwei bis drei Arbeitsstunden, unter Aufsicht natürlich und in völligem Schweigen, außer wenn wir darum baten, aufs Klo gehen zu dürfen. Das nützten wir schamlos aus. Trotz dieser strengen Überwachung hatten es einige Mädchen geschafft, einen Plattenspieler unter dem Tisch zu verstecken und mit einer Stecknadel ganz leise streng verbotene französische Platten zu hören wie: „Il pleut sur la route", „Mamsell Clio", „Sérénade sans espoir" oder deutsche Schlager wie „Schöner Gigolo", „Ich tanze mit dir in den Himmel hinein" und vor allem das ergreifende „Ich weiß, es wird einmal ein Wunder geschehen", das nach dem Zurückweichen unserer Truppen in Russland im Radio nicht mehr gesendet wurde. Zu häufig, wenn Zarah Leander diesen beliebten Schlager schluchzte, hatten anonyme Stimmen in der Dunkelheit der Säle gezischt „Das würde mich allerdings wundern". Die Deutschen waren damals überhaupt recht kritikfreudig, leider aber nur im Flüsterton.

So sang man „Es geht alles vorüber, es geht alles vorbei. Auch Adolf Hitler und seine Partei." Und wenn Rudi Schuricke schmalzte: „Heimat, deine Sterne. Sie strahlen dir auch am fernen Ort", so wurde das im Volksmund zu „Heimat deine Trümmer, die Sonne strahlt bis zum ersten Stock, im Keller liegen zerbroch ne Teller, und der Opa sucht seinen Sonntagsrock."

Jeden Tag gehörte eine Stunde Spaziergang zum Pensionsprogramm, von fünf bis sechs Uhr im Sommer und eine Stunde früher im Winter. Wir gingen in Zweierreihen und immer in unserer schrecklichen Uniformkleidung, schwarze Pelerine und schwarze Kappe. Wenn die Jungen uns in unserem Aufzug auf der Dorfstraße anmarschieren sahen, riefen sie uns unanständige Worte nach. Wir blieben stur und sangen selber auf den immer gleichen Wegen mehr oder weniger altbekannte deutsche Lieder wie „Heili-Heilo, Heilo", das schon die Landsknechte des 16. Jahrhunderts gesungen hatten. Dieses Volkslied wurde in der Folgezeit zu einem Kriegslied, das eine ganze Generation von Parisern traumatisiert hat, nachdem es die feldgrauen Truppen jedes Mal geschmettert hatten, wenn sie im Stechschritt die schönen Champs-Elysees herunter marschiert waren.

Einige Paare waren unzertrennlich und stellten sich nach dem Mittagessen an der Klagemauer auf, wo die Äbtissin erschien, um uns zu ermahnen oder anzuhören. Bei dieser Gelegenheit bat das jeweilige Paar um die Erlaubnis, zu heiraten. Diese „Eheschließungen" waren nichts weiter als eine etwas sentimentale Zeremonie und ein Grund zum Feiern. Sie zeigten keine Spur von Homosexualität. Wie wussten gar nicht, dass es so was gab. Nachdem die Erlaubnis erteilt worden war, machten wir im Schlafsaal eine grandiose Fete. Wir saßen auf den Betten, tranken Apfelsaft aus Zahnputzbechern, schleckten Brausepulver Marke Sekotine, ohne Wasser, bis wir den Mund voll Schaum hatten wie ein galoppierendes Pferd, wir lutschten Lollopieps, eine Art von Dauerlutscher, und Lakritze und stießen auf unsere Zukunft an, als ob es Champus wäre. Dann stopften wir uns mit Süßigkeiten und Kuchen aus den Fresspaketen unserer Eltern voll und philosophierten bei Mondschein über den Sinn des Lebens. Als großzügige Hochzeitsnachtgabe durfte das Licht eine Stunde länger an bleiben.

Ich liebte die Äbtissin, Tante Aja, heiß, hatte aber auch unwahrscheinlichen Respekt vor ihr, jedenfalls, so lange ich in Heiligengrabe unter ihrer strengen, aber gerechten Fuchtel war. Sie war meine Tante zweiten Grades. Später wurde sie mir zur liebevollen Beraterin und mütterlichen Freundin, die für alles Menschliche ein intuitives und charismatisches Verständnis hatte. Bei einer Teestunde im März, die über vier Stunden gedauert hatte und mit Kognak endete, zitierte die strenge Äbtissin folgenden Spruch, der mir im Gedächtnis haften geblieben ist. „Die Eier werden billiger/ die Mädchen werden williger/ es stinkt von den Aborten/ Frühling aller Orten."

Bald wurde unser Institut vom Staat übernommen, das heißt, das Kultus- und Erziehungsministerium bestimmte über uns. Die Übernahme unseres kirchlichen Internats durch die Nazis brachte Veränderungen. Wir mussten alle in die Hitlerjugend eintreten und an einem Nachmittag in der Woche unsere Uniformen anziehen, um Sport zu treiben, in Hilfsorganisationen arbeiten und politische Schulungen über uns ergehen lassen. Von nun an galt das lächerliche Heil Hitler als einziger erlaubter Gruß, dabei hatte man den Arm auszustrecken wie ein Verkehrsschild. Schluss mit den respektvollen Verbeugungen und Knicksen mit niedergeschlagenen Augen. Das gab oft Anlass zu komischen Situationen. So mussten wir zum Beispiel morgens beim Appell unseren Rock heben und der Schlafsaaldame zeigen, dass wir eine warme wollene Unterhose trugen, was in dem kaum heizbaren alten Gemäuer eine weise Vorsichtsmaßnahme war. Gleichzeitig hatten wir einen leichten Knicks auszuführen und mit der rechten Hand den Hitlergruß. Es kam nicht selten vor, dass ein Mädchen dabei sein Gleichgewicht verlor und zu Boden fiel, wobei sie sicher noch ein bisschen nachhalf. Die Wirkung war ungeheuer, der ganze Schlafsaal wand sich vor Lachen, alle gackerten wie die Hühner, der Appell war geschmissen, und der Dame gelang es nicht mehr, uns schweigend Aufstellung nehmen zu lassen. Viel später, als Erwachsene, habe ich oft gedacht, dass die nationalsozialistische Bewegung mit ihren Fratzen, Ritualen, Uniformen, pompösen Aufmärschen, Liedern und hohlen Phrasen niemals eine solche Macht hätte erlangen können, wenn wir wirklich alle zusammen versucht hätten, sie lächerlich zu machen. Aber liegt im deutschen Wesen wirklich die Fähigkeit, sich gegen die öffentliche Ordnung aufzulehnen, sie zu persiflieren, statt alles, was sie verhängt und befiehlt, todernst zu nehmen?

Der Geist unserer Schule und des Unterrichts blieb deutlich erkennbar derselbe. Während der politischen Schulung machten wir unsere Matheaufgaben oder spielten Halma mit Streichhölzern. Beinahe der ganze Lehrkörper, abgesehen von ein bis zwei „Nazissen", waren Antinazis. Wir Schülerinnen wussten genau, mit wem wir offen sprechen konnten und mit wem nicht. Es kam vor, dass Schülerinnen aus nicht naziinfizierten Familien den Schüttelvers „10 kleinen Meckerlein" mit nach Hause brachten:

10 kleine Meckerlein, die sassen mal beim Wein,
der eine machte Göbbels nach, da waren s nur noch Neun.
9 kleine Meckerlein, die hatten was gedacht,
der eine hatte laut gelacht, da waren s nur noch Acht.
8 kleine Meckerlein, die hatten was geschrieben,
von einem wurd s veröffentlicht, da waren s nur noch Sieben.
7 kleine Meckerlein, die fragten mal wie s schmeckt,
der eine sagte „Schlangenfrass", da waren s nur noch Sechs.
6 kleine Meckerlein, die schimpften über Pimpf,
der eine meinte „Lausepack", da waren s nur noch Fünf.
5 kleine Meckerlein, die sassen am Klavier,
der eine spielte Mendelssohn, da waren s nur noch Vier.

4 kleine Meckerlein, die lachten über Ley,
   den einen hat sein Sohn verpetzt, da waren s nur noch Drei.
3 kleine Meckerlein, die begriffen nicht den Zweck,
   des Mythos von Herrn Rosenberg, da war n gleich Zweie weg.
1 kleines Meckerlein konnt all das nicht versteh n,
   der kam nach Dachau in s KZ –
   da waren s wieder Zehn! [9]

„Bloß nicht weitersagen, Mutti, das ist verboten." Die beste Methode, um den schönen Spruch wie ein Lauffeuer zu verbreiten.

Wir distanzierten uns von einer gewissen katholischen Schule, wo die Nonnen ihre Schutzbefohlenen folgenden abstrusen Vers beten ließen: „Ich bin klein, liebe Engelein, behütet mich und das Hitlerlein."

Rückblickend kann ich sagen, dass jene beiden harten Jahre mir weder geschadet, noch mich gebrochen haben. Ganz im Gegenteil, ich habe mir damals eine harte Schale zugelegt, die mir in den folgenden Jahren sehr genützt hat. Und übrigens, so schlimm ging es uns dort auch wieder nicht, denn es entstanden wunderbare Freundschaften, von denen die meisten länger als ein halbes Jahrhundert gehalten haben und noch halten.

Nach zwei Jahren Heiligengrabe bestand meine Mutter darauf, dass ich auf eine liberale Schule wechselte, um dort das Abitur zu machen.

Die Ehe unserer Eltern, die schon seit langem einen Sprung hatte, war auch dadurch nicht wieder gekittet wor-

---

9 von Joachim Bernhard („Jokel") von Prittwitz und Gaffron aus dem Hause Cawallen/Schlesien nach seinem ersten KZ-Aufenthalt (diese von ihm vervielfältigt verschickten Verse gaben den Nazis Anlass, ihn ein zweites Mal im KZ zu inhaftieren)

den, dass mein Vater eingezogen worden war. Für uns Kinder brachte diese Trennung einige Probleme mit sich. Schon im Alter von dreizehn Jahren ließ mich mein Vater eines Tages in sein mit einer Fülle von Hirschgeweihen verziertes Arbeitszimmer kommen, wo man immer Gefahr lief, sich den Kopf anzustoßen, um mit mir über die Schwierigkeiten in der Ehe meiner Eltern zu sprechen, die im Grunde seine waren. Der Fehler meiner Mutter bestand eigentlich nur darin, dass sie ihn nicht liebte. Das lässt sich nun mal nicht befehlen. Mein Vater wollte sich vor mir rechtfertigen. Aber das Enthüllen von Gefühlen, die zu erfahren ich später noch Zeit genug haben würde, berührte mich besonders peinlich. In meinen Augen gibt es nichts Verderblicheres als Eltern, die ihre eigenen Kinder zu Zeugen des Scheiterns ihrer Ehe aufrufen und versuchen, sie zu manipulieren. Sind Kinder nicht der größte Trumpf bei jedem Ehestreit?

Wenn ich in den Ferien nach Hause kam, erwarteten mich manchmal der Chauffeur mit dem Wagen meines Vaters und zugleich der Kutscher meiner Mutter mit der Kutsche. Ich wählte die Kutsche wegen Muttis veilchenblauen Augen, die nach grau hinüberspielten, wenn sie weinte.

Im Pensionat von Eberswalde bei Berlin hatten wir viel mehr Freiheit als in Heiligengrabe. Man konnte fast von einer großen Familie sprechen. Eberswalde wurde ausgezeichnet geführt von drei Damen, die wirklich etwas davon verstanden: Gylfe, Lusch und die Krähe. Die Englischlehrerin verdankte diesen despektierlichen Namen ihrem vogelartigen Profil. Beim Essen mussten wir englisch oder französisch sprechen, jede Woche wechselnd. Das nützte ich aus, um alle Ausdrücke in „argot" anzubringen, die ich von meinen Freunden, den französischen Kriegsgefangenen, gelernt hatte. Davon blieb den Damen der Mund offen stehen. Andererseits war das Englisch der Krähe sehr klar, so dass ich Lust bekam, diese nuancenreiche Sprache zu vervollkommnen. Aber so dachten nicht alle. Einmal sagte ein Mädchen, der das Hirschragout so gut schmeckte, während des Essens „May I become the flesh?" Danach wurde sie von allen gehänselt, hielt bei Tisch den Mund und verständigte sich nur noch durch Zeichen. Wir gingen ins städtische Gymnasium und bekamen zum ersten Mal Kontakt mit Schulkameradinnen aus unterschiedlichen Verhältnissen, mit der Tochter eines Bäckers, eines Steuerbeamten, eines Mechanikers oder Arbeiters.

Nach dem Unterricht bemühten sich die drei Grazien, uns Gesang, Klavierspielen und Französisch beizubringen. Von Französisch war ich befreit, da ich besser sprach als sie. Außerdem lernten wir Theaterspielen, Malen, Bridge, Konversation, Anstand und Umgangsformen. Am Nachmittag machten wir zudem viel Sport, Tennis, Völkerball oder Brennball. Abends wurde Andacht gehalten und gebetet. Aber mir schien damals schon, dass dem alten Gebet unserer Vorfahren „Herr, behüte uns vor Krieg, Wasserflut und Feuerbrunst" ein wichtiger Nachsatz folgen sollte „aber vor allen Dingen, behüte uns vor uns selber, dass kein unkontrollierbarer Zorn sich unser bemächtige, dass Hass, Eigenliebe und Dünkel keinen Raum in unserem Herzen finden, dass wir nie in Gefahr kommen mögen, uns wie Barbaren aufzuführen, dass wir nie unterlassen werden, der leisen Stimme unseres Gewissens Gehör zu geben."

Wir mussten damals auch eine Menge Psalmen und Kirchenlieder auswendig lernen. Später erwies es sich als sehr nützlich, wenn man den Psalm „Aus der Tiefe rufe ich, Herr, zu Dir" vom ersten bis zum letzten Vers beherrschte und man diese während eines englischen Luftangriffs in einem Luftschutzbunker hockend wie im Geiste die Perlen eines Rosenkranzes durch die Finger gleiten lassen konnte, sozusagen an der Pforte zum Todesreich.

Die Eberswalder Forstakademie zog uns aber mehr an als Malen und Bridge, und zwar weniger aus Interesse am Pflegen und Hegen von Wald und Wild und den Gefahren der Borkenkäfer, als wegen der Studenten, die sie besuchten. Die meisten waren Fürsten und Prinzen. Sie waren vom Kriegsdienst freigestellt, also auch davon „auf dem Felde der Ehre zu fallen." Die Führung hatte beschlossen, alle Söhne aus Fürstenhäusern von der Einberufung auszunehmen, damit sie nach ihrem Tod auf dem Schlachtfeld nicht als Helden verherrlicht werden konnten. Den Anlass dazu hatte der Heldentod dreier Söhne aus einer Fürstenfamilie gegeben, die innerhalb weniger Wochen ihr Leben verloren hatten. Und dieses grausame Schicksal hatten alle „lauen" Gazetten nachdrücklich kommentiert. Von nun an galt die Parole, dass nur der Führer und seine wahren Volksgenossen, die aus der Mitte des deutschen Volkes hervorgegangen und dem Hakenkreuz treu waren, würdig seien, als Helden verehrt zu werden und in die Geschichte einzugehen. Dazu durften nicht die gehören, die veraltete, wertlose Titel und Traditionen pflegten. Wir aber profitierten von dem NS-Prinzenerlass, da wir mit den wohlerzogenen Blaublütigen Tanzstunde hatten.

Kurz vor meinem 17. Geburtstag bestand ich mit recht guten Noten das Abitur, mit einer Eins in Französisch. „Was wollen Sie später machen?" fragte mich Herr Dr. K., „Dox, Doxis, Doxibus", unser verehrter, verhasster Latein- und Französischlehrer. „Ich will Sprachen studieren und Französischlehrerin werden", sagte ich. „Nach dem Endsieg", war seine Antwort, indem er seinen Mund zu einem kaum angedeuteten Lächeln verzog. „Nach dem Endsieg, natürlich", wiederholte ich.

Ich zweifelte nicht an seiner Meinung. Immer wenn er in die Klasse kam, begann er den obligatorischen Hitlergruß schon im Flur, indem er das „Heil Hi" draußen ließ, und nur noch das „tler" in die Klasse mitbrachte, das von einer weichen Bewegung des rechten Armes begleitet wurde, als wollte er unsichtbare Fliegen verscheuchen. Eines Tages fragte er mich, ob ich nicht ein englisches Lied kenne. Ich kannte nur ein einziges, das mir die Kriegsgefangenen beigebracht hatten. Ich intonierte mit halber Stimme „We are hanging our washing on the Siegfried line". „O, das schlimme Lied", bemerkte er mit einem kleinen, verschwörerischen Lächeln, „das schlimme, böse Lied. Das dürfen Sie nie wieder singen. Haben Sie verstanden?" Ich verstand, dass er verstand. Er war ein hochgebildeter, aber auch vorsichtiger Mann, dem seine heile Haut lieb war. Er machte höchstens ab und zu eine kleine Anspielung. „Wissen Sie, meine jungen Damen, auch Hannibal...". Der Rest des Satzes verlor sich im Tabakdunst seiner legendären Pfeife.

Das war im Februar 1944, und es stand schlecht um das Großdeutsche Reich. Ich fuhr mit meiner Freundin Gisela nach Pommern zurück, wo wir einen Lehrvertrag bei dem Inspektor meines Vaters unterschrieben, um ein landwirtschaftliches Praktikum zu machen.

An die Arbeit! Los! Schnell!

„Nicht das, was uns zustößt, ist wichtig. Wichtig ist nur, wie wir damit fertig werden, wenn es uns zustößt."

Hopi Sprichwort

Die sechs Arbeitsmonate auf dem Gut meines Vaters gehören zu meinen glücklichsten Erinnerungen. Und das, obwohl wir wussten, dass der Krieg ein schlimmes Ende nehmen würde und uns am Ende unserer Jugend ein Erwachsenenleben erwartete, wo alles auf den Kopf und in Frage gestellt sein würde.

Wir machten jede Art von Arbeit, selbst die schwerste und dreckigste. Gisela und ich fuhren Trecker, impften Ferkel, molken Kühe, schoren Schafe, die mit ihren 70 Kilo wild auf unseren Knien strampelten, obwohl ihre Beine mit Gurten gefesselt waren. Wir passten sehr auf, dass wir ihre Haut nicht mit der elektrischen Schermaschine ritzten oder sie unnötig leiden ließen. Wir fütterten die Ochsen morgens um vier, da sie zum Wiederkäuen Stunden brauchten. Wir mussten kontrollieren, ob sich Holzböcke unter dem Fell der Hütehunde versteckt hatten und ob kein Pferd von Bremsen oder gar Hornissen gestochen worden war.

Wir halfen bei der Kastration der jungen Bullen, pflanzten Kartoffeln, bis uns die Schwarte krachte, denn wir gingen gebückt wie die Ährenleserinnen von Millet, mit kiloweise Saatkartoffeln in unseren Sackschürzen. Wir banden Korn in Garben, hielten die Dreschmaschine in Gang, erwarben Grundkenntnisse in Buchführung, stellten Lohnzettel aus und zeichneten die Kurven der Niederschlagsmengen auf, tasteten die Legehennen nach Eiern ab und töteten Hühner mit einer schnellen Drehung des Handgelenks.

Das fand ich furchtbar, aber ich wollte vor den wenigen Männern, die aus Altersgründen oder wegen einer Verwundung auf dem Hof geblieben waren, nicht das Gesicht verlieren. Ich fürchtete immer, für die Tochter des Chefs gehalten zu werden, die Landwirtin spielt und sich so vor dem Arbeitsdienst drückt.

Dennoch schien es, dass man höheren Ortes genau das dachte. Eines Tages, als wir alle unter der Hitze der Hundstage ächzten, die genau so typisch für das kontinentale Klima Osteuropas sind wie die klirrende Kälte im Winter, waren Gisela und ich gerade dabei, Strohballen in der Scheune aufzuschichten. Dieses Futterstroh musste die langen Wintermonate für unser gesamtes Vieh ausreichen und so gut wie möglich vor Frostschäden, Fäulnis und Nagetieren geschützt werden. Die moderne Dreschmaschine hatte die schweren Strohballen gepresst und automatisch mit haltbaren Sisalstrippen zu Ballen gebunden. Eine Arbeiterpyramide stakte diese Ballen mit Heugabeln von Mann zu Mann bis unter den Giebel der riesigen, jetzt noch leeren Scheune. Unten auf dem Boden entluden zwei Franzusskis die Wagen, die von der Dreschmaschine einfuhren. Das musste sehr schnell gehen, denn oft wartete schon ein zweiter vollbeladener Gummiwagen hinter dem ersten, so dicht aufgefahren, dass seine Zugpferde gekonnt Stroh aus den Ballen zupften und sich eine Extraration Futter zuführten. An jenem Tag hatte sich der Himmel in kurzer Zeit verfinstert, schwarze, Wolken hatten sich zusammengeballt und drohten zu bersten. Ein Gewitter hätte die nächste Fuhre unwiderruflich verdorben und unsere Arbeit nutzlos gemacht. So arbeiteten wir alle unter höchstem Druck. Die beiden Franzosen warfen die Garben zwei Russkis zu, und die wieder zwei Franzusskis, die sie drei Meter höher empfingen und schließlich direkt unter dem Dach in einer von Hitze, Staub und Schweiß geschwängerten Atmosphäre, die an Dantes Inferno erinnerte, abluden. So arbeiteten wir mit den Kriegsgefangenen zusammen, in Hosen natürlich, Röcke wären unmöglich gewesen, und langärmeligen verwaschenen Baumwollhemden, die unsere Arme vor den scharfen Strohalmen schützten, die Haare unter einem ausgefransten um den Hals verknoteten Kopftuch. Wir waren die Spitze dieser Pyramide. Wir mussten die uns zugeworfenen Strohballen in Empfang nehmen und sie dann so gut wie möglich rechts und links in alle eventuellen Hohlräume platzieren. Bei der Hitze und dem wahnwitzigen Arbeitstempo waren wir trotzdem alle lustig und aufgekratzt. Wir nannten unsere französischen und russischen Arbeitskameraden freundschaftlich beim Vornamen, und ständig flogen Witzworte hin und her, mal auf französisch, mal auf russisch: „Nicht so schnell, Antoine, ich bin keine Maschine!" – „Nein, aber du sein sehr schöne Mademoiselle." – „Gib mir mal die Wasserflasche rüber, Sergei und bistro, wenn du nicht eine Ladung Stroh über deine Visage bekommen willst!" – „Weiter nach rechts, Pierre, siehst du nicht, dass links kein Platz mehr ist? Schielst du, oder was?" Manchmal versuchten die Franzosen uns mit lautem Gejohle aus der Fassung zu bringen „Souris, Souris", Maus, Maus, aber wir kannten den Trick schon.

Keiner von uns hatte den komischen Typen bemerkt, der uns schon seit zehn Minuten beobachtete, bis plötzlich Pierrot, ein echter Pariser „Titi" losplatze: „He, Mademoiselle, gucken Sie doch mal da unten, der Zwerg mit seinen

Sieben-Meilen-Stiefeln!" Ich nahm meine Schutzbrille ab, um sie mit meinem Hemdsärmel abzuputzen, da ich vor Staub nichts mehr sah. Da stand wirklich ein SA-Mann in Uniform mit Schlägermütze, Schlips, Stiefeln und Aktenmappe unter dem Arm, der zu uns herauf blickte. Man sah, wie große Schweißtropfen auf seinem Stiernacken perlten, dabei tat er doch nichts weiter als uns anzustarren. Das „arabische Telefon" funktionierte in D. ausgezeichnet, besonders bei den Gefangenen. Den nächsten hochbeladenen Wagen führte der alte Klappstein, der einen Arm in Russland verloren hatte. Er hatte den beiden Franzosen schon Bescheid gesagt: „Da ist ein Kommissar oder so etwas Ähnliches. Er ist ins Inspektorbüro gekommen und hat gefragt, ob die beiden Fräuleins vom Schloss heute ausgeritten oder auf der Jagd wären. Da ham` sie ihm gesagt, er soll doch mal in der Scheune nachgucken." Das traf sich gut... „Dem zeigen wir es jetzt mal, Mademoiselle", flüsterte Pierre. „So n kleines Malheurchen wird jetzt passieren, passen Sie mal auf!" Ich wetterte lauthals auf Deutsch: „Schneller, vite, vite, gleich gibt's ein Gewitter" und dann sagte ich leise zu Pierrot: „An was für ein Malheurchen denkst du denn?" „Guck mal, hier ist mein Taschenmesser, schneiden Sie die nächsten drei Garben auf, und die werden wie zufällig diesem connard auf den Kopf fallen. Ich verstand das Wort connard nicht, aber die Absicht war klar, und ich konnte nicht widerstehen. Schnipp, schnapp, wurden die Bindfäden zerschnitten und das Taschenmesser verschwand in meiner Hosentasche. Gott sei Dank konnte man vor lauter Staub fast nichts sehen, und drei riesige Strohballen fielen auf die Paradeuniform unseres ungebetenen Zuschauers. Alle Franzosen und Russen platzten fast vor Lachen wie Verrückte. „Hau ab nach Russland, du Flasche!" riefen Pierre und die anderen hinter ihm her. „Dawai, dawai!" schrien die Russen. Aber nix Russland. Und wir beiden Mädchen schimpften, um die Sabotage zu verschleiern: „Verdammte Scheisse, passt doch auf, da unten steht doch jemand, was macht der überhaupt da? Hier wird für die Volksernährung gearbeitet." Überzeugt, dass der da unten kein Wort russisch oder französisch verstand, besonders keine Schimpfworte, kamen sie so richtig in Fahrt. *Enculé, fils de pute*, Kurva, und François, dessen Mutter aus Leeds stammte, fügte noch ein sonores *mother fucker* hinzu und stach dabei dreimal wie besessen in seine Garbe, als hätte er den Leibhaftigen vor sich. Wir kicherten in unser Kopftuch und hatten wieder einige neue Vokabeln gelernt. Der Jemand da unten stellte keine Fragen mehr, halb betäubt durch die schweren Strohbunde, die ihm aus zehn Meter Höhe auf den Kopf gefallen waren, benommen und fast erstickt von Staub und Grannen, die er in Nase, Ohren, Kragen und Stiefel bekommen hatte, trat er den Rückzug an und wurde nie wieder gesehen.

Der 20. Juli 1944

„Es ist Zeit, dass jetzt etwas getan wird. Derjenige allerdings, der etwas zu tun wagt, muss sich bewusst sein, dass er wohl als Verräter in die deutsche Geschichte eingehen wird. Unterlässt er jedoch die Tat, wird er zum Verräter vor seinem eigenen Gewissen. "

Klaus Graf Stauffenberg

„Einen wirklich freien Menschen erkennt man daran, dass er sein Leben in einem Kerker beendet. "

Paul Morand

Ein Brief an meine Mutter aus dem Arbeitslager.

„In unserer Baracke herrscht eine prima Stimmung: Ein Mädchen spielt traurige Melodien auf einem alten Akkordeon, und das bringt eine Kameradin dazu, laut Stellen aus ihrem Lore-Heftchen zu zitieren, eine andere wäscht ihre Schlüpfer in der Salatschüssel. Margot lernt ein Goethegedicht auswendig, und ich wiederhole mit Ingrid russische Vokabeln, während eines der Mädchen, die auf ihren Strohmatratzen fläzen oder schnarchen, mir zuruft: Hör auf mit dem Lokomotivengepfeife, russisch lernst du am schnellsten, wenn sie dich zehnmal vergewaltigt haben. O Mutti, was für ein Leben! Glaubst Du, dass Vati eines Tages wiederkommt und dass das alles mal ein Ende hat?"

Am 20. Juli 1944 hatte der Lautsprecher gekreischt: „Unser geliebter Führer ist durch den Schutz des Allmächtigen einem Attentat entgangen. Die Täter sind eine kleine Clique ehrloser Offiziere, die mit dem deutschen Volk nichts gemein haben. Heute Abend wird er im Rundfunk sprechen."

Wir wussten, dass dieses Attentat, das leider missglückt war, unheilvolle Rückschläge nach sich ziehen würde. Mein Vater, der leicht verwundet war, verbrachte gerade seinen Genesungsurlaub zu Hause. Ich kannte seine politischen Ansichten sehr gut, hätte aber niemals vermutet, dass er über den geplanten Putschversuch des Obersten von Stauffenberg auf dem Laufenden wäre, und dass er sogar als zukünftiger Landrat vorgesehen war, wenn Hitler und seine Schergen beseitigt worden wären.

Leider hatte die Bombe mit zwei Kilo Dynamit, die der einarmige Stabsoffizier unter einen schweren Eichentisch gelegt hatte, der Hitler als Karten- und Besprechungstisch diente, diesen nur leicht verletzt. Tödlich verwundet wurden aber mehrere andere Personen in seinem Hauptquartier in Ostpreußen, bei der berühmten Lagebesprechung in der Baracke der Wolfsschanze. Hätte die Besprechung allerdings in einem richtigen Bunker stattgefunden, hätte wohl niemand die Detonation überlebt, auch Adolf nicht.

Am gleichen Abend wandte sich Hitler an sein Volk: „Ein sehr kleine Gruppe dummer, ehrgeiziger, skrupelloser und verbrecherischer Offiziere hat ein Komplott geschmiedet, um mich verschwinden zu lassen. Aber die Vorsehung hat mich bewahrt und damit erneut bestätigt, für welche Aufgabe sie mich ausersehen hat." Ich erinnere mich noch heute, auf welche Weise er seinen Götzen Vorsehung artikulierte. Er sagte „Forrsehung", indem er das „r" rollte wie Trommelwirbel bei einer Hinrichtung. Er fügte noch hinzu: „Wir werden abrechnen, wie wir Nationalsozialisten abzurechnen gewohnt sind."

Und tatsächlich begannen die Nazis sofort, circa 7000

Verdächtige zu verhaften. Sie durchkämmten ganz Deutschland. Ungefähr zweihundert Personen wurden hingerichtet, einige unverzüglich, andere nach einigen Wochen. Darunter fünfundvierzig Generäle und zwölf Botschafter, ein Minister, drei Staatsekretäre, der Chef der Geheimen Staatspolizei, mehrere Polizeipräsidenten und Regierungspräsidenten.

Am Donnerstag, den 22. Juli 1944, erschienen zwei Gestapobeamte bei uns, um meinen Vater abzuholen. Er musste sofort mitkommen und durfte nur einen kleinen Handkoffer mit dem Allernötigsten mitnehmen. Sie durchwühlten alle Schubladen seines Arbeitszimmers und verstreuten deren Inhalt auf dem Teppich. Schließlich entdeckten sie den handgeschriebenen Brief eines Generals, der zu den Verschwörern gehörte. Er bedankte sich herzlich für eine Einladung. „Um was für eine Art von Einladung handelte es sich?", bellte der Kleinere der beiden Gestapoleute. „Zur Jagd", entgegnete mein Vater und sagte damit die Wahrheit. „Das werden wir herausfinden." Sie legten ihm Handschellen an und stießen ihn in ihr schwarzes Auto.

Ich sollte Vati nie so wiedersehen, wie ich ihn kannte: stolz, ein wenig hochmütig, integer bis in die Fingerspitzen und Herr über 5000 Hektar. Der Mann, der ein Jahr später jenseits der Elbe wieder zu uns stieß, war bis zum Skelett abgemagert, mit irrendem Blick, verstört und für immer gezeichnet. Von diesem Tag an bemühte ich mich, ihm Liebe zu zeigen, weil ich fühlte, dass er meine Liebe brauchte, viel mehr als Achtung, Respekt oder gar Furcht.

Es grenzte an ein Wunder, dass wir ihn überhaupt wiedersehen sollten. Der Verdacht, mit jenem „Grüppchen verbrecherischer Offiziere" in Beziehung zu stehen, kam in den allermeisten Fällen einem Todesurteil gleich, wie im Fall eines entfernten Vetters, Ewald von Kleist-Schmenzin, dessen Töchter meine Schulkameradinnen waren.

Mein Vater und Ewald von Kleist standen also auch auf Goerdelers Kabinettsliste, jener unheilvollen Liste der neuernannten zivilen Verbindungsmänner, die die Geheime Staatspolizei in der Aktentasche des ehemaligen Bürgermeisters von Leipzig entdeckt hatte, nachdem ein BDM-Mädchen ihn auf einem Bahnsteig erkannt und denunziert hatte.

Wie mein Vater wurde auch Ewald von Kleist in die Bendlerstrasse gebracht, in das finstere Gefängnis von Moabit. Sein Richter war der berüchtigte, blutrünstige Freissler, ein ehemaliger Sowjetkommissar. Vor ihm hatte Kleist die Stirn, zu sagen: „Ja, ich habe Hochverrat begangen, schon seit Januar 1933, immer wenn es möglich war und mit allen meinen Kräften. Ich bin überzeugt, dass ich in meinem Kampf gegen das Regime einem göttlichen Gebot gehorcht habe. Gott allein wird mein Richter sein." So hatte ehemals Luther gesprochen: „Hier stehe ich. Ich kann nicht anders. Gott helfe mir."

Ein Luftangriff unterbricht die Gerichtsverhandlung. Der Volksgerichtshof wird durch englische Bomben getroffen. Ein Balken löst sich von der Decke und zerschmettert Freisslers Schädel. Ein neuer Richter, Lämmle, wird berufen, und Ewald von Kleist, der Vater meiner drei Pensionatsfreundinnen, mein Onkel von Witzleben und viele andere sterben in Plötzensee durch das Beil des Henkers. Ich sage Guillotine, denn der „große Friedensbringer der Welt" hatte vorausschauend schon 1933 zwanzig Guillotinen bauen lassen. Einige der Verschwörer wurden an Fleischerhaken aufgehängt. Dazu wurden Klaviersaiten benutzt, um den Todeskampf zu verlängern. Das Geschehen wurde gefilmt und in der Reichskanzlei vorgeführt. Hitler soll sich den Film mehrmals gezeigt haben lassen und ihn mit ausgesuchten Gästen genossen haben. Die Urnen der Verschwörer sind auf einer Müllhalde gelandet. Kein geistlicher Beistand. Keine Beerdigung. Die Verschwörer sollten wie Schlachtvieh „aus der Welt geschafft werden", kommentiert Wiebke Bruhns in ihrem ausgezeichneten Buch „Meines Vaters Land". Es ist unfassbar, dass unser Vater bewahrt blieb!

Er wurde ins Hauptquartier der Gestapo nach Berlin gebracht. Dort unterzog man ihn endlosen Verhören. Er wurde geschlagen, beschimpft und gedemütigt, blieb aber immer bei der gleichen Version: Er kenne keinen der Verschwörer, wisse von den Plänen überhaupt nichts, und wenn sein Name auf einer Liste gestanden habe, komme das wahrscheinlich daher, dass ihn irgendjemand ohne sein Wissen, in Anbetracht seiner Kenntnisse in der Gutsverwaltung und seiner anti-nationalsozialistischen Haltung, vorgeschlagen habe. Das entsprach auch ungefähr der Wahrheit.

Da keiner der Hauptanklagepunkte bewiesen werden konnte, kamen die Richter zu dem Schluss, dass seine Ablehnung des Regimes wohl allgemein bekannt sein musste. Hatte er einer polnischen Familie nicht zwei Knäuel Wolle zu Weihnachten geschenkt und ihren kleinen Sohn öffentlich gestreichelt?

Hatte seine Tochter nicht Polnisch gelernt? Das stimmte allerdings nicht. Ich konnte kein Wort Polnisch außer ein paar derart vulgären Flüchen, dass niemand sie mir übersetzen wollte. Ich sprach Russisch, aber in ihren Augen waren Russisch, Polnisch und Chinesisch das gleiche – nämlich verboten!

Hatte dieselbe Tochter, bekannt als unwürdiges Mitglied

der Hitlerjugend und Kirchgängerin, nicht „Guten Morgen" gesagt, als sie ihren Vater abholten? Sie hatten Recht, es wäre mir nie in den Sinn gekommen, bei uns zu Hause „Heil Hitler" zu schreien. Und war sie nicht eines Abends mit einigen Freundinnen in der Nähe der Ordensburg Krössinsee, einer Eliteanstalt für künftige Nazi-Führungskräfte, Fahrrad gefahren, anstatt die Hakenkreuzfahne zu grüßen, die gerade von den Ordensjunkern, die alle vom Kriegsdienst ausgenommen waren, gehisst wurde.

Wir hatten tatsächlich einmal bei Sonnenuntergang eine Radtour nach Krössinsee gemacht, das nur einige Kilometer von uns entfernt war, in der Hoffnung, diesen ultra-modernen Bau, der die deutschen Steuerzahler Millionen gekostet hatte, besichtigen zu können. Die jungen Ordensjunker in ihren neuen braunen Uniformen hatten uns nachgepfiffen, aber wir hatten im Gegenlicht kaum eine Fahne wahrnehmen können.

Und selbst wenn wir sie gesehen hätten, hätten wir uns bestimmt nicht in Hab-Acht-Stellung aufgebaut, mit zum Hitlergruß erhobener Rechten und der linken Hand lässig auf der Lenkstange unseres alten Drahtesels. Wer hatte uns nachspioniert und diese harmlose Episode einige Monate später melden können?

Die berühmte Ordensburg, für deren Bau die Bauern in der Umgebung umgesiedelt worden waren, war 1936 von Hitler und Mussolini mit großem Pomp eingeweiht worden. Das bedeutete für uns drei Tage Schulferien, Fahnen, Blumen, junge Mädchen in Uniform, Soldaten und motorisierte Polizei. Natürlich gingen wir auch hin. Meine Mutter hatte uns sogar große Blumensträuße gebunden, leider ohne die kleinste Bombe darin. Auf so eine Idee wäre sie nie gekommen. Der Führer hatte doch so schöne blaue

Augen und war in Kinder vernarrt. Kam er nicht bis ins ferne Hinterpommern zu uns? Er hatte doch die Arbeitslosigkeit abgeschafft und Autobahnen bauen lassen. Er schickte Arbeiter aus dem Kohlenpott nach Madeira und zeichnete kinderreiche Mütter mit dem Mutterkreuz aus.

Adolfs Wagen erschien in einer Staubwolke und wurde scharf von Polizisten auf Motorrädern mit Helm und weißen Handschuhen bewacht. Heil-Rufe ertönten von allen Seiten und ein junger SA-Mann hob meinen Bruder auf seine Schultern, wobei der große Blumenstrauß aus Kornblumen, den Lieblingsblumen des Führers, sein Gesicht bedeckte.

Ich selbst hielt mich im Hintergrund, dieser Mann da flößte mir kein großes Vertrauen ein, aber Gerd war sehr stolz. Das schwarze Auto näherte sich, Gerd beugte sich zu „seinem Führer" herab, und der ehemalige Gefreite mit dem Schnurrbart nahm seinen Strauss und tätschelte Gerd die Backen. Mein Bruder war sehr gerührt.

Konnte man es ihm übel nehmen, oder meiner Mutter, die ja den Strauß gebunden hatte? Es war zu Beginn der Nazizeit, wo kaum einer vorhersehen konnte, welche schreckliche Wende die Geschichte nehmen würde. Und welchen Unterschied macht es für einen kleinen Jungen von fünf Jahren, ob er J.F. Kennedy, General Eisenhower, Michael Jackson, Zidane oder Adolf Hitler einen Blumenstrauß überreichen darf.

Hitlers Besuch in unserer entlegenen Provinz hatte noch ein Nachspiel. Während wir die Wagenkolonne erwarteten, fotografierte meine Mutter den Chauffeur und die Limousine, die ihn fahren sollte. Es wurde ein schönes Foto mit einem jungen strahlenden Mann in SA-Uniform.

Dieser Chauffeur hatte nur wenige Tage nach der Einweihung der Ordensburg einen tödlichen Unfall. Einige murmelten etwas von „Attentat". Meine Mutter ließ das Foto vergrößern und schickte es an die Reichskanzlei. Sie erhielt zum Dank ein signiertes Führerportrait. Sie war sehr stolz darauf und stellte es in einem silbernen Rahmen auf den Bechsteinflügel. Erst nach dem 20. Juli 1944 entfernte sie es beschämt und riss es in Fetzen. Jetzt hatte sie endlich begriffen, dass sie den Falschen bewundert hatte.

Den Gestaposchergen, die kamen, um meinen Vater festzunehmen, waren die Hitlerbilder samt Widmung gleichgültig, ebenso die Tatsache, dass meine Mutter Mitglied der NSV war. Sie hatten zu viele Beschwerdepunkte gegen meinen Vater. Gab es doch überdies auch noch am Giebel unserer Scheune ein Symbol des Verrats, einen Davidstern!

Wir erhielten eine maschinengeschriebene Kopie der Anklageschrift. Unser Vater wurde zu mehreren Jahren Gefängnis verurteilt, weil er sich als politisch unzuverlässig erwiesen und zudem des Hochverrats verdächtig gemacht habe. Da sie ihm aber nichts Konkretes nachweisen konnten, hatten sie ihre Anklage auf bedeutungslose Phantastereien gestellt.

Tagelang zerbrachen wir uns den Kopf wegen dieses merkwürdigen Davidsterns. Schließlich fand mein Bruder die Lösung: Es musste die Belüftungsvorrichtung am Giebel der Scheune gemeint sein. Aus einiger Entfernung konnte man diese Rosette für einen Davidstern halten.

Ich frage mich heute immer noch, wie sich ein für intelligent gehaltenes Volk derartig von einer Handvoll primitiver Hohlköpfe beherrschen und für dumm verkaufen lassen konnte.

Nach der Verhaftung unseres Vaters und seiner Abführung in ein Gestapogefängnis in Berlin, wo alle Volksfeinde interniert wurden, ging eine regelrechte Hexenjagd in ganz Deutschland los. Auch ich bekam es mit der Angst zu tun. Mein Arbeitsvertrag auf dem Gut wurde für ungültig erklärt, und ich wurde von einem Tag auf den anderen zum reichsdeutschen Arbeitsdienst eingezogen. Alles war reichsdeutsch. Der reichsdeutsche Verein für Karnickelzüchter, die reichsdeutsche Verbindung der Briefmarkensammler... Damals ging ein Witz um. Jeder war scharf auf politische Witze, die Nazis als allererste:

„Die Botschafter Frankreichs, Englands und Deutschlands sind bei der Königin von Holland zu einem Diner eingeladen. Während des Essens lässt diese ein unschickliches Geräusch vernehmen. Der französische Botschafter erhebt sich: 'Königliche Hoheit, ich bitte um Entschuldigung.' Das Gleiche wiederholt sich zwei Minuten später. Dies nimmt der Botschafter von Großbritannien auf seine Kappe. Daraufhin steht der deutsche Botschafter auf, klopft an sein Glas und verkündet: 'Die nächsten drei Pupser annektiere ich für das Großdeutsche Reich.'"

Gegen Ende des Krieges wurden die Witze immer zähneknirschender trotz des „Heimtückengesetzes", das alle, die sie erzählten, sowie auch die, die sie anhörten, mit sofortigen Deportationen bedrohte.

„Es ist Weihnachten. Die Getreuen überreichen den großen Drei ihre Geschenke: Göbbels eine Klapper, um noch mehr Krach zu machen, Göring jede Menge Sterne, um sie sich an die Brust zu stecken, und Hitler kriegt gar nichts, weil er ja doch alles kaputt macht."

Oder: „Die Drei haben beschlossen, Gott ein monumentales Denkmal zu erstellen, um ihn umzustimmen, ihnen doch endlich zum Sieg zu verhelfen. Hitler schlägt die goldene Inschrift vor: 'Die Großen dem Großen.' Göbbels protestiert. 'Nein, das muss knapper und propagandistischer gehalten werden. Ich schlage vor: Wir Ihm.' Da öffnet sich der Himmel und unter Donner und Blitz tönt eine Stimme herunter: 'Ihr mich!' "

Und in den allerletzten Tagen des Tausendjährigen Reiches erzählte man, dass Göbbels, in einem Gullyloch versteckt, den Deckel hochgeschoben und zwischen zwei vorbeiratternden russischen Panzern heiser gekräht hätte: „Und wir siegen doch!"

Für mich war nun Schluss mit lang Ausschlafen am Sonntag, mit einem heißen Bad und Frühstück am Kaminfeuer, wo unsere beiden Hunde ihre Pfoten auf meine Knie legten und die Katze mit dem Wollknäuel spielte, ich etwas für einen anonymen Soldaten strickte und dabei verbotenen englischen Jazz hörte.

Am Tag meiner Abreise mit einem kleinen Handkoffer hatte ich keine Ahnung, dass ich unser Haus, unsere Felder und Tiere nie wieder sehen würde, und dass der Zug, der von der kleinen Bahnstation von F. abfuhr, wo meine Mutter weinend stand, mich aus meinem warmen, weichen Nest in eine völlig fremde Welt katapultieren würde. Unbewusst fühlte ich mich wie ein Astronaut, der, in seine Kapsel eingeschlossen, in den Weltraum fliegt.

Das Arbeitslager befand sich an der östlichen Grenze Pommerns. Die Russen waren schon in Ostpreußen und kamen jeden Tag ein Stück näher. In den deutschen Nachrichtensendungen wurde das „momentaner strategischer Rückzug" genannt. Daran glaubte keiner mehr, weder der Mann auf der Straße, noch die höchsten Offiziere, aber alle schwiegen. Das gescheiterte Attentat und die grauenvollen Bilder der an Fleischerhaken aufgehängten Offiziere ließ jeden schaudern. „Herr, gib uns eine Niederlage, denn der

Sieg wäre fürchterlich", flüsterten die Frauen, die schwarz gekleideten Witwen, ihren Töchtern, den zukünftigen Witwen, zu.

An einem schönen Altweibersommermorgen nahmen wir den Zug nach Kampe, ein bedeutungsvoller Name für den Ort unseres Arbeitslagers. Meine Freundin Gisela Heinrici war gleichzeitig mit mir einberufen worden. Ihr Vater, der General, schien auf den ersten Blick nichts mit den Verschwörern zu tun zu haben. Trotzdem, wie konnte man sich auf einen hohen Wehrmachtsoffizier verlassen, der die lächerliche Angewohnheit hatte, jeden Morgen in der Bibel zu lesen? Auch er war langen Verhören unterzogen worden.

Meine Erinnerungen an den Reichsarbeitsdienst sind ziemlich verschwommen, aber meine beste Freundin Margot erstattete mir einen sehr lebendigen Bericht von meinem ersten Tag im Lager. Wir kamen mit Gretel, der Tochter unseres Schweizers an. Gretel, weil sie das Alter für den Arbeitsdienst erreicht hatte, für Gisela und mich war es eine Strafmaßnahme. Gleich am ersten Abend mussten wir uns im Kreis um den Fahnenmast aufstellen und Hitler und der Hakenkreuzfahne Treue schwören.

„Hast du die Neue gesehen, die Blonde dahinten? Scheint eine Adelige zu sein, ich habe ihren Anmeldungsschein gesehen", soll ein Mädchen gesagt haben. „Eine Adelige, wers glaubt, wird selig, guck dir mal ihre Klamotten an!" Ich trug noch keine Uniform, sondern meine ältesten Sachen für diese Komödie, von der ich hoffte, dass sie nicht lange dauern würde. „Oder sie ist vollkommen pleite, es gibt welche, die wälzen sich im Dreck." Darauf soll Gretel Kubizow sich eingemischt und gesagt haben: „Aber nein, Fräulein Helene ist sehr reich, ihr Vater ist der reichste Gutsbesitzer von Pommern." Das war natürlich eine grobe Übertreibung. Dann fügte sie noch im Flüsterton hinzu: „Sie haben ihren Vater ins Kittchen gesperrt wegen Hochverrat, weil er den Führer umbringen wollte. Dürft ihr aber keinem sagen, das ist ein großes Geheimnis." Am anderen Morgen wusste das ganze Lager Bescheid. Zwei Wochen lang musste ich Beleidigungen, ungerechte Strafen und offene Feindseligkeiten aushalten, bis ich mich durchsetzte und die Dinge auf den Punkt brachte. Mir wurden zum Beispiel fast alle Bretter aus meinem Lattenrost gezogen, so dass ich auf das Mädchen in dem unteren Bett fiel, das mich dafür ohrfeigte. Meine Suppe wurde „aus Versehen" verschüttet, meine Schokolade geklaut und der Inhalt meines Schrankes auf den Boden geworfen. Die Lagerführerin, ein großes, vierschrötiges Mädchen Ende zwanzig, machte sich ein Vergnügen daraus, mich zu piesacken: meine Post wurde zurückgehalten, ich musste zehnmal um den Sportplatz laufen, weil der Lederknoten meiner Krawatte angeblich falsch saß, mein Nachtisch wurde gestrichen, weil ich „Guten Morgen" statt „Heil Hitler" gesagt hatte, und sie halste mir die schlimmste Plackerei auf, indem sie mit zuckersüßer Stimme säuselte: „Helene, heute haben Sie Klodienst, alles muss tiptop gescheuert werden. Vor allem die linke Toilette, die ist verstopft, falls Ihre Hände nicht zu zart für so eine Arbeit sind." Ich hatte Lust zu erwidern „Und Ihre?" Aber ich hielt den Mund und putzte die widerlichen Klos, mit Dünensand und einem glitschigen Stück Kernseife.

Ich war viel zu traumatisiert durch die Verhaftung meines Vaters und die Angst vor dem, was noch geschehen könnte. Ich hatte zu schlimme Vorahnungen, um von den Umständen, unter denen wir lebten, viel Aufhebens zu machen. Dazu mussten wir noch grässliche Uniformen aus rauem, übel riechendem Stoff tragen, neben denen die rosa

Kleider der Klosterschule aus einem Haute Couture Atelier zu kommen schienen. Alles war Einheitskluft, die Socken, die Schnürschuhe, die Arbeitsschürzen und sogar die Unterwäsche. Das Wort Uniform drückt es aus, wir waren keine Individuen mehr.

Jeden Morgen mussten wir die scheußliche Fahne grüßen und eine Führerin las einen politischen Spruch oder ein Wort des Kleinen Staatenlenkers vor. Bei fünfundzwanzig Grad minus im Winter schlotterten wir in unseren armseligen Klamotten. Dazu kam, dass die Fahne sich oft nicht hissen ließ, weil das Seil hart gefroren und der Stoff durch den Frost steif wie eine Wetterfahne war. Das Ganze nannte sich dann Fahnenandacht. Danach warteten verschiedene Pflichten auf uns: kochen, putzen und für unsere heldenhaften Soldaten nähen, die in Russlands gefrorenem Schlamm krepierten.

Nach einigen Wochen dieser unerträglichen Routine wurden wir in den Außendienst geschickt, das heißt zu Bauern. Das war ein Glück, denn dort konnten wir uns satt essen. Wenn ich das Kaleidoskop meiner Erinnerungen schüttele, wird eine Szene plötzlich beleuchtet: Ich befinde mich in einer schmutzigen Küche und schäle Kartoffeln. Meine Bauern waren brave, einfältige Leute. Der Mann lahm und einäugig, sonst wäre er ja nicht zu Hause gewesen. Die Frau eine dicke Rotbackige, die sich ständig in ihre blaue Schürze schnäuzte. Wenn der Pommer im allgemeinen den Ruf hat, etwas langsam und zurückgeblieben zu sein, so erreichten die Kleinbauern, die im tiefsten Hinterpommern Kartoffeln und Rüben anbauten, oft den Gipfel der Schwerfälligkeit.

Keiner kannte meinen Familiennamen, meine Herkunft, ich war die Arbeitsmaid Helene. Ich hatte ihnen gesagt, mein Vater habe einen kleinen Hof wie sie, denn sie wunderten sich, dass ich so gut mit den Pferden, dem Trecker und den Kühen umgehen konnte.

Die Tür wird geöffnet und der eisige Wind, der Tag und Nacht über jene fruchtbaren Ebenen bläst, weht herein. Mit der Kälte kommen zwei französische Gefangene in die Stube und schütteln den frischen Schnee von ihren Uniformen. „Gutten Dag". Ich schäle meine Kartoffel und höre gespannt zu. Es geht weiter auf Französisch: „Haste gesehen, Gaston, eine Neue. Die andere ist weg, ist kein Verlust, das war ja eine blöde Kuh." „Und außerdem auch noch hässlich." „Stimmt. - „Die Kleine da ist was anderes, die ist nicht schlecht beieinander." „Gaston, du bist doch gebildet, wie würdest du sagen, Fräulein, ich finde Sie sehr hübsch?" Ich lege mein Messer weg, übersetzte und fügte auf Französisch hinzu ohne aufzublicken: „Aber ich, ich finde Sie nicht sehr gut erzogen, Messieurs."

Ich blieb nicht lange auf dem Hof und weiß nicht, was aus ihnen geworden ist, denn bald gab es für uns eine andere Aufgabe. Die Organisation Todt hatte befohlen, dass Panzergräben ausgehoben werden mussten, um die russischen Panzer aufzuhalten. Das war keine Kleinigkeit bei der Kälte. Die Erde war hart wie Stein. Wir hatten keine Maschinen, sondern nur unsere Schaufeln und einige Männer über fünfundsechzig und halbstarke Jungs, die uns halfen. Die Gräben waren lächerlich schmal. Während der Mittagspause sprangen wir hinüber und herüber, um uns aufzuwärmen. Selbst die Ungelenkigsten schafften das. „Glaubst du, dass wir damit die Russen aufhalten?" flüsterte ich meiner Bettnachbarin zu. „Mach dir keine Sorgen, es werden noch Eiserne Ritter und Stacheldraht dazukommen, und Palisaden werden auch noch errichtet. Die Führerin hat mir alles erklärt. Man nennt sie Rommelspargel. Der Ostwall wird den bolschewistischen Horden widerstehen." „Na, dann gute Nacht," erwiderte ich ganz beruhigt. Ich war viel zu kaputt, um nachzudenken.

Sie glaubte daran. Sie kam aus dem Rheinland, ihr Vater war Bergmann und ihre Mutter ging putzen. Sie sprach echtes Kölsch und sang am liebsten aus vollem Halse: „Wenn alles in Scherben fällt, marschieren wir weiter voran." Sie war ein dickes, ordinäres Mädchen, genauso großzügig wie die ausladenden Formen, die ihren schwarzen Rock und ihre Bluse aus allen Nähten platzen ließen. Sie brachte das ganze Zimmer zum Lachen, denn sie konnte zweideutige Geschichten aus einer Welt erzählen, die ich mir nicht hätte träumen lassen und in denen von Arschloch und Muschi gesprochen wurde wie bei uns von Salz und Pfeffer. Auch wusste sie um alle Einzelheiten der Liebe Bescheid, was wir natürlich alle sehr wissbegierig in uns aufnahmen. Sie hieß Kathy Vogel. Eines Tages gleich nach Weihnachten bei starkem Frost wurde Kathy schwer krank. In ihren Fieberphantasien rief sie nach ihrer Mutter. Wir besuchten sie an ihrem Krankenbett. Das Zimmer roch schlecht und war trotz des Holzofens, der ständig rauchte, eiskalt. Gegen Abend verschlechterte sich ihr Zustand noch und die Führerin fragte, ob vier gesunde und starke Freiwillige die Kranke auf einer Tragbahre bis zur fünf Kilometer entfernten Bahnstation bringen könnten. In den letzten Monaten des Krieges gab es keinen Krankenwagen, keinen Brennstoff und kein funktionierendes Telefon mehr. Mit drei anderen Mädchen hatte ich mich bereit erklärt. Wir packten die Tragbare mit der schweren Kathy, die bis zur Nasenspitze eingemummelt war, ächzte und kaum noch bei Bewusstsein war und zogen bei Vollmond los, der die kahlen, verschneiten Felder der endlosen, stillen Ebenen Hinterpommerns mit seinem bleichen kalten Licht erhellte. Ein fünftes Mädchen ging mit einer Sturmlampe voraus, deren Licht der Ostwind, der geradewegs von den Steppen Zentralasiens herzuwehen schien, mehrmals ausblies. Wir mussten dann die Trage abstellen, sie aber ständig mit dem Fuß bewegen, damit sie nicht festfror, die Lampe wieder anzünden, unsere Wolltücher um den Kopf festknoten, unsere Fausthandschuhe wieder anziehen, nachdem wir unsere steif gefrorenen Finger behaucht hatten, und uns wieder in Marsch setzen. Wir stolperten, außer Atem und immer mutloser, die längsten und mühsamsten fünf Kilometer vorwärts, die ich jemals hinter mich gebracht habe. Als wir endlich die Häuser des kleinen Fleckens erblickten, von wo ein eventueller Zug die Kranke ins Kreiskrankenhaus bringen sollte, schrie eines der Mädchen plötzlich: „Sie atmet nicht mehr, ich höre sie nicht mehr stöhnen, seht doch mal selbst!" Ich schlug die schwere graue Decke, die nach Schweiß und Desinfektionsmittel roch, zurück und legte mein Ohr auf ihr Herz. In der uns umgebenden Stille war auch nicht der geringste Herzschlag zu vernehmen und unter jenem fernen und unwirklichen Mondlicht schien Kathy Vogel zu lächeln.

Wir brachten sie zur Rote-Kreuz-Stelle, noch gut zwei Kilometer weiter, und kehrten taumelnd vor Erschöpfung, Kummer und Verzweiflung durch den knirschenden Schnee zum Lager zurück.

Ich hatte noch nie eine Tote gesehen. Und diese Tote war erst siebzehn Jahre alt und vor drei Tagen noch voller Leben. Ihre Mama konnte nicht zur Beerdigung kommen. Eine Genehmigung für eine Bahnfahrt erhielt man erst nach mehreren Tagen. Kathy hatte als praktizierende Katholikin in ihrem Spind einen Vierfarbendruck eines aus dem Herzen blutenden Christus aufgehängt, purpurrot mit violetten Wolken im Hintergrund. Ihr Sarg aber wurde mit einer Hakenkreuzfahne bedeckt, und ihre Beisetzung fand ohne Priester statt. Wir sangen ein „Andachtslied", in dem von „Hitler, die Auferstehung" die Rede war.

Eines Abends erschien ein SS-Offizier in tadelloser schwarzer Uniform, spiegelblank geputzten Stiefeln und versammelte uns im großen, kalten Speisesaal unter dem Hitlerbild, um uns zu sagen, dass man Freiwillige suche, die dem Führer ein Kind schenken wollen. „Ihr seid auserwählt, euren Teil zu seinem großen Werk der Neubesiedlung der Ostgebiete beizutragen, wenn wir sie von den Untermenschen befreit haben, alle Provinzen, die unsere siegreiche Armee gerade zurückerobert."

„Was werden sie mit den Russen tun, die schon in Ostpreußen sind?" flüsterte mir Margot zu, die einen sehr gesunden Menschenverstand hatte. „Sei still, er schaut zu uns herüber," antwortete ich. „Ihr werdet in ein Freizeitlager überwiesen werden, wo es reichlich zu essen gibt. Da könnt ihr euren Partner unter den SS-Leuten auswählen und sogar tanzen. Die jungen Freiwilligen werden zwei Wochen Sonderurlaub bekommen."

Drei bis vier Mädchen von den zehn Bekloppten, die sich gemeldet hatten – „wo es reichlich zu essen gibt" war ein Zauberwort – fuhren in der folgenden Woche mit unbekanntem Ziel zu einem „Lebensborn".

Man musste groß, blond und selbstverständlich arisch sein und ein breites, gebärfreudiges Becken haben. Der Arzt, der den SS-Offizier begleitete, untersuchte sie gründlich und fragte genau nach dem Zeitpunkt ihrer letzten Regel und ihrem Liebesleben, worüber die meisten nichts zu berichten hatten. Dabei kniff er sie in die Pobacken und tätschelte ihre Brüste ab, als wären es Kuheuter auf einem Viehmarkt.

Was danach kam, ist bekannt. Dass viele der unter den oben genannten Bedingungen 1944/45 entstandenen Kinder trotz Zusammenbruch des Reiches überlebt haben, ist eher unwahrscheinlich. Fast alle 90.000 in „Zuchtanstalten" durch braune Schwestern aufgezogene Babys sollen trotz der sechs Fläschchen und sechs Windelwechsel pro Tag gestorben sein. Sie hatten in ihren sterilen weißen Bettchen gelegen, ohne liebevolle Worte und mütterliche Zärtlichkeit. Trink dein Fläschchen für den Führer und beeil dich zuzunehmen und groß zu werden! Unsere Nation braucht mehr Soldaten und neue Mütter. Und da sollten sie Lust haben, freudig ihren Weg auf dieser Erde zu gehen?

Die Flucht

„Alles im Leben geschieht, als ob das Individuum in einem an-
deren größeren eingeschlossen wäre, das sich, selbst in der Nacht,
wo wir verloren scheinen, wie ein Engel mit zusammengeleg-
ten Flügeln bereit hält, uns im Augenblick der größten Not auf
den verlorenen Weg unserer eigentlichen Bestimmung zurück-
zuführen.“

Laurens van der Post

Anfang Februar kamen die Russen näher, nachdem sie ganz
Ostpreußen eingenommen hatten und die letzten Armeen
in Pommern zu umzingeln drohten. Unser Lager erhielt den
Befehl, sich aufzulösen. Ein letzter Appell unter der verhassten Fahne und in den verhassten Uniformen. Jeder
musste zwei bis drei Uniformen übereinander anziehen und
darunter so viel Unterwäsche wie möglich. Unsere persönlichen Dinge sollten wir in den Schränken lassen, sie würden uns später nachgeschickt werden.

Der offizielle Grund für das Anlegen mehrerer Uniformen inklusive brauner Kletterweste, brauner Strickjacke mit
rot-grünem Band und langem Mantel war der Schutz vor
der Kälte, die im Winter 1945 besonders schlimm war. Aber
wie ich von einer jungen Unterführerin erfuhr, geschah es
vor allem, um den Besitzstand des Reiches zu erhalten. Wir
würden die Uniformen für den Siegesmarsch in Berlin
Unter den Linden brauchen. Kaum zu glauben, aber wahr.

Später hörte ich noch, dass Hunderttausende von Para-
deuniformen von allen Waffengattungen geschneidert und
irgendwo in Berlin für den Tag dieser großen Parade gelagert worden waren. Aber die deutsche Hausfrau bekam nur

eine Kleidermarke pro Jahr. Noch unwahrscheinlicher: 1941 war der deutsche Gouverneur von Tiflis schon ernannt und akkreditiert worden, obgleich diese Stadt auf der Krim noch in der Hand der Russen war und immer geblieben ist.

Über das Wie, Wann und Womit unserer Abreise ließ man uns selbst entscheiden. Transportmöglichkeiten gab es auf jeden Fall keine mehr. Es galt die Devise „Rette sich, wer kann". Der Befehl lautete aber, uns in einem anderen Lager „von höchster strategischer Wichtigkeit" irgendwo in Sachsen zu melden, und zwar in spätestens zwei Wochen unter Androhung von Todesstrafe. Margot und ich wählten den Fußmarsch über verschneite Felder, aber wir vermieden den Weg, den wir gegangen waren, als wir Kathy Vogel zu den Pforten des Paradieses getragen hatten.

Die Straßen waren durch alle Art von Flüchtlingen verstopft: zu Fuß, zu Pferd, in Ochsenkarren, mit dem Fahrrad oder manchmal sogar im Auto. Im letzteren Fall waren es die Kreisleiter und Bezirksleiter und andere Leiter, die ihr Leben und ihre Beute in Sicherheit brachten. Der Gauleiter von Ostpreußen, der verhasste Koch, schuldig für den Tod von hunderttausenden Zivilisten, war wohl der Schlimmste.

Auf den Straßen lagen durch russische oder auch durch deutsche Panzer niedergewalzte Menschen und Pferde. Denn als sich die versprochene „Armee der Gegenoffensive" über die vereisten oder verstopften Straßen vorangewälzt und „Trecks runter von der Straße!" gebrüllt hatte, waren alle, die es nicht gehört hatten oder nicht schnell genug Platz machen konnten, von den deutschen Panzern überfahren worden. Diese unzähligen Toten und nach Sibirien Verschleppten verdankten ihr Schicksal dem allmächtigen

Gauleiter, der den Treckbefehl hinausgezögert hatte, um ja nicht das Gesicht vor „seinem Führer" zu verlieren. Wie entsetzlich muss es für solche Menschen sein, vor das Angesicht Gottes zu treten.

Die letzte Phase des Krieges galt nicht der Rettung von unschuldigen deutschen Frauen und Kindern, sondern dem Ausführen von Hitlers Befehlen gemäß seiner Ideologie: Kampf bis zum Letzten, ohne Mitleid. Sieg oder Untergang.

Erich Koch hatte alle erschießen lasen, die Vorbereitungen für die Abfahrt getroffen hatten. Er brüstete sich, dass kein Russe den Fuß auf deutschen Boden setzten würde, und dabei waren sie schon seit einigen Wochen da, und nicht nur mit einem Fuß.

Koch selbst brachte sich am 29. April 1945 auf dem Eisbrecher „Ostpreußen" in Sicherheit, während noch tausende von Menschen frierend am Kai standen. An Bord befahl er dem Kapitän unter Androhung von Todesstrafe, alle Flüchtlinge, die schon auf dem Schiff waren, wieder auszuschiffen. Der Kapitän zuckte nicht mit der Wimper und entgegnete stoisch: „Herr Koch, Ostpreußen gibt es nicht mehr, und Sie sind nicht mehr sein Gauleiter. Hier an Bord befehle ich. Leinen los!"

Der Ex-Gauleiter hatte mehrere Perücken und Schnurrbärte in seinem Koffer, und so schaffte er es tatsächlich, unter dem Pseudonym Rolf Berger mit seinen engsten Mitarbeitern von Bord zu gehen. Mit Hilfe eines falschen Passes gelang es ihm, bis 1949 unerkannt zu bleiben. Dann wurde er endlich von den Engländern festgenommen und in Warschau zum Tode verurteilt. Aber das alles erfuhren wir erst später.

Margot und ich hatten unsere Habseligkeiten in einen alten Kartoffelsack gesteckt und beschlossen, uns trotz des

Verbots so schnell wie möglich von den Uniformen zu trennen, die noch nicht einmal wärmten, weil sie viel zu eng saßen. „Wenn wir uniformiert in die Hände der Russen fallen, werden sie nicht mal versuchen, uns zu vergewaltigen, dann werden sie uns sofort zerstückeln", prophezeite Margot. Irgendwo in dieser endlosen Weite, wo alles weiß, kalt und abweisend war, fanden wir einen Bauernhof, den die Besitzer schon verlassen hatten. Wir taten uns an dem Pflaumenmus gütlich, das neben verschimmeltem Roggenbrot auf dem Küchentisch stand. Dann warfen wir unsere Uniformen in eine Ecke und verkleideten uns als Bauernmädchen mit alten Klamotten, die wir im Schlafzimmerschrank fanden. Aus der Scheune zogen wir einen Schlitten, der für uns ungeheuer wertvoll war. Wir packten unsere Sachen darauf und setzten uns in Marsch. Bald schwitzten wir unter unseren Mänteln aus Schaffell, während Wangen und Nase vor Kälte blau froren. Und der Bindfaden unseres kostbaren Schlittens schnitt unangenehm in unsere froststarren Finger.

Wir hatten keine Ahnung, dass die Russen seit dem 12. Januar 1945 ihre letzte Groß-Offensive begonnen hatten, von Ostpreußen bis zu den Karpaten. Die dritte Armee, vor der wir flüchteten, war unseren Soldaten nicht nur zahlenmäßig weit überlegen. Auf einen schlecht ausgerüsteten, geschwächten, entweder zu jungen oder zu alten Deutschen kamen zehn russische, an ein extremes Klima gewöhnte Soldaten.

Das Ziel der russischen Armee war die Eroberung Berlins. Wir wussten nicht, dass der Schriftsteller Ilja Ehrenburg die russischen Truppen, bevor der Angriff auf das Deutsche Reich begann, propagandistisch indoktriniert hatte: „Die Stunde ist gekommen, um an den deutschen Ungeheuern Vergeltung zu üben! Unser Hass ist groß. Wir werden die Millionen rächen, die in den Öfen des Teufels verbrannt oder in den Gaskammern erstickt sind. Brecht den Rassenstolz der deutschen Frauen, reißt ihre Schenkel auseinander und nehmt sie euch als eure verdiente Beute."

Wir waren nur zwei in einer Eiswüste verlorene Mädchen, die auf einem Weg mit tiefen, vereisten Wagenspuren mühsam vorwärts taumelten. Er führte an unzähligen, eingezäunten Weiden entlang, deren schwarze Zaunpfähle malerische weiße Mützen trugen. Vor uns, ungefähr fünfzehn bis zwanzig Kilometer weiter lag eine Bahnstation, wo es normalerweise wenigstens einen Zug geben musste. Hinter uns kamen mit absoluter Sicherheit die Russen. Gegen Mitternacht erreichten wir den Bahnhof. In der Ferne schienen Schüsse von Mörsern und Infanteriegewehren immer näher zu kommen. War das die näher rückende Front oder unsere Einbildung in der Stille der Nacht? Drei Tage und drei Nächte blieben wir eingepfercht wie Tiere in einem Käfig im Wartesaal mit unserer Marschdecke, Koffer, Gasmaske und Brotbeutel hocken. Frauen, Alte und Kinder, vermummt mit Schals und Decken, das Gesicht durch den Frost mit Blasen bedeckt, lagen neben- und übereinander. Säuglinge greinten in den Armen ihrer Mütter, Greise spuckten und röchelten, alte Frauen weinten oder beteten.

Es herrschte ein Geruch von Kohl, Ausscheidungen, Stullen mit Blutwurst und Zwiebeln, altem Leder, billigem Parfum vermischt mit Angstschweiß, der aus den Poren all dieser Unglücklichen drang. Einen warmen Ofen gab es nicht. Mitten in der Nacht weckte uns das laute Schreien einer Mutter. Ihr Baby war in ihren Armen gestorben, weil seine nassen Windeln steif gefroren waren.

Margot und ich hatten einen strategisch günstigen Platz gefunden. Als es noch möglich war, in diesem Saal einen

Schritt zu tun, hatten wir uns unter einem Tisch niedergelassen. Das einzige Problem war, dass wir über hundert Menschen steigen mussten, wenn wir zum Klo wollten. Wie letzteres aussah, wage ich nicht zu beschreiben.

Ich versuchte einige Male, zu Hause anzurufen, denn wir waren nur circa 100 Kilometer entfernt. Aber wahrscheinlich funktionierte das Telefon nicht mehr oder meine Mutter war schon geflohen. Die schrecklichsten Gerüchte machten die Runde: Der Baron P., der die Russen auf seiner großen Freitreppe empfangen und ihnen die Hand hingestreckt hatte, war zuerst niedergetreten und dann mit Gewehrkolben vor den Augen seiner Frau erschlagen worden. Die Töchter der Familie von X, zwischen sieben und zwölf Jahren, waren von einer Soldatenhorde vergewaltigt worden. Zwei starben auf der Stelle und die zwei anderen würden lebenslang krank bleiben. Greisinnen von achtzig und kleine Mädchen von vier Jahren wurden missbraucht und umgebracht. Überall brannten die Schlösser, aber auch die Katen der Arbeiter. Wir erfuhren Jahre später, als die wenigen Deutschen, die nicht hatten fliehen können oder wollten, aber die Massaker überlebt hatten, endlich ausreisen durften, dass diese Gerüchte der Wahrheit entsprachen.

Nach drei Schreckenstagen erblickten wir endlich das kleine Rauchwölkchen eines Zuges am Horizont. Die apathischen, halbverhungerten- und verdursteten und völlig verzweifelten Schläfer erhoben sich wie eine einzige schwankende Masse, und es begann eine Hetzjagd zum Bahnsteig bei minus zwanzig Grad. Mehrere Kinder und Alte wurden niedergetrampelt. Die Masse mit der Angst im Bauch besaß nicht mehr das geringste Gefühl für Anstand oder Mitleid. „Wir bleiben besser unter unserem Tisch, bis der Zug voll ist, sonst werden wir totgedrückt, wir versuchen es später!"

sagte Margot zu mir. Das war ein weiser Rat. Wie durch ein Wunder tauchten auf einmal ein paar Feldgendarmen auf, nachdem sie die drei vergangenen Tage und Nächte unsichtbar gewesen waren. Sie erschienen mit entsicherter Pistole, großer Klappe, dem Soldatenschild wie ein metallenes Lätzchen auf ihrer vor Wichtigkeit geschwellten Brust. Es hieß, dass nur Frauen mit kleinen Kindern und Zivilisten, die im Auftrag reisten, den Zug besteigen durften. Damit waren wir gemeint. Glücklicherweise hatten wir den Wisch nicht weggeworfen, der uns befahl, das Lager in Pommern zu verlassen und schnellstens ein anderes Lager im Westen aufzusuchen, wo wir den Endsieg vorbereiten sollten.

Wir krochen also unter unserem schützenden Tisch hervor und gingen an einem Wall von neidischen und hasserfüllten Menschen vorbei, die die Feldgendarmen kaum zurückhalten konnten. Die Bevölkerung nannte sie „Heldenklau", denn ihre Aufgabe bestand darin, in Zügen und Flüchtlingswaggons, sogar in Sanatorien und Schulen die letzten Männer zwischen fünfzehn und fünfundsechzig Jahren aufzuspüren, die man noch in den Tod schicken konnte.

Endlich konnten wir uns in diesen Zug zwängen, der schon zum Bersten voll war, weil er aus Ostpreußen kam. Wir standen in einem Gang zwischen Soldaten mit blutigen Verbänden, die bei jeder Kurve nahe dem Umfallen waren, und Rote-Kreuz-Schwestern in brauner Uniform, von denen einige das Hakenkreuz schon abgetrennt hatten. Zivilisten unterhielten sich in breitem Ostpreußisch und fügten unserer Sammlung von Horrorgeschichten so viele andere hinzu, dass ich mich schließlich weigerte, sie wahrzunehmen, als ob dieses ganze Leben mich nicht mehr beträfe. Ich sah alles wie in einem schlechten Film. Es war wie in einem Albtraum, am nächsten Tag würde alles vorbei sein, ganz sicher! Meine Eltern würden mich bestimmt mit dem Schlitten abholen. Wie kann man sonst stumm mitansehen, dass eine Mutter ihre beiden drei und sechzehn Monate alten Kinder, die an Hunger und Kälte gestorben waren, in einem Karton aus dem Fenster wirft! Und dass die gleiche, untröstliche Mutter kaum zehn Minuten später mit einem einbeinigen jungen Soldaten auf dem Klo verschwindet. Ihr Röcheln und Stöhnen wurde kaum von dem Rattern des Zuges übertönt.

Ich weiß auch nicht mehr, wie viele Tage diese Schreckensfahrt gedauert hat.

Ich erinnere mich noch an einen Offizier mit einem Arm in der Schlinge und mit dem Eisernen Kreuz der Stalingradschlacht auf seiner Uniform, das die Soldaten mit Recht den „Gefrierfleischorden" nannten. Er gehörte zu der Art junger, gutaussehender Held in Uniform, der noch vor wenigen Monaten mein Herz hätte höher schlagen lassen. Aber seit dem 20. Juli hatte ich angefangen, nachzudenken. Alles was Uniform trug, verursachte mir jetzt Furcht oder Mitleid. Oft beides zugleich.

„Macht euch keine Sorgen, Leute, es wird schon gut werden", tönte er in die Runde. „Rasse gegen Masse. Der Führer hat gesagt, der Einmarsch der sowjetischen Truppen in Ostpreußen ist der größte Bluff seit Djingis Khan. Unser Führer hat mit Sicherheit eine Idee im Kopf, glaubt mir!" „Hören Sie doch auf, junger Mann, halt doch deine große Klappe!" schrie ihn eine Frau mit runzeligem und gegerbtem Gesicht an, deren tief blaue Augen fast unter einem geblümten Tuch verschwanden. „Ich komme aus Nemmersdorf. Das sagt Ihnen doch wohl was, nicht wahr? Sie kommen doch von der Front. Da müssen Sie doch gehört haben, was in Nemmersdorf passiert ist. Wenn ich sage, dass sie meine Tochter an unser Scheunentor genagelt haben. Und was vorher mit ihr geschehen ist, könnt ihr euch ja vorstellen. Wie die Tiere. Das ist also der Bluff, wie der da sagt. Merkt euch den Namen – Nemmersdorf." Die Frau wurde von unkontrollierbarem Schluchzen geschüttelt. Sie zog ihr Tuch vor die Augen, als wolle sie so das Bild verdecken, das sie Tag und Nacht verfolgte. Der Offizier schwieg, schüttelte den Kopf und zog nervös an seinem eisernen Kreuz, als drückte es ihm die Luft ab. „Psst, Marjellchen", flüsterte ihr ein Verwundeter zu, als sie sich endlich etwas gefasst hatte. „Es dauert ja nur noch ein paar Wochen. Sie wollen doch überleben, nich? Ich jedenfalls. Mein Steckschuss kam gerade zur rechten Zeit, wenn's auch verdammt weh tut, in der Wunde sind schon Würmer."

Der Zug fuhr ungefähr mit fünf Stundenkilometern, der Geschwindigkeit eines Fußgängers. Oft hielten wir mitten auf der Strecke. Alle stürzten hinaus, um Schnee zu holen, den wir zu Trinkwasser schmolzen oder um sich in die Büsche zu schlagen, denn die Klos liefen über. Manchmal wurden Frauen zum Kartoffelschälen abgestellt. Plötzlich pfiff der Zug, und wir ließen Kartoffeln und Messer fallen und rannten wie wahnsinnig hinter unserem schon fahrenden Zug her. Bei jedem Halt verfolgte uns nur eine Frage: werden uns die Russen einholen, sind die sowjetischen Panzer diese Nacht vorgerückt, während wir auf einem Abstellgleis schlotterten?

Nach und nach erfuhren wir immer neue Schrecknisse, und es wurde uns klar, dass wir jahrelang über alles, was in unserem Land wirklich geschah, in die Irre geführt worden waren. Zum Beispiel, dass die Russen schon am 25. Januar 1945 die deutschen Stellungen in Ostpreußen durchstoßen und so den Rückzug sowohl zahlreicher deutscher Bataillone als auch der meisten Zivilisten abgeschnitten hatten. Nachdem sie fünf bis sechs Wochen auf den Straßen umhergeirrt waren, hatten viele Trecks versucht, Königsberg, die Landzunge Helau oder Pillau über das Frische Haff, das im Winter zufriert, zu erreichen. Aber oft beschossen russische Flugzeuge die Ziviltrecks mit Maschinengewehrfeuer oder bombardierten sie, so dass mehrere tiefe Trichter im Eis entstanden, in die sich die vor panischer Angst durchgehenden Pferde mit Wagen und Schlitten voller Kinder, Alter, Kranker und dem ganzen Hausrat hineinstürzten. Ein Höllensturz im Zeitlupentempo.

Wenn der Zug hielt, versuchte ich durch die beschlagenen Scheiben einen Blick auf den Bahnsteig zu erhaschen. Vielleicht könnte ich meine Mutter und die anderen sehen, die sicher evakuiert waren. Vielleicht geschah ja ein Wunder! Statt meiner Mutter erblickte ich eines Abends durch den Lichtstrahl, den der schmale Spalt im Verdunklungspapier auf den überfüllten Bahnsteig warf, die Gräfin B. in ihrem herrlichen Silberfuchsmantel, den ich immer sehr bewundert hatte. Sie trug einen vollgestopften Rucksack auf dem Rücken und in den Armen, in Kaschmirtücher eingewickelt, ihre beiden Cockerspaniel Pim und Pum. Ich erkannte sie an ihren langen braunen Schlappohren. Ich rief sie, aber der Krach um uns herum war zu laut.

Als wir uns Berlin näherten, gab es eine neue Gefahr: die Flugzeuge der alliierten Bomber. Der letzte Abschnitt dieses Albtraums war ein Bombenalarm in einem Bahnhof fünfzig Kilometer vor der Hauptstadt. Wir wussten, dass Bahnhöfe die bevorzugten Ziele der alliierten Bomber waren. Aussteigen durften wir nicht, denn die Luftschutzkeller waren seit Tagen vollgestopft mit Flüchtlingen. Bahnbeamte in Begleitung von bewaffnetem Militär verriegelten die Türen der Waggons von außen. Die Menschen begannen zu schreien: „Tür auf, macht doch die Türen auf!" Sie krallten sich aneinander fest, fielen auf die Knie und kotzten wie eine Herde Schafe, die zur Schlachtbank geführt wird. Da verstand ich die Angst des gestellten und in eine Falle geratenen Wildes, die Urangst, die im Zwerchfell sitzt, das Herz zu rasendem Pochen bringt und auf den Darm schlägt. Das Gehirn ist dabei ausgeschaltet. Der Mensch wird zum Opfertier. Damals wusste ich noch nicht, dass im Nazi-Deutschland Millionen von Menschen so zu zitternden Tieren verwandelt worden sind, Inhaftierte, Deportierte, Deutsche auf der Flucht vor den Russen. Und dass von diesen Millionen nur der allergeringste Prozentsatz sich etwas hatte zu Schulden kommen lassen.

Die Flugzeuge über uns, die Bombeneinschläge, die hysterischen Schreie der auf engstem Raum eingeschlossenen Flüchtlinge, der Himmel rot von fernen Bränden, die wir mit klappernden Zähnen beobachteten, ein Inferno. Wir zitterten wie Espenlaub bei jedem Blick durch die Zwischenräume der Fenster und Türen. Wenn eine Bombe bei uns einschlüge, würden wir bei lebendigem Leib verbrennen und in unserem Sarg auf Rädern ersticken, das war klar.

Plötzlich wurde mir bewusst, wie gut es gewesen war, dass ich so viele Psalmen und Kirchenlieder auswendig gelernt hatte.

Glücklicherweise wurde nach drei Stunden Entwarnung gegeben und der Zug fuhr wieder an. Welch ein Wunder...! In Berlin wurden Margot und ich von Giselas Mutter aufgenommen. Tante Friedel war eine warmherzige, liebevolle und kluge Frau. Sie stärkte und verwöhnte uns und brachte heiße Schokolade in kleinen blauen Porzellantässchen mit Goldrand, die wir im weichen Bett tranken. Aber vor allem konnten wir uns waschen. Wir wussten nicht, ob unsere Familien noch lebten, und was die Zukunft uns bringen würde. Was allerdings das großdeutsche Reich von ihr zu erwarten hatte, ahnten wir.

In der Nacht heulten die Sirenen von neuem und wir mussten hinunter in den Keller, während die Erde um uns herum erzitterte.

Wir kuschelten uns an Tante Friedel wie verlorene Katzenkinder und träumten bis zum Ende des Alarms von unseren Bettlaken aus rosa Damast.

Mitten im Bombardement fing jemand an, schüchterne Bemerkungen über die Schrecken des Krieges und die Sinnlosigkeit eines bewaffneten Widerstandes zu machen, wo die Russen doch schon zehn Kilometer vor Berlin stünden. Ihm wurde sofort vom Luftschutzwart widersprochen, der über die körperliche und moralische Unversehrtheit der Menschen in seinem Bereich wachte: „Na, überlegen Sie doch mal, meine Dame, wo wären wir wohl heute ohne unseren geliebten Führer!" In der Stille, die auf die Belehrung folgte, ertönte aus dem Dunkel des Kellers eine schüchterne anonyme Stimme im typischen berliner Dialekt: „Ick will ja nich übertreiben, aber ick globe, wir wärn im Bett."[10]

Gott schützte uns wieder, uns geschah nichts, weder in jener Nacht, noch in den beiden folgenden, die wir zum Teil im Bunker verbrachten. Aber das durchdringende Heulen der Sirenen, das einem durch Mark und Bein geht, werde ich nie vergessen.

---

[10] Christian Graf von Krockow zitiert in seinem Buch „Hitler und die Deutschen" ein anderes typisches Beispiel des unverwüstlichen Berliner Humors. Auf die Frage, ob er an Deutschlands Zukunft glaube, soll ein Berliner geantwortet haben: „Ehe det ick mir die Rübe abhacken lasse, eher glob ick an den Endsieg."

Tante Friedel ermahnte uns, weiter zu ziehen. Sie war hin- und hergerissen zwischen dem Wunsch, uns bei sich zu behalten und hoffentlich bald gesund und munter zu unseren Eltern schicken zu können und der Angst, die täglich durch die Medien geschürt wurde „der Endsieg ist nah, der Führer braucht jeden, die neue Wunderwaffe wird in wenigen Tagen eingesetzt. Tod den Verrätern und Feiglingen!"

Im Lager Moschwig erfuhr ich zum ersten Mal in meinem Leben, was Hunger bedeutet, richtiger Hunger, der dir Eingeweide umdreht, dich nicht schlafen lässt und dir Bilder von herrlichen Gerichten vorgaukelt. Damals ging der Witz um: „Wann ist der Krieg zu Ende?" – „Wenn Göring die Uniform von Göbbels anziehen kann." Soweit war es fast schon.

Das Lager war für ungefähr hundert Mädchen vorgesehen, aber wir waren mehr als dreihundert Maiden. Die Versorgung reichte ebenfalls nur für hundert, denn unter den chaotischen Umständen und bei den täglichen Bombenangriffen konnten keine Lieferungen erwartet werden. Wir waren zwischen sechzehn und neunzehn Jahre alt, und der in unserem Alter kräftige Appetit wurde durch die harte Arbeit noch verdoppelt. Dazu kam das Heimweh, das uns jeden Abend quälte, wenn wir in unseren Etagenbetten lagen und an unsere Familien dachten, von denen wir keine Nachricht hatten. Nur Todesanzeigen von „auf dem Felde der Ehre" Gefallenen erreichten das Lager manchmal. Ich erinnere mich an eine Arbeitskameradin, die in der Küche arbeitete, ein hübsches, dunkelhaariges und sehr liebes Mädchen. Sie teilte abends die Suppe aus und konnte oft den flehenden Blicken der Mädchen nicht widerstehen, die ihren Teller durch das Fensterchen bei der Essensausgabe hielten und um eine Viertel Kelle mehr bettelten. Mehrmals blieb für sie selbst nichts mehr übrig, außer dem Topf zum Auskratzen. Eines Abends, als sie ihren Arm bis zum Ellbogen im dampfenden Suppenkessel hatte, wurde sie gerufen und ihr rücksichtslos mitgeteilt, dass ihr Bruder vor Berlin gefallen sei. Sie ließ ihre Kelle fallen, band die schmutzige Schürze ab und setzte sich auf einen Haufen von leeren Säcken unter der Treppe, wo sie haltlos schluchzte.

Wir wurden in mehrere Arbeitsgruppen eingeteilt und zunächst in den Wald geschickt, wo wir Holzklötze auf Schlitten laden mussten. Es war immer noch sehr kalt, der Boden war gefroren, und der Schnee ging uns bis zu den Knien. Die frisch geschnittenen Holzklötze klebten beim Frost aneinander. Wir konnten sie nur zu mehreren auseinanderkriegen und sie auf den Schlitten wuchten. Dabei hatten wir fast nichts im Magen.

Der Schlittenfahrer war Zivilist und nicht an der Front, weil seine Arbeit kriegswichtig war, wie er uns stolz erklärte. Er war ein fieser alter Kerl, der ständig auf unsere Beine und Hintern schielte und unanständige Bemerkungen machte: „Ihr dürft euch nicht zu sehr anstrengen, damit das hübsche kleine Türchen, in das eure Männer reinkommen dürfen, sich nicht ausdehnt." Aber er rührte keinen Finger, um uns zu helfen.

Mittags aßen wir in der Glut geröstete Kartoffeln. Wir bestreuten sie mit etwas Salz. Aber auch das war rationiert und wurde von unserer Führerin in einem Briefumschlag verwaltet. Wenn wir nach einem solchen durch Arbeit im Holz, Eis und Hunger bestimmten Tag nach Hause kamen, drehten sich unsere Gedanken einzig und allein ums Abendessen, diese berüchtigte Wassersuppe und danach manchmal Pellkartoffeln mit einer zweifelhaften Sauce, einem Kaffeelöffel pro Arbeitsmaid, scharf von der Führerin überwacht.

Als einmal das Mädchen, das die Tunke brachte, etwas davon verschüttet hatte, stürzten sich alle, die in der Nähe saßen, auf diesen klebrigen Saucenklecks und leckten ihn vom fettigen, unsauberen Tisch auf wie kleine Hunde.

Ich glaube, an diesem Tag wurde mir zum ersten Mal richtig bewusst, wie dünn doch der Firniss ist, den wir durch Erziehung und Zivilisation erhalten, wenn wir in eine Situation geraten, wo es um das nackte Überleben geht. Vor ein paar Monaten hatte mir Margarete noch im schwarzen Satinkleid auf einem Porzellanteller eine Scheibe Hecht in Roquefortsauce vorgelegt. Und jetzt lag auch ich hier über dem wackeligen Tisch und leckte eine widerliche Sauce.

Eines Abends erschien ein hohes Tier von der Partei und alle wurden in den Versammlungssaal gerufen. Wir standen in Reih und Glied, es erscholl ein „spontan" angestimmtes Lied, dann „Heil Hitler" und „Stillgestanden". Er erklärte mit feierlicher Miene, dass uns der Führer für eine streng geheime Mission auserwählt hatte, über die wir bei Todesstrafe zu niemandem sprechen dürften, weder mündlich, noch schriftlich, auch nicht in Briefen an unsere Eltern (ständig diese Drohung mit dem Tode, der ja ohnehin präsent war). „Dabei wissen wir ja noch nicht einmal, wo unsere Familie ist", war der Kommentar von Margot, meinem „alter ego".

Wir würden in einem Rüstungsbetrieb arbeiten, der Panzerfäuste herstellte. Die Arbeit wäre hart, wir führen um fünf Uhr morgens mit dem Zug zur Fabrik und kämen um sieben Uhr abends zurück. Aber wir würden jeden Tag eine zusätzliche Ration von zehn Gramm Butter und fünfundzwanzig Gramm Marmelade bekommen. Es war uns ganz egal, dass wir dazu beitragen würden, tödliche Waffen zu fabrizieren, aber der Nachschlag von Butter und Industrie-

konfitüre wurde mit Beifallsgeschrei begrüßt, das die Ober-
führerin mit einem schneidenden „Ruuuuuuuhe" beendete.

Am folgenden Morgen weckte uns die Fanfare lange vor
Morgengrauen. Wir mussten drei Kilometer auf einer ver-
eisten Straße bis zur Bahnstation laufen. Dort wartete ein
Spezialzug, um uns zur Fabrik zu bringen, die in einem
Wäldchen versteckt lag und zusätzlich durch grüne Netze
getarnt war.

Beim nächsten Halt wurde der Zug von einer Horde junger Männer in zerlumpten Kakiuniformen gestürmt, die
ich sofort als französische Zwangsarbeiter der STO erkannte. Was für eine angenehme Überraschung! Seit sechs
Monaten hatten wir nur unter Mädchen gelebt mit all den
üblichen Sticheleien, dem Klatsch, den Eifersüchteleien
oder Heulanfällen. Und nun sollten wir Seite an Seite neben
hübschen und gesunden Männern arbeiten, die von einem
anderen Planeten zu kommen schienen. Während die meisten meiner Kameradinnen als gute Deutsche, die bis zur
Halskrause indoktriniert waren, stolz auf Distanz gingen,
klopfte mein Herz, als ich die vertraute Sprache wieder
hörte, und ich glaubte, in diesen Uniformen Paul, Etienne
und all die anderen wiederzusehen.

Am ersten Tag lehnte ich mich lässig neben einem besonders sympathischen Franzosen aus dem Fenster, der
mich an meine verlorene Liebe erinnerte. Während ich die
schneebedeckten Birken ins Auge fasste, die vorüber saus-
ten, zischelte ich ihm leise zu: „Drehen Sie sich nicht um.
Sehen Sie mich nicht an. Ich darf nicht mit Ihnen sprechen,
aber ich möchte wissen, woher Sie kommen. Erzählen Sie
mir von Ihrer Stadt, von Frankreich." Fast hätte ich noch
hinzugefügt: „Parlez-moi d amour, redites-moi des mots
tendres!" – „Sprich von Liebe, sag mir zärtliche Worte!"

Mein Nachbar war sehr erstaunt. „Wie kommt es, dass du französisch sprichst, bist du Elsässerin?" fragte er mich leise. „Nein, ich bin Deutsche, aber ich hasse diese Uniform und ich hasse, was wir in dieser blöden Fabrik tun werden. Ich liebe alles Französische." Wir unterhielten uns auf der ganzen Fahrt, die Augen auf die Landschaft gerichtet, während unsere Ellbogen sich bei jedem Rütteln des Zuges berührten. So machten wir es von nun an jeden Tag, wechselten aber immer den Waggon, um keinen Verdacht zu erregen. Der Unbekannte, ich weiß seinen Namen nicht mehr, kam aus Paris. Er hatte ein Jahr Medizin studiert und sein Vater war in der Résistance gewesen. Eines Morgens gegen drei Uhr hatten sie ihn abgeholt. Seine Mutter war aus der Wohnung geworfen und er als Zwangsarbeiter nach Deutschland geschickt worden. Er berichtete mir das alles vertrauensvoll wie einer Schwester, ohne jeden Versuch, zu flirten. Aber nachts träumte ich von ihm und den Küssen, die er mir nie geben könnte. Nach dieser Begegnung erschien mir das Leben im Lager weniger hart.

Beim Betreten der Fabrik wurden wir von Kopf bis Fuß gefilzt. Wir mussten unseren Ausweis zeigen und unsere Uniformen in eine Garderobe hängen und scheußliche, fleckige „Blaumänner" und Holzschuhe anziehen. Der Platz roch nach Schwefel wie des Teufels Küche. Dicke, blonde und gutmütig aussehende Russenmädchen und KZler in gestreifter Kluft, gebeugt, abgezehrt und mit leerem Blick, waren schon an einigen beeindruckenden Maschinen beschäftigt.

Uns war streng untersagt, mit ihnen zu sprechen oder sie auch nur anzulächeln. Heute denke ich, welch ein unermesslicher Trost hätte ein kaum angedeutetes Lächeln, eine fallengelassene verwelkte Blume oder eine Brotkruste für diese gequälten Geschöpfe sein können. Wie oft unterlässt man aus lauter Bequemlichkeit, Unüberlegtheit oder Angst, Liebe zu geben. Der stärkste Hemmungsfaktor für gute Taten ist und bleibt die Angst.

Ein belgischer Dolmetscher, fünf Sprachen sprechend, lief zwischen Arbeitern und Meister hin und her. Wir wurden zu beiden Seiten eines Fließbandes aufgestellt, auf dem in höllisch schnellem Tempo Holzkisten ankamen, in die wir vier Panzerfäuste platzieren mussten. Dies und nichts anderes, acht Stunden lang, mit zwei kleinen Pausen. Eine für den Kaffee, die zehn Gramm Butter und die fünfundzwanzig Gramm Marmelade mit einer Scheibe klebrigem Schwarzbrot, in dem wir manchmal Strohhalme fanden, und mittags eine für die übliche Steckrübensuppe.

Anschließend hieß es wieder diese mörderischen Dinger einpacken, die einen Russen oder einen Engländer zerfetzen würden. Es war unmöglich, zur Toilette zu gehen, ohne lauthals nach dem Aufseher zu schreien. Das wieder gab den Franzosen, Tschechen, Belgiern oder Polen, die mit uns arbeiteten, Anlass zu unanständigen Witzen. Unmöglich auch, sich die Nase zu putzen oder den Staub aus den Augen zu reiben, wenn man nicht hinter der Holzkiste herlaufen wollte, auf die der Nagler schon wartete, um sie zuzunageln, neuntausend Nägel in sieben Arbeitsstunden. Einer der Nagelschmiede fiel mir besonders auf. Er war ein gutaussehender Tscheche, der deutsch mit österreichischem Akzent sprach, den ganzen Tag französische Schlager sang und russisch fluchte, wenn er sich auf die Finger geschlagen hatte. Er trug einen Wappenring und hatte ausgezeichnete Umgangsformen.

Ich frage mich, wie ich unter diesem Regime habe durchhalten können, aber manchmal sind die physischen Kraftquellen der Menschen unglaublich. Außerdem war ich fest entschlossen, meine Eltern wiederzusehen und vielleicht auch den Unbekannten aus Paris, um unser morgendliches Tête-à- tête im Zug wieder in Erinnerung zu rufen.

Dennoch bekamen wir eines Tages großen Ärger. Als wir in der Fabrik angekommen waren, wurde uns gesagt, dass die Arbeit erst in zwei bis drei Stunden anfangen würde, da der Vorrat an Kisten verbraucht sei und eine neue Lieferung gegen zehn Uhr erwartet würde. Bis dahin durften wir uns ausruhen. Aber Ausruhen war nicht nach dem Geschmack meiner unzertrennlichen Freundinnen Margot und Brigitte.

Fröhlich schlenderten wir durch die Fabrikeinrichtungen. Denn bisher kannten wir ja nur den unterirdischen Schuppen, wo wir wie Maulwürfe arbeiteten. Niemand hinderte uns daran, überall unsere Nase reinzustecken. In unseren blauen Arbeitsanzügen sahen wir aus wie tausend andere menschliche Ameisen, die in dieser Todesfabrik arbeiteten. Plötzlich kamen wir zu einer Art Lichtung, wo ein Mann von ungefähr fünfunddreißig Jahren, der in unseren Augen aber schon zur älteren Generation gehörte, ein schönes Pferd an der Longe laufen ließ. Es war bestimmt das private Reitpferd eines großen Bonzen der Fabrik. Mein Herz machte einen Sprung. Mit Pferden konnte ich ja umgehen. Ich bat den Mann, ein paar Minuten reiten zu dürfen. „Ich sitze fest im Sattel, das können Sie mir glauben!" Ich hörte sofort an seinem Akzent, dass er Franzose war. Wieder ein Franzose! Er hatte Skrupel. „Das ist doch strengstens verboten, wenn uns einer beobachtet!" Aber ich hatte meinen Arbeitskittel schon geschürzt und war auf die herrliche Stute gestiegen. Sie war sanft, gehorsam, gut gefüttert und roch so gut nach zu Hause. Danach waren die anderen Mädchen dran: Galopp, Schritt, Trott, Traverse.

Dieses Pferd war fantastisch eingeritten, und wir merkten nicht, wie die Zeit verging. Wir sahen auch den Kerl in brauner Uniform nicht, der uns schon eine Weile im Halbschatten einer Buche beobachtet hatte. Von meinem Reitpferd herab sprach ich französisch mit dem Pferdepfleger, der sich auf einen Stein gehockt hatte und rauchte. „Wissen Sie, zum ersten Mal seit Monaten bin ich glücklich. Ich fühle mich wie beflügelt, trotz dieser Sauerei von Krieg!"

Da unterbrach mich eine schneidende Stimme auf Deutsch: „Steigen Sie vom Sattel, Arbeitsmaid!" Ein Glück, dass er mich unterbrochen hatte, denn ich wollte gerade fortfahren, „trotz all dieser Arschlöcher um uns herum!" Der SA-Typ, der eine Aktentasche bei sich hatte, fragte jede von uns: „Dienstgrad, Arbeitsgruppe, Lager, Registriernummer. Danke, Fräulein, Sie werden von mir hören." Und ein bekritzeltes Papier war in der Aktentasche verschwunden.

Was wir nämlich nicht wussten, war, dass inzwischen der Lastwagen mit den Kisten angekommen war, und dass wir an unseren Arbeitsplätzen als fehlend gemeldet waren. Und wenn drei Arbeiterinnen fehlten, wurde die Arbeit am Fließband unterbrochen.

Wir hatten mit einem Kriegsgefangenen französisch gesprochen, wir hatten das Pferd des Lagerkommandanten geritten, wir waren in allen Schuppen, wo Munitionskisten und Geheimwaffen gelagert waren, umherspaziert und, was am schlimmsten war, wir hatten beim Appell zur Wiederaufnahme der Arbeit gefehlt. Das war Sa-bo-ta-ge!

Alles das wurde uns bei unserer Rückkehr von drei Gestapoleuten vorgeworfen, die sofort gekommen waren, um uns in Gegenwart der verhassten Lagerführerin zu verhören.

Wir mussten unseren Lebenslauf und unsere ganze Familie herunterbeten. Ich hatte die Wahl. Entweder sagte ich, dass mein Vater bei ihren Kollegen in Haft sei, weil er sich am Putsch des 20. Juli beteiligt hätte, und man ließ meine Offenheit gelten, oder ich behauptete, dass mein Vater an der russischen Front vermisst sei. Ich wählte, und ich glaube mit Recht, die zweite Möglichkeit, da ich wusste, dass alle Verbindungen mehr oder weniger unterbrochen, die Akten vernichtet und die Karteien zerbombt waren. Und es klappte. Vielleicht auch deshalb, weil die Gestapo meinte, in einem sterbenden Land vorrangig anderes zu tun zu haben, als sich um drei naive Mädchen zu kümmern, die auf einem Pferd geritten waren, anstatt für das Großdeutsche Reich zu schuften.

Vielleicht waren die Gestapoagenten auch neidisch auf einen Kommandanten, der sich ein wundervolles Vollblut hielt, während man ihnen alle dreckigen Aufgaben übertrug, noch dazu mit der Aussicht, als erste von den Russen umgebracht oder von den Amerikanern verhaftet und abgeurteilt zu werden, wenn sich ihr großartiger Führer doch geirrt und ins eigene Fleisch geschnitten hätte.

Wir wurden mit einer irrsinnigen Angst und der Warnung entlassen, dass wir bei der kleinsten Unterlassung, z.B. fünf Minuten Verspätung bei der Arbeit, reif für das KZ wären.

Zum Glück hat jeder Albtraum ein Ende! Anfang Mai wurde uns verkündet, dass sich der Abschuss der Wunderwaffe verspätet habe und dass die Führung, dieser nebelhafte Begriff, auf den man nun mehr und mehr anspielte, offensichtlich nicht mehr wisse, was zu tun sei und beschlossen habe, uns nach Hause zu schicken in der Erwartung besserer Tage, wo man uns wieder einziehen würde.

Bessere Tage, die Führerinnen und manche Mädchen glaubten immer noch daran, sogar jetzt. Hatte Dr. Göbbels nicht im Radio verkündet: „Das deutsche Volk wird wie ein Mann aufstehen, um das Schicksal zu zwingen. „Sieg oder bolschewistisches Chaos". Sie würden das Schicksal schon bezwingen. Was für eine Verblendung! Was für eine kindische Selbstüberschätzung!

Als wir uns vor dem großen Zusammenbruch ein letztes Mal in unserem unvergesslichen Haus in Pommern versammelt hatten, hatte unser Vater jedem aus der Familie die Anschrift einer Tante gegeben, die einen Besitz jenseits der Elbe hatte. Für den Fall, dass wir uns auf der Flucht verlieren würden, was uns unvermeidlich zu sein schien, sollte diese Adresse der Anlaufpunkt sein.

„Dieser Verrückte wird uns in die schlimmste Niederlage treiben, die Deutschland jemals erlebt hat. Aber die Russen werden nicht weiter als bis zur Elbe vorrücken, denn auf der anderen Seite werden die Amerikaner sie erwarten."

Auf Wiedersehen oder vielmehr auf Nimmerwiedersehen Moschwig, du Elendslager. Moche heißt auf französisch „scheußlich" und so war es auch. Aber auf Wiedersehen, Margot, du warst meine beste Freundin während der dunkelsten Monate meines Lebens.

Ich fand mich wieder in einem Zug, der bis über das Dach voll war mit Geschlagenen und Verlorenen wie ich selbst. Rekruten, die ein Lazarett suchten, Kinder, die ihre Eltern und Eltern, die ihre Kinder suchten, abgestumpfte, zitternde Greise, die Unverständliches murmelten, junge Mädchen auf der Suche nach einem schnellen Abenteuer, um sich zu beweisen, dass sie noch lebten, Ausgebombte, deren Häuser durch alliierte Bomber wegrasiert waren und die mit nichts als einem Papagei auf dem Arm oder ein paar

Kleiderbügeln ohne Kleider nach Westen flüchteten. Irre Blicke spiegelten noch eine brennende Stadt wieder: „Ich komme aus Dresden, wissen Sie, was in Dresden los war? Die Giraffen aus dem Zoo liefen brüllend durch die Stadt, der brennende Phosphor lief an ihren langen Hälsen herunter." Und alle kannten nur einen Refrain: „Jetzt ist alles aus, das ist das Ende." „Besser ein Ende mit Schrecken als ein Schrecken ohne Ende", fügten manche noch hinzu.

Zum ersten Mal hörte ich, dass es jemand offen aussprach: „Wir haben den Krieg verloren und es gibt keine andere Rettung mehr als Flucht."

Irgendwo stieg ich aus, um in einen Bummelzug umzusteigen, der mich theoretisch zum Schloss meiner Tante bringen sollte. Aber auf diesem Bahnhof erfuhr ich, dass die Strecke bombardiert worden sei und kein Zug mehr fahre. Ich hatte seit zwei Tagen nichts mehr gegessen. Ein Soldat in zerlumpter Uniform gab mir die Hälfte seiner Brotkruste. Diese Geste wog alle Abendmahle der Welt auf. Beim letzten Halt des Zuges hatte ich drei blutjunge Soldaten an einem Galgen hängen sehen. Sie trugen ein Schild auf der Brust: „Wer den Tod in Ehren fürchtet, stirbt ihn in Schande." Etwas weiter hing ein anderer an einer Laterne. Auf einem Stück Pappe stand: „Noch sind wir an der Macht." Dicke Schmeißfliegen surrten um ihre Köpfe. Ich dachte an ihre Mütter und schauderte.

Während ich durch die Gänge des kleinen Bahnhofs und diese Haufen von menschlichem Elend stolperte, stieß ich plötzlich gegen eine Gestalt, die ihren blonden Kopf auf die Knie gelegt und die Schultern mit einem grauen Schal bedeckt hatte. Darunter konnte man die Arbeitsmaidenuniform noch erkennen. Die Gestalt weinte leise vor sich hin. Ich murmelte eine Entschuldigung. Der blonde Kopf tauchte aus dem Schal auf. Ich traute meinen Augen nicht. Es war meine Kusine Jenny, die auch zum Arbeitsdienst eingezogen worden war. Wir fielen uns in die Arme. Wer wagt zu behaupten, dass ein Zufall, etwas das uns zu-fällt, nicht von unsichtbaren Mächten orchestriert ist? „Woher kommst du, wohin fährst du?" Eine Menge Fragen, auf die wir keine Antwort wussten. Denn Jenny hatte nichts mehr von ihrer Mutter, ihrer kleinen Schwester und ihrem Bruder an der Front gehört. Sie kam aus dem östlichsten Ende Ostpommerns und hatte keine Ahnung, wohin sie gehen konnte, da sie in Westdeutschland niemanden kannte. Sie hatte kein Geld mehr, nichts zu essen und alle ihre Papiere verloren. Offiziell existierte sie also nicht mehr. Sie war, wie ich, vorläufig entlassen worden und hatte deshalb den erst besten Zug genommen, der in Richtung Westen fuhr, und war an diesem Bahnhof ausgestiegen, ohne eigentlich zu wissen, warum. Vielleicht nur, weil sie einfach nicht mehr stundenlang stehen, sich von Soldaten befummeln lassen und wie eine Sardine in einer anonymen stinkenden Menge eingequetscht sein wollte.

Ich lud sie selbstverständlich ein, mit mir zu der Tante zu kommen, die auch ihre Tante war. Und wir machten uns auf den Weg. Dreißig Kilometer zu Fuß, das macht einen fertig, besonders, wenn man nichts im Magen und noch dazu die schrecklichen Treter vom Arbeitsdienst an den Füßen hat. Aber wir kamen endlich am späten Abend mit letzter Kraft an und fanden tatsächlich meine Mutter in dem völlig unzerstörten großen Haus vor.

Mutti, die eigentlich leicht weinte, konnte diesmal nicht weinen. Sie hielt nur ihre Tochter und ihre Nichte im Arm wie große Zwillinge, ohne ein Wort zu sagen. Minutenlang konnte sie uns nicht loslassen. Sie war auf Befehl der Regierung evakuiert worden, ein paar Tage bevor die Russen kamen.

Das Schloss meiner Tante war großartig und sehr alt. Alles war edler und hatte mehr Stil als bei uns. Der Speisesaal, dessen Wände mit ernsten Ahnenbildern bedeckt waren, maß wenigstens vierzig Meter in der Länge und Breite. Und am Abend servierte ein Diener mit weißen Handschuhen die Suppe in einer silbernen wappengeschmückten Terrine, als läge die Welt nicht in Trümmern. Beim Schein der Kerzen im großen Kandelaber erweckten die Portraits der ehemaligen Grafen, die Minister, Reichskanzler oder nur Jäger und Landwirte gewesen waren, den Eindruck, dass lebende Gespenster über unser schweigendes Mahl wachten.

Meine Tante wusste wohl, dass sie das alles aufgeben müsste, das Meissner Porzellan, das Silber, die französischen Gobelins, die englischen Stiche mit Jagdszenen, die Mahagonimöbel, die Glasvitrinen mit chinesischen Kostbarkeiten aus Jade, Gold und Alabaster. Aber sie hätte sich nie zum Abendessen an den Tisch gesetzt, ohne hinter ihrem Stuhl stehend ein langes Gebet zu sprechen. Erst danach nahm sie oben an der Tafel Platz.

Tagsüber halfen Jenny und ich auf dem Gutshof. Die meisten deutschen Männer waren tot oder noch an der Front, die Kriegsgefangenen wollten nicht mehr arbeiten. Es mussten circa 50 Kühe gemolken, die Milch zentrifugiert und die Himbeeren gepflückt werden.

Trotz der Freude, uns wieder gefunden zu haben, war meine Mutter in steter Angst um ihren Mann und ihren Sohn. Die vielen Kräche und Trennungen waren vergessen. Der Postverkehr war lahm gelegt, Telefonieren nicht mehr möglich, und das Radio verkündete nur Lügen. Man konnte nur noch auf Gottes Hilfe hoffen, der uns bisher so wunderbar beschützt hatte, und auf einen so glücklichen Zufall, der mich hatte Jenny finden lassen. Dieser Zufall, der eigentlich keiner ist, sondern ein bestätigendes Zeichen, wie die Chinesen sagen.

Und so geschah es eines Tages, als Mutti gerade dabei war, Johannisbeeren abzustrippen, dass die Küchenhilfe ganz außer Atem zu ihr gelaufen kam und hervorstieß: „Frau von K., Frau Gräfin bittet Sie, gleich zu kommen, Ihr Gatte ist da." Mich brachte sie dazu, von einem zehn Meter hohen Ballenhaufen mit einem perfekten Salto Mortale in einen Heuhaufen zu springen (den Sprung hatte ich schon seit dem siebten Lebensjahr ständig zu Hause geübt).

Der alte bärtige Mann mit hohlen Wangen, der sich die Stirn wischte, mit einem Glas Milch in der Hand auf einem Küchenschemel saß und so zitterte, dass er die Milch auf seine zerlumpte Jacke verschüttete, das sollte der aus dem Ei gepellte Vati sein, wie ich ihn das letzte Mal am Tage seiner Verhaftung durch die Gestapo gesehen hatte? Erst, als er den Mund aufmachte und mich weinend an sich drückte, konnte ich es glauben. Nachdem er ein Bad genommen, den Bart abrasiert und vierundzwanzig Stunden geschlafen hatte, begann er zu erzählen.

Als sie spürten, dass das Ende des Dritten Reiches sehr nahe war, hatten die Ratten begonnen, das sinkende Schiff zu verlassen. Und die Herren der Bendlerstraße hatten ihre Kerker geleert.

Im Morgengrauen des 23. April 1945 wurden sechzehn Häftlinge ohne Gerichtsverhandlung hingerichtet. Unter ihnen waren Klaus Bonhoeffer, der Bruder des berühmten Dietrich Bonhoeffer, sein Schwager Rüdiger Schleicher und Albrecht Haushofer. Andere starben aus unerklärlichen

Gründen in ihren Zellen, aber in Wirklichkeit wurden sie erdrosselt. Einige wurden aus Mangel an Beweisen freigelassen oder einfach, weil die „Vorsehung" es so beschlossen hatte. Mein Vater war eines Morgens um sechs Uhr mit dem Befehl „Raus mit allen Sachen!" geweckt worden. Man hatte ihm eine ungefähre Bescheinigung über seine „vorbeugende Internierung" in dem Gestapo-Gefängnis Bendlerstraße in die Hand gedrückt und ihn auf die Straße gesetzt, mit allen seinen Sachen, die in eine Papiertüte passten. Das war alles, was ihm blieb von zwei großen Gütern, zwei Schlössern, drei Seen und einem riesigen Forst, der sich am Horizont verlor. Sic transit gloria mundi!

Was tut man nach acht Monaten Haft bei der SS, wo man am Morgen nie sicher war, ob man die Sonne untergehen sehen würde? Man will nach Hause zurück, selbst wenn den Gerüchten zufolge die Russen schon in Hinterpommern stehen.

Als mein Vater nach einer beschwerlichen Bahnfahrt zu Hause ankam, waren meine Mutter und alle Dorfbewohner schon auf einem offenen Leiterwagen, der von einem alten, nicht eingezogenen Pferd gezogen wurde, im Treck losgefahren. Benzin für unsere beiden Autos, den N.S.U. und den Opel Blitz, hatten sie nicht. Mein Vater vermutete mich im Arbeitslager und meinen Bruder im Internat. So war er allein im Haus. Im Dorf waren nur ein paar Bauern geblieben, die, wie sie sagten, sich lieber von den Russen umbringen lassen wollten, als auf den vereisten Straßen zu krepieren. Zwei Tage später waren die Russen da. Nachdem sie an mehreren Orten Feuer gelegt, alle Häuser geplündert und die Frauen vergewaltigt hatten, mussten sich alle männlichen Dorfbewohner zwischen dreizehn und fünfundsiebzig Jahren aufstellen. Sie würden nach Osten deportiert werden, erklärte man ihnen kurz. Osten ist ein weiter Begriff, das fing an in unserer Nachbarstadt Falkenburg und erstreckte sich bis Murmansk.

Mein Vater ging zum russischen Kommandanten, um ihm die Bescheinigung aus der Bendlerstraße vorzulegen, die bezeugte, dass ihn die Nazis wegen Volksverhetzung eingesperrt hatten. Der Offizier gab vor, das Papier zu lesen, hielt es aber verkehrt herum. Als er es dann schließlich richtig hielt, entdeckte er den SS-Stempel mit dem Hakenkreuz und zerriss das Blatt voller Wut. Vati wurde sofort als „bolchoi capitalista" in die Gefangenenkolonne eingereiht, die sich in Richtung Osten in Marsch setzte.

Es herrschte starker Frost und einige Gefangene trugen nur Holzpantoffeln, da die Russen ihnen ihre Schuhe und Stiefel abgenommen hatten.

Schon am ersten Tag gab es Tote. Am folgenden Tag erreichten sie ein Gut, das mein Vater genau kannte, weil er dort oft Schnepfen geschossen hatte. Als einer der Wachmänner während einer Pause woanders hinsah, gelang es ihm, sich hinter einem Heuhaufen zu verstecken und sich in das Heu einzubuddeln, bis der Elendszug am Horizont verschwunden war. Andere versuchten es auch, wurden aber bemerkt und mit dem Gewehrkolben niedergeschlagen. Von der ganzen Gruppe kam niemand mehr zurück, aber meines Vaters Stunde hatte noch nicht geschlagen. Wochenlang wanderte er in Richtung Westen, meistens nachts, während er sich tagsüber versteckte und schlief. Ihn trieb ein unbezwinglicher Wille vorwärts. Er wollte seine Kinder wieder sehen und bezeugen, wie dieses fruchtbare, blühende Land, die Kornkammer Deutschlands, zu verbrannter Erde geworden war.

Was ihn am meisten erschütterte, waren weniger die

Toten, Russen, Deutsche und Franzosen, die die Straßen bedeckten, und auch nicht die Pferdekadaver. Es waren die erbärmlich brüllenden Kühe, deren Euter platzten, weil sie niemand molk. Bei dreißig Grad minus wurden die Euter sehr schnell zu einer kompakten Masse aus gefrorener Milch, Blut und Eiter, die die armen Tiere mit sich schleppten, bis sie elend zu Grunde gingen.

Mehrere Male entging mein Vater knapp einer Festnahme durch die Russen. Aber er sagte bei jeder Kontrolle „Franzusski, damoi – Franzose nach Hause gehen! Das hatte geklappt, obwohl er miserabel Französisch sprach. Endlich war er zur Elbe gekommen. Die Brücke war schon gesprengt und nur ein schmaler Holzsteg bildete die einzige Möglichkeit, den Grenzfluss zu überqueren. Davor stauten sich in einer endlosen Schlange Flüchtlinge, ehemalige Soldaten und heimkehrende französische und belgische Kriegsgefangene. Viele Bauern wollten ihre Herden, Schlitten und von halbverhungerten Pferden gezogenen Wagen hinüberbringen. Als sie endlich an der Reihe waren, banden sie ihre Pferde an einen Baum und ließen ihre ganze Habe hinter sich, um über die wackelige Brücke zu gehen. Am Abend zündeten manche in der Gewissheit, dass sie am nächsten Tag hinüber könnten, ihre Wagen und Schlitten an und setzten sich im Kreis um das Feuer, um sich zum ersten Mal seit Wochen zu wärmen.

Nachdem sie zwei Tage und Nächte vergeblich gewartet und unvorstellbare Szenen miterlebt hatten (ein Ehepaar mit zwei Kindern hatte seine Eltern in das eisige Wasser gestoßen, um ihren Platz in der Schlange einzunehmen), überquerten mein Vater und ein Kamerad den Fluss auf einem Volkswagen, den sie auf leere Fässer montiert hatten. Dieses originelle Schiff fuhr einige Male hin und her, bevor es mit der letzten Besatzung unterging, wie wir später hörten. Nach einigen weiteren Tagen zu Fuß kam er dann, völlig erschöpft, an unserem Treffpunkt an.

Von meinem Bruder hatten wir noch keine Nachricht. Er war damals fünfzehn Jahre alt und besuchte das bekannte Internat Rossleben. Von dort wurde er noch in den allerletzten Kriegstagen als Flakhelfer eingezogen, wie viele andere halbe Kinder und Greise. Nach einem kurzen Aufenthalt in einem Wehrertüchtigungslager, wo sie „feste Schuhe, warme Unterwäsche und einen Rasierapparat, falls schon nötig", mitbringen sollten, mussten diese „grünen" Jungen die Flakgeschützte nachladen und Bomben an die Heimatfront bringen. Aber das wussten wir damals nicht.

Meine Mutter hatte mehrmals mit dem Plan geliebäugelt, nach dem zweihundert Kilometer entfernten Rossleben zu fahren, um Gerd zu suchen. Aber da sie überhaupt keine Fahrmöglichkeit sah, hatte sie nicht gewagt, sich allein auf den Weg zu machen. Außerdem glaubte sie, dass sich die Schulleitung bestimmt um die Jungen kümmern würde, wo sich das nahe Kriegsende jetzt so klar abzeichnete.

Aber Vati dachte da völlig anders. Kaum hatte er sich ein wenig ausgeruht, bat er meine Tante um ein Pferd und einen kleinen, leichten Wagen, ein paar Vorräte und eine Landkarte. Dann brach er auf, um seinen Sohn und Erben zurückzuholen. Dieser würde mangels anderer Dinge wenigstens seinen Mut und seine Courage erben. Als er in Rossleben ankam, wurde ihm mitgeteilt, dass die Wehrmacht alle Jungen eingezogen habe, und dass sie sich in einem hundert Kilometer entfernten Lager befänden. Die Lehrer, von denen der Jüngste über sechzig war, waren bestürzt, durcheinander und von den Ereignissen völlig überfordert. Mein Vater spannte sein Pferdchen wieder an und folgte der angegebenen Richtung. Nach drei Tagen erreichte er mitten in der Nacht das Dorf, wo ein Bauer ihm eine alte Scheune zeigte: „Da drin sind sie, die armen Kinder." Mit einer Laterne in der Hand, die der gute, alte Mann ihm geliehen hatte, bahnte sich Vati einen Weg durch die schlammigen Felder bis zur Scheune, in der mehrere hundert Jungen auf dem nackten Boden tief schliefen. Wie sollte er Gerd in dieser Masse von Armen und Beinen finden, die da wie ein Riesenknäuel zusammengekauert lag? Er drehte Köpfe um, stieß an Beine und weckte Kinder, die nach ihrer Mutter riefen und vor Erschöpfung und Kummer schluchzten. Nichts. Niemand kannte den Namen seines Nachbarn.

Die Rosslebener Schüler lagen zusammen mit Jungen aus anderen Schulen. Die Jüngsten lutschten im Schlaf am Daumen. Alle trugen viel zu große Uniformen. Ihre Gesichter waren schwarz vor Dreck und Schweiß.

Endlich erkannte mein Vater einen entfernten Neffen. In unseren Familien sind alle irgendwie miteinander verwandt, wenn auch nur fünften Grades, und wir wissen, wer der andere ist. „Er ist da hinten bei der Dreschmaschine oder vielleicht darunter", sagte der Neffe, drehte sich um und schlief sofort wieder ein.

Nach drei Stunden vergeblichen Suchens, als er schon aufgeben und nach Hause fahren wollte, fand der Vater seinen Sohn. Er weckte Gerd, indem er ihn wie einen Sack Kleie schüttelte. Halb schob und halb trug er ihn zum Wagen, versteckte ihn unter einer Decke und brachte ihn fort. Das war kein Problem. Kein Unteroffizier oder Wachsoldat hielt sie auf oder fragte, wohin sie führen. Die Armee befand sich schon in einem Zustand äußerster Entkräftung und Gleichgültigkeit. Die Rückfahrt ging ohne Hindernisse vonstatten. Es war ein reines Wunder. Später erfuhren wir, dass die anderen jungen Flakhelfer zwei Tage danach den Russen in die Hände fielen. Die hielten sie für Soldaten und deportierten sie nach Sibirien, wo die meisten umkamen. Zwanzig Schüler kamen nach fünf Jahren zurück. Einige hatten weiße Haare bekommen.

Der Krieg ist aus

Irgendwo gelesen: „Wir brauchen die Vergangenheit, um die Zukunft zu bewältigen."

Endlich war Waffenstillstand. Mit einer pathetischen Botschaft und gebrochener Stimme hatte sich der Großadmiral Raeder ein letztes Mal an die Deutschen gewandt. Hitler und Eva Braun hatten sich im Führerbunker den Tod gegeben und waren in Flammen aufgegangen. Göbbels hatte seine sechs Kinder vergiftet und mit seiner Frau ebenfalls Selbstmord begangen.

Die Russen plünderten Berlin. Die deutsche Hauptstadt war von 90.000 deutschen Soldaten, von vierzehn bis fünfundsechzig Jahren, gegen 2,5 Millionen sowjetische Soldaten verteidigt worden. Wir hatten das große Glück, nicht mehr in der russischen Zone zu sein, jedenfalls für den Augenblick. Später erfuhr ich, dass die liebe Tante Friedel, die uns damals noch heiße Schokolade in kleinen Porzellantässchen gebracht hatte, ihren Mann am letzten Kriegstag verloren hatte, als er sich einem russischen Soldaten entgegengestellt hatte, der seine Tochter vergewaltigen wollte. Inge war so alt wie ich. Der Russe legte an und erschoss Onkel Hans, wie man einen tollwütigen Hund erledigt, dann vergewaltigte er die Tochter neben der Leiche ihres Vaters.

Wir wurden von den Amerikanern befreit. Jedenfalls verstanden das die ehemaligen Gefangenen und französischen, polnischen und ukrainischen Zwangsarbeiter auf Tante Elisabeths Gut so. Beim Einfahren der amerikanischen Panzer stellten sie sich am Dorfeingang auf, schwenkten die Fahnen ihrer Länder und hießen die Yankees mit Freudengeschrei willkommen.

Unglücklicherweise hatte einer den Amerikanern gesagt, dass sich in K. noch Reste des Volkssturms versteckt hielten, was überhaupt nicht stimmte. So gaben die Amerikaner einige ungezielte Schüsse in Richtung Dorf ab. Ein junger Pole, der vier Jahre lang auf diese Befreiung gewartet hatte, wie alle 7,5 Millionen nach Deutschland deportierten Polen, wurde durch eine Kugel in die Brust getroffen. Der Tod hat seltsame Stundenpläne. Wir saßen währenddessen am Frühstückstisch, und vor mir stand ein Ei, das ich gerade aufklopfen wollte. Meine Mutter schrie bei den Schüssen: „Schnell in die Gräben, sie schießen auf uns!"

Denn nachdem wir erfahren hatten, dass der Feind, den wir ja eigentlich mit Ungeduld und Neugierde erwarteten, im Anrücken war, hatten wir am Vorabend im Garten für jeden von uns einen Graben ausgehoben. Seit meiner Schaufelarbeit am Ostwall war ich Meisterin auf diesem Gebiet und mein Graben war am schnellsten fertig. Bei Muttis Schrei sprangen wir jeder in seinen Graben. Es war eine gute Idee gewesen, denn die Kugeln pfiffen über unsere Köpfe hinweg und hinterließen ihre Einschläge deutlich sichtbar in den Bäumen.

Nach einer angstvollen Stunde fuhr ein Jeep mit einem Offizier durchs Dorf, der in gutem Deutsch per Megaphon erklärte, dass die Zivilbevölkerung nichts zu befürchten habe. Aber wer noch eine Waffe hätte, inklusive Jagdgewehr, sowie Ferngläser, Fotoapparate oder Brieftauben, müsse diese unverzüglich im amerikanischen Hauptquartier abliefern.

Alle Bewohner mussten ihre Namen, Alter und Geschlecht an die Türen schreiben und Angehörige der SS oder Soldaten, die sich in ihrem Haus befanden, angeben. Privatautos (von denen es kaum noch welche gab) und Fahrräder sollten deklariert werden, und kein Deutscher durfte sich weiter als dreißig Kilometer von seinem gegenwärtigen Wohnsitz entfernen. Das sollte der Besatzungsarmee erleichtern, in dem unglaublichen Durcheinander im Nachkriegsdeutschland eine Art Übersicht zu schaffen.

Wir krochen erleichtert aus unseren Löchern und dehnten unsere Glieder. Ich wollte mein Ei aufessen, das damals ein seltener Leckerbissen war. Zu meiner großen Überraschung war das Ei durchschossen worden. Die Kugel war im Schrank hinter dem Tisch stecken geblieben, dabei war zugleich ein futuristisches Bild aus gelb, weiß und Eierschalenfragmenten entstanden. Dieses Ei hatte direkt vor mir gestanden, ungefähr auf der Höhe meines Herzens.

Die Amerikaner waren ein Kulturschock für uns. Bisher hatten wir nur halbverhungerte, zerlumpte und traumatisierte Russen, traurige Polen und ebenso unterernährte, heimwehkranke und entmutigte Franzosen in zerschlissener Kleidung gekannt.

Die G.I.s dagegen strahlten vor Gesundheit, glänzten vor Sauberkeit, waren gut genährt, trugen saubere Uniformen, sahen toll aus, waren unbekümmert wie Kinder und immer guter Laune, als gäbe es keinen Krieg und sie wären auf Reisen. Sie verwöhnten die Kinder und verteilten von Anfang an großzügig Schokolade und Kaugummi. Dies schluckten die meisten erst ganz runter, weil sie solche Bonbons noch nie gesehen hatten.

An den nach der Einnahme von K. folgenden Tagen ließ der amerikanische Kommandant ein riesiges Lager öffnen, in dem Kleidung und Fallschirmseide der deutschen Armee aufbewahrt wurde. Es lag im Wald versteckt, und niemand hatte von seiner Existenz etwas gewusst. Jetzt wurden Uniformteile, Schuhe, Stoffballen und Offiziersmäntel aus Lammfell verteilt. Die Nachricht verbreitete sich wie ein Lauffeuer. Jenny und ich rannten zum Lager, wo eine aufgeregte Menge sich wie eine Hundemeute balgte, um so viel wie möglich zusammenzuraffen. Zu lange hatten wir nur drei Meter schlechten Stoff, eine Rolle Nähgarn, ein paar Strümpfe und ein paar Schuhe mit Holzsohlen pro Jahr zugeteilt bekommen.

Drei M.P.s bemühten sich vergeblich, die Menschenmenge zurückzuhalten und Ordnung zu schaffen. Aber es herrschte das Recht des Stärkeren, und mit Faustschlägen bemächtigten sich starke Bäuerinnen vieler Meter von Fallschirmseide und graugrüner Baumwolle, die sie unter einem Baum deponierten, um gleich mit den Wollstrümpfen und Lederschuhen weiterzumachen. Großen Anklang fanden auch die Ballen von Nazi-Fahnen, schwarz, weiß und viel rot. Die daraus geschneiderten Kleider und Röcke nannte man dann später „Rotkäppchen-Uniform". Diese Raffgier, mit der sich die meisten unbedingt das größte Stück vom Kuchen abschneiden wollten zum Schaden der anderen, stieß mich ab. Deshalb nahm ich gar nichts und kam mit leeren Händen zurück, ohne es zu bedauern.

Am nächsten Tag schnitt ich mir beim Gemüseputzen mit einem alten Messer so tief in den Finger, dass er stark blutete und man den Knochen sah. Weit und breit gab es keinen Arzt. Die Frau des Pastors, die einzige Person im Dorf, die gut Englisch konnte und schon beim amerikanischen Kommandanten als Dolmetscherin angestellt worden war, bot sich an, den Militärarzt zu holen. Dieser kam tatsächlich zehn Minuten später in einer Staubwolke mit seinem Jeep vorgefahren. Er war ein Bild von einem Mann, eine Mischung von Gary Cooper und Robert Redford, atemberaubend mit blendend weißen Zähnen und einem verführerischen Lächeln. Er nähte ohne Betäubung die Wunde mit einigen Stichen, aber ich spürte fast nichts, weil er mich so faszinierte. Nachdem er meine Hand verbunden hatte, unterhielten wir uns noch ein bisschen, obwohl sein Amerikanisch nichts mit dem Oxfordenglisch zu tun hatte, das wir im Pensionat gelernt hatten. Dieser amerikanische Arzt war mein erster echter englischer Gesprächspartner. „Sie haben ja gestern schöne Sachen bekommen, alle diese Uniformen, nicht wahr? Ihre Mutter wird Ihnen ein hübsches Kostüm nähen können, you will look very lovely", sagte er zu mir. „Meine Mutter kann nicht nähen!" antwortete ich und ließ ihn wissen, dass ich gar nichts mitgenommen hatte wegen der schrecklichen und undisziplinierten „crowd".

„Wait a minute", sagte er darauf, sprang in seinen Jeep und kam nach wenigen Minuten mit einem wundervollen Ledermantel wieder, innen mit Schafwolle gefüttert, der mir sogar passte. Ich fiel ihm um den Hals, küsste ihn auf die Wange und bedankte mich.

In den drei Westzonen wurden die Wehrmachtsbestände überall an die Zivilbevölkerung verteilt. Das war ein großes Glück, vor allem für die Ausgebombten und Flüchtlinge, die oft nur noch das besaßen, was sie auf dem Körper trugen. Der englische Hochkommissar hatte den guten Einfall gehabt, hundertfünfzig Tonnen Stofffarbe – sechs verschiedene Sorten – einzuführen, um die feldgrauen Uniformen umfärben und daraus Anzüge und Kostüme machen zu lassen. Die Knöpfe mit Hakenkreuz wurden vorher verbrannt. Meinen schicken Militärarzt habe ich leider nie wieder gesehen, aber den Mantel habe ich jahrzehntelang getragen.

So langsam wurde unser Leben fast normal. Wir waren jeden Tag froh, dass wir noch lebten und uns in der amerikanischen Zone befanden. Bei der Ankunft der G.I.s hatten die Einwohner von K. überall weiße Fahnen aus alten Betttüchern gehisst. Auf einen Schlag waren alle Parteiabzeichen und Hitlerbilder aus den Häusern verschwunden, und jeder grüßte mit „Guten Tag" statt „Heil Hitler". Ab und zu entdeckten wir Bilder, die einen Kriegsreporter entzückt hätten, wenn zum Beispiel ein amerikanischer Panzerwagen vor einer Mauer parkte, auf der die verwaschene Inschrift stand: „Führer befiel, wir folgen dir. Der Sieg ist unser." Oder ein Eisenbahnzug noch voll gepinselt mit dem berühmten „Räder müssen rollen für den Sieg". Anonyme Hände hatten schon ergänzt: „Hitlerköpfe rollen nach dem Krieg."

An der Tür des Bürgermeisteramts von K. hatten die Amerikaner eine große Luftaufnahme Hamburgs, das einer zerstörten Geisterstadt glich, angebracht. Darüber stand Hitlers Spruch: „Gebt mir fünf Jahre, und ihr werdet Deutschland nicht wieder erkennen." Ein Unbekannter hatte auf das Plakat gekritzelt: „Das verdanken wir unserem Führer." So bekamen leere Phrasen endlich einen tiefen Sinn.

Aber die gutmütigen US-Soldaten kannten keine Gnade, wenn sie auf der Suche nach Waffen Hitlerbilder oder versteckte Uniformen in den Häusern fanden. Leider wurden sie dabei von Polen in Zivil begleitet. Diese betranken sich, sobald sie eine Flasche fanden und wurden dann aggressiv und gefährlich, und die Frauen taten gut daran, sich zu verstecken.

Die G.I.s aber verstanden es, sich auf elegante Weise mit Alkohol zu versorgen. Eines Nachts wurde mein Onkel, der einigermaßen gut englisch verstand, von einer Militärpolizeipatrouille geweckt. Der Jeep hielt unter seinem Fenster und der Fahrer ließ den Motor des Jeeps aufheulen. „Hello, please open, this ist the U.S. Military Police". Lautes Hupen, mein Onkel lehnte sich aus dem Fenster „What do you want?" – „We want some wine, one or two of your old bottles". Mein Onkel hatte einen Weinkeller, der mit den besten Weinen bestückt war, an die 1500 Flaschen, einige noch aus dem 19. Jahrhundert, die wie durch ein Wunder den befreiten Polen und Russen entgangen waren. Nachdem ein hoher amerikanischer Offizier den Keller entdeckt hatte, ließ er ihn von der Militärpolizei bewachen. Genau diese kam jetzt, um sich ihren Anteil zu holen. „Wait a minute!" sagte mein Onkel, der auf keinen Fall andere Interessenten bei seinem Schatz anziehen wollte, und ließ ihnen aus dem zweiten Stock einen Weidenkorb mit drei Flaschen Moselwein vom besten Jahrgang hinunter. Als er den Korb wieder heraufzog, lag eine Stange Lucky Strike darin.

Die Amerikaner, mit denen wir tagtäglich in Berührung kamen, waren sehr liebenswürdig. Ich erinnere mich zum Beispiel an ein Militärauto, das im Dorf abrupt bremste, um eine Gans, die mit ihren Küken im Gänsemarsch daherwatschelte, vorbeizulassen. Manche Soldaten setzten freudestrahlende Kinder auf ihre Motorräder, fuhren sie spazieren und fütterten sie mit Schokolade. Ein beschwipster junger Bursche aus dem Mittelwesten schloss einmal einen Ehemann im Keller ein, nachdem er ihm mit drohender Miene klar gemacht hatte, er wolle mit der Ehefrau und ihrer Tochter im ersten Stock Spaß haben. Als der Mann später von seiner Frau befreit wurde, war er darauf gefasst, von schlimmen Misshandlungen zu hören, die seine arme Familie hatte erdulden müssen. Aber die Frauen hörten nicht auf, zu lachen. Der Ami hatte mit allen im Haus vorhandenen Kissen eine Kissenschlacht veranstaltet, dass die Federn nur so flogen. Er selbst konnte sich nicht vor Lachen halten – und das waren die „Misshandlungen" gewesen.

Sonst aber lebten wir in den ersten Monaten nach dem Krieg wie Überlebende einer schrecklichen Explosion, die sich vorsichtig betasten und ungläubig feststellen, dass sie noch alle Glieder und keine Schmerzen haben. Unsere Zukunft war völlig ungewiss. Es gab weder Strom noch Post, keine Nachrichten im Radio (übrigens auch keine Batterien für die Geräte), keine Züge, kein Benzin. Da alle Wasserleitungen zerstört waren, mussten wir lange Wege bis zu einer Pumpe gehen, und zurück krumm gebeugt unter dem Gewicht von zwei vollen Eimern.

Wir gingen mit den Hühnern ins Bett und standen beim ersten Hahnenschrei auf. Als die Ernte reif wurde, brauchten mein Onkel und meine Tante alle verfügbaren Hände. Ich ging also auf die Felder, mit einem Haufen von anderen Menschen, die aus allen Ecken des ehemaligen Großdeutschen Reiches oder aus Europa kamen und nicht wussten, was sie mit ihrem Leben jetzt anfangen sollten. Ich glaube, dass es im Juli 1945 keine einzige deutsche Familie gegeben hat, die nicht verzweifelt auf der Suche nach irgendeinem Familienmitglied oder einem geliebten Menschen war, ganz zu schweigen von den Millionen von „deplatzierten" Polen, Russen, Franzosen, Holländern, Serben, Belgiern und wer noch alles. Das Rote Kreuz bekam zwischen 1945 und 1948 vierzehn Millionen Suchanfragen. Durch unwahrscheinliche Geduld und gewissenhafte Arbeit gelang es ihm, viele Fälle zu lösen und die Verstreuten wieder zusammenzubringen. Ganz Europa war durch unser Führergenie zu einem riesigen Güterbahnhof geworden, wo Millionen von

vollen Waggons auf toten Gleisen standen, die ziellos hin-
und herrangierten, ohne zu wissen warum.

Wir zogen also eine alte Militärhose und ein abgetrage-
nes Oberhemd an, schürzten einen braunen Sack und gingen ans Kartoffelpflanzen. Junge G.I.s, die auf ihren umge-
drehten Stahlhelmen saßen und Camel um Camel pafften,
sahen uns teils belustigt, teils mitleidig zu. Ich führte me-
chanisch die wohlbekannten Bewegungen aus, während
mein Geist ständig zu analysieren versuchte, was mit uns
geschehen war.

Ich sehnte mich nach Pommern und nach meiner so
schroff beendeten schönen Kindheit. Ich wusste nicht, dass
uns Verlorenes auch reich machen kann und dass wir die
Heimat in uns tragen, in unserem tiefsten und geheimsten
Inneren. Damals war ich noch nicht soweit. Die Vergangenheit ist wie ein chinesisches Windspiel aus feinen Perlen,
das beim geringsten Lufthauch klingelt. Es genügt, diese
Töne zu hören und schon wird die Vergangenheit zur Gegenwart. Ich trug stets ein Notizbuch in ein schmutziges
Taschentuch eingeknotet mit mir herum, und in der Mittagspause schrieb ich Verse als eine Art von Beschwörung
des Vergangenen hinein, während die anderen jungen
Frauen mit den Italienern und Polen im Heu schäkerten.
„Gestern brach ich den ersten Flieder/ und in der Heimat,
so fern und so nah/ sprießen Blumen aus der Asche…"
schrieb ich in mein Tagebuch.

Aber es ging nicht nur darum, was wir an Besitz verloren
hatten: das große weiße Haus, die Tiere, die wir mit Namen
riefen, das sanfte Vieh. Der Kuckucksruf und der Gesang
der Nachtigal, die Birken, die sich in Vollmondnächten im
Ententeich spiegelten. Das leise Klatschen kleiner Wellen
gegen den Kahn, der zwischen Seerosen im großen See an-

kerte, wo auch die Schwäne brüteten. Ich hatte die vielen Blumen vor Augen, fühlte die brütende Sommerhitze über unserem flachen Land, wenn die Fliegen an die Fensterscheiben summten und die Luft still zu stehen schien wie manchmal ein Fisch unter der durchsichtigen Wasseroberfläche. Ich lauschte auf die Geräusche, auf das Dengeln einer Sense irgendwo auf den Wiesen, das Quaken der Frösche, das immer lauter wird, bis die Sonne untergeht, und das Klappern eines Storchenpaares auf dem Scheunendach. Ich roch die vertrauten Gerüche der Pilze im regennassen Unterholz oder des Kartoffelkrauts, das im Herbst auf den leeren Äckern verbrannt wird.

Doch es gab schlimmeres als diesen Verlust: das Gefühl der Schande, aus einem Volk hervorgegangen zu sein, das sich die barbarischsten Gräueltaten zu Schulden hatte kommen lassen, Grausamkeiten, wie sie nicht einmal bei den primitivsten Urwaldstämmen vorkommen. Einen industriell und mit derartig bürokratischer Genauigkeit durchgeführten Völkermord, penibel organisierte Vernichtung, wie in einem Großschlachthaus, von Millionen von friedlichen, denkenden, fühlenden, liebenden, leidenden, arbeitsamen Menschen und Familien, einzig und allein motiviert von Rassendünkel und Wahnvorstellungen, hatte es in der Weltgeschichte noch nie gegeben. Ein Volk, von dem ich glaubte, dass es zur geistigen Elite gehört. Wie konnte es die Beute einer so primitiven und abscheulichen Ideologie werden!

Es war mir, als ob ich eine Tür zur Hölle zugeschlagen hätte. Eine schwere Eichentür, mit einem vergitterten Fensterloch im oberen Drittel, aus dem Stöhnen, Schreien, Beten und Röcheln klang. Töne, die mich mein ganzes Leben lang verfolgen sollten. Wenn man es genau bedenkt, so genügten vier bis fünf Teufelsknechte, in Schlüsselpositionen mit allen materiellen Vorteilen und an erster Stelle mit uneingeschränkter Macht versehen, um unter der Fuchtel eines gewandten Phrasendreschers, dem Ober-Satan, ein ganzes Volk zu diabolisieren. Wie bei einer Kettenreaktion, von oben herab bis tief in einfältige Volksseelen. Ein Volk mit Floskeln und Schönrederei zu manipulieren ist umso einfacher, wenn es sich um ein Volk handelt, das an Ordnung und Respekt vor der Obrigkeit gewöhnt ist. Nachdem man sehr geschickt alle negativen Pole in positive umgekabelt hat, der Hang zum Bösen zur Tugend und der Hang zum Edlen zu Schande und Scham wird, gibt diese Doktrin allen verbrecherischen Instinkten, die in Menschen ruhen, freien Lauf, ohne dass sie sich dessen bewusst werden: Gefallsucht, überhebliches Gehabe, Eifersucht, Herzlosigkeit, Gier, Arroganz bis zu blindem Gehorsam und unsagbarer Grausamkeit aus lauter Angst, dem einmal gegebenen Fahneneid untreu zu werden. Und so hat eine Partei, die 1928 nur 2,6 Prozent der Wählerstimmen für sich verbuchen konnte, die Wahlen von 1933 gewonnen und damit 60 Millionen von rückgratschwachen Mitläufern in einen bodenlosen Abgrund gerissen.[11]

Das Schlimmste war der Führer selber in seiner übertriebenen Identifikation mit dem gesamten deutschen Volk. Zu Beginn seiner Regierung hatte er sich für König Arthus

---

11 Bei den nächsten Wahlen benutzte man eine andere Methode. Jeder Wähler bekam per Post einen aufbereiteten Wahlschein mit den Alternativen zugestellt: „Ja, ich stimme für Adolf Hitler", das Ja von einem unübersehbaren fetten schwarzen Ring eingekreist und „Nein, ich stimme nicht für Adolf Hitler" mit einem mikroskopisch kleinem grauen Kreis. Eine primitive aber wirksame Methode, wie sie noch heute in Katalogen großer Versandhäuser zu beobachten ist.

gehalten. Später verglich er sich dann mit Jesus und gründete die „Glaubensbewegung Deutsche Christen", deren Devise „das Hakenkreuz auf unserer Brust, das Kreuz in unserem Herzen" klar bezeichnete, worum es ihnen ging.

Nach einer der schlimmsten Bombennächte, die Tausende zu verstört umherschleichenden obdachlosen Jammergestalten gemacht hatte, wurden die armen Menschen vom obersten Feldherrn getröstet: „Auf den Trümmern unserer Städte werden die Weihnachtbäume leuchten als hellste Zeugen des unzerstörbaren deutschen Lebens." (Sybille von Schönfeldt: „Sonderappell"). Schließlich, als nach zwölf Jahren das Ende des Tausendjährigen Reichs nicht mehr zu verleugnen war, hat er in die Volksempfänger gebrüllt „Ich bin Deutschland, wenn ich sterbe, sterbt ihr auch." Dieser einzige Satz hat bewirkt, dass zwischen Januar 1945 und dem Waffenstillstand noch eine Million deutsche Soldaten und Zivilisten ihr Leben verloren haben. Anstatt weiße Fahnen in Städten, Dörfern, Schutzgräben und zertrümmerten Bunkern zu hissen, haben die unsinnigen Führerworte einen selbstmörderischen Widerstand ausgelöst, sowie eine blinde Zerstörungswut von allem, was man überhaupt nur noch zerstören konnte.

In den darauf folgenden Wochen hat man uns dann Filme und Fotos der von den Alliierten befreiten Vernichtungslager gezeigt. Ich kann schwören, dass weder meine Eltern, noch ein sehr großer Prozentsatz des deutschen Volkes davon gewusst haben. Und wenn uns zu Kriegszeiten diese Bilder zu Gesicht gekommen wären, sagen wir durch Flugblätter, hätten die meisten es mit „Unmöglich, alles Feindpropaganda" abgetan. „So etwas gibt es nicht. Menschen wie du und ich, vom Baby bis zu den Urgroßeltern, zu Tausenden in Gaskammern umzubringen und dann zu verbrennen. So ausgetüftelte Grausamkeiten sind vielleicht mal bei irgendwelchen wilden Indianerstämmen in begrenztem Ausmaß vorgekommen, aber doch nicht bei uns! Stellt euch das doch mal vor! Wir sind doch das Land Goethes, dem Vater des Humanismus, von Eichendorff, dem verträumten Romantiker auf der Suche nach der blauen Blume, von dem kleinen Wolfgang vor seinem großen Klavier, von Heinrich Heine, diesem deutschen Dichter, was immer auch unsere Nazilehrer gegen ihn erfinden konnten, von Schubert und seinen unvergesslichen Liedern, von Bettina von Brentano, Eduard Mörike, und, und – nein, das muss ein böser Traum sein. Ich möchte aufwachen. Aber es war kein Traum. Nach und nach erfuhren wir schreckliche Einzelheiten, von denen ich zwei zitieren will, da sie jetzt Allgemeingut der deutschen Nachkriegsliteratur geworden und von Schriftstellern und Regisseuren in vielen Varianten an die Öffentlichkeit getragen worden sind. Wir erfuhren, wie die in Lager abkommandierten SS-Männer ausgebildet wurden, damit sie „zäh wie Leder und flink wie Windhunde" wurden, aber vor allem, damit ihr Herz ein Panzer „so hart wie Kruppstahl" umgab. Am ersten Schulungstag hatte man jedem Anwärter ein kleines Hündchen, ein warmes, vertrautes, anhängliches Haarknäuel zugeteilt. Jeder Anwärter hatte seinen persönlichen Hund, der neben oder in seinem Bett schlief, der ihm überallhin folgte, den er fütterte, der einem die Hand leckte und mit dem Schwanz wedelte. Am letzten Tag ihres Lehrgangs hatte man von ihnen verlangt, dieses Tierchen, das ihnen ans Herz gewachsen war, eigenhändig zu erwürgen. Denn ein SS-Mann, noch dazu ein KZ-Aufseher, durfte keine sentimentalen Bindungen haben und weder Liebe noch Mitleid empfinden.

Eine andere Begebenheit verfolgt mich heute noch

manchmal im Traum. Eine junge Frau mit drei kleinen Kindern wird von der Gestapo in ein verdunkeltes Auto gezerrt und in Richtung Bahnhof abtransportiert, wo der Deportationszug auf die eingesammelten Juden wartet. Vielleicht aus Mitleid mit der schluchzenden Frau und den zitternden Kindern, oder aus reinem Zynismus, sagt der beaufsichtigende SS-Mann zu ihr: „Hör auf zu heulen, du jüdische Dreckssau, ich werde einem deiner Gören das Leben schenken. Eins kann raus, gleich hier und darf abhauen. Sag mir, welches."

Wie kann eine Mutter so eine Entscheidung treffen und zwei ihrer eigenen Kinder zum Tod verurteilen? „Schnell, schnell, klettert in den Zug, du, und du auch, ich komm mit" und ein drittes am Leben lassen. Welches? „Warum er, warum sie, warum ich? Mutti, war ich böse, was hab ich getan, liebst du mich nicht so doll wie die anderen?"

Jetzt bekamen wir auch Zahlen mitgeteilt: Tatsachen, die wir uns in unserem kleinen hinterpommerschen Nest nie hätten vorstellen können. Zwölf Millionen Flüchtlinge hatte der Krieg bewirkt, von Ost nach West, von Nord nach Süd, von Narvik bis El Alamein, von Odessa bis Dünkirchen. Elf Millionen völlig unschuldige Menschen waren in Konzentrationslagern umgekommen. Oft auf die grausamste Art nach langem Leiden. Eine halbe Million Zigeuner zum Beispiel waren „beseitigt" worden, in einer riesigen, mit deutscher Genauigkeit durchgeführten „Rassenbereinigungsaktion". Oft waren präzise vorbereitete Verschleppungs- oder Tötungsmanöver zynisch mit poetischen Namen bezeichnet worden. Eine 1943 durchgeführte „Erledigung" von 42 000 Juden durch Genickschuss innerhalb einiger Tage hieß zum Beispiel „Aktion Erntefest".

Zwischen 1939 und 1946 waren einundsechzig Länder

direkt oder indirekt von dem Weltenbrand erfasst, und 100 Millionen von Männern hatten unter Waffen gestanden. Der von einem Wahnsinnigen ausgelöste Konflikt hat den Tod von circa fünfundfünfzig Millionen Menschen aller Nationen zur Folge gehabt. Allein sechs Millionen Polen und fünfundzwanzig Millionen Russen, von denen über die Hälfte Zivilpersonen waren.

In Russland haben die deutschen Truppen 1700 Städte, 70.000 Dörfer und 32.000 Fabriken zerstört. Fünfzig Millionen von Heimen, in denen friedliche Familien wohnten, Schlösser, Villen, Bauernhöfe, Katen, Arbeiterwohnungen sind in den sinnlosen Kämpfen zerstört worden und haben „normale" Menschen zu heimatlosen Flüchtlingen und Bettlern gemacht. Nur etwa ein Drittel dieser Heimatlosen waren Deutsche. Aber 1,4 Millionen deutsche Frauen sind auch von den Siegertruppen vergewaltigt worden, und Millionen Deutsche haben Land und Heim verlassen und in den Westen fliehen müssen. Mehr als zwei Millionen dieser Vertriebenen sind unterwegs umgekommen, durch Kälte, Hunger, Ertrinken, Gewehrschüsse oder von feindlichen und manchmal auch deutschen Panzerketten zermalmt worden. Noch in den letzten Kriegswochen, vom 13. bis 15. Februar 1945, ist eine der traditionsreichsten und schönsten deutschen Städte, Dresden, praktisch dem Erdboden gleichgemacht worden, obgleich sich keine militärischen Ziele in ihr befanden. 25.000 Flüchtlinge kamen durch Brand- oder Sprengbomben ums Leben. Und unsere Familie waren vier von diesen Millionen und wir lebten noch.

Die Sieger stellten an den Grenzen des unmenschlichen Deutschlands Schilder mit der Inschrift auf: „Hier hört die zivilisierte Welt auf. Sie betreten Deutschland." Aber niemand hat wohl die Reaktion von Millionen von Deutschen, die das Inferno, das Chaos und den demagogischen Terror überlebt hatten, so treffend auf einen Satz reduziert, wie Graf v. Krockow in „Hitler und seine Deutschen": „Was blieb im Rückblick von Hitler außer einem aus Verlegenheit und Fassungslosigkeit gemischten Erstaunen darüber, dass es diesen Mann als Führer überhaupt gegeben hatte?" Heute haben mich meine Lektüre und mein Nachdenken dazu geführt, meinen Blick auf die Geschichte zu differenzieren.

Wenn sich auch die deutschen Nazis bestialischer Grausamkeiten schuldig gemacht haben, so sollte die Deportation von sechzehn Millionen Deutschen aus den Ostgebieten unter unmenschlichen Bedingungen nicht unter dem Blickwinkel von Schuld und gerechter Rache betrachtet werden. Es gibt keine Kollektivschuld als Folge eines Krieges oder einer Vertreibung. Es gibt eher eine allgemeingültige Ethik, die von uns verlangt, wie zivilisierte menschliche Wesen zu handeln. Das Schuldigwerden betrifft Individuen, klar definierte Gruppen von Individuen, aber ein humanes Verhalten stellt eine allumfassende Pflicht dar. Wir wollen lernen, was die Geschichte uns lehren kann. Das ist die einzige Möglichkeit, uns vor weiteren Vergewaltigungen der elementarsten Menschenrechte zu bewahren, das heißt alle Anfänge, deren blutiges und jeder Menschenwürde widersprechendes Ende wir klarsichtig voraussehen können, schon im Keim zu ersticken.[12]

Für viele von uns legte sich der Wirbelsturm aber immer noch nicht. Wir konnten ja nicht auf Dauer untätig und

---

12 Einer Textanalyse des Amerikaners Dr. jur. und Dr. phil. Alfred-Maurice de Zayas entnommen, die sich mit der Deportation der Ostdeutschen nach Beendigung der Feindseligkeiten befasst. Eine Massendeportation, die das Ende eines siebenhundertjährigen Miteinanderlebens und fruchtbarer Zusammenarbeit von Deutschen und osteuropäischen Völkern bedeutete.

gratis in Tante Elisabeths Schloss bleiben. Ich wollte Medizin studieren und nicht mein Leben lang Kühe melken. Mein Vater, der ja so schlimme Erfahrungen hinter sich hatte, fand, dass wir noch weiter nach Westen ziehen sollten. Die Angst vor den Russen hielt ihn immer noch in der Zange. Sie hat ihn übrigens bis zu seiner letzten Stunde nicht losgelassen. Und er hatte Recht.

Am Abend des 2. August 1945 kam unsere Tante ganz bleich in unser Zimmer, das wir zu fünft bewohnten, da das Schloss bis unter das Dach voller Flüchtlinge war, und sagte: „Ich muss euch ein Geheimnis mitteilen, aber ihr müsst schwören, es niemandem zu sagen. Der amerikanische Offizier, der es mir anvertraut hat, läuft Gefahr, degradiert zu werden. In Potsdam wurde ein Vertrag unterzeichnet, nachdem die Russen auch unsere Provinz besetzen werden. „Wann denn?" – „Heute Nacht, um Mitternacht."

Niemand sagte etwas. Es war vier Uhr Nachmittags. „Der Offizier meinte, wir sollten einen großen Wagen mit dem Trecker losschicken, um euch und Kusine Betty in Sicherheit zu bringen." Betty, blond, hübsch und mit sechsundzwanzig Jahren schon Mutter von vier kleinen Kindern, hatte sich auch ins Schloss geflüchtet. Ihr Mann war verschollen.

„Ich darf auch die beiden Töchter H. einweihen. Sie werden mit euch fahren." (Ihr Vater, der ehemalige Schatzmeister des Kaisers, war eine bekannte Persönlichkeit).

„Ich selber bleibe hier. Ich bin alt. Die Russen werden mir nichts tun, aber jeder weiß, was sie mit jungen Frauen anstellen. Der amerikanische Offizier will nicht, dass ich seinen Namen nenne. Aber er hat viel gesehen. Er war in Berlin. Man kann ihm vertrauen." - „Und all die anderen Flüchtlinge, die in den großen Sälen und in den Seitengebäuden für die Angestellten wohnen?" „Er hat gesagt, das

Angebot ist anzunehmen oder nicht. Er kann nicht alle retten, ohne Panik auszulösen. Er darf nicht einmal einen einzigen Wagen fahren lassen. Er tut das, weil er uns gern hat und weil ihr meine Verwandten seid, und weil er große Achtung vor mir habe." Tante Elisabeth ließ sich in einen Voltairesessel sinken und zog nervös unsichtbare Fäden aus ihrem graulila Kleid. „Diskutiert nicht, beeilt euch lieber, ihr habt ja sowieso nicht viel zu packen. Der Offizier wird euch fünfzig Liter Treibstoff geben." Das stimmte, wir hatten fast nichts mehr. Mein einziger nennenswerter Besitz war der Pelzmantel aus den Beständen des deutschen Heeres. „Ich werde euch einen Koffer mit Schmuck und Silber mitgeben, den sollt ihr aufheben, bis ich eventuell zu euch stoßen kann. So Gott will", fügte sie noch hinzu und verließ uns in ihrem Seidenkleid, das wie bei einer rauschenden Ballnacht raschelte.

Unsere Abfahrt um neun Uhr abends fiel niemandem auf. Nachdem wir drei Tage und Nächte unterwegs gewesen waren, in Scheunen geschlafen und auf offenem Feuer Kartoffeln gekocht hatten, kamen wir diesmal endgültig im Westen bei einem ehemaligen Regimentskameraden meines Vaters an. Er hatte einen großen landwirtschaftlichen Betrieb bei Hannover. Sein Haus war unzerstört.

Alle Westdeutschen, die über unbewohnte Räume verfügten, wurden durch die Besatzungsmächte und die neue demokratische Regierung verpflichtet, Flüchtlinge aus den Ostgebieten aufzunehmen. Trotz dieses Gesetzes wusste man oft nicht, wohin mit diesen unfreiwilligen Auswanderern, die aus Pommern, Schlesien und Ostpreußen vertrieben und aus der russischen Zone geflüchtet waren. Dazu kamen noch befreite KZ-Häftlinge, entlassene Kriegsgefangene, Obdachlose aus den großen bombardierten Städten und Kriegsheimkehrer, deren Familien durch Bomben umgekommen waren.

Vatis Regimentskamerad und seine Frau nahmen uns auf, obwohl sie schon überbelegt waren. Wir hatten nur sehr wenig Platz, aber wir waren alle zusammen und sogar einigermaßen gesund. Andere Flüchtlingsfamilien wurden damals in unheizbaren, ehemaligen Ställen oder in vorgefertigten Unterkünften, „Nissenhütten" genannt, untergebracht, wo zwei einander völlig fremde Familien ein einziges Zimmer teilen mussten, das durch einen Kreidestrich auf dem Fußboden geteilt war. Man kann sich die wundervolle Stimmung vorstellen! Plötzlich waren aber auch wir nicht nur ein paar Stufen, sondern eine ganze Treppe auf der sozialen Leiter abgestiegen und konnten von Glück sagen, wenn man von uns als „Ach, die Armen" und nicht von dem Gesocks sprach, „das unsere Teppiche kaputt tritt". Später wurden dann Behelfsheime gebaut, um die Flüchtlinge etwas menschenwürdiger unterzubringen. Aber da viele Menschen leider die Intoleranz mit der Muttermilch aufgesogen hatten, gab es stets Probleme, wenn in erzprotestantischen Gebieten katholische Umsiedler etabliert wurden. Die neuen Dörfer hießen im Volksmund dann Weihrauchsiedlung oder Knoblauchdorf.

Ich habe nie erfahren, welcher amerikanische Offizier uns gerettet hat, aber ich habe stark den gutaussehenden Chirurgen in Verdacht. Und da die Narbe des Messerschnitts auf meiner Haut immer noch gut sichtbar ist, denke ich manchmal an ihn. Ohne sein Eingreifen hätte ich wohl vierundvierzig Jahre meines Lebens im Arbeiter- und Bauernparadies verbracht und weder die Inseln des Pazifiks, noch die Strände des Indischen Ozeans oder die Gipfel 200-jähriger Bäume in äquatorialen Urwäldern gesehen.

Die wilden Jahre

Ich schrieb in mein Tagebuch:

„Ich hatte eine Verabredung mit Rudi im Café Kröpcke, dort gibt es Kuchen ohne Mehlmarke, aber ich bin lieber mit Christoph ins Kino gegangen. Wir sahen „Die Mörder sind unter uns". Die Knef fegte Scherben und Schlüpfer in einer zerbombten Wohnung zusammen und Wolfgang Borchardt wirft sie aus dem Fenster. Danach lieben sie sich auf dem Fußboden. Ein toller Film! Und was für eine großartige Schauspielerin!"

Ich war nun endgültig erwachsen geworden, groß, schlank, mit langen blonden Haaren, aber nie gut frisiert. Ich schminkte mich gar nicht oder schlecht, kleidete mich irgendwie, indem ich mir Kleider zurecht machte, die ich im Trödel fand oder geschenkt bekommen hatte. Eitel war ich überhaupt nicht, es war mir wichtiger, dass meine Kleider mich nicht in meinen Bewegungen einengten.

Ich trug eine unmoderne Brille und ähnelte damals eher einer Schleiereule mit großen umrandeten Augen als einer jungen Dame aus gutem Hause. Meine Bürokollegen nannten mich die „Brillenschlange". Wir arbeiteten in einer Dienststelle der englischen Besatzungstruppe. Es war meine erste richtige Arbeitsstelle.

Ich wohnte bei einer sehr netten Dame in einem kleinen Zimmer zur Untermiete. Ihr neunzehnjähriger Sohn war seit Stalingrad vermisst. Sie ließ nachts immer eine Lampe brennen und backte jeden Samstag seinen Lieblingskuchen, damit er jederzeit Licht und den Kuchen seiner Kinderzeit vorfände, wenn er heimkäme. So wartete sie zwanzig Jahre lang, bis zu ihrem Tod.

Es war das erste Mal, dass ich ein eigenes Zimmer hatte

und in der zerbombten Großstadt Hannover ganz auf mich allein gestellt war. Die Düfte meines ländlichen Lebens davor waren weit weg. Frisch gemähtes Heu, die Wolle der Lämmer, warme Kuhmilch, Schnittlauch, Rosen, Tagetes und Misthaufen. Hier roch es nach Benzin, Spirituskochern, Zigaretten und Mief.

Jedes Wochenende besuchte ich meine Eltern im Schloss meines Onkels, wo sie zwei kleine Mansardenzimmer und eine Küche im Erdgeschoss bewohnten. Unter diesen Umständen war es unmöglich, eine Suppe warm zu essen, selbst wenn sie die Küche kochend heiß verlassen hatte. Der Weg durch die Säle, Flure und Wendeltreppen war zu weit. Von der ersten Woche an versuchte mein Vater Arbeit zu finden, ganz egal was. Aber er musste feststellen, dass richtige Arbeiter und Bauern, die mit Mistforke und Rübenhacke umgehen konnten, vorgezogen wurden. Ein ehemaliger Gutsbesitzer hatte dagegen keine Chance. Schließlich fand er eine Beschäftigung als Hausierer, der Nisthöhlen und von Kriegsblinden angefertigte Bürsten verkaufte. Es tröstete ihn, dass es für einen guten Zweck war, denn in seinen Augen war es eine erniedrigende Arbeit. Es ärgerte ihn, dass er nicht wie sein Vetter B. wenigstens zwei Kilo Kartoffeln aus Pommern in seinem Rucksack mitgenommen hatte. Drei Jahre nach dem Krieg gründete B. eine Mustersaatzucht, wo er die berühmten pommerschen Sorten mit anderen weniger widerstandsfähigen kreuzte, und zehn Jahre später war er wieder sehr wohlhabend, während mein Vater immer noch kümmerlich lebte und an seinem Groll nagte. Ein Jahr danach war er „Klinkenputzer" geworden, wie er selbst bitter sagte. Er trieb Mitgliedsbeiträge für eine politische Rechtspartei ein.

Dann fand er eine andere Arbeit und bald wieder eine

andere. Er war jedes Mal voller Optimismus und baute Wolkenschlösser, fiel dann aber immer wieder in ein schwarzes Loch. Dennoch ließ er sich nicht unterkriegen, denn er tat es für uns, seine Familie, und erteilte uns damit eine ausgezeichnete Lehre, was Mut und Ausdauer anbetrifft.

Aber mein Vater war nicht der Einzige, der die bittere Arznei der Demütigung zu schlucken hatte, denn die ist ja häufig das Los der Menschen, die in bescheidenen Verhältnissen leben. Noch bitterer wird sie allerdings für all die, die früher nur Sicherheit, Überfluss und alle Annehmlichkeiten des Lebens kannten.

An einem Sonntagnachmittag im Juni hatten wir jungen Flüchtlinge, mein Bruder, meine Kusine Jenny und ich, eine Decke auf dem Rasen ausgebreitet, um uns ein wenig zu sonnen. Da kam die Gutssekretärin vorbei, die zwar mit dem Gutsherrn überhaupt nicht verwandt war, aber bis zu unserer Ankunft immer als „das Fräulein vom Schloss" angesehen wurde. Im Vorbeigehen hörten wir sie murmeln: „Jaja, das Paradies der Fremden, wo man geht und steht, tritt man auf Flüchtlinge. Diese Leute meinen, sich alles erlauben zu können." Solche Art von Bemerkungen genügen, um den Groschen fallen zu lassen. Ich beschloss, zu studieren, auch wenn wir keinen Pfennig besaßen. Ich wollte mich von solchen Leuten nicht mehr so behandeln lassen. Ich teilte meinen Eltern diesen Entschluss mit, und meine Mutter verkaufte eine ihrer schönen, mit Saphiren und Diamanten besetzten Broschen, weit unter dem Preis.

Sie hatte viel wertvollen Schmuck besessen. Für den Treck hatte sie die kostbaren Stücke in einen kleinen Koffer zusammen mit einigen Handschriften aus dem 17. Jahrhundert, einem Kupferstich von Poussin, persischen

Miniaturen, Pokalen aus Silber und böhmischem Kristall, unserem Stammbaum und allen Urkunden gelegt. Ein anderer, fast gleicher Koffer enthielt warme Kleidung und Proviant.

In dem großen Durcheinander beim Ansturm auf einen Zug hatte sie die Koffer verwechselt und den mit den Wertsachen auf dem Bahnsteig stehenlassen. Die Brosche hatte in dem kleinen Brustbeutel gesteckt, den sie mit leichteren Schmuckstücken um den Hals gebunden hatte. Diese trugen noch Jahre nach dem Krieg zu unserem Lebensunterhalt bei.

Da Hannover keine Universität hatte, wurde beschlossen, dass ich nach Heidelberg gehen sollte, an eine der schönsten und traditionellsten deutschen Universitäten, wo mein Vater Jura studiert hatte.

Im Jahre 1946 war eine Fahrt von Hannover nach Heidelberg sehr viel komplizierter als heute eine Reise von Milwaukee nach Novo-Sibirsk. Zuerst musste man einen englischen Passierschein beantragen, um die englische Zone verlassen zu dürfen und dann einen anderen, um in die amerikanische einreisen zu können, dann eine Zugfahrkarte, und außerdem Lebensmittelmarken.

Eine Reihe von unvorhersehbaren Umständen hat schließlich dazu geführt, dass ich nie in Heidelberg studieren konnte, und die Reise nach Heidelberg bewies mir wieder einmal, dass uns das Schicksal wie Marionetten an unsichtbaren, aber starken Fäden bewegt.

Es gab keine einzige Fahrkarte mehr für die nach Süden fahrenden Züge, und die Einschreibefrist für Studenten endete am 30. Juni. Da lernte ich in meinem Büro einen älteren Herrn kennen, der für die Amerikaner arbeitete. Welch unwahrscheinlicher Glücksfall! Er besaß ein Auto.

„Am Dienstag fahre ich nach Heidelberg", teilte er mir zwischen zwei Zügen an seiner Zigarette mit. Ich flehte ihn an, mich mitzunehmen und er war einverstanden. Ich stellte ihn meinen Eltern vor, die nichts gegen meine Reise hatten. Sie hatten immer gewünscht, dass ich studierte.

„Morgen früh um sieben geht's los, ich hole Sie ab!"

Mit ein paar Kleidungsstücken und vielen Büchern in einem kleinen Köfferchen wartete ich ab halb sieben vor dem schmiedeisernen Gitter des „Flüchtlingsschlosses" meiner Eltern. Mein Herz klopfte, endlich würde ich mein Leben in meine eigenen Hände nehmen können. Bald bremste ein Jeep mit zwei Tommys und einem blassen jungen Mann vor mir. Er war Sanitäter und erzählte mir den Tränen nahe, dass Herr X. am Vorabend einen schweren Autounfall gehabt habe und in der Nacht gestorben sei. Kurz bevor er starb, hatte er noch darum gebeten, mich vor sieben Uhr zu benachrichtigen. Diese Nachricht erschütterte mich sehr, und es war mir fast unverständlich, dass dieser mir praktisch unbekannte Mensch unmittelbar vor seinem Abscheiden noch an unsere Verabredung gedacht hatte.

Trotzdem beschloss ich, zu fahren, auch ohne Platzreservierung und Passierschein. Ich wollte meinen Koffer nicht wieder auspacken. „Du bist völlig verrückt", hielt mir mein Vater vor, „du wirst niemals durchkommen".

„Denk doch ein bisschen an uns, das Telefon funktioniert doch nicht, und Briefe dauern einen Monat, wenn sie überhaupt ankommen!" jammerte meine Mutter. „Und außerdem gehört es sich nicht, dass ein junges Mädchen ganz allein unterwegs ist in diesen Zeiten, wo so viel Gesindel in den Zügen fährt", fügte mein Vater hinzu. Für ihn waren Leute ohne Hab und Gut immer noch Gesindel, obgleich wir doch jetzt auch eigentlich dazu gehörten.

Ich stellte mich taub und machte mich zu Fuß auf den Weg. Es waren fünfzehn Kilometer bis zum Bahnhof. Der Zug sollte um 20 Uhr abfahren. Ich setzte mich auf meinen Koffer und knabberte Zwieback, war aber entschlossen, nicht aufzustehen. Ein paar Tage vorher war ein alter Herr, denn wir kannten, beraubt worden. Er hatte auf seinem Koffer gesessen, der randvoll mit Vorräten war, die er auf dem Schwarzmarkt gegen seine letzten guten Kleidungsstücke getauscht hatte. „Entschuldigen Sie, haben Sie vielleicht Feuer?" – „Natürlich, gerne!" Unser Bekannter war aufgestanden, so wie es sich gehörte und erhielt gleich eine unmissverständliche Lehre. Als er sich wieder setzen wollte, stand da kein Koffer mehr.

„Wenn meine Eltern jetzt kommen, um mich zurückzuholen, werde ich nicht mehr die Kraft haben, nein zu sagen", dachte ich, während ich das seltsame Volk beobachtete, das sich ein Jahr nach dem Waffenstillstand noch nicht sortiert hatte: Entlassene Soldaten auf Krücken, ausgemergelte Mütter, an denen mehrere Kinder hingen, Neuarme und Neureiche, Mädchen, die Kaugummi kauten und sich an Tommies ranschmissen, Frauen mit Schildern aus Pappkarton auf dem Rücken: „Wer hat Hans Richter gesehen, letzte Feldpostnummer 5901?" Eine Zigeunerfamilie kochte auf einem kleinen Stövchen zu ebener Erde Suppe auf dem Bahnsteig. Als der Zug einlief, begann eine panische Hetzjagd. Es war, als hätten wir immer noch die Russen auf den Fersen. Eine junge, muskulöse Frau hangelte sich am Fenster hoch, dabei zogen die Untenstehenden ihr einfach die Schuhe von den Füßen. Ich fand einen tollen Platz, ganz nach meinem Geschmack: auf dem Dach des Zuges zwischen lauter heimkehrenden Soldaten. Über mir sah ich nur Himmel und Sterne und unter mir drohten die Zurückgebliebenen mit geballten Fäusten. Der Zug fauchte und zischte und setzte sich tatsächlich in Bewegung. Ich war wie in Trance, vergaß meinen Wohltäter, meine Eltern und Pommern. Ein Soldat erzählte, dass Kameraden auf so einer Fahrt auf dem Zugdach bei einer Tunneleinfahrt geköpft worden seien. Aber mit Zwanzig ist man wie von einem unsichtbaren Kettenhemd aus Unbekümmertheit und strafbarem Leichtsinn geschützt, oder glaubt jedenfalls, geschützt zu sein.

Im Morgengrauen hielt unser Zug irgendwo in Deutschland auf irgendeinem Bahnhof. Alle mussten aussteigen und sich auf dem Bahnsteig aufstellen. Wir waren an der Zonengrenze, an der der Passierschein vorgezeigt werden musste, den ich nicht hatte. Wer kontrolliert war, konnte wieder einsteigen. Der amerikanische Militärpolizist war ein hübscher, junger, sympathischer Kerl. Ich schaute ihm gerade in die Augen und sagte lässig: „I forgot my papers in the train." – „Don t forget yourself", erwiderte er, zwinkerte mir zu und ließ mich wieder einsteigen.

Meine Mutter hatte mir die Adresse einer Dame in Heidelberg mitgegeben, die jedes Jahr zu Weihnachten eine oder zwei von den beliebten „Gänsespickbrüsten" bestellt hatte, die Mutti an viele Kunden in ganz Deutschland, sogar ans Hotel Adlon in Berlin, verschickte. Sie konnte natürlich nicht wissen, ob die nette Frau W. die Kriegswirren überlebt hatte. Das war aber Gott sei Dank der Fall, und sie empfing mich mit natürlicher Herzlichkeit, als ob sie mich seit langem kannte. Ich war rußgeschwärzt nach meiner Reise auf dem Zugdach und zusammengestümpert wie ein alter Besen. So saß ich unter einer holzgeschnitzten, lächelnden Madonna aus dem 15. Jahrhundert, die in ihren betenden Händen eine gelbe Wachskerze hielt. Das war die einzige Lichtquelle in dem mit kostbaren Antiquitäten angefüllten Zimmer. Abgesehen von der fehlenden Elektrizität war das Haus unbeschädigt, wie auch die ganze Stadt. Nicht ein einziger Bombentrichter war zu sehen. Während der Nazizeit hielt sich ein hartnäckiges Gerücht: Heidelberg würde nie bombardiert werden wie Essen, Hamburg, Köln oder Dresden, weil Churchills Mutter dort in einem Altenheim lebe oder, weil zu viele Amerikaner aus guter Familie dort studiert hätten oder, weil der Nibelungenschatz irgendwo unter der Neckarböschung vergraben sei. Die genaue Stelle kenne nur ein alter Heidelberger.

Wie dem auch sei, die Stadt erschien mir, nach all den Ruinen, die ich gesehen hatte, wie etwas Sagenhaftes aus einem alten Märchen. Mein Herz klopfte vor Freude und Spannung bei dem Gedanken, dort Medizin zu studieren und später wie Albert Schweitzer von Tze-Tze-Fliegen gestochene Afrikaner pflegen zu können.

Beim Morgengrauen begab ich mich zum Immatrikulationsbüro der ehrwürdigen alten Universität. Dort stand schon eine Schlange junger Leute, von denen einige die ganze Nacht vor der Tür zugebracht hatten. „Sie nehmen nur fünfzig pro Tag auf", teilte mir besorgt eine pickelige Rothaarige mit. Ich zählte die Antragsteller vor mir, die sehr diszipliniert vorrückten, und kam bis fünfundsiebzig. Am Abend richtete ich mich also auf einem alten Kissen in dem grauen Flur ein, der stickig, staubig und unbeleuchtet war. Hier wollte ich warten, bis das Büro am nächsten Morgen um neun Uhr öffnen würde. Ich war die Achtunddreißigste. Schlafen war nicht möglich. Es wurde überall geredet, geraucht, gelacht und in allen Ecken geschmust. Endlich war ich an der Reihe, gerade ein paar Minuten vor der dreistündigen Mittagspause der Angestellten, von zwölf bis fünfzehn Uhr. Ich hatte seit dem Vortag nichts gegessen und nicht geschlafen und zitterte vor Aufregung. In dreißig Sekunden wurde mir klargemacht, dass ich mich nur zum Studium einschreiben könne, wenn ich eine Zuzugsgenehmigung für Heidelberg vom Wohnungsamt vorweisen könnte. Diese bekäme ich in der Strasse X, Nr. 32, 3.Stock, Tür 42. Taumelnd vor Müdigkeit begab ich mich also zur angegebenen Adresse, reihte mich dort in eine noch längere Warteschlange als vor dem Immatrikulationsbüro ein. Die amerikanische Zone war damals die beliebteste, hier waren die Lebensbedingungen weitaus die Besten. Es gab ungeheuere Möglichkeiten, Schwarzhandel zu treiben, die Soldaten waren freundlich und der Verbrüderung am wenigsten abgeneigt. Die Russen hatte man ja schon genossen, die Engländer waren streng, distanziert und ihre Bürokratie aufreibend. Sie hatten Norddeutschland besetzt, das am schlimmsten bombardiert worden war, und viele hatten ihrerseits die Angriffe auf London erlebt und unter den „Blitzen" gelitten, was sie nur schwer vergessen konnten. Die Franzosen, hieß es, waren entweder arrogant oder sehr charmant, manchmal zu charmant. Aber das waren Ausnahmen, die meisten Besatzungsfranzosen konnten sich nicht von heute auf morgen mit einem Volk verbrüdern, das sie jahrelang besetzt und gedemütigt hatte. Damals hatte ich aber noch keine eigene Meinung, es fehlte mir auch an Vergleichsmöglichkeiten.

Wenn die Obrigkeiten nicht wollten, dass sich die schöne, unzerstörte Stadt Heidelberg in ein riesiges Flüchtlingslager und Obdachlosenasyl verwandelte, waren sie gezwungen, alle, die Zuzug beantragten, sehr genau zu überprüfen. Diesmal musste ich achtundvierzig Stunden warten, bis ich bei einem mickrigen Männchen mit Brille vorgelassen wurde. Das Resultat der ganzen Tortur war schließlich, dass man mir sagte, ohne eine Einschreibung bei der Fakultät könnte ich keine Zuzugsgenehmigung für Heidelberg bekommen und ohne Zuzugsgenehmigung nicht in der Fakultät immatrikulieren. Kafka lässt grüßen. Ich habe nie kapiert, wie es die anderen Studenten schafften. Manche verließen nämlich das Büro freudestrahlend und schwenkten ein bestimmtes Papier wie eine Fahne. Es gab da sicher einen Trick. Den habe ich aber nicht herausgefunden.

Die Sache war ganz einfach. Ich konnte nie in Deutschland studieren und wurde keine Ärztin. Und es grenzte an ein Wunder, dass ich gesund und munter wieder in Hannover anlangte. Denn bei der Rückreise waren die wenigen Züge noch mehr belagert.

Nach langem Warten entdeckte ich einen Waggon, der sehr viel sauberer aussah als die anderen und durch Militär mit Maschinengewehren bewacht wurde. Ich ging auf eine junge Engländerin zu, die sich aus einem Fenster lehnte und sagte mit unglaublicher Unverfrorenheit zu ihr: „Please, tun Sie bis zur Abfahrt so, als sei ich Ihre Freundin, damit ich vor diesem Wagen stehen bleiben kann, mehr will ich gar nicht." Die Military Police fing gerade an, alle Zivilisten mit Gewehrkolben vom Bahnsteig zu vertreiben. Sie stammelte: „It s not permitted. I cannot, you are not allowed..." Aber ich fand die richtigen Worte, sie zu besänftigen. Wie wichtig sind doch Sprachkenntnisse, stellte ich wieder einmal fest.

Als die Räder und Kolben des langen Zuges sich endlich mühsam in Bewegung setzten, was vom enttäuschten Gebrüll mehrerer hundert Menschen begleitet wurde, die zurückbleiben mussten, schwang ich mich mit einem Satz auf das Trittbrett und verschwand auf der Toilette des alliierten Sonderwagens. Dort schloss ich mich ein und zitterte vor Angst und Erschöpfung. Dummerweise hatte ich nicht bemerkt, dass das Türschloss abgeschraubt war. Ich döste auf meinem unbequemen und übel riechenden Sitz vor mich hin, als sich plötzlich ein nach Whisky stinkender grober Klotz in amerikanischer Uniform auf mich stürzte. Er versuchte, mich zu küssen und meine Bluse aufzureißen, aber ich schaffte es, mich loszuangeln und aus dem Klo zu rennen, wobei ich eine Hand vor meine Brust hielt und mit der anderen meine Reisetasche festhielt. Vor der Tür tauchte plötzlich ein schwarzer Amerikaner auf und versetzte meinem Angreifer einen Faustschlag. Der Betrunkene zischte „fucking bastard, fucking broad" und verschwand fluchend. Der Schwarze fragte mich freundlich, warum ich in der Toilette säße. Ich erklärte ihm offen, dass ich schwarz führe, auf englisch sagt man ja zum Glück „blinder Passagier", weder Passierschein noch Ticket besäße, aber dass ich unbedingt zu „my Mamy" zurück wollte. „Hab keine Angst", sagte er, „es wird dich niemand mehr belästigen. Ich werde mich vor die Tür legen und allen sagen, dass die Toilette geschlossen ist. Du kannst ganz ruhig bis über die Zonengrenze zu deiner Mamy fahren. You want some Chocolate?"

So aß ich zum ersten Mal nach fünf Jahren wieder Schokolade, und das mitten in der Nacht, in einem ekelhaften Verschlag von einem gutherzigen Afro-Amerikaner beschützt, dem ich unendlich dankbar war. Im Morgengrauen stieg ich in Hannover aus.

Hinter dem Hauptbahnhof von Hannover erstreckte sich vor der Währungsreform 1948 der größte Schwarzmarkt der britischen Besatzungszone. Die offizielle Währung jener

Jahre war die englische oder amerikanische Zigarette. Eine „Ami" war sechs bis zehn Mark wert. Ich verdiente den Gegenwert von zwanzig Zigaretten pro Monat. Für ein Pfund Butter musste ein Arbeiter praktisch sechs Monate arbeiten. Ein Schüttelreim war im Umlauf: „Die Tugend sei dein fester Schild, lockt dich auch sehr die Chesterfield." Ich erlag der Tugend auch manchmal und brachte es zu einer gewissen Virtuosität im Handeln. Gewisse „ehrbare" Geschäfte hatten einen eigenen kleinen Laden und machten auf Anschlägen bekannt: „In meinem Unternehmen gibt es keinen Schwarzmarkt, wer zuwider handelt, wird der Militärregierung gemeldet." Das hinderte aber den Kaufmann, dem man seine Brotmarken gegen die mageren Rationen eintauschte, keineswegs, zu flüstern: „Brot ohne" oder „ein schöner Lippenstift für die junge Dame gegen ein Rendezvous."

Tag und Nacht wurden unter den Augen von bestochenen Polizisten englische Seife, amerikanische Zigaretten, Öl, Nähmaschinenöl, das die Sehkraft zerstörte, Mehl aus Gips, Milch aus verschimmeltem Mehl, woran die Säuglinge starben, und Kaninchen, die aber Katzen waren, feilgeboten oder getauscht. Wenn man im Zug seine Tasche ins Gepäcknetz gelegt hatte, genügte nur ein Blick auf die draußen vorbeihuschende Landschaft, und die Tasche löste sich in Luft auf. Wenn die Gläubigen in der Kirche zum Altar gingen, um die Kommunion zu empfangen, verschwand das Einkaufsnetz, das sie unter der Kirchenbank gelassen hatten und sogar das Gesangbuch, das die Frommen dann wohl auf der Toilette zweckentfremdet verwendeten. Auch die Kerzen in den Kirchen wurden geklaut und als Bratfett verwendet. Die Neureichen unterdrückten die Armen, die Durchtriebenen übervorteilten die Vertrauensseeligen, die ehemaligen Nazis hielten in der Öffentlichkeit den Mund, wenn sie nicht im Gefängnis saßen, schwangen unter ihresgleichen aber große Reden und brüsteten sich mit ihren Beziehungen zu Paraguay und Argentinien. Und diese ganze wunderschöne Bande dienerte vor den Alliierten, die an den Hebeln der Macht saßen und über Benzin, Zigaretten, Kaffee, Mädchen, Passierscheine, Aufenthaltsbescheinigungen und das Allerwertvollste: „Persilscheine" verfügten.

Die Menschen waren unzufrieden. Die Kabarettsänger sangen: „Lieber Nazi und Heil Hitler schreien, als hungrig und Demokrat sein" oder „Unter der demokratischen Sonne bräunen wir mehr und mehr". Das Publikum klatschte Beifall, ohne daran zu denken, dass vor knapp zwei Jahren solche Sänger von der Bühne weg verhaftet worden wären und ihre Sympathisanten gleich mit.

Trotzdem waren die Flüchtlinge aus Pommern, Schlesien und Ostpreußen froh, eine der drei Westzonen gewählt zu haben und nicht jenseits der Elbe geblieben zu sein. Man sagte: „Stalin hat den großen Fehler gemacht, den Russen den Westen und den Westen den Russen zu zeigen."

Und Erich Kästner deklamierte:

> „In den letzten dreißig Wochen
> zog ich sehr durch Wald und Feld
> Und mein Hemd ist so durchbrochen
> dass man s kaum für möglich hält.
> Ich trag Schuhe ohne Sohlen,
> und der Rucksack ist mein Schrank.
> Meine Möbel haben die Polen
> und mein Geld die Dresdner Bank
> Ohne Heimat und Verwandte
> und die Stiefel ohne Glanz
> ja, das wär` nun der bekannte

Untergang des Abendlands."

Die Menschen hungerten, besonders die Städter. Sie gingen vor der Ernte auf die Felder und schnitten die reifen Ähren mit Scheren ab. Sie buddelten die gerade gepflanzten Kartoffeln aus. Sie kochten Suppe aus Löwenzahn und Brennnesseln und tranken Kaffee aus Baumrinde und Eicheln. Brombeerblätter- oder Apfelschalentee, mit Saccharin gesüßt, war eine Delikatesse. Sie rauchten Tabak aus Rüben-, Brombeer-, Eichen- oder Kirschbaumblättern.

Besonders die Schlitzohren erkannten den Nutzen, den man aus den gegebenen Umständen ziehen konnte. Sie gründeten die ersten „Fabriken". Stahlhelme wurden zu Kohleschaufeln oder Kochtöpfen, Gasmaskenfilter zu Petroleumlampen und Munitionskisten zu Dampfkochtöpfen umfunktioniert. Sie gingen weg wie warme Semmeln.[13]

Doch nie aufzugeben, sich den schlimmsten materiellen Schwierigkeiten zu stellen, unerbittlich eine Lösung zu suchen und unverzüglich an die Arbeit zu gehen gehört anscheinend zum deutschen Charakter und bildete die Grundlage für das, was später „das deutsche Wunder" genannt wurde. Die Gemütsverfassung der damals überlebenden Deutschen war entweder eine tiefe Apathie oder ein leidenschaftliches Engagement für eine Zukunft ohne Krieg, Bomben und Nazis.

In der Stadt gab es keinen Baum ohne Aufkleber der Art: „Suche Unterkunft, schlafe im Bahnhof". „Gebe 100 Kilogramm Zucker, wenn jemand mein schwarzes Baby adoptiert." „Wer hat Hans Werner X gesehen, der seit Stalingrad

---

13 Geo, Epoche 09. Deutschland nach dem Krieg 1945-1955, erschienen 2002.

vermisst ist?" „Tausche Wollrock Gr. 46 gegen Gr. 42, da zu abgemagert." „Hallo, Lola, ich lebe, rufe Onkel Kurt an!"

Die ersten Vermissten kehrten zurück. Einige fanden an der Stelle ihres Hauses, dessen vertrautes Bild sie während der langen Jahre in Gefangenschaft aufrecht gehalten hatte, nur einen Haufen Schutt, Asche und Eisen vor. Die Frau, die Kinder, selbst der Hund, gestorben, verschleppt, krepiert und abtransportiert - wo, wohin, zu einem unbekannten luftleeren Raum, niemand wusste es. Andere klopften bange an die alte, vertraute Tür, deren Knarren sie so oft im Traum gehört hatten und fanden ihre hübsche, jung gebliebene Frau mit einem anderen Mann am Küchentisch sitzen, der sich gerade Kaffee in eine Tasse vom blauen Hochzeitsservice einschenkte.

Ich hörte sogar von einem Fall, wo einem dieser Halbtoten, der eines Abends völlig entkräftet an seine eigene Haustür pochte, diese von seiner eigenen Frau vor der Nase zugeschlagen wurde mit den Worten: „Was willst du noch, zerlumpter Krüppel, hau ab, du wirst nicht mehr gebraucht!" Am anderen Tag fand man ihn erfroren auf einer Müllkippe. Es sollte Gerichte geben, die für todbringende Parolen zuständig sind.

Manche ertränkten ihr Elend in Alkohol, den sie auf dem Schwarzmarkt gekauft hatten. Kneipen, die alkoholische Getränke anboten, waren selten, und wenn, dann enthielt ein Glas Schnaps 90% Wasser und 10% Bedienung. So hieß es jedenfalls im Volksmund.

1947 wurde Norddeutschland von einer Kältewelle erfasst. Kohle war sehr knapp rationiert und täglich gab es Stromsperren. Trotz der Sperrstunde plünderten Frauen und Kinder jede Nacht die Kohlenzüge der Eisenbahn. Die Kinder kletterten auf die Güterwaggons und warfen alle

Kohle, die sie kriegen konnten, runter, und die Mütter sammelten sie auf. In der Nähe eines Bahnhofs hatte es zwanzig Tote gegeben, weil ein Schnellzug auf dem Nachbargleis, ohne vorher einmal zu pfeifen, eingefahren war.

Damals glich eine Bahnfahrt einem Transport im Kühlwagen. In jenem kalten Winter 1947 habe ich einmal mein kleines Thermometer mitgenommen, um die Temperaturen zu messen, weil mir jemand gesagt hatte, dass man sich bei unter minus fünfzehn Grad die Beine abfriert und diese dann amputiert werden müssten. Ich maß achtzehn Grad minus, aber meine Beine habe ich immer noch.

Die Eisenbahndirektion setzte Stehwagen ein, um mehr Menschen unterbringen zu können. Die Sitze wurden entfernt, und jetzt konnten zweihundertfünfzig Personen statt der achtzig bisher in einen Wagen gestopft werden. Die hielten sich wenigstens gegenseitig warm.

Von den vielen unvergessenen Bildern kommt mir wieder eines vor Augen: Eine Gruppe Frauen mit Kartoffelsäcken aus Jute warten auf dem Bahnsteig. Ihre Haare sind stumpf, wie von Motten zerfressen. Sie tragen verwaschene Kopftücher. Die Blusen haben keine Knöpfe mehr und werden von rostigen Sicherheitsnadeln zusammengehalten. Der Zug rollt ein, alles stürzt sich auf die Türen. Der Kartoffelsack einer Frau mit einem kleinen Mädchen an der Hand reißt auf und die Kartoffeln rollen über den Bahnsteig. Wie ein Huhn, das seine Küken schützen will, wirft sich die Frau über die kostbaren Knollen und reißt dabei ihr Kind um. Das kleine Mädchen weint, die Mutter achtet nicht darauf. Sie rafft und rafft in den kaputten Sack hinein. Der Zug fährt an, die Frau ist immer noch draußen auf dem Bahnsteig, zum Einsteigen war sie zu schwach. Sie presst den Sack an ihre Brust, das Kind heult immer noch, die Mutter jetzt auch.

Es gab aber auch den Interzonenzug, einen Luxuszug, für den man eine Sondergenehmigung benötigte. Mütter mit Kindern unter zwei Jahren wurden bevorzugt. Vor den Bahnschaltern verliehen Mütter ihre Kinder für 20,- Reichsmark pro Stunde. Manchmal verliehen sie sogar fremde Kinder, denn es gab damals viele elternlose Kinder. Allein in Hamburg zählte man 21.000 Waisen. Einige kannten nur ihren Vornamen, manche nicht einmal den.

Wie Sabine Bode in ihrem ausgezeichneten Buch „Die vergessene Generation" dokumentiert: nach dem Krieg, so die Statistik, war jeder vierte Deutsche auf der Suche nach einem Familienmitglied, oder er wurde selbst gesucht! Und manche suchen heute noch, um zu wissen, wer bin ich, wer waren meine Eltern, wie heiße ich wirklich. Sie erzählt vor allem das Schicksal einer jungen Frau mit zwei Kindern, deren Mann als verschollen erklärt worden war und die über Jahrzehnte fest an seine Rückkehr geglaubt und aus diesem Grund auch nie Witwenpension beantragt hatte. Im Jahr 1995 erhielt die nun über sechzig Jahre alte Tochter einen Brief der Kriegsgräberfürsorge. Ihr Vater war in den fünfziger Jahren in einem russischen Lager verstorben. „Fünfzig Jahre sind für dich wie in Tag..."

1948 übertraf der Notstand den der Kriegsjahre unter Hitler. Da begriff ein klarsichtiger amerikanischer General namens George Marshall, dass die Deutschen den Russen, die nur darauf warteten, in die Hände fallen würden.

In der Folge erhielten wir wertvolle Hilfe in Form der berühmten Care-Pakete aus den USA. Diejenigen, die dort Verwandte hatten und von ihnen schon Pakete bekommen hatten, rühmten die Wunderdinge, die sie enthielten: Bohnenkaffee, Butter in Konserven, feinen Käse, Blusen aus reiner Seide, Mohairpullover (selbst wenn sie ein paar Mottenlöcher hatten und am Kragen etwas verfilzt waren), klebrige Süßigkeiten in knallbunten Farben, die „marshmallows" hießen. Letztere wurden auf dem Schwarzmarkt verkauft, weil sie für den durchschnittlichen deutschen Gau- men zu exotisch waren.

Meine Familie kannte niemanden in Amerika. Deshalb stand ich beim städtischen Gesundheitsamt Schlange, um für eine Blutspende eins der begehrten Pakete zu erhalten. Ich kann allerdings zu meinen Gunsten sagen, dass ich schon vor der Einführung der Care-Pakete Blut gespendet hatte, trotz der höllischen Angst, die ich vor der Nadel hatte, die sich in eine meiner engen Venen bohrte. Jetzt ließ mich die Aussicht auf die Care-Überraschung aus Amerika meine frühere Abscheu überwinden.

Als wir endlich ein dickes Packet auspacken konnten, waren meine Kusine und ich schwer erstaunt. Es kam von einer Religionsgemeinschaft einer kleinen Stadt aus dem Mittelwesten, die ich vergeblich auf dem Atlas suchte. Sie hatten nicht irgendwelche alten Klamotten hineingestopft, die sie sowieso loswerden wollten, sondern viel Sorgfalt darauf verwendet, für unterschiedliche Menschen jeweils passende Sachen zusammenzustellen und das auf einem Aufkleber genau zu vermerken. Auf meinem stand „für eine junge schlanke Frau" und es enthielt außer herrlichen Lebensmitteln, an deren Geschmack ich mich kaum noch erinnere, ein nagelneues, bildhübsches, geblümtes Baumwollkleid, das mir wie angegossen passte.

Ich schrieb an die Absender, erhielt aber keine Antwort. Stattdessen kamen von derselben Gemeinde noch weitere Pakete.

Fünfzehn Jahre später – ich war inzwischen verheiratet

und lebte in Paris – schrieb ich auf gut Glück noch einmal einen Dankesbrief an die alte Adresse in den USA und fragte, ob ich meinerseits den Menschen etwas schicken könne, die mich so reich beschenkt hatten, als ich gar nichts hatte. Viele Jahre hatte mich der Gedanke an diese Familie verfolgt, die vielleicht ihren Sohn zum Kämpfen und Sterben nach Deutschland geschickt und trotzdem wertvolle Pakete an Unbekannte geschickt hatte, die zu eben diesem Volk gehörten. Ich erhielt einen sehr freundlichen Brief von der Frau, die die Absenderin des ersten Paketes mit dem geblümten Kleid war.

Sie war sehr überrascht, dass ich sie und ihre „völlig normale" Hilfeleistung nicht vergessen hatte und schrieb: „Wenn man im Leben glücklich sein will, muss man mit anderen teilen können." Ihr Brief machte mich sehr froh und entsprach dem, was der große jüdische Pianist Arthur Rubinstein nach dem Krieg gesagt hatte: „Wenn die Menschen Hass mit Hass vergelten, werden sie nie erfahren, was wahre Liebe bedeutet."

Ich blieb sechs Jahre in Hannover und arbeitete als Fremdsprachensekretärin, zuerst bei den Engländern, danach in einem amerikanischen Büro. Anschließend in der Redaktion einer protestantischen Wochenzeitung, wo ich meine ersten Artikel veröffentlichte, sowie für eine politische Partei. Schließlich für die Militärmission und das französische Kulturzentrum. Am Ende dieser sechs Jahre sprach ich fließend englisch und französisch, sogar in meinen Träumen.

Nach dem Krieg war das Leben in einer großen, stark ausgebombten Stadt nicht leicht. Es war praktisch nichts mehr heil. Im Sommer blühten zartlila Blüten auf dem Schutt. Die Leute sagten: „Da wo besonders schöne Blumen wachsen, liegt ein Toter unter den Steinen. Er düngt die Pflanzen."

Das deutsche Geld hatte überhaupt keinen Wert mehr. Als die Währungsreform in Aussicht stand, gerieten alle Schwarzmarktkönige in Panik, was sollten sie mit ihren vielen tausend Reichsmark anfangen, die durch die D-Mark ersetzt werden würden?

Keramik- und Souvenirläden wurden in Nullkommanix leer gekauft. Die Menschen kauften wie verrückt, um ihr altes Geld loszuwerden: Zigaretten für 50,- Mark das Stück, 100 Kilo Salz, mottenzerfressene Pferdedecken vom Militär. Frauen ließen sich eine Dauerwelle nach der anderen legen, und die Wartezimmer der Ärzte, Zahnärzte und Orthopäden wurden nicht leer.

Das ging so bis zum 20. Juni 1948, wo Schlag Mitternacht die Währungsreform rechtskräftig wurde und alle Deutschen das gleiche Vermögen besaßen: 40,- DM.

Aber vor der Währungsreform habe ich oft richtig gehungert. Die Zuteilungen auf den Karten waren winzig. Bei einem einzigen Buffet im Club Mediterranée isst man heute wahrscheinlich mehr Kalorien, als damals einen Monat lang auf Marken.

Aus der damaligen Zeit habe ich einen tief verwurzelten Widerwillen gegen jegliche Verschwendung zurückbehalten. Ich werfe nie ein Stück hartes Brot weg. Ich gebe es den Vögeln oder tunke es in Milch für meine Katzen. Ich koche Suppe aus den Resten vom Vortag. Ich lese einen Knopf oder Bindfaden vom Boden auf und schicke abgelegte Kleidungsstücke nach Madagaskar. Und ich lösche Licht, das unnötig brennt. Man zieht mich manchmal auf: du bist geizig und pingelig. Aber ich bin dem Schicksal dankbar, das mich gelehrt hat, ein vertrocknetes Stück Kuchen nicht weniger zu schätzen als das beste Festessen.

So ein Stück Kuchen, aber lecker und frisch, stand mir übrigens jeden dritten Tag im Büro der britischen Militärregierung zu. Es wurde uns um Punkt fünf Uhr mit der traditionellen Tasse Tee auf einem Tablett durch den persönlichen Steward unseres Chefs Major O Connors serviert.

Wir waren drei Sekretärinnen in einem Entnazifizierungsbüro. Jede saß von acht Uhr morgens an über ihre Schreibmaschine gebeugt. Major O Conners befasste sich mit den Fragebögen, die jeder Deutsche ausfüllen musste, um seinen „Persilschein" zu bekommen. Er hatte die Ermittlungen durchzuführen, um ehemalige Nazis und Heuchler herauszufinden, die braune Flecken auf ihrer „persilweißen" Weste hatten.

Ich saß im Vorzimmer, musste Namen und Adresse der Antragsteller aufnehmen und sie einen nach dem anderen zu unserem Security Officer hineinführen. Diese für ein junges Mädchen ziemlich verantwortungsvolle Stelle, das außer mit zwei Fingern tippen und ein paar Sätzen Englisch nichts konnte, hatte ich bekommen, weil mein Vater als Naziverfolgter eingestuft worden war. Die Leute, die da im Vorzimmer saßen, waren oft recht unsympathisch. Schon in der Tür verkündeten sie mit lauter Stimme, dass sie mit den Nazis wirklich nichts zu tun gehabt hätten, sondern nur harmlose Mitläufer gewesen seien und ob ich, die doch so gut englisch konnte, nicht bei meinem Vorgesetzten ein gutes Wort einlegen und ihm klar machen könne, dass sie weiß wie Schnee seien. Erst als sie vor ihm saßen, wurde ihnen klar, dass der Major besser Deutsch sprach, als die meisten von diesen Holzköpfen.

Häufig wurden uns kleine Geschenke gemacht: Kekse

aus alten Wehrmachtsbeständen, die von Würmern wimmelten und so trocken waren, dass sie auseinander fielen, wenn man sie auspackte, Äpfel oder Kohl, die wir im Papierkorb versteckten, damit unser Chef nichts davon sah. Sogar Gummiband, wobei man sich zugleich einen Blick auf unsere nackten Beine und unsere ärmliche Flüchtlingskleidung erlaubte mit der Bemerkung: „Ihr jungen Mädchen habt doch bestimmt immer mal Ärger mit einem Rock, bei dem der Bund aufgeht oder mit einem rutschenden Schlüpfer, stimmt doch?"

Keine von uns Dreien nahm jemals Geld an – außerdem konnte man mit Reichsmark sowieso nichts anfangen. Aber Hunger hatten wir immer. Unser Frühstück bestand aus einer Tasse Ersatzkaffee ohne Milch, gesüßt mit Saccharin, zwei dünnen Scheiben Brot, als Belag Rübensirup.

Das Mittagessen in der Kantine verschlang die Hälfte unserer Essensmarken. Es gab z.B. Graupensuppe mit Pflaumen drin, sonst nichts, keinen Hauch von Fett und auch nur einen kleinen Teller. Es schmeckte einfach grässlich. Am Freitag gab es eine magere Makrele mit Kartoffelsalat in Essigsoße. Für Studenten wurde die Hooverspeisung ausgegeben, aber leider gehörte ich nicht dazu.

Abends bereitete ich mir in meinem kleinen gemütlichen Zimmer mein Essen auf einem Spiritusbrenner – vorausgesetzt ich hatte Spiritus aufgetrieben. Es war Kohlsuppe mit einmal in der Woche fünfzig Gramm magerem Rindfleisch. Diese Suppe wurde an drei Abenden aufgewärmt. Den Kohl hatte mir mein Onkel von dem Gut geschenkt. Um das Fleisch hatte ich eine Stunde Schlange gestanden. Uns standen in der Woche 1000 Gramm Brot, 100 Gramm Fleisch, 62,5 Gramm Fett und 100 Gramm Zucker zu.

Aber alle drei Tage gab es den leckeren englischen Kuchen, der mit richtigem Zucker und bestimmt einem Ei gebacken war. Er hatte einen bonbonrosa Überzug und war mit kleinen Liebesperlen bestreut. Major O Connors bot uns abwechselnd die Hälfte von seinem Kuchenstück an. Seit dem frühen Morgen dachten wir an nichts anderes. „Glaubst du, dass er heute mit Schokolade glaciert ist?" – „Nein, eher mit Vanille wie letzten Dienstag." – „Findest du nicht, dass mein Stück gestern viel kleiner war?" – „Glaubst du, dass der Steward überhaupt kommen wird? Es ist schon fünf nach fünf."

Wenn der Major außerhalb Dienst hatte oder erst nach Büroschluss zurückkehrte, um sechs oder gar erst um acht Uhr, blieb die, die an jenem Tag mit ihrem Kuchen dran war, bis zu seiner Rückkehr an ihrem Platz, beugte sich über irgendwelche Papiere und hatte nur einen Gedanken im Kopf: my cake!

An einem sonnigen Morgen verunglückten Major O Connors und sein Adjutant tödlich mit ihrem Wagen auf dem Weg nach Schloss Herrenhausen auf einer ganz geraden Straße.

Sein Nachfolger, ein dicker, rotgesichtiger Hauptmann, der die Deutschen nicht leiden konnte, aß seinen Kuchen vor unseren gierigen Augen alleine auf und verlangte noch ein zweites Stück. Das alles stieß mich so ab, dass ich um meine Versetzung bat.

Ich kam in die Abteilung für öffentliches Gesundheitswesen. Diese befasste sich fast ausschließlich mit Vergewaltigungen, Prostitution und „maisons closes", den heutigen Freudenhäusern. Was ich da zu hören bekam und ohne rot zu werden in Steno aufnehmen musste, hätte ich mir in meiner behüteten Jugend nie träumen lassen. Unser Vorgesetzter, ein englischer Offizier mit blondem Schnurrbart, ähnelte dem berühmten Major Watson. Er war trocken wie eine Bohne und immer tipptopp gekleidet. Er diktierte, als handelte es sich um die Reportage eines Kricketspiels und ließ sich nicht die geringste Gemütsregung anmerken, nicht einmal bei den gröbsten Ausdrücken (die wir übrigens erst im Lexikon suchen mussten). Einige Berichte waren einfach köstlich.

Aussage der Klägerin, Frau X, neunundzwanzig Jahre: „In der Nacht vom ... musste ich dringend auf die Toilette. Ich schlich im Nachthemd aus der Hintertür in den kleinen Garten an der Straße, denn ich wollte meine Schwiegermutter, die neben dem Klo schläft, nicht wecken. Ich hockte mich nieder, aber bevor ich meinen Schlüpfer wieder hochziehen konnte, warf mich ein Mann in englischer Uniform auf den Rasen und verpasste mir einen kompletten Geschlechtsverkehr mit Ejakulation."

Aussage des Korporals W., sozusagen von der Klägerin wiedererkannt: „Ich kam aus der Unteroffiziersmesse auf dem Weg zu unserem Quartier und benutzte eine Abkürzung durch ein Garten-Viertel der Zivilbevölkerung. Das tun wir alle. In dieser Nacht schien der Vollmond ganz rund und weiß. Wir hatten ziemlich viel getrunken. Plötzlich sah ich etwas wie einen kleinen glänzenden Mond im grünen Gras, direkt zu meinen Füßen. Da konnte ich mich nicht beherrschen, umso mehr als die Klägerin ausgesprochen willig war. Man geht doch nicht nackt in seinem Garten spazieren, wenn der Vollmond scheint."

Ein französischer Vorgesetzter hätte, auch wenn er gut erzogen gewesen wäre, bestimmt nicht auf anzügliche Bemerkungen verzichtet. Aber unser Hauptmann Watson zuckte nicht mit der Wimper. Er fragte nur: „Haben Sie alles mitgeschrieben? Dann gehen wir zum nächsten Fall über."

Soweit ich weiß, war der einzige Zweck jener Dienststelle, Übertragung von Geschlechtskrankheiten durch leichte „Gretchen" auf die Tommies zu verhindern (Man nannte sie „Veronika Danke Schön" – Veneral Disease). Es ging also selten darum, die deutschen Frauen vor möglichen Vergewaltigungen oder Missbrauch zu schützen. Auf jeden Fall waren solche Fälle selten und in keiner Weise zu vergleichen mit dem, was in der russischen Zone geschehen war. Was die Franzosen anging, so wandten sie hauptsächlich ihren Charme als Taktik an, was sich auch meistens als erfolgreich erwies.

Wenn unsere Bezahlung, verglichen mit vielen anderen, auch einigermaßen annehmbar war (ungefähr 100,- DM pro Monat), so hatten wir doch immer noch genauso viel Hunger, das heißt, es war nicht nur physischer Hunger, sonder auch Lebenshunger und Erlebnisdurst.

Wir, das hieß einige Freunde aus der Jugendzeit, die wir uns zufällig in dieser zerstörten Stadt wieder getroffen hatten, zum Beispiel Isa, die ich seit unseren Pensionatsjahren nicht mehr gesehen hatte. Sie fuhr zufällig mir der gleichen Straßenbahn wie ich an dem Abend, als mir gerade meine Umhängetasche mit allen Papieren, Monatslohn und Lebensmittelkarten gestohlen worden war. Der Dieb hatte den Riemen durchgeschnitten, als ich versucht hatte, nur zwanzig Zentimeter für meine Füße auf dem Trittbrett zu finden.

Ich lud Isa ein, mit mir ein Glas in meiner Höhle zu trinken, damit wir uns gegenseitig den Rücken stützen konnten. Da sie weder Wohnung noch Arbeit hatte, bot ich ihr an, mein Zimmer mit mir zu teilen. Wir blieben mehrere Jahre zusammen und arbeiteten nicht nur tagsüber, sondern oft auch noch abends, bisweilen an der Grenze des für junge Mädchen Schicklichen: als Sektverkäuferinnen für Pony-Sekt bei den Sechs-Tage-Rennen oder als Taxi-Girls in einer Bar, wo der Inhaber glücklicherweise streng darauf achtete, dass wir nur zum Tanzen und zu Gesprächen aufgefordert wurden und es dabei blieb.

Isa hatte als Serviererin Arbeit in einer englischen Offiziersmesse gefunden. Nach Feierabend kauten wir den Kaffeesatz aus Bohnenkaffee, den sie aus der Kaffeemaschine der Tommies zusammengekratzt hatte, und aßen richtiges Weißbrot, wenn es sich auch schon bog und halb verkohlt war, da sie es aus den Mülleimern „organisiert" hatte.

„Wir sollten ein kleines Fest geben." Ich weiß nicht mehr, wer von uns beiden die famose Idee hatte. Auf jeden Fall hatten wir die Nase voll davon, nichts anderes im Leben zu tun, als bei Nacht und Nebel aufzustehen, zur Arbeit zu fahren und oft mit leerem Magen und Herzen in unserem kalten Zimmer frühzeitig ins Bett zu gehen, weil wir so froren.

„Wir müssen einen Saal mieten, ein Orchester auftreiben, Einladungen an unsere Freunde verschicken und von jedem 5,- DM kassieren. Das könnte klappen," sagte ich eines Abends.

Das Lokal, das ich fand, war eine alte, stillgelegte Mühle, sehr originell, aber ziemlich heruntergekommen. Die Orchestermitglieder zeigten viel guten Willen, spielten aber falsch. Sie hatten sich ihre Instrumente bei der Stadtkapelle ausgeliehen. Stereo und Amplis gab es noch nicht. Welch ein Glück!

Wir hatten ungefähr 60 junge Leute eingeladen. Sie stammten alle aus Adels- und Großbürgerfamilien des deutschen Ostens. Das bedeutete, sie hatten nichts. Die Reichen waren die Dunkelmänner, die Schwarzmarktkönige, die

Magnaten des Schrotthandels. Mit denen verkehrten wir nicht.

Einige Sprösslinge großer westdeutscher Güter, die natürlich nichts verloren hatten, weil sie nicht vertrieben worden waren, mischten sich unter die jungen Flüchtlinge und wurden von den wenigen anwesenden Müttern mit Wohlwollen fixiert. Unter anderen waren die Prinzen von Hannover und der „schöne Amsi", Claus von Amsberg, auf unseren Festen, der dort der Hahn im Korbe war. 1966 heiratete er die holländische Kronprinzessin Beatrix.

Mehr als 300 Personen drängten sich am 11. Oktober 1947 vor dem Eingang zu unserem ersten Ball. Das Lokal hatten wir „Hotel zum geduldigen Lamm" getauft. Die geduldigen Lämmer der Nachkriegszeit waren wir. Aber wir resignierten nicht!

Wir tanzten bis zum frühen Morgen. Das Ganze hatte einen ungeheueren Erfolg. Wen entdeckten wir nicht alles wieder! Jungen, von denen wir angenommen hatten, dass sie in Russland umgekommen seien, tanzten Bebop mit einem Holzbein. Wir trafen Mitschülerinnen aus dem Pensionat, deren Eltern von den Nazis erschlagen oder im brennenden Hamburg lebendig begraben worden waren.

Wir tanzten den Chatanooga Chouchou. Wir grölten im Chor: „Es geht alles vorüber, es geht alles vorbei, am ersten Dezember gibt's wieder ein Ei!" (auf unserer Lebensmittelkarte!). Oder „Zementmixer, mix mir ein Haus!" Der "Tiger Rag" brachte uns toll in Stimmung, als ob Teddy Stauffen persönlich mit seiner Band spielte. Wir waren jung. Wir legten beim Slow-Fox den Kopf an die Schulter unseres Tanzpartners und schlossen die Augen. „Wanna take a sentimental journey", „You are my sunshine", „Don't fence me in" oder „Smoke gets in your eye" und „Bella, bella, bella,

Marie, bleib mir treu, ich komm zurück morgen früh." Das war einer der wenigen deutschen Schlager jener Zeit, und nach Mitternacht persiflierten wir: „Ich bring dir Fisch morgen früh."

Wir hatten uns die Strumpfnaht auf die bloßen Beine gemalt und trugen Kleider aus Fallschirmseide, aber im New Look von Dior. Wir wurden wild, wenn das Orchester „In the mood" von Glenn Miller, „We re rocking round the clock" oder den bekannten „Lambeth Walk" anstimmte.

Das war nun wirklich eine andere Musik als unsere Propagandamärsche!

Wir wollten leben und vergessen. Nie mehr die verhassten Wörter Kampf, Opfer, Führer, Sieg oder Tod hören, bei denen uns übel wurde. Das abgedroschenste Wort aber war Volk in allen Varianten: Volkssturm, Volksbewusstsein, Jungvolk, Volksabstimmung, Rache des Volkes, Volkswagen, Volksempfänger, Volksverrat, Volksseele, Volkstracht, Umvolkung statt Umsiedlung, nie Völker, immerzu Volk. Wir wollten jetzt Einzelmenschen sein, unser Ich entdecken, uns keine Ideen mehr wie von einem Presslufthammer einhämmern lassen... Volk, Volk, Volk und du bist nichts. Jetzt mussten wir endlich lernen, selber zu denken und mit unserem Gewissen Verbindung aufnehmen. Uns gingen plötzlich die Augen auf: „Es gibt kein verordnetes Denken, jeder muss selbst entscheiden, was er glauben will und darf" (Christian Graf von Krockow). Die Schrecken des Krieges und die nicht ganz ungefährlichen Nachkriegsjahre mit ihren gewissenlosen Profitbonzen und unglaublichen Kriminalfällen verdrängten wir. So brüllten nachts um drei Uhr siebzehnjährige Küken, junge Ehepaare, Spätheimkehrer und verständnisvolle Eltern gemeinsam:

In Hannover an der Leine
Rote Reihe Nummer acht
Wohnt der Massenmörder Haarmann,
Der aus Menschen Würstchen macht.

Warte, warte noch ein Weilchen,
Dann kommt Haarmann auch zu dir
Mit dem kleinen Hackebeilchen
Macht er Fleischsalat aus dir.

Aus den Knochen macht er Seife
Aus dem Hintern macht er Speck,
aus den Augen macht er Sülze
und den Rest, den schmeißt er weg.

Nach einer altbewährten Methode bekämpfen wir das Übel mit Übel, indem wir es aus-übelten. Bloß vergessen, uns verlieben, uns diesem verdammten Leben in die Arme werfen, das uns bisher so geschüttelt hatte.

„Hey bubber ree bubb" spielte die Kappelle. „He, komm mal rüber", schrien alle, berauscht von der Lebensgier, nicht vom Alkohol, den wir ja nicht hatten. Ich weiß bis heute nicht, was „Hey bubber ree bubb" bedeutete.

Die Nachricht von diesem Fest verbreitete sich wie ein Lauffeuer in ganz Deutschland. Im folgenden Jahr musste ich zur Faschingszeit einen größeren Saal mieten, direkt über dem Hauptbahnhof von Hannover, sowie ein viel größeres Orchester. Wir waren mehr als 600 Personen, die „auf einem Vulkan tanzten". Das war diesmal das Motto unseres Kostümballs.

Im Jahr danach feierten 1000 „Schiffsbrüchige auf einem Atoll" und wieder ein Jahr später 2000 "Räuber und Freibeuter" in mehreren Sälen der Stadthalle. Die hannoveranesche Bereitschaftspolizei tat Dienst und regelte den Verkehr, drei Orchester spielten und viele Angehörige der älteren Generation waren anwesend. Um sechs Uhr morgens wurde Zwiebelsuppe serviert. Kein Opfer war zu groß, um bei unseren Festen dabei zu sein. Katinka kam per Anhalter aus Bayern, 1200 Kilometer und vierundzwanzig Stunden teils im LKW, teils auf verschneiten Straßen wartend. Die D. fuhren zu sechsen in einem alten Opel, der vier Mal unterwegs den Geist aufgegeben hatte. Ulli und Vera saßen beide auf einem rostigen Fahrrad, wobei sie ihre in alte Zeitungen eingewickelten Tanzkleider auf dem Lenker transportierten. Herrat lief am frühen Morgen neun Kilometer durch Schnee und Glatteis fast barfuss. Ihre Tanzschuhe hatten von den höllischen Bebops Löcher bekommen. Die Brüder S. hatten sich den Trecker ihres Onkels ausgeliehen. Als er am anderen Morgen bei minus fünfzehn Grad nicht anspringen wollte, mussten sie sich von zwanzig jungen Leuten anschieben lassen. Pierrot Blaubart, Meerjungfrauen oder eine nur mit zwei Kokosnüssen und Baströckchen kostümierte Tahitianerin, alle waren natürlich beschwipst, zerzaust, laut und ausgelassen. Die ehrbaren Bürger, die sich für den ersten Morgengang mit ihrem Dackel bis zur Nasenspitze eingemummelt hatten, kamen aus dem Staunen nicht heraus. Zahlreiche Heiraten und Freundschaften entstanden auf unseren Festen. Und bis heute wird noch unter den Dächern von Holstein, der Pfalz oder des Rheinlandes den Enkeln von den wilden hannoveraneschen Maskenbällen erzählt, die ich mehr oder weniger allein organisiert hatte.

Ich ging viel aus und saugte Filme, Konzerte und Theaterstücke in mich hinein. Unter anderen „Draußen vor der

Tür" von Wolfgang Borchert, „Der Hauptmann von Köpenick" von Carl Zuckmayer oder „Wir sind noch einmal davongekommen" von Thornton Wilder. Dieses Stück war Kult zu unserer Zeit. Alle, die es sahen, betonten: Das betrifft uns mehr als alle anderen, weil auch wir gerade noch davongekommen sind. Ich versäumte keinen neuen Film, vor allem nicht die mit der von mir bewunderten Hildegard Knef, „Die Sünderin" zum Beispiel, ein Film, der wegen seiner gewagten Liebesszenen einen Skandal auslöste. Magda Schneider und Wolf Albach-Retty, die Eltern von Romy Schneider, und die schöne Maria Schell, die man wegen ihrer meist tragischen Rollen die Heulboje des deutschen Kinos nannte, beeindruckten mich sehr.

Damals schrieb ich einmal in mein Tagebuch: „Wenn eine gute Fee mich fragen würde, was wünschst du dir, bät ich um ein blaues Auto, viel Sonne, sogar im März, echte Lederschuhe und jeden Tag Gäste und Zigaretten." Diese primitiven Wünsche bekam ich alle später erfüllt, aber ich musste noch lange warten.

Im Kulturzentrum der Alliierten konnten wir englische und französische Filme sehen: „Fanny by gaslight", „Brief encounter", „Enfants du paradis", im Originaltext. Das öffnete mir neue Türen.

Ich traf mich oft mit einer Gruppe junger Christen. Wir sangen in Bahnhofskellern Kirchenlieder mitten zwischen den Gangsterbossen des Schwarzmarktes, den Verlorenen, den Zuhältern und Nutten und den Flüchtlingen ohne Bleibe. Abends besuchte ich dann in der Volkshochschule Kurse für Russisch und Spanisch.

Bloß verliebt hatte ich mich bei all meinen Unternehmungen bisher noch nicht. Aber das kam dann ganz plötzlich über mich. Mein Verführer war weder ein schöner blonder Vetter dritten Grades, noch einer der Söhne niedersächsischer Gutsbesitzer, die ihre Güter und ihren alten Namen noch hatten. Er war englischer Offizier, zweiunddreißig Jahre alt, verheiratet und Jude. Schlimmer ging es in den Augen meiner Eltern wirklich nicht.

Ich arbeitete für ihn mit anderen Tippfräuleins in einem Büro der englischen Militärbehörde. Die Mädchen waren nett, aber ziemlich ungebildet. Da wir nicht über Klamotten reden konnten (die konnten wir uns nicht leisten), übers Fernsehen auch nicht (es existierte noch nicht), sprachen wir vom Essen. Das hatten wir auch kaum, aber wir konnten es uns wenigstens vorstellen, und von unseren „Männern". Diese Männer waren alle Engländer. Das wurde oft abfällig und bitter kommentiert, besonders natürlich von den Männern der geschlagenen Armee. „Er ist für's Vaterland gefallen, sie für zehn Zigaretten" las man an den Wänden zerstörter Häuser. Deutsche Mädchen, die einen englischen Freund hatten, wurden zwar nicht kahl geschoren, aber „Tommy-Huren" geschimpft. Wenn sie bei einer Witwe zur Untermiete wohnten – es gab viele Witwen in Deutschland –, zeigten die Vermieterinnen offen ihre Verachtung und teilten Nachbarinnen und Familienmitgliedern ihre verletzten moralischen und patriotischen Gefühle mit. Zur gleichen Zeit tranken sie aber genüsslich die Tasse Bohnenkaffee, die die „Hure" ihnen von ihrem Tommy mitgebracht hatte. Eigentlich war es ja vom menschlichen Standpunkt her gesehen ganz normal, dass der junge Mann dem Mädchen, in das er verliebt war und das zum Frühstück nichts als ein Stück trockenes Brot gegessen hatte, Dinge mitbrachte, die er für wenige Cents in seiner Kantine kaufen konnte, die für die Deutschen aber eine Kostbarkeit bedeuteten. So nahm auch eine Witwe, deren Kinder noch nie ein Stück Schokolade gesehen hatten, ein solches Geschenk von einem verliebten Tommy dankbar an. In den meisten Fällen war hier keine Spur von Käuflichkeit mit im Spiel.

So viel Heuchelei brachte mich auf die Palme. Deshalb schrieb ich eines Tages meinen ersten Leserbrief an die größte Tageszeitung Hannovers. Das hätte ich lieber unterlassen sollen. Ich wäre um ein Haar gelyncht worden.

Eine meiner Kolleginnen, die mir eine gute Freundin geworden war, hatte sich mit einem englischen Offizier angefreundet, einem charmanten Mann, der in Indien aufgewachsen war. Sie hatte dabei bestimmt keine Hintergedanken in Richtung Nescafé, Players oder Corned Beef. Seit ihrer ersten Begegnung waren sie sicher, dass sie heiraten und eine Familie gründen würden. Aber Barbara musste sich harte Kritik sowohl von Seiten ihrer eigenen Familie als auch von ihrer zukünftigen Schwiegerfamilie gefallen lassen.

„Was, du bringst uns ein Nazimädchen, eine Kriegsverbrecherin ins Haus...!" Das Beispiel all jener Deutschen, die sich den Siegern an den Hals warfen, um Corned Beef und Dosenbutter zu bekommen, war ja eine Realität. Wer wollte den ersten Stein werfen? Es gab aber viele, die mit einer Hand Steine warfen und mit der anderen Geschenke annahmen.

Ich hatte in meinem Brief geschrieben, dass wir Hass und Bitterkeit und alle Gedanken an unseren schrecklichen verlorenen Krieg begraben sollten. Wir müssten einen Strich unter all das ziehen und Eheschließungen zwischen Alliierten und Deutschen unterstützen, statt junge Frauen, die einen Engländer, einen Ami oder einen Franzosen heiraten wollten, zu beschimpfen und anzuprangern. Und außerdem: Kamen nicht nach dem schrecklichen Aderlass dieses Krieges drei Mädchen auf einen deutschen Mann?

Ich fügte noch hinzu, dass manche Kriegsheimkehrer zu stolz seien, einem Besatzungssoldaten die Hand zu geben, und außerdem drohten, ihre Schwester eher zu töten als zuzulassen, dass sie einen ehemaligen Feind heiratete. Aber dass die gleichen Männer sich auf weggeworfene englische Zigarettenkippen stürzten wie Spatzen auf Pferdeäpfel. Das hätte ich natürlich nicht schreiben dürfen. Es war reine Bosheit. Ich zeichnete mit meinem vollen Namen.

Die Redaktion erhielt Dutzende von Briefen und Anrufen, manche sehr vulgär. Man nannte mich Schlampe und Hure und drohte mir mit allen möglichen Strafen. Ein Glück, dass ich meine Adresse nicht angegeben hatte und kein Telefon besaß! Die Redaktion veröffentlichte mehrere Antworten. Zwei kamen von Frauen, alle anderen von Männern, die sich in ihrer Ehre und ihrem Selbstbewusstsein gekränkt fühlten.

Eines Abends fand ich bei der Rückkehr von der Arbeit einen fremden Mann auf meinem alten Sofa vor. Meine Wirtin hatte ihn hereingelassen, weil er sich als mein Vetter vorgestellt hatte.

Es handelte sich tatsächlich um einen entfernten Freund der Familie, einen ehemaligen Offizier, der Nachforschungen angestellt und meine Adresse herausgefunden hatte. Ich hatte ihn aber noch nie gesehen. Er war gekommen, um mir tadelnd und in der Rolle eines großen Bruders die Leviten zu lesen. Er gab sich verständnisvoll, konnte aber mein Verhalten nicht gutheißen. Ich bot ihm Tee an und hörte artig zu. Nach einer Stunde fing er aber plötzlich an, mir ziemlich den Hof zu machen. Da begleitete ich ihn schnell zur Tür.

Ungefähr sechs Monate später fuhr ich irgendwo in Deutschland per Anhalter. Autostop war fast das einzige Fortbewegungsmittel, denn die Züge waren immer noch überfüllt und die Fahrpläne total unzuverlässig.

An Wochenenden und im Urlaub fuhr ich immer sehr gerne weg, um Freunde zu besuchen und Kathedralen zu besichtigen, die im Krieg nicht zerstört worden waren. Ich liebte es, in unbekannten Wäldern zu wandern, als Kind des pommerschen Flachlandes bayrische Berge zu besteigen oder zu einer Tanzerei zu fahren.

Ich saß also im Führerhaus eines LKWs neben einem Mädchen, das aus der russischen Zone geflüchtet war. Wir sprachen von allem Möglichen, was man so mit einem LKW-Fahrer reden kann, unter anderem auch über Ehen mit Ausländern. Der Fahrer erzählte dem Mädchen: „Ich habe einmal in einer Zeitung einen Leserbrief gesehen. Der war von einem Mädchen, noch dazu mit ellenlangem Namen, die schrieb, dass die deutschen Frauen recht täten, wenn sie Tommys heirateten. Und dass Frontheimkehrer, nach fünf Jahren beim Kommiss in diesem Scheißkrieg, wo sie sich beim Iwan die Eier abgefroren haben, pardong Frollein, aber so sprachen die Landser, wo Millionen von deutschen Soldaten wie die Hunde krepiert sind, sich jetzt bücken und die Kippen der Engländer aufsammeln. Wenn mir diese Schlampe jemals über den Weg laufen würde, die würde ich vergewaltigen, das schwöre ich Ihnen, die würde ich an den Haaren über den Boden schleifen und drauf spucken."

Man kann sich leicht vorstellen, dass ich ihn ganz schnell auf ein anderes Thema brachte. Ich fühlte aber auch undeutlich, dass es vielleicht weder sehr moralisch noch sehr loyal war, für die ehemaligen Feinde Interesse zu zeigen, wo sich unsere Männer, Väter und Brüder Füße und Herzen auf allen Kriegsschauplätzen der Welt erfroren hatten.

Aber wir kamen mit unseren englischen Vorgesetzten und Kollegen tagtäglich in Kontakt. Sie waren jung, höflich, gut genährt, wie Luxusartikel in einem wunderbaren Schaufenster. Sie trugen eine schicke Uniform, rochen nach Aftershave und sprachen von anderen Dingen als Stalingrad, Sanatorium oder dreißig Gramm Schweineschmalz, das auf die Marke A6 ausgegeben würde.

Mit ihnen konnten wir unser Englisch verbessern, das die meisten Angestellten des britischen Hauptquartiers nur stockend und mit sehr deutschem Akzent sprachen, denn der Fremdsprachenunterricht war ja im Dritten Reich sehr mäßig gewesen.

Es war ganz natürlich, dass ich mich zu Martin M. hingezogen fühlte. Er lud mich zum Tanzen in die Offiziersmesse ein. Dort waren nur deutsche Frauen, aber keine deutschen Männer zugelassen. Er brachte mir den „lambeth-walk" bei und ließ mich Gin-Tonic probieren. Am Sonntag fuhren wir im Auto durch die schöne grüne Landschaft. Ich lernte Limericks auswendig und vertiefte mich begeistert in die Welt von Agatha Christie, Cronin und Somerset Maugham. Martin sah blendend aus, war geistreich, immer guter Laune und sehr zuvorkommend gegenüber dem jungen Mädchen, das sich in der großen zerbombten Stadt ein wenig verloren vorkam.

Jedes Mal brachte er mir etwas mit, das direkt aus dem Schlaraffenland zu kommen schien: Nescafé, Schokoladenéclairs, Karamelbonbons, die auf der Zunge zergingen, Dosenschinken, Zigaretten und Sträuße aus Wiesenblumen, die er selbst gepflückt hatte. Die waren das Schönste für mich. Ich war noch nie so verwöhnt worden.

Unter einem blühenden Apfelbaum auf einer Anhöhe, von wo aus man einen weiten herrlichen Blick auf die Frühlingslandschaft hatte, sagte er mir, dass auch er mich leidenschaftlich liebe, aber seine Frau und Tochter nie verlassen würde. Wir fuhren noch oft zu unserem Apfelbaum, aber als die Äpfel reif waren, wurde Martin aus der Armee entlassen und ging nach England zurück.

Ich war untröstlich und schrieb ihm lange Briefe, die ich aber aus Rücksicht auf seine Frau nie abschickte. Mit mir hatte er sie zum ersten Mal betrogen. Er hat mir nur einmal kurz geschrieben. Ich weiß seine Zeilen heute noch auswendig: „Als ich nach Deutschland kam, fühlte ich, dass dieses Land mein Herz berühren würde. Aber es wäre mir nie in den Sinn gekommen, dass ich es dort zurücklassen müsste."

Als der Apfelbaum wieder mit Schnee bedeckt war, arbeitete ich für einen Major, dem unser Büro unterstand. Er war viel älter als ich, der einzige Sohn eines Lords und damit Erbe des Titels. Er war gutherzig, sehr intelligent und belesen, hatte Augen wie ein Spaniel und lange Wimpern. Seine Frau war Schauspielerin.

Wir wollen ihn Bob nennen. Bob war ein bekannter Schriftsteller. Wir führten lange Gespräche über Literatur und Esoterik. Ihm verdanke ich viel, besonders die Freude am geschriebenen Wort. Die zwölf Monate unserer freundschaftlichen Verbindung gehören zu den besten Erinnerungen meiner Jugendjahre.

Zu jener Zeit hätte ich meinen Traum, Journalistin oder Reporterin zu werden – nachdem es mit der Medizin nicht geklappt hatte – fast verwirklicht. Nachdem ich auf eine kleine Anzeige der offiziellen kommunistischen Parteizeitung geantwortet hatte, die eine freie Mitarbeiterin suchte, scheiterte der Plan am Widerstand meines Vaters.

„Du solltest die Stelle annehmen", riet mir Bob. „Es wäre sehr gut für uns, wenn wir jemanden bei den `Kommis` hätten. Du könntest uns über alles berichten, was bei ihnen so vor sich geht. Wir bezahlen dich für deine Dienste, und du hättest dann zwei Gehälter." „Wir" war unsere Dienststelle, die Spionage-Abwehr, „The British Intelligence Service". Ich war auf dem besten Weg, Spionin zu werden, aber es machte mir nichts aus. Schreiben war alles, was ich wollte. Außerdem fand ich die Idee eines doppelten Gehaltes sehr attraktiv.

Ich stellte mich also im Büro der erwähnten Zeitung vor und wurde nach allen Regeln der Kunst „auseinander genommen". „Welche russischen Autoren haben Sie gelesen?" lautete eine der Fragen.

Ich erinnerte mich nur noch vage an „Anna Karenina", aber der Schriftsteller fiel mir nicht ein. Trotzdem wurde ich aus einem Dutzend Kandidaten ausgewählt. Möglich, dass ich eine Art von Paradepferd werden sollte, eine Ex-Kapitalistin, die sie für die Sache des Volkes umschulen und gewinnen würden.

Am Abend vor der Unterzeichnung meines neuen Arbeitsvertrages teilte ich Vater meine Entscheidung mit. Er fiel natürlich aus allen Wolken. „Unmöglich, dass meine Tochter für die Kommunisten arbeitet, niemals! Du bringst mich um, wenn du das tust. Davon kann nicht die Rede sein!"

Also nahm ich Bob mit nach Hause und stellte ihn meinen Eltern vor. Sie waren hingerissen von seinem guten Deutsch und seinen einwandfreien Manieren, sowie seinem Titel. Beim Abendessen erklärte er ihnen das doppelte Spiel, das ich spielen sollte, wobei ich der westlichen Welt und „Leuten wie Sie und ich" einen unschätzbaren Dienst erweisen würde. Aber auf diesem Ohr blieb mein Vater taub. „Ich bekämpfe meine Feinde mit offenem Visier", sagte er höflich zu Bob. „Niemals werde ich zulassen, dass meine Tochter unseren Namen und unseren Ruf beschmutzt." Es war völlig aussichtslos, dass Bob weiter versuchte, seinen Standpunkt zu vertreten. Mein Vater blieb fest.

Ich glaube, er hatte Recht. Ich konnte mir kaum vorstellen, als Doppelagentin zu leben und sowohl die einen als auch die anderen zu hintergehen. Denn 1947 hatte ich ziemlich linke Vorstellungen, ohne mich aber deshalb mit Haut und Haaren einer Partei zu verschreiben, deren geistige Enge und totalitäre Politik mich abstießen. Als Bob mir eines Tages ankündigte, dass seine Frau in der nächsten Woche ankommen und in seine Wohnung einziehen werde, war es für mich, als hätte man mir einen Keulenschlag versetzt. Ich empfand einen richtigen körperlichen Schmerz und lief wochenlang wie ein wandelndes Gespenst umher. Jede Lebensfreude war mir vergangen. Ich ging öfter an der schönen Villa vorbei, die vorher einem Nazibonzen gehört hatte, und in der ich so glückliche Tage verbracht hatte.

Aber im Gegensatz zu den Gepflogenheiten unserer Tage, wo Ehen manchmal zerbrechen wie Weingläser bei einer polnischen Hochzeit, hatte ich eine tief verwurzelte Achtung vor der Ehe als Institution. Ich respektierte auch die Frau, die der Mann, den ich verehrte, als seine Lebensgefährtin und Mutter seiner Kinder gewählt hatte, als sie so jung und frisch war wie ich.

Vielleicht hatte ich aber auch schon ein kleines Körnchen Vernunft gefunden, das mich spüren ließ, ich sollte diese Dame in Ruhe ihre Blumen gießen lassen und Bob vergessen, wenn ich vermeiden wollte, dass es mir, wer weiß, in zehn oder zwanzig Jahren, genauso so gehen könnte wie ihr.

Ich hatte nie viel Glück mit den Männern gehabt. Aber daran war ich selber schuld, denn immer suchte ich den idealen Partner. Er sollte eine Familie mit mir gründen wollen und als stolzer Papa morgens mit dem kleinen Sohn oder der kleinen Tochter auf dem Gepäckträger seines Fahrrades die Brötchen holen. Diese kleinen Wesen hätten wir im Rausch der Liebe gezeugt, und diesen Liebeshunger, dieses Begehren des anderen würden wir immer wieder von neuem körperlich beleben. Unseren Kindern würden wir das tiefe geistige Streben weitergeben, vom dem wir nach langen philosophischen Gesprächen immer mehr durchdrungen wären. Denkste! So eine Illusion!

Ich fand schlicht und einfach bloß Männer, und das war sehr leicht. Aber trotz der Qual der Wahl fiel ich immer auf den Falschen herein. Ich erlebte jede Liebelei – die aber im Gegensatz zu heute nur selten im Bett endete – so intensiv, dass ich sicher dadurch meine Partner in die Flucht schlug.

Aber kaum, dass ich aus einem Liebeskummer wieder aufgetaucht war, der mich an den Rand der Verzweiflung gebracht hatte, packte mich schon wieder eine neue Liebe. Diese glich der vorangegangenen fast aufs Haar. Es war wie bei einer Videokassette, die sich von selbst zurückspult und gleich wieder neu einsetzt.

Heute erscheinen mir die Begegnungen während jener karnevalesken Jahre wie ein Garten voller Blumen. Am meisten Spuren hinterließen allerdings die dornigen oder wie Brennnesseln stechenden, weil ich viel durch sie lernte.

Wenn ich die alten Fotos anschaue, gebe ich zu, dass ich ziemlich hübsch war: schlank, aschblond, mit einer feinen Haut und verträumten Augen. Martin hatte aus dem schüchternen, schlecht gekleideten Landmädchen mit ungepflegten Nägeln, unmöglichen langen Wollröcken und von Tanten gestrickten Pullovern eine vorzeigbare und begehrenswerte Dame gemacht. Und meine Seele suchte beständig eine Antwort auf die Frage nach dem tieferen Sinn des Lebens und strebte nach geistigem Höhenflug und Reinheit.

Welch grausames Dilemma!

Ende der vierziger Jahre verlobte ich mich mit einem ehemaligen Piloten der Luftwaffe. Er war geschieden, sah sehr gut aus, war oberflächlich und las nur Comics und Krimis. Sein Idol war Amerika und alles, was von dort kam.

Man hatte den Eindruck, dass fünf Kriegsjahre und das viele Sterben, das er mit seinem Bomber gesät hatte, ihn fast unberührt gelassen hatten.

Wir arbeiteten zusammen in einer merkwürdigen Dienststelle. Damals durfte ich zu Keinem davon sprechen. Nachdem ich mich in diesem amerikanischen Büro mitten in der britischen Zone schriftlich und mündlich beworben hatte, waren mein Vorleben, meine ehemaligen Arbeitgeber und mein Bekanntenkreis in allen Einzelheiten von den Mitarbeitern des FBI, denn darum handelte es sich, kontrolliert worden. Das Büro nannte sich aber schlicht „Investigation Office". Das Gehalt war verführerisch, es gab eine Kantine für die Angestellten und angenehme Arbeitsbedingungen. Ich wurde eingestellt, nachdem ich einen vier Seiten langen detaillierten Fragebogen ausgefüllt und mehrere Wochen gewartet hatte. Mein zukünftiger Verlobter war mein Vorgesetzter. Die Dienststelle lud alle ehemaligen deutschen Kriegsgefangenen ein, die aus Russland heimgekehrt waren, um sie zu verhören. Sie bekamen ihre Reiseunkosten, Unterkunft und Gehaltausfall ersetzt, ob sie nun Ärzte, Fabrikdirektoren oder Landarbeiter waren. Sie sollten berichten, was sie in ihrem Lager und dessen näherer Umgebung beobachtet hatten.

Es war eine wahre Ameisentätigkeit. Ein riesiges Puzzle aus Informationen wurde Jahre hindurch von Dutzenden von Investigatoren erstellt. Einer von ihnen war mein Verlobter, der wie alle anderen fließend englisch sprach. Der Zeuge blieb anonym und hieß „Quelle". Die Berichte, die wir den ganzen Tag lang tippen mussten, erreichten oft eine Länge von mehreren Dutzend Seiten. Für die Investigatoren war keine Einzelheit zu geringfügig. Weder die Farbe der Dachziegel des Schuppens, indem die Werkzeuge der Arbeiter gelagert waren, noch die Ausstattung dieser Arbeiter. Wie kalt es bei Sonnenaufgang war, wann die Kerne der Sonnenblumen reiften und essbar wurden, ob der Lagerkommandant eine Freundin hatte und wie oft sie sich liebten.

Walter sprach bald vom Heiraten. Ich war sehr glücklich bei dem Gedanken, mit ihm eine Familie zu gründen, beide bildeten wir uns ein, endlich die große Liebe gefunden zu haben. Wir feierten unsere Verlobung mit Torten und Sekt. Meine baltische Patin, die einzige, die fast nichts verloren hatte, weil sie außer einigem Schmuck nichts besessen hatte, schenkte mir eine wunderschöne Brosche mit einer Riesenperle und Diamanten. Zehn Tage später erhielt mein Verlobter einen Einschreibebrief aus Amerika. In der Euphorie unserer Zukunftspläne hatte er überhaupt nicht mehr daran gedacht, dass er sich vor etwa einem Jahr für die Auswanderung in die USA beworben hatte.

Um dort einwandern zu können, durfte man kein Nazi gewesen sein – das traf auf ihn zu – und musste einen Gewährsmann drüben haben, der für alles aufkam: seine eventuelle Rückführung, seine medizinische Versorgung und

Krankenhauskosten im Fall eines Unfalls und Rechtsanwaltskosten für fünf Jahre, falls er es mit den Gerichten zu tun bekäme. Erst wenn das alles geklärt wäre, würde er Amerikaner werden. Das bedeutete eine große Verantwortung, vor allem, wenn es sich um einen Unbekannten handelte. Einer seiner Vorgesetzten des „Investigation Office", der seinen ehrlichen Charakter, seine Arbeitsfreudigkeit, seine Erfahrung als Pilot schätzten gelernt hatte und außerdem dachte, er würde einen ausgezeichneten amerikanischen Staatsbürger abgeben, hatte ihm locker versprochen, einen Bürgen für ihn zu suchen und hatte ihn nun gefunden!

Walter war im siebten Himmel, aber ich in der Hölle. Ich konnte nicht mitfahren, selbst wenn wir sofort heirateten, denn sein Gewährsmann war zwar bereit, für einen ehemaligen Feind zu bürgen, aber nicht für zwei. Außerdem hatte Walter bisher nicht die leiseste Vorstellung, was er da drüben machen könnte. Er konnte alle möglichen Flugzeuge fliegen, aber er war bestimmt nicht der einzige Pilot in den USA, der Arbeit suchte.

Aber Auswandern wollte er um jeden Preis. Vergessen waren Verlobung, Liebesschwüre, Torte, Sekt und alles Anstoßen auf unsere glückliche Zukunft. „Ich lasse dich nachkommen sowie ich Arbeit und eine Wohnung gefunden habe – du bist die Frau, auf die ich immer gewartet habe" – Worte, Worte...Ein letzter Kuss auf dem Bahnsteig eines immer noch zerstörten Bahnhofs. Eine Vorahnung, dass dies wirklich der letzte Kuss sein würde. Offenbar war mir ein einfaches Glück nicht bestimmt.

Die Vorahnung bewahrheitete sich, denn für allen Kummer und alle Liebe, die ich empfunden hatte, erhielt ich nach monatelangem Warten nur einen einzigen Brief aus

Amerika. Er war zwar zehn Seiten lang, aber mein Verlobter erklärte mir, dass er mir meine Freiheit zurückgebe und nicht wolle, dass ich nachkäme. Die Vereinigten Staaten seien kein Land für mich. Ich hätte zu konventionelle und romantische Vorstellungen. Deshalb würde ich ihn daran hindern, sich in dieser Umgebung zu entfalten. Er aber liebe den amerikanischen „way of life", seit er seinen Fuß auf amerikanischen Boden gesetzt habe.

Die ganze Geschichte war derartig banal, dass es sich nicht lohnt, noch viele Worte darüber zu verlieren. Tausende und Tausende von Frauen haben dasselbe Szenario erlebt. Ich hörte nie wieder etwas von Walter und denke heute, dass ich eine sehr schlechte amerikanische Staatsbürgerin geworden wäre.

Um auf andere Gedanken zu kommen, fuhr ich für ein halbes Jahr in die Schweiz, wo ich mich um die Kinder einer Freundin kümmerte, den Haushalt machte und Ski laufen lernte. Ihr Chalet lag in einem tiefen Tal bei St. Moritz, der Hochburg des Jet-Set. Ägyptens abgesetzter König Faruk residierte dort unter vielen anderen High-Society-Leuten. Als ich eines Tages mit meinem Schützling Flora beim Skikurs war, näherte der Ex-Monarch sich ihr und fragte sie nach ihrem Namen und ihrer Adresse. Ich stürzte mich in halsbrecherischem Slalom auf das arme Kind, um ein Unheil zu verhüten. Flora war mit vierzehn Jahren schon ein bezauberndes junges Mädchen. Wenige Jahre später hat sie einen sehr bekannten Journalisten und Verlagsbesitzer geheiratet und ist heute eine der wohlhabendsten Frauen Deutschlands.

Am Ende dieses Erholungsurlaubs in der Schweiz kehrte ich nach Hannover zurück, das immer noch in Trümmern lag. Ich arbeitete nun in einem Zeitungsverlag.

Ein plötzliches Ereignis warf mich von einem Tag auf den anderen in die Vergangenheit zurück. Diese hatte ich mit aller Kraft hinter mir lassen wollen, indem ich mich wie wild vom Strom des Lebens mitreißen ließ. Aber es gibt Türen, die man wohl nie ganz hinter sich schließen kann. Ein leichter Windstoß, und du befindest dich wieder auf den vereisten Straßen, die Russen kommen näher, der Schreckenszug stockt unter dem Angriff der Bomber, fliegende Festungen am Himmel. Vor Hunger speit man Galle, überall tote Pferde mit aufgeblähten Bäuchen, Feuer, Rauch und Kinderleichen.

Unversehens erschien mir mein Leben sehr oberflächlich im Vergleich zu dem, was die erlebt hatten, die der russischen Walze nicht hatten entkommen können.

Ich besuchte meine Mutter für einige Urlaubstage auf dem Land, denn ich brauchte dringend einen Vorrat an liebevollen Worten, guten Gesprächen, frischem Gemüse und frischer Milch. Eines Abends, als sich meine Eltern beide zu einem ihrer gelegentlichen freundschaftlichen Abendessen an den Tisch setzen wollten, wurde uns der Besuch von zwei Personen angekündigt. Man hatte sie schon durch die endlosen kalten Flure und zahlreichen Türen heraufgeführt. Einige Türen hatte man schon schlagen hören, und die neugierigen Gesichter hatten die beiden Gestalten mit dem schleppenden Gang beäugt. In dem Schloss, in dem meine Mutter einquartiert worden war, lebten immer noch ein Dutzend anderer Flüchtlingsfamilien. Die früheren Gästezimmer beherbergten jetzt bis zu fünf Personen, alles Menschen mit dem gleichen Schicksal, aber oft nicht mit dem gleichen Grad von Duldsamkeit. Zwei verwahrloste, dünne Gespenster traten in das kleine Zimmer ein. Nach einem Augenblick völliger Verwirrung fielen sich alle unter

Schluchzen in die Arme.

Lina, die fünfundzwanzig Jahre lang als Gutssekretärin bei uns gearbeitet hatte, und Hedwig, die Wirtschafterin, waren zwei unzertrennliche Freundinnen und hatten nicht mit dem Rest des Trecks fliehen wollen. Sie waren überzeugt, dass die Russen ihnen in ihrem Alter nichts antun würden. Auch könnten sie weder das grauenhafte Abenteuer einer Flucht mitten im tiefsten Winter ertragen, noch die Ungewissheit eines Neuanfangs im Westen auf sich nehmen. Hedwig war eine Frau mit ausladenden Formen gewesen, dazu hatten sicher die Zubereitung und das Abschmecken ihrer wundervollen Bechamelsoßen, Kartoffelsoufflés, Schnepfenpasteten und Schwarzwälder Kirschtorten beigetragen. Ihr rundes Gesicht war stetig von einem freundlichen Lächeln belebt, denn sie war eine sehr gütige und fromme Frau. Die Gefangenen nannten sie „Madame Pleine Lune" - Frau Vollmond.

Lina, unsere „Tante Lina", hatte meinen Bruder und mich zur Taufe getragen und uns oft versorgt, wenn unsere Eltern ausgingen. Sie war auch an die 60 Jahre alt, eine kleine untersetzte Frau, immer sehr gepflegt, tadellos frisiert und gekleidet.

Meine Eltern hatte dieser unerwartete Besuch völlig aus dem Gleichgewicht gerissen, und sie baten die beiden längst verschollen geglaubten und doch so vertrauten Gesichter, sich doch zu setzten. Beide ließen sich sofort auf das wackelige Sofa fallen, denn sie waren der Ohnmacht nahe.

Hedwig wog noch etwa 45 Kilo. Das bedeutete, dass sie mindestens fünfunddreißig Kilo verloren hatte. Ihre Haut hing lose und faltig um ihr kräftiges Knochengerüst. Das für sie so typische gütige Lächeln war verschwunden, ihr Gesicht glich einem vertrockneten alten Kürbis. Da ihre

Haare verlaust waren, hatte man sie im Auffanglager kahl geschoren. Lina hatte zwei Schneidezähne eingebüßt und lispelte. Ihre Hände, die sich immer nur mit Buchhaltung und ihrer Schreibmaschine beschäftig hatten, waren rissig und ganz krumm geworden. Zwei Jahre lang hatte sie bei Hitze, Kälte und Regen für die Polen, die jetzigen Besitzer unseres Gutes, schwerste Feldarbeit verrichten müssen. Besonders das Rübenhacken hatte sie stark mitgenommen, so dass sie wegen Gicht und Rheuma nur noch gebückt gehen konnte.

Von einem Monatsgehalt konnten sie ungefähr ein Pfund Zucker kaufen. Es gab aber keinen Zucker. Sie lebten von angefrorenen Kartoffeln, Schweinefutter, Kleie, gesammelten Beeren, Pilzen und Bucheckern. Auch von Diebstahl und Tauschhandel, indem sie in dem oft kniehohen Müll der geplünderten Häuser nach eventuellen Gebrauchsgegenständen wühlten.

Beide trugen Lumpen, die man nicht einmal einer Vogelscheuche umgehängt hätte. Besonders Linas Aufzug in einer schmutzigen khakifarbenen Armeemontur unbestimmter Herkunft erschütterte uns, kannten wir sie doch früher nur in Seidenblusen, umgeben von dem leichten Veilchenduft ihrer Spitzentaschentücher.

Seit wir in der Umgebung von Hannover untergekommen waren, hatten wir, wie Millionen von Ostflüchtlingen, jeglichen Kontakt zu unserem früheren Leben verloren. Wir hatten nichts erfahren von denen, die zurückgeblieben waren: den beiden Schwestern meiner Mutter, unseren geliebten Tanten, und all denen, die wie Lina und Hedwig nicht mehr rausgekommen waren. Die Zurückgebliebenen waren dann Jahre lang völlig abgeschnitten, es kam keine Nachricht durch. Uhren, Schreibutensilien und Papier hatte man ihnen abgenommen, alle Postämter waren ausgebrannt und geplündert worden. Alle Telefone waren zerschlagen, die Telefonleitungen gestohlen, Autos, Züge und Benzin gab es für Deutsche nicht, und die Grenzen wurden streng überwacht. Wie im Ghetto von Warschau! Die Russen hatten alle Bahngleise abmontiert und sie nach Russland verfrachtet, sowie alles, was nicht niet- und nagelfest und noch nicht verbrannt war. Wir hatten dem Roten Kreuz auf gut Glück unsere Adresse und Telefonverbindung gegeben.

Erst ab Ende 1946 wurden nach und nach alle Deutschen, die noch in den Ostgebieten geblieben waren, zwangsumgesiedelt, mit Ausnahme von Frauen, die Polen geheiratet hatten.

Die westlichen Alliierten hatten zwar den großen Bruder Stalin gebeten, die Vertreibung unter möglichst menschenwürdigen Bedingungen vor sich gehen zu lassen, dies war aber in den meisten Fällen nicht der Fall. Im Gegenteil, beim letzten Halt des „Plünder-Zuges" vor der Grenze wurde den wie Vieh zusammengepferchten Flüchtlingen alles weggenommen, was sie noch bei sich trugen: Fotos, Papiere, Sparkassenbücher - Bilder wurden zerrissen und auf die Gleise geworfen, trockenes Brot, die einzige Nahrung, mit den Füßen zertreten. Selbst Eheringe und Schmuck entgingen den intimen Leibesvisitationen junger Gauner nicht (deren Nationalität ich verschweige, denn all das gehört der Vergangenheit an und so soll es hoffentlich für immer bleiben!).

In Schlesien und in der Tschechoslowakei, deren Grenzgebiete stark von Sudetendeutschen besiedelt waren, wurden diese mit Fußtritten und Peitschenhieben aus ihren Häusern gejagt.

Viele zogen ihr Gepäck an einer Schnur hinter sich her.

Aber die Pappkoffer gingen auf, die Stricke rissen und der Inhalt verstreute sich überall. Der Zwangsmarsch ging über 250 Kilometer. Von einem Altersheim, dessen Bewohner beim Morgengrauen geweckt worden waren, überlebte keiner. Die Straße war mit Leichen von Kindern bedeckt, für die es weder Milch noch Wasser gegeben hatte. Als die Vertriebenen an der deutschen Grenze ankamen, wo die Flüchtlingslager überfüllt waren, wurden sie manchmal durch die eigenen Landsleute bis zum Grenzposten der sowjetischen Zone zurückgedrängt. Dort gab man ihnen den zum Sprichwort gewordenen Rat „Du kannst gehen nach links, du kannst gehen nach rechts, oder du kannst gehen ins Wasser". Was einige Verzweifelte dann auch taten. Das amerikanische Magazin Time schrieb damals in einer Reportage, Europa erlebe nach dem grauenhaftesten aller Kriege jetzt den schrecklichsten Frieden, den man sich vorstellen könne. Während der zehn Jahre, die auf das Kriegsende folgten, wussten die Menschen in Westdeutschland nur wenig von dem, was ich oben berichtet habe. Die Überlebenden waren entweder zu sehr damit beschäftigt, die Wunden von Körper und Seele zu heilen und eine neue Existenz aufzubauen, oder sie verbargen schamhaft, was sie besessen, erlebt oder erfahren hatten, nachdem Enthüllungen über die Nazimethoden und Fotos von den KZs alle Weltmedien überfluteten. Die übrige Welt verhielt sich nicht anders, was vielleicht verständlich ist. In der ehemaligen DDR war es übrigens strikt untersagt, irgendeine Information oder Einzelheit zu erwähnen, die nicht dem Ruhm der Sowjetunion diente. Was für eine Heuchelei in den Büros der Stasi im Arbeiterparadies!

Folgendes Beispiel: Eine junge Frau hatte sechs Jahre lang in einer Mine am Weißen Meer für die Russen geschuftet.

Endlich zu Hause, ging sie auf ein Amt, um einen Personalausweis und einen Wohnungsnachweis zu beantragen. „Wo war ihr früherer Wohnsitz?" wurde sie von dem Mann am Schalter gefragt. „Ich bin mit fünfzehn Jahren nach Russland deportiert worden, ich war im Lager X interniert und bin dann freigelassen worden, weil ich Tuberkulose habe." „Russland", explodierte der Büroangestellte, indem er auf eine Landkarte an der Wand zeigte. „Sehen Sie hier ein Russland? Es gibt kein Russland. Es gibt nur eine Sowjetunion. Und Sie werden als letzten Wohnsitz angeben: Als Folge der Kriegswirren außerhalb von Deutschland aufgehalten."[14]

Erst nach der Wiedervereinigung von 1989 lösten sich die Zungen. Heute gibt es in Deutschland eine wahre Flut von Filmen, Dokumentationen, Büchern und Broschüren, die die schreckliche und absurde Ära des Nationalsozialismus behandeln, mit dem Zweiten Weltkrieg als ihrer logischen Folge. Gott sei Dank geschieht es heute meistens auf sachliche und gerechte Weise mit dem Ziel, aufzuzeigen, dass weder Bestialität noch Güte an eine Nationalität oder Rasse gebunden sind, dass Dummheit und Heuchelei, Gutgläubigkeit und blinder Gehorsam ein individuelles Charakteristikum und kein Makel eines ganzen Volkes sind. In Frankreich stoße ich allerdings oft auf Erstaunen, dass auch Deutsche unter der Nazi-Ära gelitten haben. Jeder Mensch besitzt die Freiheit der Entscheidung. Möge das den kommenden Generationen bewusst sein!

So etwa sagte es auch Jean-Pierre Sicre in seinem Vorwort zu dem Buch „Der Widerstand der Herzen" („La Résistance des Coeurs") von Natan Stolzfus: „Man liest ein

---

14 Freya Klier „Verschleppt ans Ende der Welt", Ullstein Verlag, 1996.

Buch nicht einfach nur, um zu erfahren, was gestern geschehen konnte, sondern auch, um sich auf das einzustellen, was sich morgen am Horizont zusammenziehen kann."[15]

Aus Pommern wurden zuerst diejenigen evakuiert, die Verwandte in Restdeutschland hatten. Lina und Hedwig hatten keine anderen „Verwandten" im Westen als uns, ihre Arbeitgeber seit Jahrzehnten, ihre Adoptivfamilie.

Die Mitarbeiter des Roten Kreuzes leisteten eine beachtenswerte Arbeit mit ihren Bemühungen, die in alle Welt verstreuten Familien wieder zusammenzuführen: Kinder ohne Eltern, Flüchtlinge ohne Zuhause, Frauen ohne Männer, all dieses Strandgut des Krieges. Dazu gehörten Deutsche, die nur ukrainisch sprachen oder Ukrainer, die nur deutsch konnten und ihren Vater in Queensland oder in Minnesota wieder finden wollten. Überlebende der Lager suchten ihre Angehörigen und vor allem ein wenig Hoffnung. Ehemalige französische Kriegsgefangene, die von den Russen „befreit", aber auf die Krim deportiert worden waren, schafften es erst nach mehreren Jahren, über Sibirien, Japan oder im Glücksfall Odessa in ihr Vaterland heimzukehren.

Die erste Frage meiner Mutter an Lina und Hedwig war natürlich: „Wie geht es meinen lieben Schwestern?" Sie musste erfahren, dass Tante Gerta und Tante Ingrid sich erschossen hatten, als die Russen an die Tür ballerten, hinter der sie sich verbarrikadiert hatten. Sie wären beide auf der Stelle tot gewesen, ohne leiden zu müssen. Aber ihre Gräber wurden von den Russen auf der Suche nach Wertsachen und Schmuck aufgebrochen. Wir erfuhren an jenem Abend

---

15 Nach Nathan Stoltzfus „Widerstand des Herzens", Hanser Verlag

noch von anderen tragischen Todesfällen.

Meine Eltern hatten zwei baltische Damen aufgenommen, eine Baronin X und ihre Nichte, die nach der russischen Revolution von 1918 vor den Bolschewiken geflüchtet waren. Ihre einzige Habe bestand danach aus dem Inhalt eines kleinen Bündels. Die Tante trug immer Schwarz, und ihre Nichte hinkte infolge eines Hüftleidens durch Kolbenschlag.

Die Baronin half uns bei der Buchführung, und Ingeborg hatte ein Auge auf die Wäsche des Hauses. Sie ordnete, zählte und bügelte unaufhörlich die Aussteuer meiner Mutter mit dem handgestickten Monogramm. Am Abend ribbelte sie alte Pullover und Schals auf, die sie in Schubladen fand, die nur einmal im Jahr geöffnet wurden, und strickte. Die baltischen Damen hielten immer ein wenig Abstand zu meinen Eltern und setzten sich nie ganz nah an den Kamin, selbst wenn es sehr kalt war. Sie gingen früh zu Bett, nachdem sie allen eine angenehme Nacht und schöne Träume gewünscht hatten.

Als Kinder machten wir uns oft über Ingeborg lustig mit all der Grausamkeit, die manchmal über Kinder kommt. Wenn Inge mit einem Stapel Servietten auf dem Arm die langen kalten Flure entlang hinkte, brüllten wir: „Ingeborg, beeil dich, Telefon für dich." Es machte uns eine diebische Freude, wenn sie sich wie ein Wurm die steile Treppe hinunter wand und zum Telefon stürzte, das aber immer stumm für sie blieb.

Durch eine Umkehrung der Verhältnisse waren wir nun unsererseits arme Verwandte geworden und hatten die Ärgereien und Demütigungen zu ertragen, die mit unserer Lage verbunden waren. Ich hatte in den letzten Jahren oft an die baltischen Tanten gedacht, und dass ich sie zu Hause wenig beachtet hatte.

Wir hörten von unseren beiden Flüchtlingen, dass Ingeborg von zwanzig Männern vergewaltigt worden war. Die alte Tante hatte ihre Nichte aus Verzweiflung getötet und sich dann selbst die Pulsadern geöffnet. Hedwig und Lina waren körperlich nicht belästigt worden. Zweifellos hatten zahlreiche Zivilarbeiter und ehemalige Kriegsgefangene ein gutes Wort für die Köchin eingelegt, weil ihre Gutmütigkeit bekannt war und sie die Fleischstücke nicht vergessen hatten, die sie manchmal in ihrem Essgeschirr vorgefunden hatten, obwohl es doch streng verboten gewesen war, Fleisch an Fremdarbeiter und Kriegsgefangene auszuteilen.

„Meine armen Gefangenen", hatte Hedwig öfter bei meinem Vater gebettelt, „sie müssen den ganzen Tag hart arbeiten, man kann ihnen nicht nur Kartoffeln mit Porree ohne wenigstens ein Stück Speck vorsetzten. Herr Major sollte erlauben, dass ein kleines Schweinchen um vier Uhr morgens krepiert, um diese Uhrzeit sterben Ferkel leicht. In der Waschküche beispielsweise, da kann alles fortgespült werden."

Und der Herr Major hatte erlaubt. Ich höre noch die grellen Schreie des armen Ferkels, das übrigens gar nicht so klein war, das an einem Sonntagmorgen im Kellergeschoss seinen Geist aufgab. Der Tod der schwarz geschlachteten Ferkel hat bestimmt dazu beigetragen, Hedwigs und Linas Ehre und vielleicht ihr Leben zu retten. Sie waren die liebenswertesten alten Damen, die ich jemals gekannt habe, mit Ausnahme meiner Tanten.

Mehrere Tage lang steckten wir bis zum Hals in den Erinnerungen an unser früheres Leben. Gerade zu der Zeit, wo ich begonnen hatte, in meinem zukünftigen Leben Fuß zu fassen mit einer Arbeitsstelle und einem großen Freundeskreis, einer eventuellen Rückkehr in die Schweiz und einer Italienreise in Aussicht.

Tante Lina hatte ein Fotoalbum mitgebracht, das sie wie eine kostbare Reliquie aus den Trümmern gerettet hatte. Wenn alles verloren geht, gewinnen die kleinsten Dinge eine unvergleichbare Bedeutung.

Nach einigen Tagen der Ruhe, Körperpflege und dem Umändern geschenkter Kleidung, nach Schlafen und viel Essen ließ es Hedwig sich nicht nehmen, zum Sonntag einen leckeren Kuchen zu backen, wie früher zu Hause zum Sonntagstee, trotz der Einwände meiner Mutter „Ruhen Sie sich doch aus, tun Sie gar nichts, schlafen Sie...!" – Endlich begannen sie zu erzählen, was sie zwei Tage nach dem Abfahren des Trecks meiner Mutter und der anderen Dorfbewohner beim Einbruch der Russen erlebt hatten.

Es gibt in Deutschland Tausende von Augenzeugenberichten, die von den Geschehnissen der schrecklichen Wochen nach dem Einmarsch der sowjetischen Truppen berichten.

So viel ich weiß, ist keins der bekanntesten Bücher, wie „Ostpreußisches Tagebuch" von Graf Lehndorff, oder „Schlesisches Tagebuch" von Käthe von Norman, auch nicht die Bücher von Jürgen Thorwald, von denen einige Millionen gedruckt wurden, ins Französische übersetzt worden. Aber sie stehen in fast allen deutschen Bücherschränken.

Viele Franzosen litten und leiden noch an dem Trauma der Invasion der deutschen Truppen und allem, was darauf folgte, Maquis, Gestapokeller, Denunzierungen, Verhaftungen, Geiselerschießungen, Transporte Richtung Osten, die Liste ist lang. Vielleicht ist es deshalb verständlich, wenn man sich in Frankreich lange Zeit nicht für das interessierte, was die Mütter, Großeltern, Frauen und Kinder der ehemaligen Besatzungstruppen aushalten mussten, als sie nun ihrerseits überfallen wurden. Ich kann mir vorstellen, dass zahlreiche Franzosen, selbst die versöhnlichsten, in ihrem Herzen dachten: recht geschieht ihnen.

Auch in Deutschland findet man sehr wenige aus dem Russischen übersetzte Zeugnisse über die unsäglichen Leiden der bolschewistischen Gefangenen in deutschen Lagern oder der Zivilbevölkerung nach der Invasion Russlands durch die Hitlerarmeen. Eine Ausnahme wäre nennenswert: das bemerkenswerte Werk von Walter Kempowski „Das Echolot". Es lässt einen schaudern.

Nach dem Überschreiten der deutschen Grenzen im Winter 1944 hatte das russische Oberkommando seinen durch lange, harte Kämpfe und Entbehrungen geprüften Truppen freie Hand zum Plündern, Brennen und Vergewaltigen gegeben. „Die deutschen Frauen gehören Euch, rächt Euch an ihnen." Ilja Ehrenburg hatte die Truppen in einer Soldatenzeitung angefeuert. „Der Tag, an dem du keinen Deutschen niedergeschossen hast, ist ein verlorener Tag. Zähle weder die Tage noch die Kilometer, zähle nur eins: die Zahl der getöteten Deutschen." Sie ließen sich nicht bitten.

Manchmal konnten wir kaum glauben, was uns erzählt wurde. Ein älteres Ehepaar war unter Kolbenschlägen betrunkener Iwans in den Dorfteich gestoßen worden, bis sie über den Hals im Eiswasser standen und ertranken. Einen Bauern hatten sie vor seinen Pflug gespannt und so lange auf ihm herumgepeitscht bis er tot zusammenbrach.

Ein Pastor war an seine Kirchentür genagelt und seine kleine sechsjährige Tochter vor seinen Augen vergewaltigt worden. Einem uns bekannten Grundbesitzer, Herrn von

Livonius, sind Arme und Beine abgeschlagen worden, bevor man ihn, blutüberströmt und noch lebend den Schweinen vorwarf.

Mein angeheirateter Onkel, Eberhard v. B., der überall in Pommern als leidenschaftlicher Gegner Hitlers und seiner Clique bekannt war, war auf seinem Gut geblieben. Jeder wusste, dass er viele Monate in Nazikerkern verbracht hatte und dann immer wieder verhört worden war. Darüber besaß er schriftliche Zeugnisse. Aber man ließ ihm nicht die Zeit, sie dem russischen Major vorzuzeigen. Die ersten Russen, die ins Dorf kamen, erschlugen ihn mit dem Gewehrkolben, ihn und seine ganze Familie. Das Schicksal vieler Menschen entschied sich danach in Sekunden – Schicksalsschlag oder Glücksfall. So hatten sich auf einem benachbarten Gut, das ebenfalls einem Junker gehörte, der kein Parteimitglied war, die ehemaligen französischen und polnischen Gefangenen in dichten Reihen vor ihren Gutsherrn gestellt und den angreifenden Horden zugerufen: „Wenn Ihr ihn umbringen wollt, müsst Ihr zuerst uns erschießen. Er war ein guter Herr, der uns nur Gutes getan hat."

Das Verhalten der Mannschaften hing oft sehr vom Kommandanten ab. Bisweilen wurde das Schlimmste verhindert, wenn der Offizier seine Leute zurückhielt. Das tat zum Beispiel ein russischer Arzt, der sich lange mit unserem alten Freund, dem Doktor R. auf lateinisch unterhalten und dann später wiederholt ihre Freundschaft mit einigen Toasts besiegelt hatte. Solange jener russische Arzt in der Nähe war, wurden Dr. R. und seine Familie nicht behelligt.

Ein anderer russischer Offizier, der fließend deutsch sprach, stellte sich bei einem alten Pastor mit den folgenden

Worten vor: „Guten Tag, haben Sie keine Angst, ich beiße nicht." Annemarie M., die Schwiegertochter des Pastors, die im Haus mitwohnte, beschreibt, wie erstaunt sie bei diesen Worten war, nach allem, was sie über die feindlichen Truppen gehört hatte. Ihr Schwiegervater und der russische Offizier, ein sehr gebildeter Zoologe aus Moskau, haben stundenlang miteinander diskutiert. Er wohnte mit seiner Ordonnanz im Pfarrhaus und ermahnte die junge Frau und ihre Schwiegermutter, das Haus auf gar keinen Fall zu verlassen, denn „die Menschen sind nicht alle gleich". Er behielt leider Recht. In seiner Abwesenheit wurde Annemarie M. vom NKWD verhaftet, vergewaltigt und nach Sibirien deportiert, von wo sie erst nach einigen Jahren und schrecklichen Entbehrungen zurückkehrte. Aber wie sie später sagte: „In den Augenblicken der tiefsten Verzweiflung hat mich jener Satz – „Ich beiße nicht" – wieder aufgerichtet, denn ich hatte erlebt, dass es Unterschiede zwischen den Menschen gibt, dass nicht alle schlecht sind und dass das kleine Flämmchen der Hoffnung immer wieder aufflammen konnte. Das einzige wirklich Böse war das politische System, dieses ungreifbare Nebulöse, das die Menschen verdarb."[16]

Manche Berichte schienen, trotz aller Tragik, geradewegs einem Komik- oder Horrorfilm entsprungen zu sein. „Die Russen werden uns nichts tun, Russen sind fromme Menschen. Sie haben eine tiefe Seele und lieben Kinder", hatte ein Familienvater zu seiner Frau gesagt. „Wir wollen hier bleiben und nicht auf den Landstraßen erfrieren." Er hatte alle Einmachgläser mit Pastete, Fleisch und Marmelade auf den Tisch gestellt, um sie den Gästen und Befreiern anzu-

---

16 Freya Klier „Verschleppt ans Ende der Welt", Ullstein Verlag, 1996.

bieten. Plötzlich war ein Reiter auf einem schwarzen Panjepferd durch die Holztür des kleinen strohgedeckten Hauses hereingaloppiert, hatte den Essraum durchquert und mit einem Säbelhieb zur Linken alle Einmachgläser geköpft, mit einem zweiten Säbelhieb zur Rechten alle Sammeltassen auf dem Geschirrschrank zerhauen und war durch die Hintertür wieder hinausgeritten. Dabei brüllte er: „Hurra, hurra, Gitlär kaputt." Die Familie überlebte, aber ihre Tochter erlitt später das erniedrigende Schicksal fast aller Frauen der Ostgebiete, die nicht rechtzeitig hatten aufbrechen können. Eine andere Geschichte belegt wieder die völlige Absurdität eines Krieges. Bei der Eroberung von Berlin nahmen die Sowjets einen jungen SS-Mann gefangen, den man mit 19 Jahren zum Offizier befördert hatte. Er wurde in einer Villa verhört. „Was wirst du nach dem Krieg machen, wenn wir dich laufen lassen?" „Ich will Pianist werden." „Kennst du Tschaikowski?" – „Ja, natürlich." – „Spiel, deutsches Schwein!" Er wurde zu einem schönen Bechsteinflügel geschleppt. „Spiel, spiel, wenn du aufhörst, wirst du abgeknallt." Der Leutnant spielte wie ein junger Gott. Sein Leben hing davon ab. Um ihn herum tranken die Russen und schmissen die leeren Gläser an die Wand. Manche küssten ihn auf beide Wangen. Andere hatten Tränen in den Augen. Nach acht Stunden brach der Pianist zusammen, sein Kopf fiel auf die Tasten. Er wurde mit kaltem Wasser belebt, musste trinken, wurde wieder geküsst. Dann führte ihn einer der Sieger vor die Tür und streckte ihn wortlos mit einem Pistolenschuss nieder.

Letztlich hing das Überleben immer nur an einem Faden, als ob alles vorherbestimmt wäre, was unsere menschlichen Begriffe übersteigt.

Manche Männer waren fünf Jahre im Krieg und kamen

ohne einen Kratzer zurück. Andere fielen einen Tag vor dem Waffenstillstand.

Es gab unverbesserliche Nazis, die durch ein alliiertes Gericht zu mehreren Jahren Gefängnishaft verurteilt, aber schon zwei Jahre später wieder in ihre alten Funktionen eingesetzt wurden, weil für die Verwaltung Fachkräfte fehlten. Es gab harmlose alte Förster, Bahnbeamte oder Briefträger, die nur wegen ihrer Uniform erschlagen wurden, und andererseits Mitglieder der SS, die es schafften, als Holzfäller oder Bauern verkleidet, bis nach Südamerika zu entkommen, wo einige vielleicht heute noch ganz ruhig ihren Lebensabend fristen.

Christian Graf Krockow erzählt in seinem Bestseller „Die Stunde der Frauen" die wunderbare Geschichte seiner Großmutter, Frau von Puttkamer, die man überall im Dorf Frau Liebe nannte. Die alte Dame war mit fast all ihren Leuten auf ihrem Gut geblieben, weil alle Straßen verstopft waren. Am Abend wusste jeder, dass die Russen vor der Tür standen. Man hörte schon Gefechtslärm und das Rasseln der Panzerketten. Der Himmel war feuerrot. Aber Frau Liebe erklärte, es sei Zeit, ins Bett zu gehen und zog sich zurück. Bald darauf polterten die feindlichen Soldaten ins Schloss. Ein junger Russe, von Sieg und Wein berauscht, pflanzte sich vor dem Bett der alten Dame auf und gab ihr zu verstehen, dass er darin schlafen wollte. „Nein, junger Mann", gab ihm Frau Liebe ganz ruhig zur Antwort – sie sprach mehrere Sprachen, darunter auch russisch – „das ist leider nicht möglich. Ich bin eine alte Frau und brauche meine Ruhe. Außerdem ist dies mein Bett. Aber wenn Sie wollen, können Sie auf dem kleinen Bettvorleger da schlafen, ich kann Ihnen auch ein Kissen leihen. Und jetzt werde ich für uns beide beten." Der Soldat verstummte und tat, was Sie ihm gesagt hatte. Er war noch nie gesiezt worden und gebetet hatte auch noch niemand für ihn.

Am anderen Morgen kam das Hausmädchen, das sich während der Nacht im Keller verkrochen hatte, auf s Schlimmste gefasst, ins Zimmer ihrer Herrin. Aber sie erblickte Großmutter Liebe, die ganz friedlich in ihrem Himmelbett schlief, und zu ihren Füssen lag ein junger Russe, der sich schnell erhob, seine Stiefel anzog und sein Käppi aufsetzte. Er legte den Finger an die Lippen und machte „Psst, leise, Babuschka schlafen ...“

Und „Babuschka“ fuhr fort, unter den Russen so zu leben, wie sie es immer getan hatte: Sie pflegte die Kranken, tröstete die Verzweifelten, kümmerte sich um die Tiere und betete. Wenn sie durchs Dorf ging, zogen die Russen ihre Mützen ab und wünschten ihr ein langes Leben.

Was unsere Lina vor allem aufgebracht hatte, war die sinnlose Zerstörungswut der Eroberer. Sie selbst war die personifizierte Ordnung und Sauberkeit und hatte vor allem einen gesunden Menschenverstand.

Als erstes hatten die Sieger unseren Weinkeller geplündert, dann machten sie sich über die Möbel her, die sie mit der Axt zerschlugen. Als nächstes kamen die Ahnenbilder dran, ihnen wurden die Augen mit der Pistole ausgeschossen. Soldaten schossen auf das Radio, brüllten „Kapitalist“, schoben den Flügel in den Hof, wo ein Iwan wild auf die Tasten schlug und „Wolga, Wolga, matj radnaja“ improvisierte. Seine Kameraden hatten einen Heidenspaß. Schließlich waren die Saiten überdehnt und rissen.

Russen, die im Schloss wohnten, schliefen auf dem Parkettfußboden, in zerschnittene Perserteppiche eingewickelt. Gekocht wurde überall, nur nicht in der Küche, berichtete Hedwig. Sie wuschen Kartoffeln in der Kloschüssel und zogen dann an der Kette. Als die Kartoffeln darauf verschwanden, schlugen sie mit den Stiefeln und Gewehrkolben gegen die noch nie gesehene Teufelsmaschine, die ihr Essen verschlang. Sabotage, verdammte Germanskis.

Auch die dagebliebenen Arbeiter waren von den Plünderungen nicht verschont geblieben. Nach einer Woche besaß niemand mehr eine Uhr. Überall im Dorf hörte man „uri, uri" und „Frau komm" schreien. Einige Soldaten hatten bis zu zehn Uhren an jedem Arm, von der Hand bis zum Schultergelenk.

Während ihrer Jahre „in den neuen polnischen Provinzen" richteten sich Hedwig und Lina nach dem Sonnenstand und zeichneten sich mit dem einzigen Bleistift, den sie noch besaßen, einen Kalender. Kaufen konnte man nichts, absolut gar nichts, nicht mal einen Stift. Außerdem besaßen sie ja auch keine Zlotys. Sie waren vollkommen von der Außenwelt abgeschnitten und lebten wie Schiffbrüchige auf einer einsamen Insel.

Als die Kompanie, die unser Haus zuerst besetzt hatte, durch eine andere abgelöst wurde, legten die Russen Feuer. Das rote Dach, die sechsundzwanzig Zimmer, die große Terrasse, alle meine Kindheitserinnerungen brannten und rauchten vier Tage lang. Am Ende des vierten Tages soll eine schwarz gekleidete Frau mit langsamem Schritt über die Asche gegangen sein. Sie hatte ihr Gesicht mit einem großen Tuch verhüllt wie jemand, der Trauer trägt. Sie soll an drei Abenden nacheinander gekommen sein, das konnten mehrere Menschen bezeugen.

Unsere Hühnermarie, eine sehr alte blinde Frau, die mit dem inneren Auge sah, war sicher, dass die Trauernde meine väterliche Großmutter war, die kurz nach meiner Geburt in unserem Haus gestorben war.

„Was ist aus den Mädchen geworden, mit denen ich als Kind gespielt habe, Lisbeth, Mariechen, der Stellmacher-Christel, der hinkenden Katrin?" fragte ich. „O, Helene, fragen Sie nicht! Solche Dinge kann man nicht erzählen. Selbst wenn sie sich das Gesicht mit Ruß einschmierten und Alte-Frauen-Kleidung anzogen, es half ihnen nichts. Schließlich wurden alle in den Ural verschleppt, in ein Arbeitslager zur Wiedergutmachung."

Viel später hörte ich, dass nur Lisbeth zurückgekommen war, eine körperlich und seelisch gebrochene Frau. Die anderen waren alle an Typhus, Ödemen, Erschöpfung und Unterernährung gestorben.

„Die Franzosen?" – „Die haben sich fantastisch benommen. Sie haben versucht, uns zu schützen, aber auch sie hatten große Angst vor den Russen. Sie wurden dann aber bald wegtransportiert, zu Fuß und in Richtung Osten."

„Die Ponys?" – „François hat sie mitgenommen. Er wollte nicht, dass sie den Russen in die Hände fielen. Wir haben nie wieder von ihnen gehört."

„Mein Schaf Waldkönig?" – „Von den Russen aufgegessen."

„Unser Holzhäuschen, wo wir mit Puppen spielten?" – „Es wurde zum Russenklo."

„Und Annele", fragte meine Mutter, „habt ihr sie nicht mehr gesehen?" – „Nein, gnädige Frau, die hat niemand mehr gesehen."

Annele war die ganze Liebe meiner Mutter, eine wunderschöne irische Setterhündin mit kupferrotem, seidigem Fell. Sie war treu, anhänglich und sehr sensibel. Wenn meine Mutter ein oder zwei Tage verreist war, nahm sie keinen Bissen Nahrung zu sich. Annele schlief auf einer Decke aus feiner Wolle auf Muttis Bett. Tagsüber lag sie zusammengerollt auf dem satinbezogenen Sessel vor dem Frisiertisch meiner Mutter. Von ihr stammten mehrere Würfe wunderschöner, kleiner Welpen, die wir für einen guten Preis in ganz Pommern verkauft hatten, denn Annele hatte einen noblen Stammbaum. Als der Treck um vier Uhr morgens in einer eisigen Nacht mit Schlitten und Planwagen loszog, lag Annele auf dem Schoß meiner Mutter. Aber beim ersten Halt – als die Straßen verstopft waren, weil Flüchtlinge von allen Seiten den wenigen Oderbrücken zuströmten – war die Hündin völlig verwirrt davongelaufen.

Meine Mutter war untröstlich und wollte nach Hause zurückkehren, um Annele zu suchen. Aber am Horizont sah man schon Feuer, wo unsere alte Scheune in Rauch aufging. Da musste meine Mutter todtraurig ihren Weg weiter fortsetzten, nur von dem Gedanken an uns, ihre Kinder, gestärkt. Jedoch später überraschte ich sie oft, wie sie ihre Hausarbeit unterbrach und nachdenklich sagte: „Ich würde so gern wissen, was aus Annele geworden ist, ob sie nach Hause zurückgefunden hat. Und meine armen Schwestern, die bei den Russen und Polen geblieben sind." Der Gedanke an das Schicksal ihrer beiden Schwestern hatte sie täglich begleitet.

Als sie dann von ihrem schmerzlosen Tod erfuhr, war sie fast erleichtert, denn sie glaubte fest daran, dass sie in einer besseren Welt seien, wo sie sich wieder finden würden.

„Aber Annele, wo Annele wohl jetzt ist?" – „Wir haben keine Ahnung, gnä` Frau. Niemand hat sie mehr gesehen, sie ist bestimmt tot."

Erst dreißig Jahre später erfuhr ich die Wahrheit und bin Lina und Hedwig dankbar, dass sie sie vor meiner Mutter verborgen haben. 1975 fuhr mein Bruder nach G. zurück. Vom Haus gab es nur noch die Grundmauern. An der Stelle des großen weißen Gebäudes wuchsen Tannen, die schon ziemlich groß geworden waren. Er fand einen weiß verputzten Ziegelstein unter den Bäumen, den er mir zur Erinnerung mitbrachte. Aber ich mag keine Reliquien und warf ihn in den Mülleimer.

Das Gut wurde von einem polnischen Verwalter mehr oder weniger ordentlich bewirtschaftet. Er war sehr freundlich zu seinem Besucher und lud ihn sogar zur Hirschjagd ein – die Trophäe müsse allerdings in Polen bleiben, was er einsah.

Am letzten Tag dieser Reise in die Vergangenheit begegnete Gerd einer Deutschen, die einen Polen geheiratet, fünf Kinder hatte und ganz und gar assimiliert war. Sie hatte ihren Mann kennen gelernt, als dieser zur Zwangsarbeit nach Deutschland verschleppt worden war. Trotz der äußerst strengen Gesetze der Nazis, die Fraternisierungen zwischen Deutschen und „Untermenschen" verboten, bekam sie ein Kind von ihm.

Ich erinnere mich noch gut an sie, denn sie arbeitete als Küchenmädchen bei uns und manchmal auch mit mir auf dem Feld. Rita erzählte Gerd, was mit Annele geschehen war. Dieser Bericht hat mich nicht weniger getroffen als der Tod meiner Tanten. Sie waren alt und hatten ihren Freitod beschlossen.

Zwei Tage, nachdem es den Treck meiner Mutter verlassen hatte, war das arme Tier mit erfrorenen und wunden Pfoten zu Hause angekommen.

Es suchte Zuflucht an seinem gewohnten Platz, dem Bett von Mutti. Aber da lagen zwei Russen, die ihren Rausch ausschliefen. Darauf soll Annele durch alle Zimmer geirrt sein, auf der Suche nach ihrer Herrin. Aber von allen Seiten bekam sie nur Flüche zu hören und Fußtritte, sie, die nichts als liebevolle Worte und Streicheln kannte. Schließlich banden die Russen sie an den Regenmesser vor dem Haus und benutzten sie als lebendige Zielscheibe. Sie schossen mit ihren Pistolen auf sie, ohne sich um das Heulen der armen, sich vor Schmerzen krümmenden und langsam verblutenden Hündin zu kümmern, bis sie verendete.

Roma Aeterna

„Jede Religion ist nur eine Facette ein und derselben Wahrheit.
Alle heiligen Schriften sind geweiht.
Alle Stätten der Anbetung sind geheiligt.
Alle Religionen suchen den einen einzigen Gott,
Selbst wenn jede ihn auf ihre Weise nennt.“

Sathya Sai Baba

1950 – Heiliges Jahr in Rom. Pilgerzüge brachten Gläubige zu Ostern für zwei Wochen in die ewige Stadt zur Feier des alle fünfundzwanzig Jahre dort begangenen Heiligen Jahres.

Heutzutage, wo es genügt, nur mit Reisepass, Visakarte und einer Zahnbürste ausgerüstet, am Flughafen aufzukreuzen, um in alle vier Himmelsrichtungen zu fliegen, kann man sich nicht mehr vorstellen, was es in den fünfziger Jahren bedeutete, dem traurigen, grauen und ausgebrannten Deutschland den Rücken zu kehren.

1949 überschritt nur ein Prozent der Deutschen die Staatsgrenze, um ihren Urlaub im Ausland zu verbringen. Und dabei fuhr man nicht weiter als bis Österreich oder in die Schweiz. Die Mutigsten wagten sich bis nach Italien vor. In das Land der ehemaligen Verbündeten und des warmen Meeres. Von dort kehrten sie begeistert und strahlend zurück – wie übrigens auch ich.

Mit zwei ebenfalls evangelischen Freundinnen führten langwierige und mühsame Schritte schließlich doch dazu, dass wir einen Pass bekamen und uns den Pilgern anschließen konnten. Die Reise im Sonderzug war an sich schon ein Erlebnis, auch wenn die ganze Zeit geistliche Musik und Gebete durch die Lautsprecher in jedes Abteil übertragen wurden. Mit Maßen war so etwas ja ganz schön, aber was zu viel ist, ist zu viel.

Die Überquerung der Alpenpässe, die Fahrt durch den Sankt-Gotthard-Tunnel und das langsame Hinabgleiten zu den grünen Ebenen der Toskana, den ersten Palmen, den Agaven, den Olivenbäumen mit den zerzausten Ästen und den weißen Häusern mit den flachen Dächern zwischen den Zypressen stürzten mich in die gleiche Ekstase wie wahrscheinlich damals die Kreuzfahrer, die das Paradies zu erblicken glaubten, wenn sie nach mühevollem und gefährlichem Zug durch Schnee und Eis das verheißene Land wie ein Gemälde vor sich ausgebreitet sahen.

Rom bezauberte uns wie ein Märchen. Ich konnte die verehrungswürdigen historischen Stätten mit meinen eigenen Augen sehen und mit meinen eigenen Händen die Steine des Kolosseums berühren, von dem ich mit zehn Jahren in „Ben Hur" gelesen hatte. Ich setzte mich auf die Stufen des Amphitheaters, über mir war leuchtend blauer Himmel. Das graue Hannover und der muffige Geruch meines Büros waren weit weg!

Ich fing an, aufzuleben. Untergebracht waren wir bei deutschen Ordensschwestern. Bislang hatte ich wenig Kontakt mit der katholischen Kirche und mit Katholiken gehabt. Aber ich hatte mir Ordensschwestern als durch und durch gütig vorgestellt, mit einer Seele so weiß wie ihre Hauben. Ich war aber schwer enttäuscht. Vom ersten Abend an wurden wir auf den Index als die protestantischen Touristinnen gesetzt, die nur gekommen waren, um sich zu amüsieren. Wir wurden als Ungläubige behandelt, die ohne Gesangbuch und Rosenkranz reisten und an nichts und niemand glaubten, weder an Gott noch an den Papst. Ihre Stimmen waren nicht sanft, sondern nur geschäftsmäßig. Wenn sie den Rosenkranz herunter beteten, erschien es uns wie eine monotone, strenge und gebieterische Litanei.

Von „den Mädchen da" wurden wir kurz zu „Mädchen", wobei sie spürbar an Nutten dachten, ihnen das Wort aber im Hals stecken geblieben wäre, wenn sie versucht hätten, es auszusprechen.

Eines Abends wurden wir kurz vor der Abendandacht an der Klosterpforte von drei italienischen Studenten erwartet, die uns zum Spaghettiessen einladen wollten. Wir hatten den Bitten dieser Burschen, die uns gebildet und zuverlässig vorkamen, nachgegeben, um uns vor den anderen zu schützen, die uns belästigten, wenn wir nur die Nase aus der Tür steckten. Durch unsere blonden Haare und unser fremdländisches Auftreten fanden wir unwahrscheinlichen Anklang beim männlichen Geschlecht. Fünf Jahre nach dem Krieg waren die Italiener noch kaum an Touristen gewöhnt. In Deutschland musste ein durchschnittlich aussehendes Mädchen sich schon sehr anstrengen, um aufzufallen. Hier aber hatte eine pickelige Tippse, die kurz und pummelig, aber blond war, Erfolg wie eine Schönheitskönigin.

Trotz der missgünstigen Schwestern haben mich die Heilige Stadt, die italienischen Menschen und ihre Gläubigkeit zutiefst beeindruckt. Die Inbrunst dieses Glaubens im Halbdunkel der alten Kathedralen und Abteien mit den schweren, von Weihrauch durchzogenen Gerüchen und den betörenden gregorianischen Gesängen war fast körperlich zu spüren und ließ mich bis zur Gänsehaut erschauern.

Ich stand auf dem Petersplatz vor dem Petersdom, als Pius XII Tausende von Pilgern aus der ganzen Welt mit dem Segen „Urbi et Orbi" segnete! Ich schwor mir, zurückzukommen und länger in dieser faszinierenden Stadt zu bleiben, um vielleicht sogar zum Katholizismus überzutreten.

Bei meiner Rückkehr erlebte ich eine unangenehme Überraschung: Ich war wegen „Personalabbaus" entlassen worden. Offenbar hatte man bei der protestantischen Zeitung, wo ich arbeitete, nicht besonders geschätzt, dass ich meine Ferien zu einer Pilgerreise in die heilige Stadt der Konkurrenz benutzte.

Ich beschloss, mir eine andere Arbeit zu suchen, oder ein Geschäft aufzumachen. Das war schon mein Traum gewesen, als ich noch ein Kind war. Damals spielte ich Kaufmannsladen mit den Dorfkindern. Vielleicht war ich in einem Vorleben in einer längst vergangenen Zeit, zu Lebzeiten Marco Polos, Händler gewesen oder den Kreuzfahrern gefolgt, um Gewürze, duftende Öle, bunte Seidentücher und Perlen aufzukaufen?

Als junges Mädchen begleitete ich unseren Gärtner zum Markt in die Stadt. Wir fuhren um vier Uhr morgens mit einer beeindruckenden Ladung an Obst und Gemüse los. Dieses kam aus Muttis Garten, wo sie alles anbaute, weil es ihr Freude machte und sie etwas damit verdienen konnte. Ich spannte die Pferde selbst an und kutschierte auch.

Danach half ich dem Gärtner, unsere Produkte zu verkaufen. Ich wog ab, packte ein, kassierte und schrie den ganzen Vormittag laut: „Schöner frischer Salat, 20 Pfennig, Karotten, erste Wahl, nur dreißig Pfennig!" Man musste ja die Stimme der anderen Marktleute übertönen, da wir alle die gleiche Ware anboten.

Manchmal erkannte mich jemand: „Ja dat Herremäken von Grünow, was macht die auf dem Markt, haben die nicht genug Geld, um eine Verkäuferin zu bezahlen?" Aber das war mir egal, ich liebte diese Markttage.

Es war lehrreich für mich, die braven Hausfrauen zu beobachten, wie sie ihr Kleingeld abzählten, das manche in ein Taschentuch eingeknotet bei sich trugen. Wir selbst dagegen brauchten zu Hause nur in den großen Garten zu gehen, wo ständig vier Arbeiter beschäftigt waren, und uns leckeres Obst und Gemüse zu nehmen. Das konnten wir sogar im Winter, da meine Mutter ein großes Treibhaus hatte errichten lassen.

Von der Büroarbeit hatte ich jedenfalls die Nase voll. Andererseits, was für ein Geschäft konnte ich aufmachen?

Zu verkaufen hatte ich nichts, da ich nichts besaß. Geld hatte ich auch nicht, denn mein Konto war immer schon am fünfzehnten des Monats leer. Der einzige Luxus, den meine Freunde und ich uns leisteten, bestand in einem Restaurantbesuch ein- bis zweimal pro Monat, nach der Auszahlung unseres Lohns. Wir bevorzugten das bekannte Hotel Kasten oder eine kleine Bar im Kellergeschoß einer Ruine mit Namen „Veihs Weinstuben". Dort bestand die einzige Lichtquelle aus Kerzen oder Petroleumlampen. Und Anton Karras, ein kleiner Wiener mit Falten und Runzeln, spielte die Titelmelodie aus Carol Reeds berühmtem Film „Der dritte Mann". Wir fanden die Kneipe einfach urgemütlich. Als ich einmal sonntags eine Fahrradtour machte, hatte ich einen Einfall: Ich könnte Wiesenblumen pflücken, hübsche Sträuße machen und sie verkaufen. Nach und nach würde ich den Gewinn zum Ankauf von anderen Waren verwenden und dann diese verkaufen. Ich sah mich schon als Großhändlerin mit Auto und Sekretärin.

Aber zu allererst musste ich mir eine Genehmigung bei der Handelskammer besorgen. Als das erledigt war, ließ ich mich in einer kleinen Gasse nieder, wo viele sonderbare Leute vorbeikamen: Dirnen und Zuhälter, Schwarzhändler und Hausfrauen, Straßenhändler und Gaffer. Mein Laden bestand aus drei Weidenkörben und einem wackeligen Stuhl.

Neben mir verkaufte ein kleines Männchen stückweise Bonbons. Sein Geschäft bestand aus zwei Stühlen. Auf dem einen standen angeschlagene Untertassen, auf denen klebrige Bonbons in schreienden Farben lagen, auf dem anderen saß seine kümmerliche Gestalt. Wir beide riefen abwechselnd: „Bonbons, schöne Bonbons", „Blumen, frische Blumen!" Von Zeit zu Zeit bot er mir eine von seinen ekligen Süßigkeiten an, um mich aufzuheitern.

Kunden, die wirklich kaufen wollten, waren selten. Meistens wurde ich gefragt, ob ich amerikanische Zigaretten oder Kaffee unter meinen Sträußen hätte, oder ob ich eine kleine Spritztour machen wolle. Meine Bekannten besuchten mich und machten sich über mich lustig, kauften aber auch nichts. Die meisten von ihnen waren ebenfalls pleite. Man nannte mich „das Veilchen vom Potsdamer Platz" nach einem bekannten Film von damals, der die Geschichte einer unglücklichen Blumenverkäuferin erzählt. Nach zehn Tagen beendete ich meine Laufbahn als Blumenmädchen und warf die restlichen Sträuße mit Schwung in die Ruinen hinter mir. „Für die namenlosen Toten."

Zehn Jahre später kam ich mit meinem Mann nach Hannover. Ich war auf der Suche nach einem Geschenk für die Freunde, bei denen wir wohnen würden. Die Bahnhofsstraße, wo einst der Schwarzmarkt gewesen war, hatte sich völlig verändert. Neue Hochhäuser, blitzende Autos, dreifarbige Verkehrsampeln, Kinoplakate und Geschäfte mit verlockenden Auslagen. Dank Wirtschaftswunder hatte das Deutschland der Ruinen, der Hungersnot und des klugen Organisierens einen Satz nach vorne gemacht, den 1945 niemand hätte voraussagen können. 1955 war das Bruttosozialprodukt Westdeutschlands um 11,5 Prozent gestiegen.

Ich ging in einen Süßwarenladen. Ein Dutzend junger Mädchen in weißen Schürzen und Häubchen, mit rosa Bluse und weißem Pliseerock, die zum Anbeißen wie ihre ausgestellten Süßigkeiten waren, bedienten die Kundschaft. Selbst in Paris gab es keinen so verlockenden Laden.

Als ich an die Kasse ging, um meinen bescheidenen Einkauf zu bezahlen, erkannte ich auf der Stelle meinen alten Nachbarn, den fliegenden Händler mit seinen selbst gemachten Bonbons. Er war so dick geworden, dass er sich kaum auf dem Drehstuhl hinter der gepanzerten Kasse halten konnte. Er kassierte mein Geld ein, ohne mit der Wimper zu zucken. Erfolg scheint blind zu machen.

Wieder in Italien

Auszug aus meinem Tagebuch, Rom, 17. Juni 1951.
„Zum ersten Mal lebe ich einfach in den Tag hinein. Ich lasse
mich in einem Glücksstrom dahin treiben. Ich verstehe jetzt,
was es bedeutet, das Leben genießen.
Wie herrlich ist diese Stadt! Ich werde nicht müde, Kirchen
und Museen zu besichtigen: Villa Borghese, die Spanische
Treppe, Villa D Este und unzählige andere Bauwerke und
Kunstschätze. Ich sollte eigentlich Kunst studieren! Das ist so
begeisternd! Jeden Sonntag besichtige ich eine Sehenswürdig-
keit in allen Einzelheiten. Es wäre eine Sünde, an diesem `dolce
farniente` etwas ändern zu wollen und deutsche Eile und Ziel-
strebigkeit dafür einzutauschen."

Wie kam es, dass ich kurz, nachdem ich mich in diese Stadt
verliebt hatte, schon wieder nach Rom aufbrach?

Ich war arbeitslos und ohne Geld, als ich in einer deutschen Tageszeitung auf eine Annonce stieß: „Suche junges
Mädchen aus gutem Hause, die zwei Kindern in Rom
Deutschunterricht geben kann." Toc, toc, toc klopfte das
Schicksal an meine Tür. Ich antwortete sofort auf die Anzeige und erhielt eine positive Antwort. Die junge Frau, die
eine „Gesellschafterin" suchte, war von Geburt Deutsche
und wollte, dass ihre Söhne Gelegenheit zum Deutschspre-
chen bekämen, das sie übrigens schon ziemlich gut beherrschten. In der Zeit wollte sie sich selbst eine Arbeit
suchen.

Die Wirklichkeit sah aber ganz anders aus: Rosi R., eine
blonde Berlinerin aus bescheidenen Verhältnissen, die als
junges Mädchen Schönheitskönigin ihres Stadtviertels gewesen war, hatte in erster Ehe einen alten italienischen

Maler geheiratet. Nach seinem Tod heiratete sie dann ein hohes Tier der faschistischen Partei Italiens, der eine Blitzkarriere gemacht und Minister geworden war. Sie schwärmte mir täglich von den üppigen Diners vor, zu denen sie eingeladen wurden, von den zahlreichen Treffen mit dem Duce, den sie abgöttisch verehrte, und von ihren Reisen im Sonderzug mit einer Wache vor der Tür des Abteils, das für sie und ihre beiden „bambini" reserviert war. So hatte sie in Saus und Braus, in Luxus und Popularität bis zu dem Tag gelebt, an dem ihr Mann zusammen mit Mussolini und Clara Petacci neben einer Tankstelle an den Füßen aufgehängt worden war. Den ganzen Tag zogen die Menschen an ihnen vorbei, um sie zu bespucken.

Sie erhielt keine Pension, lebte aber vom Vermieten der Zwölf-Zimmerwohnung, die ihr Mann klarsichtig auf ihren Namen hatte eintragen lassen. Sie selbst bewohnte die beiden Zimmer und eine Küche im Erdgeschoss, die ursprünglich für die Angestellten vorgesehen waren. Vor allem aber war sie völlig hysterisch und hatte überhaupt keine Kraft, sich im Leben durchzusetzen, seit dieses sie nicht mehr mit Samthandschuhen anfasste. Sie hatte nichts gelernt und konnte nicht einmal fehlerfrei einen Brief schreiben.

Ich wohnte – wenn man das wohnen nennen kann – auf einem Klappbett in dem engen Flur mit dem Kopf unter dem Telefon, den Füßen unter dem Mülleimer, direkt vor der Klotür. Das Klo nutzten die beiden Jungen häufig, um dort italienische Comics zu lesen oder den oft ungerechten Bestrafungen ihrer Mutter zu entgehen. Diese überhäufte ihre Sprößlinge nach südländischer Art mit Zärtlichkeiten oder ohrfeigte sie wegen einer Kleinigkeit.

Die beiden anderen Räume, der Salon und Rosis Zim-

mer, waren „off limits". Ich durfte nur hinein, um eingebildete Staubspuren auf dem Gummibaum zu suchen, dessen Blätter ich zweimal pro Woche mit Olivenöl polieren
musste. In ihrem Schlafzimmer machte ich das Doppelbett
und musste täglich die Laken und sogar den zweiten Kopfkissenbezug wechseln, als ob sie Schauplatz einer römischen
Orgie gewesen wären. Meine arme Arbeitgeberin schloss
sich stundenlang im Badezimmer ein, um sich zu frisieren,
zu pudern und herauszuputzen.

Schließlich ging sie aus, aufgetakelt wie ein Zirkuspferd.
Aber jedes Mal kam sie alleine zurück, schlug den Tür-
klopfer laut an die Tür, damit ich mir die Berichte ihres
neuen Unglücks anhören sollte: „Ich kann nicht einschlafen
nach allem, was ich durchgemacht habe. Hören Sie zu,
1941..." Und wenn ich gähnte und bemerkte, dass es zwei
Uhr morgens sei, bestand sie darauf: „Ich bezahle Sie, damit
sie mir Gesellschaft leisten, ganz egal wie spät es ist."

Zu gerne hätte sie einen ehemaligen Minister oder zur
Not wenigstens einen Staatssekretär in ihr Bett geholt.
„Dann wäre ich wieder jemand", vertraute sie mir an. „Jetzt
bin ich ja nur ein Schatten." Sie gehörte zu den Frauen, die
unfähig sind, nur aus Lust und Bedürfnis zu lieben.

Ich musste kochen, mit viel Öl und Knoblauch, das Geschirr abwaschen, am Nachmittag mit den beiden schrecklichen Bengeln spazieren gehen, die im Grunde ganz in
Ordnung, aber durch die Hysterie ihrer Mutter völlig aus
dem Gleichgewicht gekommen waren. Wir gingen in die
herrlichen Gärten der Villa Veneta.

Mehr als einmal schwor ich mir, meinen Koffer zu packen und nach Deutschland zurück zu fahren, vor allem
dann, wenn Rosi ihre Freundinnen einlud. Diese waren
genau solche albernen Gänse wie sie selbst. Sie tranken Tee

und aßen „petits fours" aus dem einzigen Service, das den Untergang ihrer früheren Pracht überstanden hatte. Sie klingelte dann nach mir mit einem Glöckchen und säuselte heuchlerisch: „Sie können abräumen, Helene."

„Wandelnde Kleiderständer", sagte Costa zu mir, der Sohn ihres verstorbenen Mannes, der ebenfalls eingeladen war. Er hatte wundervolle tief dunkle Augen und rezitierte Gedichte von Gabriele d'Annunzio, während wir die Porzellantassen abspülten.

Offiziell war er der Vormund seiner beiden Halbbrüder. Seitdem ich da war, kam er immer öfter. Durch ihn machte ich auch jeden Tag Fortschritte im Italienischen. Manchmal brachte er seine Gitarre mit und sang auf neapolitanisch „Cuando la luna se spunna a Marechiaro", und wir verschlangen uns mit den Augen, bis Rosi ohne Pakete von einer ihrer geheimnisvollen Einkaufstouren in den schicken Vierteln zurückkehrte und den Unterricht beendete. Das war wohl auch besser, denn er war mit einer jungen Italienerin verlobt.

Ungeduldig wartete ich auf meinen freien Tag, an dem ich die wunderbaren Stätten aufsuchen konnte, die ich bei meiner Pilgerreise schon kurz gesehen hatte. Ich lernte auch, meinen Stolz einer gebildeten jungen Dame aus gutem Hause hinunterzuschlucken. Das war besonders dann nötig, wenn diese Frau mit Volksschulbildung, die kaum zehn Jahre älter war als ich, mir unglaubliche Szenen machte, weil ich einen ihrer grünen Teller zerbrochen hatte: „Machen Sie sich doch klar, mein Kind, der Duce hat von diesen Tellern gegessen!" Oder weil ihr Ältester ins Bett gemacht hatte, nachdem sie ihm vorm Schlafengehen zu Trinken gegeben hatte. Oder weil ich den Telefonhörer abgenommen hatte, während sie unter der Dusche war.

Dabei erwartete sie doch die vielen Anrufe von ihren – eingebildeten – Verehrern oder von Mussolini-Partisanen, die aber nie kamen, während meine neuen Freunde mich häufig anriefen.

Ich habe gelernt, dass man Kinder nicht mit Zuckerbrot und Peitsche erziehen darf, seine Gefühle und sein Liebesleben nicht vor sechsjährigen Jungen ausbreiten soll, wie sie es tat. Außerdem habe ich gelernt, nicht mehr scheinen zu wollen, als zu sein. „Guten Tag, ich bin die Witwe des Ministers R., können Sie mich sofort bedienen?" Dabei wartete eine Schlange vor dem Schalter.

Am schlimmsten war es, wenn ihre Mutter zu Besuch kam. „Nonna" war eine echte Berlinerin, die ihren klaren Kopf behalten hatte und ihre Tochter so sah, wie sie war, ohne Heiligenschein. Ansonsten war sie mürrisch, nörglerisch und streitsüchtig. Stundenlang warfen diese Frauen sich verbalen Unrat an den Kopf, und wenn ich mich aus dem Staub machen wollte, um ein paar Minuten am Tiber spazieren zu gehen, verstellte Rosi mir den Weg. Sie brauchte dringend einen Schiedsrichter für ihre Wortgefechte.

„Als wir Kinder waren, hast du uns immer verboten, in der guten Stube zu spielen, du hattest Schonbezüge über alle Möbel gezogen, deine blöden Möbel, du hast uns nie geliebt, du bist keine Mutter, du bist ein Ungeheuer."

„Das Ungeheuer, das bist du. Als du reich warst, hast du dich für mich geschämt, du hast mich nie nach Rom eingeladen. Jetzt brauchst du mich, du lässt mich herkommen, um deine Schlamperei in Ordnung zu bringen." „Ich habe dich herkommen lassen, weil du meine Mutter bist. Den Haushalt, den macht Fräulein Helene."

Plötzlich wurde ich wieder Fräulein Helene. Diese beiden

Vipern waren absolut lächerlich! Ich hörte die Geschichte von den Schonbezügen ein gutes Dutzend mal. Es war wie bei einem alten Ehepaar, das die gleichen Beleidigungen seit einem halben Jahrhundert immer wiederkäut. Es ist unglaublich, wie bestimmte Menschen nichts vom Leben lernen!

Einige Monate nach meiner Abreise erfuhr ich, dass Rosi sich durch einen Sprung aus dem Fenster das Leben genommen hatte.

In den letzten Monaten meines Romaufenthaltes hatte ich um etwas mehr freie Zeit gebeten, da meine Arbeitgeberin mich nicht mehr bezahlen konnte. „Das macht nichts", sagte ich, „ich werde jeden Vormittag gegen Unterkunft und Verpflegung für Sie arbeiten und am Nachmittag werde ich Geld verdienen, das ist ganz einfach."

„Wie wollen Sie denn das machen?" Ihre Augen begannen zu glänzen. Sie war nicht nur aus dem Gleichgewicht, sondern ich vermutete bei ihr auch einen erheblichen sexuellen Appetit, den sie unterdrückte. Denn „das gehört sich nicht, die Witwe eines Faschisten muss ihrem zum Märtyrer gewordenen Ehemann treu bleiben." Wenn sie nur konnte, quatschte sie mir die Ohren voll mit Bettgeschichten der hohen Funktionäre des Italien der Duce-Ära. Es waren immer wieder dieselben Geschichten, aber sie ersparte mir keine Einzelheit.

„Dank Ihrer Hilfe, meine liebe Rosi", so nannte ich sie inzwischen immer öfter, weil sie eigentlich ein armes, unglückliches Mädchen war, „spreche ich meine vierte Fremdsprache jetzt fließend, und ich kann auch sehr gut Schreibmaschine schreiben. Sie werden sehen..." Dass ich sogar fehlerfreieres Italienisch sprach als sie, habe ich aber nicht hinzugefügt.

Ich hatte eine geniale Idee. Ich besuchte alle großen Hotels, die sich sieben Jahre nach Kriegsende wieder mit Touristen und Geschäftsreisenden füllten, und hinterließ meine Adresse und Telefonnummer.

„Wenn Sie Gäste haben, die eine Fremdsprachensekretärin suchen, für einen Tag oder eine Woche, Deutsche, Engländer, Franzosen... geben Sie mir Bescheid." Ich versprach der Empfangsdame zehn Prozent von meinem zu erwartenden Gehalt. „Si, Signorina, con piacere, gracie..."

Am nächsten Morgen klingelte schon das Telefon. Rosi stürzte sich wie wahnsinnig darauf, im Morgenrock und mit Lockenwicklern. Es war der Portier des nobelsten Hotels der Ewigen Stadt, der mich bat, in einer Stunde zu kommen, um die Korrespondenz des New Yorker Erzbischofs aufzunehmen. Rosi kannte das Hotel, hatte sie dort doch unzählige Abendgesellschaften mit ihrem Ministergatten und Konsorten verbracht. Aber ich selbst hätte es nie gewagt, ohne Weiteres einen Fuß hinein zu setzen. Und nun ging es sogar um einen Erzbischof!

Monsignore war sehr charmant, in seiner prächtigen Suite gab es einen kleinen Altar, mit allem Zubehör für eine Messe ausgestattet. Das Kruzifix war aus Gold. Meine Arbeit wurde honoriert und auf „monsignorale" Weise vergütet. Später arbeitete ich unter anderem noch für einen türkischen Geschäftsmann, einen sehr reichen indischen Industriellen, der vom Hotelportier als „eine Art Neger" bezeichnet wurde, „der mich in Zimmer 206 erwartete". Er war der erste Inder, den ich in meinem Leben sah. Ich hatte auch noch amerikanische und italienische Kunden. Es wurde immer in ihren Zimmern gearbeitet. Aber nie trat mir einer zu nahe. Das Allerschönste war mein Engagement bei einem Welt-Kongress der „FAO" (Food and Agricultural Organization). Es war ein wunderbares Arbeiten, jede Menge Lire, reizende Kolleginnen, die aus der ganzen Welt kamen: Brasilianerinnen, Jüdinnen, Holländerinnen…Ich war die einzige Deutsche. Abends besuchten wir die kleinen Trattorias von Trastevere, lachten, feierten und tranken Chianti.

Einmal nahm Rosi mich zu einer Totenmesse für den Duce mit, die in der Kirche von San Agostino stattfand. Hunderte ehemaliger Faschisten grüßten einen Katafalk, der mit Kränzen und Sträußen bedeckt war. Sie standen da mit erhobenem Arm und sahen pathetisch lächerlich aus. Anschließend rafften sie die Blumen zusammen und trugen sie wie Reliquien fort.

Ich schämte mich, in Gesellschaft meiner schwarz verschleierten Signora dort zu stehen. Aber schließlich flößten mir die Gesten der Versammelten, ihr ekstatischer Blick, den sie zum Bild Mussolinis über den Altar erhoben hatten, nur Mitleid ein.

Eines Tages stattete Konrad Adenauer, „der Alte", Rom einen offiziellen Besuch ab. Alle Deutschen waren zu einem großen Empfang in die Botschaft eingeladen, wo der Kanzler sich mit jedem einige Minuten unterhielt. Dabei benahm er sich sehr natürlich und herzlich. Professor Curtius, ein bekannter Archäologe, stellte mich als Ur-Urenkelin von Karl-Ludwig von Knebel vor, einem guten Freund Goethes und unser Paradepferd. Sein Porträt ziert alle Salons der Familien, die heute noch seinen Namen tragen.

„Das ist ein schweres Erbe, das Sie da auf Ihren hübschen kleinen Schultern tragen", sagte Adenauer mit seinem unnachahmlichen rheinländischen Tonfall.

Ich denke, dass Adenauer der am meisten geschätzte Kanzler nach 1945 war. Dazu trug sicher seine Reise in die

Sowjetunion bei, die die Rückführung der letzten deutschen Kriegsgefangenen bewirkte.

Ich sehe immer noch das Bild einer alten Frau auf der ersten Seite einer Tageszeitung vor mir. Sie kniete in langem Rock und Kopftuch vor dem Kanzler und küsste ihm die Hand. Die Bildüberschrift lautete: „Der Alte hat ihren Sohn zurückgebracht."

Anlässlich seines Todes im Jahre 1967 wurde der Sarg auf einem Kahn den Rhein hinunter gefahren. Auf den fünfundzwanzig Kilometern von Bonn bis Rhöndorf waren die Ufer des Flusses schwarz von Menschen, die aus allen Himmelsrichtungen und von den unterschiedlichsten politischen Gruppierungen gekommen waren, um Spalier zu stehen und dem „Alten", der so viel für sie getan hatte, Lebewohl zu sagen.

Ich hatte einen Entschluss gefasst: ich würde meine Unglücks-Signora verlassen, ein kleines Zimmer mieten und mich bei der erwähnten internationalen Organisation anstellen lassen, die dreisprachige Sekretärinnen suchte und sehr gut bezahlte. Alles war schon ausgemacht.

Sicher hätte ich eines Tages einen Italiener geheiratet und wäre meinerseits eine „signora tedesca" geworden, wenn auch vielleicht etwas weniger nervenschwach. Aber ich hatte die Rechnung ohne meinen Vater gemacht.

Seit Monaten schon bombardierte er mich mit Briefen, die mit frommen Floskeln und Sprichwörtern bespickt waren, wie: „Bleibe im Lande und nähre dich redlich!" Er stellte sich vor, dass ich ein ausschweifendes Leben bei den „Makkaronis" führte, wie er sie nannte. Meine Eltern brauchten mich für ihren Umzug, denn der atavistische Schrecken vor den Russen hatte meinen Vater noch nicht verlassen, deshalb wollte er seine Familie und sich jenseits des Rheins in Sicherheit wissen. Er hatte eine Stelle als Vertreter in Speyer angenommen und hatte meine Mutter überredet, mitzukommen, obwohl sie ja geschieden waren.

Er lebte in der Vergangenheit und kannte nur eine wahre Liebe, die zu den grünen Weiden seines Pommernlandes, zu seinen Feldern und Tieren. Nichts anderes konnte sein Herz bewegen. Seine Briefe, die er mir mit seiner gestochen feinen Schrift schrieb, waren mit Aufklebern und Stempeln verziert, wie: „Die Oder-Neiße ist keine endgültige Grenze" oder „Wir Flüchtlinge aus dem Osten wollen die Last des verlorenen Krieges nicht allein tragen" oder „Wir fordern das Recht auf unsere Heimat, unser Land".

Dreißig Jahre früher hatten die Deutschen schon verkündet: „Der Rhein ist Deutschlands Fluss und nicht Deutschlands Grenze", ein Schlagwort, das Hitler weidlich ausnutzte.

Das Arbeitszimmer meines Vaters war übersät mit Exemplaren von Heimatschriften und mit Einladungen zu Flüchtlingstreffen aus den Gebieten jenseits der Oder-Neiße. Ich wollte nie an diesen großen Heimattreffen teilnehmen. Ich hatte in meinem Lebensbuch eine neue Seite aufgeschlagen. Erst jetzt, ein halbes Jahrhundert später, fange ich an, die alten Seiten wieder durchzublättern und an bestimmten Stellen länger zu verweilen. Ich weiß, dass es sehr schwer ist, sich von etwas loszureißen, das man sehr geliebt hat. Dieser Ablösungsprozess, der allein der Seele ihren Frieden geben kann, gehört sicher mit zu unseren schwersten Aufgaben überhaupt. Hermann Hesse hat in seinem Gedicht „Stufen" gesagt:

„Es wird vielleicht auch noch die Todesstunde/ Uns neuen Räumen jung entgegen senden/ Des Lebens Ruf an uns wird niemals enden.../ Wohlan denn, Herz, nimm Abschied und gesunde!"

Aber meine Mutter war von einem jener Heimattreffen ganz aufgewühlt zurückgekommen. Sie hatte dort Lisbeths Mutter und zwei andere Familien von Zuhause wieder gesehen. Frau Klickow hatte ihr ein Album mit vergilbten Fotos voller Fliegendreck gegeben. Meine Taufe, ich, zweijährig auf dem Schaf Waldkönig, Gerd mit seinem Gewehr, Bilder von der Jagd, die Setter, die Katzen, die Blumen, das Haus. Anna Klickow hatte das Album auf gut Glück zum Pommerntag mitgebracht, obwohl sie nicht wusste, ob wir noch lebten.

Zuhause in Pommern war Mutter Klickow die Hühnerfrau gewesen, die die Eier einsammelte, den Hühnern den Hals umdrehte und den Hühnerstall ausmistete. Wenn sie zu meiner Mutter kam, um abzurechnen, nahm sie ihre Schürze voller Eigelb und Hühnerdreck ab und ließ ihre Holzpantinen vor der Eingangstür stehen, sogar im Winter.

Wie alle Leute des Dorfes sprach sie meine Mutter in der dritten Person an. Bei diesem Wiedersehen waren sich die beiden Frauen weinend in die Arme gefallen. Der gemeinsame Kummer hatte alle früheren Schranken fallen und nur die echten Gefühle bestehen lassen – die ehrliche Zuneigung, die meine Mutter für „ihre" Leute empfand und die liebevolle Verehrung, die diese ihr entgegenbrachten.

Auch als ich längere Zeit später einen Brief von Roland, einem ehemaligen Kriegsgefangenen, erhielt, waren wir sehr bewegt. Roland hatte sich dreizehn Jahre lang bemüht, unsere Adresse herauszubekommen. Ich zitiere aus seinem Brief: „Mit großer Trauer erfuhr ich vom Tode Ihrer Frau Mutter, meiner früheren Chefin. Ich hätte sie gern wieder gesehen; denn dank ihr bin ich noch am Leben, sie war mehr als eine Mutter für mich. Daher versuchte ich seit meiner Heimkehr, sie wieder zu finden... Ich arbeitete auf Ihrem Gut und floh am 22. April 1943 mit dem Tischler Poiret, aber wir wurden geschnappt. Wir hatten uns einen Monat Gefängnis eingehandelt; danach schickte man uns in ein Straflager auf der Insel Wollin. Als Ihre Mutter davon erfuhr, veranlasste sie, dass wir rauskamen, denn das Leben dort war die Hölle. Es war uns klar, dass wir dort über kurz oder lang krepieren würden. Als wir nach G. zurückkehrten, war ich noch sehr krank, dem Tode nah. Ihre Mutter ließ einen Doktor kommen und Sie und Ihre Mutter brachten mir alle Medikamente, die ich brauchte, und sogar Hühnerbrühe. Alle Dorfleute akzeptierten uns, und wir lebten gerne unter ihnen. Als Ihre Mutter und die Dorfbewohner evakuiert wurden, sagten sie uns auf Wiedersehen und viel Glück. Zwei Tage später wurden wir von den Russen befreit. Einige Einwohner waren mit uns dageblieben. Wir erlebten schreckliche Dinge, die die Russen mit den Frauen und Mädchen machten...“

Heimattreffen finden auch heute noch in Deutschland statt. Alexander Fürst zu Dohna schreibt in seinen Erinnerungen: „Zu unserem Treffen im Juni 1985 hatten wir zum ersten Mal ehemalige französische Kriegsgefangene eingeladen, die in Schlobitten gewesen waren. Sie hatten meine Anschrift erst zu diesem Zeitpunkt durch den Dolmetscher des Roten Kreuzes bekommen. Sonst hätten wir uns schon früher wieder getroffen. Es war sehr bewegend, diese wie wir alt gewordenen Männer ihre früheren deutschen Kameraden umarmen zu sehen und sie beim Vornamen zu nennen. „Unsere“ Gefangenen erzählten uns, dass sie sich seit dem Kriegsende jedes Jahr träfen – 1985 lebten noch fünfundzwanzig von ihnen – um sich an die Jahre in Schlobitten zu erinnern. Sie hätten sich dort nie als Gefangene gefühlt".

Ich hörte in Rom, dass mein Bruder einen schweren Unfall gehabt hatte. Als Mechanikerlehrling hatte er einen Autoreifen an den Kopf bekommen, als dieser bei der Demontage plötzlich vom Felgen absprang. Gerd schwebte tagelang zwischen Leben und Tod und behielt bis heute Folgeschäden. Deshalb konnte er nicht mehr jeden Beruf ausüben. Mein Vater wollte ihn als Assistenten und Chauffeur einstellen.

Der Traum meines Vaters war, wie ein Patriarch zu leben, in der Mitte der Seinen. Die Einzige, die dabei noch fehlte, war ich. Wochenlang leistete ich ihm Widerstand. Es war ein richtiger Briefkrieg. Gott sei Dank funktionierte das internationale Telefon damals noch nicht.

Schließlich wurde mir der Familiendruck zu viel und ich kehrte als gehorsame Tochter nach Hause zurück, um dort als Erstes zu hören, dass man meine Wohnung in Hannover leer geräumt und alle meine Sachen, so wie es gerade kam, zusammengepackt hatte, um sie über den Rhein zu verfrachten. Mein Vater rechtfertigte sich damit, dass man wegen der Russen ja nie sicher sein könne.

Mein hübsches, kleines, gemütliches Nest, wo ich so viele Jahre gewohnt hatte, und in dem ich so viele glückliche Stunden verbracht hatte.

Mit meinen Wohnungen habe ich nie Glück gehabt. Kaum bin ich irgendwo angekommen, reiße ich mir wie ein Vogel die Federn aus und versuche mit Bienenfleiß, den kleinen Platz gemütlich einzurichten. Ich streiche Wände und Möbel neu an, nähe, nagle, säge, verschönere, kaufe alles Mögliche und schnurre wie eine Katze vor Glück bei der Vorstellung, mein Heim jeden Abend wieder zu sehen, mit Pflanzen, Blumen und Büchern. Und wenn ich mich dann so richtig an mein Zuhause gewöhnt habe, reißt mich das Schicksal wieder fort, wie ein Kran, der mit einem einzigen Zupacken einen Baum ausreißt, um ihn irgendwo anders einzupflanzen.

So ging es mir damals zum ersten Mal mit dem großen weißen Haus in Pommern und dann jahrelang ähnlich, vor allem, seitdem ich mit Jean verheiratet bin, diesem sorglosen Hans in allen Gassen, der sich überall wohl fühlt, sei es in einer miesen Sozialwohnung eines Pariser Vorortes, in einem Rundhaus aus Lehmziegeln und Strohdach mit Schlangen und Kröten, die im Abflussrohr der Dusche hausten in Afrika, in einem Bungalow aus dünnen Holzplatten voller Kakerlaken und Stechmücken auf der anderen Seite der Erdkugel auf Tahiti, oder in einem hübschen Haus in Spanien, das voller Erinnerungen steckte und an dem mein ganzes Herz hing. Mein Mann hatte es kurz entschlossen, ohne viel zu diskutieren, verkauft, mit allen handgetischlerten spanischen Möbeln, die wir uns nach und nach angeschafft hatten, und den Souvenirs aus aller Herren Länder.

Bis zum heutigen Tage bin ich etwa zwanzig Mal umgezogen; und immer bedeutete es für mich, sich schmerzhaft loszureißen, aber „nimm Abschied, Herz, und gesunde". Es sollte wohl so sein.

Olivier

Der Zyniker Oscar Wilde sagte: „Die Frauen wissen nie, wann der Vorhang gefallen ist. Sie wollen immer noch einen sechsten Akt haben."

Ich zitiere noch Richard Bach, den einfühlsamen Autor von „Die Möwe Jonathan": „Jeder Mensch und alle Ereignisse deines Lebens begegnen dir ohne dein Zutun. Aber was du aus diesen Begegnungen machst, liegt nur bei dir."

Unser neues Zuhause lag gegenüber vom Bahnhof des Städtchens Speyer und besaß einen winzigen Garten. Vom Küchenfenster aus konnte man die Leute kommen und gehen sehen und außerdem den ganzen Tag lang einen Marktschreier hören: „Pompadour, Pompadour-Rasierklingen, kaufen Sie die guten Rasierklingen Pompadour!" – „Ich möchte zu gern wissen, wo sich die Pompadour wohl hat rasieren lassen", sagte meine liebe Mutter zu meinem Freund Olivier. Er war begeistert von Muttis Charme.

Ich wohnte jetzt in der französischen Besatzungszone. Mein Freund war ein Franzose, der in Speyer seinen Militärdienst machte. Ich wohnte wieder – und das mit 27 Jahren – bei meinen Eltern. Mein Vater hatte eine neue Arbeit für mich gefunden. Diese war sehr „comme il faut", eine Stelle als dreisprachige Sekretärin an der Diplomatenschule. Indem ich tagtäglich mit den zukünftigen deutschen Botschaftern umging, würde ich vielleicht eine gute Position erreichen, so hoffte er. Denn bei seiner puritanischen Ablehnung alles Fleischlichen sah er mich lieber als zukünftige Karrierefrau im Vorzimmer eines Ministers, denn als Ehefrau und Mutter einer zahlreichen Nachkommenschaft.

Ich langweilte mich erheblich in meinem Büro und in dieser Kleinstadt von 30.000 Einwohnern, die trotz ihres eindrucksvollen Domes, in dem so viele verblichene Kaiser ruhen, derartig provinziell war. Ich hatte für nichts mehr Interesse, Angst, alt zu werden und auf einem Nebengleis abgestellt in der Mittelmäßigkeit eingemauert zu sein. Dabei wollte ich doch noch so viel lernen, die Welt, Inseln und Ozeane entdecken. Ich ging mit ein paar gutaussehenden Diplomatenanwärtern ins Kino. Aber sie dachten an nichts anderes, als an ihre Prüfungen und ihre Karriere. Dafür brauchten sie eine reiche Erbin, Tochter einflussreicher Eltern. Sie musste elegant und geistreich sein. Ich aber war nichts dergleichen.

Mein einziger Trost war eine Arbeitskollegin, die ich wegen ihrer Freundlichkeit, ihrer unerschütterlichen guten Laune und ihres Optimismus bewunderte. Ihr Mann war schon seit Anfang des Krieges wenige Monate nach ihrer Hochzeit in Russland vermisst. „Aber ich weiß, dass er noch lebt. Ich träume jede Nacht von ihm, ich fühle, dass er an mich denkt. Ich bin sicher, dass er zurückkommen wird. Auf jeden Fall werde ich nie einen anderen Mann lieben." – Das Unwahrscheinliche geschah. Ich lese wieder in meinem Tagebuch. „Der Mann der Bibliothekarin Elisabeth lebt. Sie erhielt ein Telegramm vom Roten Kreuz. Er befindet sich schon auf deutschem Boden. Und das nach acht Jahren in Russland – nach 2.920 Tagen! Und während 2.920 Tagen, d.h. wie viele Stunden, wie viele Minuten, hat sie gehofft, gewartet, ihn geliebt. Dabei hatte sie nie die kleinste Botschaft erhalten. Jeden Tag verrichtete sie die gleiche stupide Arbeit: Bücher registrieren und einordnen. Und jeden Abend war sie in Gedanken bei ihm. Sie weinte nicht, sie lachte nicht, sie drückte nur das Telegramm fest an ihre

Brust, und ihre Augen erinnerten mich an eine Madonna von Filippo Lippi. Was für eine Kraft die Liebe doch hat!"

Auch ich glaubte, nun endlich die Reife für eine große Liebe zu haben, aber ich vergaß, dass ich weder eine Penelope, noch eine Madonna von Philippo Lippi war. Ich war nur ein Mädchen, das es nicht schaffte, sein Leben in die Hände zu nehmen und die Sehnsüchte seines Körpers sowie auch seiner Seele zu stillen.

Seitdem ich Olivier kannte, war mein Herz voller Freude und ich vermisste die Ewige Stadt oder mein Zuhause in Hannover immer weniger.

Die Schönheit der süddeutschen Landschaft erfüllte mich jeden Tag aufs Neue. In der Pfalz, die Jahrhunderte lang ein Zankapfel zwischen Deutschland und Frankreich gewesen war, erschien mir alles lieblich, mild, leicht, heiter und kultiviert, so auch der wohltönende Dialekt seiner Bewohner und die so ganz anderen Landschaftsformen als die des rauen, ernsten heimatlichen Pommerns meiner Vorfahren. Eines Tages sagte ich aus einer plötzlichen Aufwallung ungeheurer Tollkühnheit und Lebensfreude heraus zu meinem Freund: „Olivier, ich schwimme über den Rhein. Wartest du hier auf mich?" Wir hatten am Rheinufer gepicknickt und die schwer beladenen Lastkähne beobachtet. Die Schifferfamilien lebten auf dem Kahn wie an Land, mit Kleinkind, Hündchen, einem Stück Kunstrasen und Wäsche auf der Leine.

Bevor er antworteten konnte, machte ich einen Kopfsprung ins Wasser und schwamm los. Fast wäre ich dabei ertrunken. Ich hatte nicht mit der starken Strömung gerechnet, die mich ungefähr zwei Kilometer flussabwärts trieb. Als ich endlich völlig außer Atem am gegenüberliegenden Ufer ankam, befand ich mich vor einem steilen Abhang voller Disteln und Brennnesseln. Aber ich musste ja auf jeden Fall aus dem Wasser, wenn ich nicht bis zur Nordsee abtreiben wollte. Um den breiten Strom erneut zu überqueren und da anzukommen, wo Olivier auf mich wartete, musste ich barfuss und im Bikini ungefähr eine Stunde auf dem steinigen und scharfkantigen Damm laufen. Die Matrosen der Frachtschiffe und die Angler oben auf dem Deich riefen mir unflätige Bemerkungen zu.

Schließlich tauchte ich weit oberhalb meines Startpunktes ein zweites Mal ins Rheinwasser und schwamm los. Das kühlte meine schmerzenden und aufgekratzten Beine. Ganz entspannt, in Rückenlage schwimmend, das Gesicht der in Deutschland so seltenen Sonne zugewandt, übersah ich ein Monstrum von schwarzem Schiff mit zwei Kränen, das in der Mitte des Rheins auf mich zukam. Ich geriet nicht in Panik, obwohl die Lage wirklich kritisch war, und entschied mich für eine Notlösung: Ich zog die Aufmerksamkeit des Kapitäns mit dem einzigen mir verfügbaren Gegenstand auf mich, dem Oberteil meines Bikinis. Der Kapitän und die Mannschaft müssen dumm geguckt haben, als sie diese blonde Loreley erblickten, von deren Zauberkräften sie schon so oft hatten singen hören. Ich wurde von den starken Wirbeln des Schiffes erfasst und durch die Wellen hochgehoben, fortgeschleudert und untergetaucht. Mein Herz raste, meine Beine peitschten das Wasser, und ich erreichte das andere Ufer, wo ich an der Stelle, an der wir gepicknickt hatten, halbtot zusammenbrach. Mein Freund nannte mich eine blöde Kuh, die gedankenlos mit ihrem Leben spielt, bevor er mich in die Arme nahm und mit Küssen bedeckte.

Mein Liebesidyll mit Olivier dauerte nur einen Sommer, aber mit ihm erlebte ich die Ekstase des Körpers und der Seele. Nie in meinem Leben war ich glücklicher, aber auch nie verzweifelter. Er war Architekt, groß, schön und hoch begabt. Er hatte mehrerer Monate unter Le Corbusier in Indien gearbeitet und beim Bau der Modellstadt Chandigar mitgeholfen. Olivier brachte mir alle großen französischen Dichter nahe und regte mich an, mir noch völlig unbekannte Bücher zu lesen. Er war vielseitig begabt, konnte zeichnen, malen und dichten. „Es regnet Stimmen von Frauen, als wären sie selbst in der Erinnerung gestorben." Diese Verse von Apollinaire schrieb er für mich auf eine Restaurantrechnung, zu Beginn unserer Zeit des Glücks, als wir die schöne Pfalz mit dem Fahrrad entdeckten.

Als unsere Liebe zerbrach, bewegte ich mich viele Monate wie in Watte, in einer dicken, schmerzerfüllten Watte. Alle abgedroschenen Schlager „Ich kann nicht leben ohne dich", „Lass mich der Schatten deines Schattens sein" brachten mich zum Heulen, umso mehr, je dümmer sie waren. Der Anblick eines großen, dunkelhaarigen, französischen Soldaten in Uniform ließ mich zittern.

„Wenn er mich nur mit einem Finger berührt, ist mir, als wäre ich in diesem Augenblick gleichzeitig gerettet und verloren." Ich weiß nicht mehr, wo ich diesen Satz gelesen habe, aber er traf genau auf mich zu. Ich fühlte mich gerettet und verloren, als hätte ich schon am ersten Tag, an dem er mich unter einer blühenden Kastanie am Rheinufer umarmte, geahnt, dass meine Liebe nur noch ein großer Schmerz sein würde.

Jeden Abend schrieb ich viele Seiten einer dicken Kladde voll, bevor ich mit einer Schlaftablette einschlief. Ich habe diese Kladde immer noch. Vor kurzem las ich wieder darin. Die leidenschaftlichen und verzweiflungsvollen Sätze stimmten mich teils wehmütig, teils amüsierten sie mich, denn mein Französisch war noch mit Fehlern und altmodischen Floskeln gespickt.

„Weine nicht, ich werde dir ein Kind schenken", hatte er gesagt. „Aber mein Kind heißt Kummer."

„Die welken Blätter fallen. Ein Zug rollt. Das Leben geht dahin. Ich bin so jung und voller Liebe. Mein Körper, mein Blut und mein Herz sind voller Liebe und niemand will sie. Hat das Leben mich vergessen?" – „Ich begehre dich in den heißen Sommernächten, wenn meine Haut in einem einzigen Kehrreim sagt: ja, ja." – „Warum konnte er mich nicht so lieben, wie ich ihn liebte?" „Ich möchte mit dir im heißen Sand am Meer liegen; aber draußen fallen die Blätter und der Raureif bedeckt meine Fensterscheiben."

Die fallenden Blätter waren ständig in meinen Gedanken. Damals wusste ich noch nicht, dass ich einmal lange Jahre in Ländern leben würde, in denen die Blätter niemals fallen...

Ich grübelte ohne Unterlass über die Vergangenheit, den Rausch der Liebe, „den Friedhof des glücklichen Tales, wo Olivier und ich auf einem Grab saßen und der Sinfonie der Nacht lauschten." Oder ich dachte an „jene Nacht, die wir in einem kleinen rheinischen Dorfgasthaus verbracht hatten und er mir sagte: Ich kann nicht einschlafen, ohne deine Hand zu halten."

Einige Monate später schrieb ich endlich: „Wie verblendet war ich doch!" Meine Blödheit war im Grunde weibliche Feigheit. „Ich werde die Vergangenheit mit einer großen Schere abschneiden und bei Null anfangen. Jetzt werde ich endlich studieren und mein Leben selbst in die Hand nehmen, ohne Mann und Kinder."

Mit einem dicken, roten Stift schrieb ich Olivier auf die vorletzte Seite meines Tagebuches und machte einen Strich darunter. Das hat geholfen.

„Die Wasser der Seele mussen einem stillen See gleichen, damit sich das Licht in ihm spiegeln kann", damit wäre mir dieser ganze innere Aufruhr und die Qualen erspart geblieben.

Die Botschafteranwärter, die mich zum Tanzen ausführen wollten, langweilten mich. Mein Vater setzte mich unter Druck und meine Mutter tat mir leid, weil sie mit mir und meinetwegen litt, wie Mütter das nun mal zu tun pflegen. Deutschland war mir gleichgültig geworden. Ich beschloss, als Studentin oder Au-pair-Mädchen nach Paris zu gehen. Insgeheim hoffte ich, Olivier vielleicht eines Tages in der Metro, auf den Champs-Elysées oder auf dem Boulevard St. Michel zu treffen.

„Ich werde mich an der Sorbonne immatrikulieren," sagte ich zu meinem Vater. „In Frankreich ist es leichter, als in Deutschland, außerdem liebe ich das Land. Ich will mein Leben nicht weiter vergeuden."

Nach Paris

Ich schrieb in mein Tagebuch:
„Am Seine-Ufer küsst sich ein Paar. Hier hat jeder jemanden,
der ihn liebt und den er liebt, alle sprechen von Liebe, nur
meine Liebe will keiner. Ich kann mich doch nicht an eine Stra-
ßenecke stellen und rufen: Liebe, erste Wahl, nicht teuer, liebe
Leute, ganz preiswert! Ich möchte jemanden oder etwas lieb
haben: einen kleinen Hund, ein Kind, eine Katze, einen jun-
gen grauen Bären; nur ein Ding, das warm ist, mich braucht
und sich verwöhnen lässt.
Ein alter Mann füttert Tauben mit Brotkrumen, die er aus der
zerlöcherten Tasche seines Mantels holt. Kinder werfen ihre
Schultaschen in die Luft. Im Jardin du Luxembourg sitzen
junge Ausländerinnen, die französische Kinder spazieren füh-
ren sollten, auf Bänken und lesen Liebesromane.
Wie grazil das Türmchen von Notre Dame ist, ganz besonders,
wenn es von der Abendsonne vergoldet wird. Und unter der
Pont Mirabeau fließt die Seine. Übrigens, wo ist diese Pont
Mirabeau eigentlich? Ich hätte noch so viel zu entdecken, aber
ich friere, habe Hunger, Hunger auf gutes Essen und Hunger
auf Liebe.“

Ich war eines schönen Morgens bei einer gutbürgerlichen
Familie angekommen. Sie waren strenge und gebildete Pro-
testanten. Der Vater war Offizier.

Ich schrieb mich an der Uni ein und gab den drei Kindern der Familie Deutschunterricht. „Keine elektrische
Kochplatte, keine Haustiere und keine jungen Männer auf
dem Zimmer“, hatte mir Madame eingeschärft.

Ich war in einem winzigen Dienstmädchenkabuff unter
einem der Dächer von Paris untergebracht. Am Ende eines

langen, düsteren Flures, über den Ratten flitzten, wenn man eine Türe öffnete, war ein Gemeinschaftsklo. Ein kleines Fenster mit einer gesprungenen und verklebten Scheibe ließ mich auf den Hinterhof eines berühmten Restaurants blicken, dessen Wohlgerüche zu meiner Mansarde aufstiegen. Am Abend bestand mein Wiegenlied aus dem Hupen und Bremsenquietschen der Autos von der Avenue Montparnasse, vermischt mit dem arabischen Singsang, den mein Flurnachbar auf einem alten Grammophon abspielte. Auch das Geschirrklappern aus der Küche des Restaurants war nicht zu überhören, übertönt von „ein Kotelett für Tisch zwei", oder „Weißwurst mit Kartoffeln für die sieben". Mir lief das Wasser im Munde zusammen.

Trotzdem war ich glücklich, allein in Paris zu leben ohne den Zwanggriff meiner Familie, so sehr ich sie auch schätzte. Vor allem weit weg von dieser Heuchelatmosphäre, wo es hieß: „Wir sind zwar bettelarm, das braucht aber keiner zu merken, denn wir sind trotz allem eine sehr alte Familie, deren Vorfahren schon unter Barbarossa gekämpft haben."

Eine meiner Lieblingsbeschäftigungen war, bei den kleinen Buchhändlern an den Seinequais entlang zu schlendern, dort in Büchern zu wühlen und zu diskutieren. Ich war ausgehungert nach Konzerten, Theater- und Museumsbesuchen und dem General von Choltitz dankbar dafür, dass er Paris den Alliierten kampflos übergeben und sich damit Hitlers Befehl, die Stadt dem Erdboden gleich zu machen, widersetzt hatte.

An der Sorbonne ging ich nur in die Vorlesungen, die mir gefielen, aß in Restaurants und kleinen Bistros, worauf ich Lust hatte und wann ich wollte. Zu wissen, dass mich außer meiner Gastfamilie hier niemand kannte und dass ich unter sechs Millionen Parisern völlig anonym lebte, verlieh mir ein berauschendes Gefühl von Freiheit. Natürlich wurde ich angemacht, wenn ich auf einer Bank des Jardin du Luxembourg sitzend auf meine Schützlinge wartete und in meine Lehrbücher vertieft war. Aber jeden Abend kehrte ich ganz brav in mein Zimmer zurück. Die Erinnerungen an Olivier waren noch zu gegenwärtig, die Vergangenheit ließ mich nicht los und machte mich immun.

Deshalb fand ich auch eine Vorlesung über vergleichende Sprachwissenschaft und einen Schwarz-Weiss-Film von Marcel Carné in einem Filmarchiv viel interessanter, als mir von einem schönen Argentinier, dem eine Frau fehlte, bei einem Kaffee auf dem Boulevard St. Germain Süßholz raspeln zu lassen.

Mein kleines Zimmer war für mich, wenn es auch ziemlich dürftig war, ein tröstender Zufluchtsort. Allerdings fror ich dort sehr, der Winter des Jahres 1954 war auch besonders hart. Er erinnerte mich an die eisige Kälte während unserer Flucht aus Pommern vor neun Jahren. Die Pariser Obdachlosen drängten sich auf den Belüftungsschächten der Métrostationen zusammen, um ein bisschen Wärme zu finden. Manche erfroren auf der Straße. Ein katholischer Priester, den niemand kannte, schuf Sammelstellen und trug Lebensmittel für die Unglücklichen zusammen, die unter freiem Himmel schliefen. Der Priester hieß Abbé Pierre und wurde später in der ganzen Welt berühmt. Der Gedanke daran, im Freien schlafen zu müssen, ließ mich schon schaudern, während ich mit klappernden Zähnen unter drei Decken in meiner Mansarde lag, die ein lächerliches Elektroöfchen zu heizen versuchte. Da war man weit weg vom „Gai Paris", von dem mir so oft vorgeschwärmt worden war.

Nach meinen Unterrichtsstunden schrieb ich auf meiner

alten Erika-Schreibmaschine einen Roman auf Deutsch. Es war ein Herz-Schmerz-Roman, den aber gleich der erste Verlag, dem ich das Manuskript geschickt hatte, druckte. Ich werde den Tag nie vergessen, an dem mir der Briefträger das Paket mit zehn völlig gleichen Exemplaren meines Buches zustellte. Ich erhielt auch einige Leserbriefe, von denen die Hausmeisterin die Briefmarken ablöste und dazu bemerkte: „Für ein Au-pair-Mädchen bekommen Sie aber viel Post."

Das bescheidene Honorar, das mir mein Buch eingebracht hatte, würde mir ermöglichen, einen Master in deutscher Literatur zu machen und anschließend eine Stelle bei einer Zeitung zu suchen. Das war nach dem Medizinstudium schon immer mein Traum gewesen.

Aber das Schicksal hatte etwas anderes mit mir im Sinn. Ich sollte heiraten und hübsche Kinder auf die Welt bringen. An einem entscheidenden Meilenstein meines Lebens angekommen, sollte ich endlich den Hafen erreichen, den ich schon so lange vergeblich gesucht hatte: Einen Mann für mich zu finden und mit ihm eine Familie zu gründen.

Es war jedoch kein sehr geschützter Hafen, denn er war allen Winden und Gezeiten ausgesetzt. Überseedampfer warteten nur darauf, dass wir die Anker lichteten, um nach Afrika, Tahiti und zu den Inseln im Indischen Ozean zu fahren, egal ob bei Windstille oder großen Stürmen.

Das Chamäleon wandert weiter. Über unsere Jahre in fernen Ländern berichtet mein zweites Buch „Pérégrination entre deux Mondes" bald auch auf deutsch: „Bunt gewürfelt fallen die Gaben vom Himmel", im selben Verlag.

Epiloge

-1992-

Ich konnte endlich eine Reise in die Vergangenheit und zu meinen Wurzeln unternehmen. Da wir auf La Réunion leben, einer kleinen französischen Insel bei Madagaskar, lag Hinterpommern ja nicht gerade um die Ecke. Mein Mann, unser Sohn, unsere Schwiegertochter und die Enkelin fuhren mit. Die Kleine war acht Jahre alt und wir hatten ihr vom großen weißen Schloss erzählt, in dem ich geboren war. Die Enttäuschung war groß, als das Kind den Steinhaufen und die Mauerreste sah, die von Brombeeren und Wildrosen überrankt waren. „Das war dein Haus? Das muss aber hässlich gewesen sein! Unseres ist viel schöner."

Wir lernten sehr freundliche Polen kennen. Sie taten alles Mögliche, um uns den Aufenthalt angenehm zu machen, obgleich ihre Lebensbedingungen nicht einfach waren. Die alten Wunden waren verheilt. Der Hass und der Wunsch nach Vergeltung waren wie ein Feuer ausgelöscht, das keine Nahrung mehr findet. Auf dem Friedhof ruhten die Toten in Frieden. Es gab viele Tote und viele Kreuze. Manche Inschriften waren unleserlich geworden. Man hatte unsere alte Kirche wieder in Stand gesetzt. Ein polnischer Priester zelebrierte die Sonntagsmesse. Ich fand Steinpilze unter einer großen Eiche an einer Lichtung. Eigentlich fand ich sie gar nicht, ich sammelte sie, da ich ja wusste, dass sie dort wuchsen, genau unter diesem Baum. Aber der Weg, auf dem ich Fahrradfahren gelernt hatte, war mit dichtem, undurchdringlichem Unterholz bewachsen. Auch das Krebsfließ war zugewachsen. Die Brücke, die hinübergeführt hatte, war noch da, aber sie führte jetzt über einen Wiesengrund.

Ein Pole in mittleren Jahren lehnte an der Brüstung, rauchte eine Zigarette und schaute in die untergehende Sonne des Ostlandes, die ich aus meiner Kindheit kannte.

In einem Gemisch aus Deutsch und Polnisch fragte er mich: „Woher du kommen?" - „Francia." - „Wo du geboren?" Ich zeigte auf die Ruinen hinter den Trauerweiden. „Hier." - „In Schloss?" - „Ja, im Schloss." – „Schloss kaputt." – „Ja", sagte ich, „Schloss kaputt, alles kaputt, aber ich nicht kaputt."

Johanna kam mit einem großen Blumenstrauß angerannt, den sie gepflückt hatte. „Kommst du, Omi, ich habe Hunger und es ist kalt hier." Auch ich fror. Mein Herz fror.

- 2002 -

Seit über fünfzig Jahren lebe ich ein normales Leben mit Hochs und Tiefs. Es erscheint mir normal und glücklich, weil wir im Frieden leben. Weder meine nun älter gewordene Generation, noch unsere Kinder und Kindeskinder haben einen Krieg von solch einem grausamen Ausmaß erleiden müssen. Krieg, Attentate, Vertreibungen und Hungersnot gibt es überall auf dieser Welt und es wird sie auch immer geben. Das gehört wohl zu unserem Menschenschicksal. Aber Gott gebe, dass sich nie wieder so ein Weltenbrand wiederholen möge, so eine Entfesselung von Hass, solche Hekatomben von geplant getöteten unschuldigen Menschen durch Gas, Feuer, Bomben, Kälte und bestialischste Grausamkeit, wie sie im zweiten Weltkrieg erfunden wurden.

Alles, was ich am Ende der Hitlerzeit erlebt und später über das Schicksal von Millionen entwurzelter Menschen gelesen habe, die aus ihrem Heim herausgerissen und wie eine Hammelherde fortgetrieben wurden, hat bei mir eine Art von Panzer wachsen lassen. Schreckliche Erinnerungen hatte ich bis in die Abgründe meines Unterbewusstseins verdrängt. Trotzdem lässt eine unerwartete Begegnung bisweilen Geräusche und Erlebnisse wieder auftauchen: das Schreien der Menge, das Heulen der Sirenen und das Explodieren der Bomben. Da überkommt mich plötzlich das Angstgefühl, das mich von den Haarspitzen bis zum Herzen, über die Haut bis ins Innerste packt. Werden die russischen Panzer schneller sein als unser Zug? Werden die englischen Bomber ihre Last über unserem Bahnhof abwerfen? – So geht es nicht nur mir.

Im Jahr 2002 arbeitete ich, wie schon oft, als Touristenführerin auf einem bekannten deutschen Kreuzfahrtschiff. Auf diesen schwimmenden Palästen ist alles Luxus, Ruhe und Schönheit. Es kommt einem so vor, als ob alle diese offensichtlich vermögenden, gut genährten, gepflegten, eleganten und lebensfrohen Menschen, die eine Weltreise machen, überhaupt kein Unheil treffen kann. Ein sehr gut aussehender Herr von etwa sechzig Jahren stellte mir eine Reihe von sachkundigen Fragen über unser Leben auf der Insel Réunion. Ich merkte sofort, dass ich es mit einem sehr gebildeten Menschen zu tun hatte. Er war Chefarzt einer Privatklinik. Auf meine Frage „Aber Sie sind sicherlich nicht in Hamburg geboren?", denn ich hatte eine leichte Sprachfärbung festgestellt, antwortete er: „Nein, ich bin in Pillau geboren, aber sie wissen bestimmt nicht, wo das liegt." – „Oh doch, das weiß ich genau," entgegnete ich, „ich bin auch Ostflüchtling." Was der Name Pillau bedeutete, ist für jeden Ostpreußen und Pommernflüchtling zum Symbol der Irrsinns-Tragik der letzten Kriegsmonate geworden. Ein kleiner Hafen am Ende einer schmalen Landzunge, die das Meer an drei Seiten einschließt. Tausende von Flüchtlingen drängten sich auf ihr, in der verzweifelten Hoffnung, sich auf eines der letzten Fischerboote retten zu können. Zur gleichen Zeit schrie Hitler im Radio: „Wir werden bis zum letzten Atemzug kämpfen oder es wird eine Apokalypse von historischer Größe geben. Unsere Truppen in Pillau werden sich nie ergeben." Aber auch diese Truppen hatten nur einen Gedanken, ihr Leben zu retten, denn sie wussten, dass eine zehnmal stärkere russische Armee nur noch wenige Kilometer entfernt war. Pillau, einst ein friedlich verträumtes Seebad an der Ostsee, wurde zur Höllenpforte und zum Sammelgrab tausender von Verzweifelten. Vor Pillau wurde die Wilhelm-Gustloff durch drei tödliche Torpedos von einem russischen U-Boot getroffen. Ungefähr zehntausend Passagiere ertranken in jener Nacht in der eisigen Ostsee. Viertausend davon waren elternlose Kinder aus den Bombenstädten. Sechs mal mehr Todesopfer als auf der Titanic.[17]

Das passierte am 30. Januar, dem Jahrestag der Machtübernahme durch die Nazis. Ein Datum von symbolischer Bedeutung. Und ebenfalls in Pillau erschlug die SS dreitausend Häftlinge des Lagers Stutthof, auch nachts, beim Schein von Leuchtgranaten. Oh ja, ich wusste, wo Pillau lag.

---

17 Zwischen Januar und Mai 1945 haben Hunderttausende von deutschen Flüchtlingen versucht, aus dem Kessel der sowjetischen Armee über die Ostsee zu fliehen. Sie waren Tag und Nacht das Angriffsziel russischer Torpedoboote, Bomber und U-Boote. 245 Schiffe und Boote jeglicher Art versanken mit Mann und Maus, d.h. Frauen, Kindern, Greisen, Schwerverletzten und Soldaten zwischen 15 und 65 Jahren, darunter die Passagierschiffe Goya und General Steuben mit 7000 respektive 3000 Passagieren.

„Wie alt waren Sie?", fragte ich. „Ich war neun Jahre alt und...schauen Sie." Er schob seinen Ärmel hoch und zeigte mir seinen Arm. „Sehen Sie, ich bekomme eine Gänsehaut und zittere, wenn ich das Wort Pillau höre. Dagegen kann ich nichts tun. Wir hatten uns mit letzter Kraft an Bord eines Fischerbootes gerettet, die Eltern, meine große Schwester und ich. Es war eiskalt, so um die zwanzig Grad minus bei Ostwind. Als wir nach einem Tag und einer Nacht in Dänemark ankamen, standen meine Eltern und meine Schwester immer noch aufrecht, wie Statuen, aber sie bewegten sich nicht mehr. Sie waren zu Eis erstarrt. Ich habe überlebt, weil ich kleiner war und meine Eltern mich geschützt hatten, indem sie mich gegen ihre Brust gepresst hatten, so lange, bis ihre Herzen aufhörten zu schlagen. Aber sie wissen das alles, nicht wahr?" – „Ja", sagte ich zögernd, „ich kenne diese Geschichten."

Wenn ich heute davon berichte, so ist das nicht aus Sensationslust, sondern, um Zeugnis zu geben. So aussichtslos ein Leben auch in einem bestimmten Augenblick erscheinen mag, so völlig am Nullpunkt angelangt kann man doch nie wissen, was es an der nächsten Wegbiegung oder an einem fernen Horizont für dich bereithält.

- 2003 -

Glücklicherweise vernarben viele Wunden im Leben. Das Vergessen ist selektiv. In den meisten Fällen hinterlassen die glücklichen Momente den dauerhaftesten Abdruck. Einige Tage nach dem Druck dieses Buches erhielt ich ein eingeschriebenes Päckchen aus Polen, das ein Kästchen mit einem sehr schönen Bernsteinherz enthielt, fein in Silber gefasst. Dem Umschlag war ein Brief in einem etwas holprigen Deutsch, aber reichem Wortschatz, beigelegt. Der Unterzeichner hieß Kazimier. Er war der junge Pole, den ich ins Kino mitgenommen hatte, als wir beide noch halbe Kinder waren. Damals war es streng verboten, mit dem Feind zu „fraternisieren". Er schrieb: „Durch ein unglaubliches Zusammentreffen von glücklichen Umständen bin ich an deine Adresse geraten. Voller Freude habe ich erfahren, dass du bei guter Gesundheit bist und in einem fernen sonnigen Land lebst. Dein Vater war als Offizier in Polen und Frankreich und er muss gewusst haben, wohin Hitlers Krieg führen würde und wie die Zivilbevölkerung in den besetzten Gebieten behandelt wurde. Oder wusste er es nicht? Das hätte ich gerne erfahren. Es verfolgt mich seit mehr als fünf Jahrzehnten. Viel später erfuhr ich, dass dein Vater von der Gestapo verhaftet worden war und dass man dich in ein Arbeitslager geschickt hatte. Zu der Zeit war ich nicht mehr bei euch. Stimmt es? Du hast dich nie an das gehalten, was verboten war, du mochtest die Polen, die Russen und die Franzosen. Du sprachst mit ihnen und bemühtest dich, ihre Sprache zu lernen.

Für dein gutes Herz schicke ich dir ein Bernsteinherz aus Gdansk und grüße dich und deine Familie sehr herzlich, - Kazimier."

Bildanhang

Großmutter

Mutter als junges
Mädchen

Vater im blühen-
den Kartoffelfeld

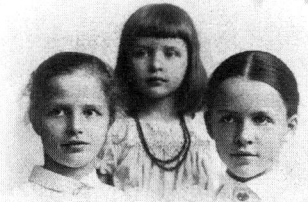

die drei Schwestern
aus Rosenhöh

die Autorin,
17 Jahre alt,
kehrt von der
Feldarbeit heim

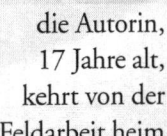

Waldtraut im Offizierspelz
der Deutschen Armee

Rübenernte:
Paul (ohne Kappe) auf
dem Leiterwagen

Kartoffelernte:
Russen, Franzosen,
Deutsche zusam-
men -
kein Problem!

die Dorfkirche im Vorfrühling

der Jaucheteich neben
dem Misthaufen

Dorfstraße in G.

Literaturnachweis

„Hitler et la guerre luciférienne",
Jean Prieur, Hrsg. J ai lu, 1992.

„Der Spiegel",
Nr. 2, 2002

„Die Flucht."
DVA, Spiegel Buchverlag

„Auch das geschah damals."
Verlag R. Maskus, Giessen.

„Die Vertreibung der Deutschen."
Verlag R. Maskus, Giessen.

„Die Nazis",
Dokumentarfilm von Ian Kershaw

„Fünf Frauen",
Sophie Gräfin zu Dohna. Edition Andreae.

Sybil Gräfin Schönfeldt
„Sonderappell"
DTV - Verlag

Leonie Ossowski
„Wolfsbeeren, Weichselkirschen"
Ullstein Verlag

Sprichwörtlich ist das Chamäleon zum Begriff für Personen geworden, die es verstehen, sich jeder Umgebung anzupassen. Dieser Begriff kann sowohl positiv als auch negativ besetzt werden. In einigen Kulturen steht das Chamäleon für die Zeit, da seine Augen mit der Fähigkeit nach hinten, seitlich und nach vorn gleichzeitig zu blicken, als Symbol für die Einheit von Vergangenheit, Gegenwart und Zukunft gelten.

Besonders in der Mythologie Afrikas spielt das Chamäleon eine sehr große Rolle. Genau wie dem schlauen Fuchs oder der diebischen Elster werden den Chamäleons auch spezielle Eigenschaften angerechnet:

- Ein Aspekt ist der Zusammenhang mit dem Tod. Demnach war das Chamäleon der Überbringer einer Botschaft von den Göttern. Diese beschrieben darin die Unsterblichkeit des Menschen. Nachdem sie dem Chamäleon den Auftrag erteilt hatten, machte dieses sich sofort auf den Weg. Allerdings war es nicht besonders schnell, trödelte und verbrauchte viel Zeit mit Fressen. Da wurden die Götter ärgerlich und beauftragten einen Vogel. In seiner Botschaft stand jetzt jedoch die Sterblichkeit des Menschen. Die Menschen bekamen die Botschaft und glauben dem später eintreffenden Chamäleon kein Wort über die Unsterblichkeit mehr. Die einen sagen, wäre das Chamäleon schneller gewesen, wären die Menschen jetzt unsterblich. Daher hassen viele Ureinwohner Afrikas das Tier. Allerdings gibt es auch Stämme, die dem Chamäleon verzeihen, da es sowieso ein langsames Tier ist.
- Eine andere Nachsagung sind die heilenden Kräfte von Chamäleons. Hierbei werden Chamäleons erkrankten

Menschen auf den Kopf gesetzt und dann abgewartet, wie der Patient reagiert. Aus den Reaktionen wird dann die Diagnose erstellt. Einen weiteren Heilungserfolg verspricht man sich aus getrockneten Chamäleons, welche zu Pulver verrieben mittels einer Suppe eingenommen werden, die Heilungschancen sind jedoch gering und die medizinische Wirkung ist umstritten.

- Der letzte Aspekt sind Unheil bringende Kräfte. Einige Stämme gehen den Chamäleons aus dem Weg, weil sie Unglück fürchten. Ein weiterer Mythos besagt, dass Frauen keine Chamäleons anschauen sollten, da sie sonst niemand heiraten wird.

Quelle: Google

„La Vie est un Caméléon" (auf Französisch) und
„Pérégrinations entre deux Mondes" (auf Französisch)
Erhältlich bei:
Waldtraut Treilles
275, chemin Cabeu
F- 97418 Plaine de Cafres
Frankreich (La Réunion)
E-Mail: waldtraut.treilles@mediaserv.net